梁晓声文集·长篇小说 3

泯灭

青岛出版社

有过,抑或没有(代序)

屈指算来,我写《泯灭》已是十五六年前的事了。

出版社要再版,我便重读了一遍。

掩卷沉思,我问自己,当年将这部小说定名为"泯灭",究竟想表达些什么呢?

人有信仰,才有操守,进而才有所谓"泯",才有所谓"灭"。

倘并无,"泯灭"的指出又从何谈起呢?

小说中的翟子卿可有什么信仰么?

我以为,是没有的。

晓声呢? 也没有。

这两个共和国的同龄人,从不曾是共和国的任何方面的宠儿,甚至从不曾被关注过,他们只不过是中国草根阶层的两个儿子。他们的成长过程,倒确乎是新中国一味强化信仰的历史阶段。那一段历史可曰之为"红色政治"。对于宠儿,自然或会成为信仰。一切言行、对错,唯以是否符合"红色政治"的准绳为原则。这样的人在从前的中国比比皆是,但子卿和晓声却都不是那样的人,"红色政治"只不过染红了他们的发肤而已。事实上,他们对于那"红色",还每每心生怀疑和不安。

而人生在世,总归还是要信点儿什么的。

他们也就是信善而已。那是他们的母亲们给他们的信仰,与宗教没有任何关系。两位母亲只能给他们那么一点点有益的东西,是不知不觉中给的,于她们从未当成信仰来给。

那么,子卿也罢,晓声也罢,其实是两个那个时代的边缘人,是被漠视的大多数。他们在社会的边缘,不甘而又小心翼翼地活着。倘不小心翼翼,在当年他们都是有可能被"红色政治"一棍子打入另册,从此永无翻身之日的。

"改革开放"改变了他们的命运,一个从文了,一个经商了。

八十年代是中国人开始崇拜金钱巨大能量的"纪元年"。

本就没什么信仰可言的人,于是转而向金钱顶礼膜拜,自然而然地合乎规律。

子卿宁为金钱之奴,晓声面对金钱的诱惑苦苦挣扎。

他们都挺可怜的。

富并不见得会使人注定富得"只剩下了金钱"。

没有信仰因而并无持久操守却又渴望暴富机会的人,一旦富了,才会富得"只剩下了金钱"……

子卿连母亲给他的那么一点点有益的东西也丢掉了……

晓声又能握持住多久呢?

金钱至上的时代,穷也罢,富也罢,其实人之心灵上都是可怜的。

我的这部小说也只不过揭示了那样一种可怜而已。

梁晓声

二〇一二年十一月一日于北京

第一章

翟子卿是我中学同学,也是我小时候的玩伴儿。一个人到了四十多岁的年纪,再懒得交际,也总会结识下一些人的。在这些人中,也总会选择几个作为朋友的。人到中年,又有了中年阶段的朋友,对小时候的玩伴儿,印象也就渐渐地消淡了。偶尔想起,不过就是一部分破碎的回忆,除了反刍一点儿从前的灰色童年的温馨,实在也没什么别的亲韵可言。

但对子卿,我却很难忘怀。他仿佛永久地印在我记忆的底片上了。他仿佛是另一个我,替我在生活中追求另外的东西,因而使我简直无法不关心他存在的种种情况……

我的父亲和他的父亲,当年是一块儿从山东同一个小村里出走,"闯关东"来到东北的。当年他的父亲十五岁。我的父亲比他的父亲小一岁,叫他的父亲"俺哥"。如今的少年之间,已很难有他们当年那么一种虽非手足亲似手足的关系了。人和人之间究竟能以什么样的关系相处,大抵也是由时代参与决定的。

当年,我的父亲和子卿的父亲,"闯关东"的野心自然是向东北的城市倾斜的。然而东北的每一座大小城市当年都排斥这两个身上一文不名,并且不谙世故的山东少年。最后他们不得不落脚在松花江畔的一个小渔村。它距离哈尔滨市五十几里路。如果从江上划船逆流而上,距离会近不少。他们选择那个小渔村落脚,证明他们当年向往有朝一日混进城里的念头是非常顽固的,尽管后来他们分别娶了那个小渔村里的两个女人。

我六七岁的时候,已经是一个哈尔滨市里的孩子了。子卿和我同岁。他也是一个哈尔滨市里的孩子。我们的父辈们的野心终于实现了。我们的母亲们因此很崇拜他们。我们则更敬仰我们的母亲们,因为她们从不曾在那些城市里的女人们面前表现过丝毫的自卑,也因为那些城市里的女人们并不敢随意欺负她们两个来自农村的女人。据说当年那些城市里的女人们一向是很蔑视混进城里的乡下女人的。

严格地讲,我们两家其实并不能算在城市"里",而是住在城市最边儿上的一条小街上。那条小街,好比城市这只巴掌上,靠近小拇指尖儿的一道最细的指纹。它的名字也起得低俗,叫"脏街"。也许这并非它的名字,只不过被人们随口叫,久而久之,就成了它的名字。至于它原本的街名,倒无人知晓了。

当年我曾问过母亲:"妈,咱们这条街真叫脏街吗?"

母亲反问:"不真还假呀?"

我又问:"为啥叫脏街呢?"

母亲也又反问:"你还觉得这条街不脏呀?"

那条街确实脏,很脏。街两旁的住房,如果那也算"住房"的话,像吸了一辈子烟叶的老太太嘴里七倒八歪熏黑了的牙。街一头是下水道,整条街上家家户户的泔水都往那儿倒,经常堵塞。除了冬季,下水道口几乎永远淤着臭水。人一走过,苍蝇便嗡地飞起一群。而冬季呢,周围冻着一层层有颜色的冰。一层层冰的一种种颜色,使人瞧见了恶心。颜色恐怕也只有在那样的情况之下,才会对人的胃起呕吐性的刺激。

街的另一头是公共厕所,是由碎砖、土坯、带树皮的木板和几片油毡纸组合成的。年月久了,砖色已变了,如同东北人做酱的酱块,而且是发了霉的。土坯呢,夏天淋冬天冻,早已黏合成一整堵土围墙了,而且倾斜着,似乎随时可能倒塌。带树皮的木板就更不用说了,朽得刮阵风都往下掉些朽木渣子,手指轻轻一捅就一个窟窿。只有顶盖上的油毡纸,隔几年由街道卫生队负责换一次。街道卫生队是没钱改造那个厕所的,该做的也只能是隔几年替它的顶盖换一次油毡纸。他们一次也没舍得用新的油毡纸,所用的都是从建筑工地上收集到的废弃油毡纸。结果是,雨天或夏季炎热的正午,上厕所的大人们,总是在兜里揣一张旧报,蹲下后立刻双手将报纸伸开在自己头上,否则会有雨水珠儿或油毡的沥青滴落在衣服上头发上。曾有一个女人的头发被沥青粘住,用肥皂用碱水洗了好几次也洗不开,最后她男人用了半脸盆汽油才帮她洗开。

"脏街"上的人都得上那一个公共厕所。那条街上仅有那么一个公共厕所啊。这使它成了那条街上最公共的一个地方。经常可以看到两个男人或两个女人,站在它的左侧或右侧聊天,是等着上厕所的人。上厕所的"高峰期",等在外边的,往往还不只两个人,也有三个人五个人聊天一块儿等的时候。其中准有一个人两眼盯着厕所的入口,双脚不停颤动,脸上不时作出龇牙咧嘴的古怪表情,是憋得非常痛苦快憋不住了的那位。这时候,厕所就仿佛变成了颇诡秘的一个地方。出来一个人,进去一个人。出来的满面歉意,进去的迫不及待。仿佛里面有一位什么神圣的人物,外面的人都是在期待着他的接见似的。当然,过了"高峰期",厕所外面没人排着的时候也有。只一个人耐心可嘉地等待着的时候也有。如果没人排在外面呢,刚上过厕所的人碰见了谁,就会好心好意地告诉他:"还不快去上厕所!这会儿一个人也没有!"对方呢,则会下意识地掉头就往家里奔,揣了手纸后,冲出家门,忙不迭地往厕所一溜儿小跑。那完全是一种条件反射,也许还有几分"千万别错过大好时机"的心理在催促。而跑到了厕所跟前,他的泌尿系统或排泄系统每每提醒他完全是多此一举。倘厕所外只有一个人在等着,倘他或她又不甘寂寞,便会跟厕所里边那位聊。这种时候,里边一句,外边一句,一问一答的,拉家常唠社会,情形很有意思。反正这条街上的人互相都认识,除非两家有什么芥蒂,谁跟对方主动聊天,对方都会表现得又友善又配合又热忱。当然,因为里边的人腹泻或大便干燥,等在外边的人实在憋得不知拿自己怎么办才好了,于是相互口角乃至辱骂起来的不快事件也曾发生过……

我和子卿小的时候打过一架,就打过那么一架。后来在厕所这个公共的地方言归于好了。所以我对当年"脏街"上的公共厕所,至今保留着较深的、近乎怀旧的记忆。打架的原因极其简单——某天我俩走碰头,彼此撞了个满怀。按说以我们两家的关系,我俩是不该打起架来的。可是那一天我心里不知窝了股什么邪火,一直寻找机会想发泄在某个人身上。子卿一向是让我三分的。当时我认为发泄在他身上正对。彼此错身而过之后,我突然冲口吼出一句:"你给我站住!"

他站住了,有些困惑地回头望我。

我恶声恶气地问:"你干吗故意撞我?"

他说:"我不是故意撞你的。"

我说:"你是故意的!"

他说:"我真不是故意的!"

我说:"反正你撞了我就不行!"

分明地,他也有些来气了,说:"不行能咋的?"

我一拳打在他鼻子上,打得他鼻子流了血。他一拳打在我眼眶上,打得我一只眼乱冒金星。

事后,我母亲知道了,狠狠训了我一通,还罚我面壁跪了半个多小时。

母亲指斥我:"知道错不?"

我说:"知道了。"

又问:"为什么错了?"

我说:"不该先动手打人。"

"连子卿都打,今后你还不打遍这条街呀?你爸知道了,非揍你不可！你知道子卿他爸的腿是怎么残的？那是因为一次在一块儿干活的时候，出了险情，为了救你爸……”

我懂事以后，见到的子卿他爸就是个瘸子。整条街上的人都叫他"收破烂儿的翟瘸子"。母亲说的事，此前我半点儿也不知道。

当天晚上，母亲扯着我，去子卿家向他赔不是。子卿的家，比我的家还穷。只一间小屋子，床头那儿就是做饭的锅台。为了防止在做饭时床上的东西掉进锅里，在床头和锅台之间竖立着一块铁板。那铁板大概是子卿的爸收破烂收回来的。像这条街上所有人家的屋子一样，子卿家的屋子也是沉在地下两尺多的。这条街的地面原先高于人家的门槛。下雨的日子，雨水从街上往家家户户屋里流淌。人们无奈，只好用炉灰垫自己的宅基和门槛。经年累月，就用自己家里掏出来的炉灰，渐渐地将自己家的房子埋了两尺多。从此，家家户户的门槛倒是高出地面了，但家家户户的窗台却矮了。坐在家里朝外看，视线几乎跟地面平行。倘正有人从窗前经过，只能看到那个人的腿，连膝盖以上都看不到。

我母亲扯着我迈进子卿家的时候，我没料到他家的屋地比外边的地面低那么多，一脚踏空，险些连母亲也带倒，一块儿跌入屋里。幸亏子卿母亲眼疾手快，及时扶住了我母亲。子卿母亲当时正做饭，更准确地说，是正往锅里贴饼子。子卿父亲正给子卿补鞋。他和我一样，没有第二双可换穿的鞋，也就只得老老实实坐在炕上，等着他父亲替他补好那唯一的一双鞋。

子卿母亲扶了我母亲一把，赶快又跨回锅台那儿，一边继续往锅里啪啪地贴饼子，一边问："谁呀？"

子卿母亲常年害眼病，视力很不好。

我母亲就回答说："是我呀，你老妹子。"

那时还没来电。当年为了节约居民用电，要到晚上七点钟才开始供电。锅里散发的蒸气，弥漫在小小的屋里。子卿母亲每贴一个饼子，要先往锅里吹一大口气。吹散蒸气，看清锅里的情形，她才不至于将饼子贴到锅外,或将两个饼子贴一起。在几乎完全没有光线的情况之下,子卿的父亲居然还能补鞋,使我当时不禁暗觉奇异。

子卿母亲往锅里贴完了饼子,盖上锅盖,推开家门散尽蒸气,接着在盆里洗手。她一边洗手,一边问我母亲:"老妹子,有事儿?"

我母亲说:"也算有事儿,也算没事儿,咋才做饭?"

子卿母亲看了我一眼,不回答我母亲的问话,却很是有几分不安地说:"你领着儿子来,我就知道为啥事了。子卿他爹已经把他揍过一顿了!"

我和子卿都是随着我们的父亲们的山东人的叫法,称他们为"爹",称母亲们为"娘"的。我们是整条街上仅有的两个不叫父母爸妈,而叫父母爹娘的孩子。别的孩子们因而叫我们"山东棒子"。我们的母亲们虽不是山东女人,但由于嫁给了两个正宗山东男人,也就早已接受并习惯爹娘的叫法了。

始终像个哑巴蹲在窗口补鞋的子卿父亲,这时才郑重地哼了一声,严厉地说:"打架还行? 不揍还行? 再打架,非揍扁了他不可!"

他光说了话,没抬起头。

子卿呢,则胆怯地往炕角缩去。

我母亲说:"我可不是领儿子来告你儿子状的。我是领儿子来向你儿子赔罪的。听我儿子说,把子卿的鼻子打出血了呢!"望着子卿又问,"子卿,是把你鼻子打出血了吗?"

子卿低声嘟哝了一个字:"是……"

母亲就使劲儿拧我脸:"你把人家鼻子打出血了,又害人家挨了一顿揍,你还觉得委屈! 你倒是有什么值得委屈的? 快给子卿说句赔罪的话儿!"

我嘟哝:"子卿,我再也不跟你打架了……"

子卿母亲赶紧把我扯到她身后,护着我,对我母亲说:"拉倒吧,拉倒吧,谁跟谁呀! 俩孩子打架,一个不怨一个的事儿,赔的什么罪啊! 亲哥俩还有打架的时候呢！……"

子卿父亲也说:"拉倒吧。"

他仍专心致志地补鞋,仍没抬头。

随后我母亲就和子卿母亲聊起来。无非都说些她们那个松花江边儿上的小小渔村,景致多么美好,人际多么友善,夏季里大人孩子洗衣服洗澡是多么方便。听她们那口气,仿佛迁到城里来住,摇身一变成为了城里人,其实是件很吃亏的事。

子卿父亲这时抬起头来了,表情很郑重地问母亲们:"后悔了?"

两位母亲互相看看,子卿母亲便不作声了,而我母亲却说:"有点儿!"

子卿父亲说:"那你让晓声替你给我老弟写封信,跟他商议商议,干脆咱们两家再迁回你们那个巴掌大的小渔村去算了!"

两位母亲又互相看了一眼。

我和子卿也不禁互相看了一眼。我们都不留恋"脏街",尽管我们都是在"脏街"出生的。我们都经常听母亲们在一起讲她们那个小小渔村里的人和事。既然它是一个非常美好的地方,我们当然都希望父母们能下一个果断的决心,告别城市。更准确地说,是告别这条不值得人留恋的"脏街",带领我们回到它那里去。哪怕是回到父亲们的山东老家去,也是我们非常心甘情愿的啊!据我们想来,中国的任何一处地方,与"脏街"比起来,肯定都不失为一个值得祖祖辈辈生活下去的好地方吧?

两位母亲的目光又缓缓地移在我和子卿身上。

子卿母亲说:"那,两个孩子怎么办? 我们那儿又没学校,他们不上学了吗?"

我母亲叹了口气,也说:"是啊是啊,一想到两个孩子,这决心就不好下了呢!"

子卿父亲说:"那你们以后,就不要再当着孩子们的面,说些你们那个巴掌大的小渔村多么多么好的话! 说些你们后悔不后悔的话! 我和晓声他爹,小小的年纪就一块儿'闯关东',先是在城边上赖着混,后来终于和老婆孩子混进了城里,是那么容易的吗？这其中的苦辣酸甜,别人不清楚,你们心里还不清楚吗？"

我母亲抢白道:"咱们这儿也算城里呀？"

子卿父亲瞪起了眼睛:"怎么不算？咱们两家有户口本儿没有？有粮本儿没有？都有！都有就是城里人！连政府也承认的城里人！你们当我们拖拽着你们往城里混是为啥？为我们自己？不是！是为他们！"

他用握在手里的锥子指指子卿,指指我,接着又说:"为他们将来有文化,出息成两个文明人,跟我们当父亲的不一样！我腿残了,就不说我了。那就说俺那老弟！他现如今是工人阶级了不是？是啦！可没有文化的工人又是什么？旧社会叫臭苦力,插上条尾巴人家就把你当成头驴！拼上我们这一辈子,有苦往肚子里咽,也得叫子卿和晓声跟我们不一样！"

子卿父亲涨红了脸,说得格外激动。

两位母亲听着他的话,表情渐渐地肃然起来。

我和子卿也不禁地都装出肃然的样子。我望着子卿,觉得父辈们是把什么无形的,却异常沉重的东西,压在我们的身上了。子卿的眼睛告诉我,他当时心里也是这么觉得的。那一时刻,我们内心里都充满了对我们的父辈们、母亲们和我们自己的大的体恤。我们都明白了一点,无论我们多么地讨厌这一条城市边儿上的"脏街",看来我们也得和它长相厮守了。

"外边有人等着没有？"

某天,子卿在公共厕所里大声地这么问。

我听出是他,不愿马上回答。

隔片刻,子卿又大声问:"外边就没人等着吗？"

我忍住笑说:"有人等着,你快点儿！"

分明地,子卿也听出了是我的声音,又隔片刻,在里边搭讪着说:"是你小子呀！"

我说："不错，是我。"

子卿说："求个事儿行不行？"

我很干脆地说："不行！"——心想，你在里边屙屎，能求我什么好事儿？难道叫我帮你使劲儿不成？

子卿低声下气儿地说："行吧！我忘带手纸了，分我一半手纸咋样？"

我一听，心里别提有多幸灾乐祸，说："活该！"

他说："'俺弟'，别跟哥这样嘛！"

只有他父亲跟我父亲说话才可能这么说。

我心想——"俺弟"是你叫的吗？跟我来这一套？来这一套也不给你面子。

我仍因前几天我们打那一架多少有点儿记他仇。

他说："你就这么不重情分啊？你忘了我对你好的时候啦？"

我说："忘啦！"

他说："那，我出不去，你可也别想进来。"

我说："那你就一辈子蹲在厕所里吧，我回家去了！"

我说完，绕着厕所跑了一圈。

子卿在厕所里高叫："哎，哎，'俺弟'！'俺弟'！你别走嘛！"

我听了，心里又多了几分幸灾乐祸。

但是，比较而言，在忍耐力方面难以持久的，毕竟不是子卿，是我。

子卿猜测到了我其实并没离开，反而在厕所里大声唱起歌来……

他也唱出了几分幸灾乐祸。

我开始觉得痛苦了。

我又憋了一会儿，实在憋不住了，终于不得不问："你到底出来不出来哇？"

子卿说："暂时又不想出去了！"

我说："'俺哥'，快点儿出来吧，我都要屙裤裆里了！"

他说:"活该!你屙裤裆里我才高兴!"

接下来自然轮到我央求他了。而结果是——我走入厕所,将我带的手纸一分为二,将面积明显大些的那一部分恭恭敬敬地奉献给他……

我从厕所出来时,见他站在厕所外,没走。

他说:"出来了?"

我说:"我又不想屙完了还蹲在里边唱歌!"

他得意地一笑:"我在等你。"

我说:"我可没求你等我。"

他说:"那就算我自己乐意等。'俺弟',咱俩以后别怄气了,啊?"

他说完,将胳膊亲昵地搭在我肩上……

从此,我们再也没互相闹过别扭。我们就像当年"脏街"上最亲爱的一对亲兄弟。

在我们全班,乃至我们全校,子卿始终是学习最好的几个同学之一。

我清楚地记得这样一件事——小学三年级的期中考试,他又得了"双百"。全班仅他一个学生得"双百"。公布成绩时,老师照例对他大加夸奖。同时叫起了三个不及格的学生,教训得他们一个个低垂下了头。三个不及格的学生中,有一个还是留级生。

放学后,我和子卿刚走到一条胡同口,就被那三个不及格的同学拦住了。分明地,他们是预谋好了,专在那儿堵截我们的。

为首的留级生气势汹汹地对子卿说:"翟子卿,我们早就警告过你,不许你再考'双百',你为什么还故意考'双百'?"

子卿说:"那我也不能故意往不及格考吧?"

对方一听更来气了,当胸捣了他一拳:"你让我们三个当众蒙羞,今天我们三个也非得羞羞你不可!"

我说:"你们干吗欺负人!"

他一推,将我推倒在地,恐吓道:"你又没考'双百',没你什么事儿,别找不自在！"

我爬起来，对子卿说："子卿你别怕他们！要打就打，我帮你！"

子卿却说："那，你们想怎么羞我？"

他们说，得子卿从他们胯下钻过去才肯放过我们。

子卿听了，默默将书包从身上取下，递给我。

他们以为子卿真想和他们打架，都防范地摆好了姿势。

我知道子卿是不敢和他们打架的。倒不见得是因为他多么怕他们。其实他是很能打架的。他内心里根本不至于怕他们。他是怕他的父亲。他实在是太怕他的父亲了。他父亲对于他来说，简直就是一位上帝似的。他因和我打那一架而挨了他父亲的揍以后，再受到挑衅甚至受人欺负，就学会了一个忍字。

子卿又默默脱下打了好几处补丁的裤子递给我。

这使他们非常困惑，面面相觑，搞不明白子卿究竟是要干什么。

子卿却说："我钻……"

说完，子卿就双膝跪下去了。

而他们，这时都蛮横地笑了。他们一个个叉开两腿，一个站在另一个的身后。

当子卿从他们第一个人的胯下钻过之后，我发现他们第二个人将手伸进裤裆里去了，我立刻明白了他想干什么！

我大叫起来："子卿，别钻了，他要往你身上撒尿！"

可是尿已经撒到子卿身上了。

某些时候，某种情况之下，欺辱别人的心理快感表现在缺乏良好品德教育的孩子们身上，也是和大人们的罪过行为一样邪恶的。

我作为一个旁观者已到了忍无可忍的地步，我将我自己的书包和子卿的书包、裤子往地上一抛，像一条挣断了链子的狼狗似的朝他们扑过去……

子卿见我已然和他们扭打作一团了，才开始和我一起勇猛无比地讨

11

回他失去的公道。

三个同学自感无理,也意识到他们自己欺人太甚了,先自心虚,哪里还敢真和我们打下去,都吃了些亏,哀哀疼叫着,互相照应着摆脱了我们的无畏还击,仓皇而逃。

子卿的裤子却在扭打中被踩破了。

子卿不敢直接回家,跟我到了我家里。

母亲听我讲述了一遍经过,抚摩着子卿的头说:"孩子,你也忒老实了!他们叫你从他们裤裆下钻过去,你就真钻啊?还脱了自己的裤子钻!"

子卿噙着泪说:"娘昨天夜里刚给我补好的裤子。娘说布已经'绦'了,再也挂不住补丁了。娘嘱咐我要小心在意地穿,说穿两个月后才能给我做条新的。"

子卿说完,就哇地哭出了声。

我这才明白,子卿他不和他们打架,子卿他脱下自己的裤子钻他们的胯,不仅因为他怕他的父亲,还因为他那条补了好几处补丁的裤子在两个月内是万万破不得的。

子卿哭得我也难过起来,哭得母亲也落下了泪。母亲爬上炕,翻箱倒柜,找出一条父亲的肥大的旧劳动布裤子,剪去一尺多裤腿儿,粗针大线地给子卿改成了一条他勉强可以穿的裤子。子卿穿上了它,模样显得滑稽可笑,如同一只从母袋鼠腹袋之中探出上半身惊诧地张望世界的小袋鼠。

我和子卿上小学四年级那一年,子卿的父亲去世了。他父亲是患胃癌去世的。当年"癌"还是一个不太常听人提到的字。对于穷困人家来说,更是"不治之症",甚至是糊涂之症。子卿父亲忍受了很大的痛苦,有时疼得在炕上滚来滚去,还大口大口地喷吐鲜血。那时子卿母亲便惊恐地替子卿父亲轻拍后心,或者抚他的胸口。那些做法当然都是没有任何意义的,也丝毫减轻不了子卿父亲的痛苦。而小小的子卿,则双手端着脸盆,浑身抖抖瑟瑟地伫立在炕沿前,接着父亲口中喷吐出的鲜血。那对他是一件必须那样做而又极其害怕的事。他可怜自己的父亲,也可怜自己的母亲。父亲口中喷吐出的鲜血往往溅在他身上、手上和脸上。有一天我到他家去,正好碰上了那样的情形。目睹子卿双手哆哆嗦嗦端着的半盆鲜血,我几乎晕倒在他家里。我虽然并没晕倒在他家里,却亲眼见子卿因心里过分紧张而晕倒了,半盆鲜血泼在他身上。

非但子卿,连子卿母亲和我母亲,当年也不知他父亲得的究竟是什么病。他母亲和我母亲,在那条街上逢人便问——什么是癌?怎么得了癌?医生便说没法治了!只能等死了!有没有什么偏方可治?当年那条街上没有一个人能向他母亲或我母亲讲清楚什么是"癌",更没有一个人向两位母亲介绍过某种治癌的偏方。穷困的老百姓对穷困的老百姓的同情,往往也只能是相与说几句劝慰的话,陪着唉声叹气,陪着掉几滴眼泪而已。子卿父亲死前已瘦得皮包骨。临死前他还以为,他是被肚子里的蛔虫害的。

是我母亲帮他母亲给他父亲穿上寿衣的。

是我母亲帮他母亲将他父亲发送了的。

冬天,我父亲从大西北建筑工地回来探亲,亲自去子卿父亲坟前磕过头。

当时我父亲流泪了。那是我第一次看见父亲流泪。

父亲对着坟头说:"俺哥,你就放心吧!嫂子和孩子往后的日子,有你弟妹照应着呢。我看子卿这孩子很懂事,学习又好,将来一定会有出息,一定会对得起你的养育之恩……"

子卿父亲活着的时候,在我们那条街上,他家的生活已是最穷的了。他父亲一死,他家的日子更难过了。最初靠街道的救济勉强度日,后来街道不救济了,不得不靠变卖家当了。当年的穷老百姓人家,哪里谈得上有什么"家当"可卖!所卖其实都是过穷日子离不了的东西,卖了也

13

不值几个钱,不卖则连买粮的钱都没有。

不久,我母亲当上了街道居民组组长。那时街道上成立了一个把石棉加工成石棉线的小工厂。为了照顾生活困难的居民,允许一部分街道妇女将石棉领回家去纺。这一名额不多,而希望挣那点儿钱的人却很多。我母亲利用居民组组长的小小权力,替子卿母亲争取到了优先权。

我再去子卿家,便常见他母亲缩踞屋角,械臂弓腰,纺线不止;纺车嗡嗡,飞絮满屋。而子卿盘膝于炕,伏在一张小矮桌上,专心致志地学习,仿佛一点儿也不觉得受影响。他母亲脸上扎着一块浸湿了的旧手绢,他脸上也扎着一块,母子二人都只露出双眼。生人到他家里去,准会吓一大跳,准会怀疑自己迈进了一户怪异的人家。手绢扎在脸上,掩住口鼻,是为了挡住石棉絮,不使吸入肺里。石棉絮不比一般的棉絮,吸入肺里是要中毒的。而浸湿了,据子卿当年告诉我,是为了透气好一点儿,呼吸时感觉到点儿凉意,不至于因长久憋闷而眩晕。铅灰色的石棉絮积落在他们母子二人头发上、衣服上,将他们母子变得像两只毛茸茸的大小灰猿一般。

子卿学习比以往更加用功。除了音乐,因他先天五音不全,仅能获得及格而外,其他各科大小考试,成绩定列前茅。班里公布分数时,每每令我大为汗颜。母亲也经常数落我:"都是穷人家的孩子,瞧人家子卿,瞧你,你怎么就哪一科的成绩都不如人家呢?"

某天,母亲还庄重地对子卿说:"子卿啊,你能答应婶儿一个请求吗?"

子卿仰脸注视着母亲,信赖地说:"婶儿你说吧,我一定答应!"

我母亲就摸着他头说:"子卿啊,你可一定要在学习上帮助你弟!他要是学习总这么差,连所像样的中学都考不上的话,婶儿对你叔没法交代啊!你弟也就没什么出息可指望了!"

母亲说着,将脸扭向一旁,竟很是伤感起来⋯⋯

而子卿信誓旦旦地向我母亲保证:"婶儿你放心吧!我答应了。我一定做到!"

一次，班里组织集体看电影，还要写一篇观后感。子卿几经犹豫，不得不下决心开口向他母亲要一角钱。那天他母亲到收石棉线的小厂交活去了。子卿非让我陪他去找他母亲。我明白，如果我不陪他去，大概他一见了他母亲的面，要钱的勇气在他开口之前就会荡然无存的。我当然很乐意地陪他去了。在小厂院子里，见那个收活的男人正大声训斥他母亲，神色汹汹，言语厉厉，说他母亲纺的线连最次等也定不上，拒收。而我听我母亲讲过，那个男人经常敲诈交活的妇女们的钱物。谁没给他进过贡，他准找谁茬儿。鸡蛋里挑骨头，百般刁难。我也亲眼看到过，他在那小厂的门口，对交活的年轻女人动手动脚，放肆调笑。我早就认定他不是个好东西了！

于是我从旁大声说："纺得这么均匀，你怎么敢瞪着眼睛说连次等都定不上？我看完全够得上一等了！"

那男人倏地朝我转过脸，喝吼道："谁家的小崽子，跑这儿来没大没小地撒野，快滚！"

我说："你才撒野哪！"

那男人竟踢了我一脚。

子卿母亲怕我吃亏，忙将我扯过去。她诺诺连声，哀哀恳求。那男人却仍板着脸，一副倨傲不可一世的样子。子卿母亲万般无奈，就给他跪下了。他将头一扭，不理不睬。

子卿看得直发怔，一时间变傻了似的。

我生气地对子卿说："你娘这么受人欺负，你还傻看着啊！你究竟还是不是你娘的儿子了？！"

我的话使子卿反应了过来。他冲上前去，指着那男人大骂："你欺负我娘，将来不得好死！"

那一时刻，他双目圆睁，满面充血，脸一直红到脖子。

那男人狠狠扇了子卿一耳光，子卿则抓住他的手就咬。那男人疼叫不止，而子卿不松口，仿佛非把对方的手从腕部咬断下来不可。情形如同一只狗咬住了一条眼镜王蛇的脖颈。狗就是那么一口咬住眼镜王蛇不松口,要置气焰咄咄的眼镜王蛇于死地。我心中自是暗暗称快不已,在一旁蹦着高替子卿呐喊助威。子卿母亲见状却恓惶得不行,口中叫着儿子的名,对子卿又掐又拧。子卿仍不松口。他母亲一急,最后也咬起子卿的胳膊来。那汉子终于将自己的手腕从子卿口中挣脱了,腕部业已被咬得血淋淋的。子卿疯了似的,胳膊虽被母亲拼命拽住,却还欲冲上去拼个你死我活。我从没见子卿那么暴烈过。我想他母亲肯定也是的。那男人恼羞之状可惧,将子卿母亲送交的线匹,一扎扎抛散于小厂门外,接着凶神恶煞似的将子卿母子和我推出院子,砰地关上了铁门。我捡起一块块砖头,一边砸向铁门,一边高声叫骂。而那男人再也没敢露面。子卿和他母亲都被推倒于地。他母亲和他抱头哭泣。他母亲边哭边说:"儿呀,儿呀,你怎么敢下口咬人家啊?娘从此断了挣钱的活计,今后可怎么养活你,怎么供你上学哇!"

子卿母亲哭得那么绝望。

子卿也哭得那么绝望,边哭边说:"娘呀,娘呀,我不上学了呀!我再也不让你为我受人家欺负了呀!娘呀,娘呀,咱们回农村去吧!"

我肃立一旁,睹之闻之,泪为其涌,情为其伤,心为其碎……

如果没有子卿刻苦学习对我的影响和他对我的实际帮助,我是不能和他同时考上重点中学的。在中学,我又很幸运地和子卿分在一班。他背的依然是小学时期的旧书包。那书包也和他穿的衣服裤子一样,这里那里补了好几处补丁。并且,不是买的,是子卿母亲用布给他做的。用的是他父亲去世那一年剩下的孝布,煮浅了再染成蓝色后做的。那书包对于中学生来说是太小了,装不下一个中学生所有的课本和作业本,他装不了的就装在我的书包里。老师照顾他这一点,分配我们是同桌。他没有文具盒,用一个牙膏盒做文具盒。也没有吸水钢笔,使的是蘸水笔。蘸水笔的杆儿太长,牙膏盒放不下,只好铡掉了半截。每天放学上学,手里还得拿着一瓶钢笔水儿。不是真正的钢笔水儿,是用钢笔水儿片泡成的。当年商店里的文具柜台不但卖钢笔水儿,还卖钢笔水儿片。三分钱一片,三片差不多可以泡满一钢笔水儿瓶。用那种钢笔水儿写出的字,颜色不用说是很浅的了。其实,所谓钢笔水儿片,大概是洗衣粉之类的染料。子卿用那支刴去了半截杆儿的蘸水笔,蘸那种洗衣粉之类的东西泡成的钢笔水儿,在各科作业本的正面和背面,写满了工整隽秀的字。他的好些作业本,从第一页翻到最后一页,再从最后一页翻回来,正反两面,全是"优"。他这样的一些作业本,常被同学们借去传抄。

老师曾在周末的班会课上这么表扬他:"论头脑,你们谁都不见得比谁笨多少。但是论勤奋,你们谁都比不上翟子卿。不笨的头脑加上自觉的勤奋,定可以造就一个将来成大器者! 翟子卿,请你站起来对大家讲一讲,是什么作为动力,促使你那么勤奋那么刻苦地学习?"

子卿站起,低垂着头,在异常的肃静中沉默了半天,才嗫嚅着,很轻很轻地说出一个字:"娘——"

老师没听清,全班大多数同学也没听清,只有我和坐在附近的几个同学听清了。

老师问:"翟子卿你说什么?"

子卿却不肯开口了。

有同学替他回答:"他只说了一个'娘'字。"

"娘?"老师重复着,似乎不解。

我替子卿回答:"他的意思是,如果他不刻苦学习,就会觉得对不起他娘……"

我说罢,看了子卿一眼,却发现他脸上不但没有感谢我的表情,反而在狠狠地瞪我。

分明地,他不愿我替他那么直白地回答。

我不禁后悔自己的多嘴多舌……

那一年,他在全市数学竞赛中获得了第一名。他成了班级的骄傲,学校的骄傲,老师的骄傲。而最替他感到骄傲的,当然是我。连平时在学习方面嫉妒他的同学,也都对他有几分肃然起敬了。

他出示获奖证书给我看时,发誓般地说:"我翟子卿将来要是考不上一所名牌大学,我就不算是我娘的儿子!我就等于辜负了我爹临死前对我的期望!等到我工作了,我要像那些迷信的人敬佛、敬观音菩萨一样孝敬我娘!"

他说得无比虔诚,无比自信。他说得令我十分感动。

那一天,他在我家里,和我一起完成作业的时候,我母亲背着一只手走到我们跟前,对我说:"你还记得吗?娘曾答应过你,你考上了重点中学一定奖赏你!"

我说:"当然记得啰。"

母亲说:"那你为什么不提了呢?"

我说:"娘,你不提,我好意思提嘛!而且我也明白,俺爹的工资低,每月还要往山东老家寄,家里哪儿还有余钱给我买什么奖赏品啊!"

母亲欣慰地笑笑,说:"你确实大了几岁,懂事多了。娘答应过你的事,并没忘。你爹不是来信说他涨了一级工资吗?这个月多寄回十元钱,娘就给你买了一支笔。"

母亲说完,将背着的手伸到了我面前——手里是一支紫红色的崭新的吸水钢笔。

我从母亲手中接过那支笔,一时喜出望外,高兴得合不拢嘴。那是一支"英雄"牌的包尖儿的依金吸水笔。当年"英雄"牌吸水笔是名牌,而包尖儿的是最新式的,正如现在使用裸尖儿的吸水笔挺时髦一样。我早就希望能有这样的一支笔了。它的价格当年是三元六角多钱。这样价格的一支笔,是当年穷人家的中学生根本不敢问津的。获得或丢失它,是会使一个穷人家的中学生乐不可支或伤心哭泣的。

我欣赏着那支笔,爱不释手。

"子卿,你看它是这样吸水儿的!"

我将笔递向子卿。

子卿却用极小的声音说:"我不看,我知道。我在文具店里看过。"

他低着头,连眼也不抬,目光执著地注视在他的作业本上。手中那支刹掉了半截杆儿的蘸水儿笔,似乎握得更紧更紧了。笔下写出的字,也似乎更认真了,更隽秀了。我用再好的笔,也写不出子卿用他的蘸水儿笔写的那么漂亮的字。

我不禁怔住,缓缓缩回了我的手。

母亲此时又说:"子卿,婶儿也给你买了几样东西,不知你愿意接受不?"

子卿抬起了头——母亲转身打开一只箱子,取出了一个崭新的草绿色的书包,极其郑重地双手捧给子卿,书包上托着一个崭新的文具盒。

子卿当时的表情那么意外。这件事肯定是他连想也没想过的。

他一时间呆呆地愣愣地望着我母亲。

我说:"子卿,别让我娘总捧着呀,你接过去啊!"

他这才接了过去。他正面反面,将书包摩挲了半天,看了半天。而后,又拿起文具盒,正面反面地看。

母亲微笑地瞧着他说:"子卿,打开文具盒。"

子卿小心翼翼地打开了文具盒,仿佛怕稍不注意,就会弄坏了它似的。文具盒里,有一支和母亲买给我的一样的笔,还有圆规、三角尺和半圆尺。子卿此前所用的,一直是自己做的三角尺和半圆尺,用贴上一层白纸的硬纸板做的。而圆规他一直用我的,也只有用我的。

然而子卿合上文具盒后,却双手捧起书包,低声对我母亲说:"婶儿,我……我不能收……这太……太……"

他红了脸,语无伦次起来。

母亲嗔道:"怎么不能收? 婶儿送给你的还不能收吗? 你跟婶儿还见外吗?"

子卿一个劲儿地摇头。分明地,不知如何才能表达清楚他那一时刻的复杂心情。

母亲又用温和的语调对他说:"子卿啊,这也是婶儿的一片心意哩!如果不是你在学习上帮着你弟,带着你弟,他哪儿能和你一样考上重点中学呢? 婶儿心里别提对你有多感激了。我知道你心里是怎么想的。常言道'无功不受禄',你心里这么想的,是不? 可婶儿今天要说,你对你弟,对婶儿,对你叔,对我们一家,是有大功的呀! 不但是功,还是恩哪!用句文话,你受之无愧的嘛! 孩子,别想那么多,也别说什么,什么都不必说,乖乖地你得给我收下。你要敢不收,婶儿可就生气了。"

母亲的一大番话,使子卿捧着书包的双手,渐渐地垂落了……

我们又开始写作业时,我偷瞧子卿,见泪水正顺着他脸腮淌下来,一滴、两滴、三滴……不断地滴落在他的作业本儿上,发出豆子掉在纸上的那种响声。将他写下的一行行工整隽秀的字,浸润得一片模糊。

当时,我真觉得,我有一个能靠力气挣钱养家的父亲,而他失去了一个这样的父亲,我的家境又比他的家境略好一些,是我在他面前的一种罪过似的。

少年人是最善于替自己寻找到精神愉悦和安慰的。故无论怎样灰暗的少年时期,总是有几抹暖色和值得回忆的美好光阴的。人在中年以后回忆起来,它们便如封沉经年的酒,散发出格外的醇香。

从我们那条"脏街"往市里去,走到第三条街上,街角有一家小人书铺,它属于一位七十多岁的老人。老人瘦而且高,仙风道骨的样子,陡直的鼻梁上架一副花镜,下巴留一缕古代式的胡须,胡梢长及第二颗衣扣,全白了。当年,据仿佛知道些底细的人们言传,他是解放前一所很著名的贵族子弟中学的校长。

自从我和子卿在那小人书铺看过一次小人书之后,它就与我们结下了不解之缘,成了他人为我们开辟的"三味书屋"。我们平时一有空儿,就结伴儿到某处建筑工地去捡废钉子、废铁丝,建筑工人们扔弃的劳保鞋、破手套什么的。凡是能卖几个钱的东西就捡,不论远近的建筑工地都去。有时，为了在下一次能看上我们非常想看的某一本小人书，我们会在星期日的早晨就出发，走到二三十里以外的郊区工地去捡。在我们的"三味书屋"，我们用两个少年的心灵接触了许多世界名著，尽管都不过是小人书。然而少年对于爱情、友情、亲情、高尚、卑鄙、正义、邪恶等需求理解的渴望，小人书里展示的古今中外的世界，已然称得上是大千世界了。在学校里，我们从来不会感到我们是两个大人，而在我们的"三味书屋"里，我们却常常忘了自己的实际年龄，从内心里奇怪地萌生起仿佛自己早就是大人了的意识。尽管我们能在我们的"三味书屋"里度过的时间是那么少，但我们都曾感到过，我们似乎正是在那些短暂的时光里一次次十分明显地长大的。

除了某个星期日偶尔也去，通常我们总是在晚上去。星期日我们都要帮家里干许多活，往往非常想去，却难得如愿。而比较起来，我们在冬季晚上去的次数，肯定是要比夏季晚上去的次数多得多的。也许因为，对两个穷家少年而言，冬季的晚上是尤其漫长尤其寂寞的吧？或许还因为，我们的"三味书屋"在冬季的晚上是格外有"情调"的吧？当年之事，仅靠收集记忆的碎片，是连我自己如今也说不大清的了。

试想想吧，外边静静地飘落着雪花，"三味书屋"的小铁炉散发出使人懒洋洋的温暖，小铁炉上的水壶吱吱作响，壶嘴吐出的水汽，使小屋里的空气湿润润的，温暖而清爽，不至于燥热。在几排条凳上，坐的都是和我们年龄相近的少男少女。有两个我们在那儿常见到的少女，举止端庄，神情单纯可爱。我们和她们从没说过一句话。但是当我们从外边推开门的时候，如果她们已先在，首先迎接我们的定是她们的目光。她们那种眯起温柔的眼睛默默注视着我们的目光，流露出几分想主动开口和我们说话的无邪的友好愿望，又流露出几分心有所忌的少女本能的羞涩。她们差不多总是比我们先在，总是相偎相依地并坐在靠近小铁炉的条凳上。红色的和金橘色的毛围巾，绕过她们的脖子搭在她们胸前，分外鲜艳。即使你第一眼本不想朝她们看，受色彩的吸引，你的目光也不能不立即望向她们。我们的目光与她们的目光最先触碰的那一时刻,是"三味书屋"恩赐给我们的另一种精神享受。有好几次我们总想早早地去,以图占据小铁炉旁的那一条凳,以图能最靠近地坐在她们身旁。这种内心里的隐秘动机,我从没向子卿倾吐过,子卿也从没向我倾吐过。但我敢肯定,当年我心里想的,也正是他心存的念头。然而我们的目的只有一次算是达到了,另外许多次我们一心要达到的目的都落空了。不是我们去得过于早了,以为她们会随之而来,她们却没能随之而来,她们常坐的那一条凳,被先于她们来的少年占去了;就是我们去得迟了一步,离她们最近的条凳已属于别人了。长成了大人的我后来总不止一次想过——与当年那一种陌生而又互有好感的少男少女之间奇妙又奇异的心理波动相比,大人男女之间的所谓情与欲,实在是并不怎么值得重温的呢!

我们和她们几乎面对面地坐在小铁炉两边看小人书的情形,至今回忆起来仍是那么温馨那么美好。我们的鞋尖几乎挨着她们的鞋尖。我和子卿都没敢移动一下我们的双脚。我们的破旧的棉胶鞋像两对儿丑陋的小动物。在另两对小动物前,它们规规矩矩地表达着它们的敬意和卑微的温柔。她们的双脚以同样的姿势交叉着。她们穿的是黑条绒的布棉鞋,当年的女孩儿们冬季里普遍穿那种鞋。在棉鞋和裤角之间露出了一截她们的袜子。她们一个穿的是一双红袜子,而另一个穿的是一双白袜子。我们更不敢抬头瞧她们,只有勇气间或偷偷瞧一眼她们的鞋。

那一天我们看得很慢,很慢,一个多小时才看完了一本薄薄的小人书,是莫泊桑的《卡尔曼》。

因为我们常去看小人书,那老人对我和子卿很熟悉了。有次我们带的零钱比平时多几分,贪婪地选了四本。待要看最后一本时,那老人说话了。

他说:"孩子们,你们不急着回家,也该替我着想着想吧?"

我们这才发现,小人书铺里已经只剩下我俩了,而窗台上的小闹表的时针已指在十点半了。

我和子卿很是难为情，不得不歉意地归还那本刚翻了三五页的小人书。那一本小人书是屠格涅夫的《木木》。

老人看看我的脸，又瞧瞧子卿的脸，问："很想接着看完是不是？"

我和子卿同时点头不已。

老人说："这我能理解。我小时候也这样。你们带回家看吧！"

我和子卿互相望了望，都不太相信自己的耳朵。

老人又说："没听明白吗？允许你们带回家看了。"

我问："真的？"以为老人在逗我们寻开心。

子卿也问："您信得过我们？不怕我们再就不来了？"

老人说："你们已经是我这儿的常客了，对常客应该有破例的时候。我觉得，你们是两个有信用的孩子。还觉得，咱们可能有某种缘分。别把书弄脏了弄破了就行。"

我们谢过老人，揣着《木木》离开了小人书铺。外面的雪下得很大，松软的大雪花无声无息地飘落着。我们的脸被小人书铺里的炉火烤得热乎乎的，大雪花一碰到脸上，顷刻就融化了。那一种感觉极舒服。

我说："将来我也要开一家小人书铺，像咱们这样的穷人子弟看小人书，一律不收钱，一律可以带回家。"

子卿说："那，我就要做一个为咱们这样的穷人子弟写书的人。"

我说："你的意思是要当一位作家啰？"

子卿说："你以为我是痴心妄想吗？"

我看他一眼，没把我心里想说的话坦率说出来，怕过分的坦率伤了好友的自尊心。

第二天我把《木木》带到了学校里，不知被班里的哪一位同学在课间偷去了。我们又不敢要求老师逐个搜查同学们的课桌，因为学校有明文规定，学生是不许带课外读物，尤其不得带小人书到校的。

为了尽早归还《木木》，我和子卿接连几天放学后在全市各个货运厂

"拉小套",也就是帮运送各种货物的人力车拉远程或拉上坡。那老人是唯一对我们同时给予极大信任的人。我们都清楚,倘不能归还他一本新的《木木》,我们是再也没有脸面再也没有资格去"三味书屋"了。

一个星期后,我们终于在新华书店买下了一本《木木》。

"你们为什么不守信用?"

老人见到我们时严肃地质问。当时所有的孩子都将目光投射在我和子卿身上,包括那两个我们非常想亲近又不知如何才能亲近的女孩儿。

子卿讷讷地解释了没能在第二天就归还书的原因,讷讷地说了些对不起的话,接着从兜里掏出那本新买的《木木》交给老人。

老人望着我们,沉吟地说:"据我看来,你们是属于那种没钱买小人书的孩子,你们不像她俩……"他指指那两个女孩儿,又说:"她们都有自己的小人书。她们还想买,她们的爸爸妈妈是会舍得给她们钱的。她们到我这儿看,是因为她们更喜欢这儿的氛围。老老实实坦白,你们买这本小人书的钱是怎么来的?"

老人指着那俩女孩儿说的时候,她们的猜疑的目光仍盯在我和子卿身上,使我们感到如芒在背。

我们只好向老人坦白。

老人往他的旧椅背上一靠,捻着他的长胡梢,目不转睛地把我看了足足有半分钟,又把子卿看了足足有半分钟,自言自语地说:"原来如此。那么我收回我刚才的话,承认我错怪了你们。看来你们还是两个守信誉的孩子。这本书,是你们自己的了。从今天起,你们没钱也可以常来看。想带回家看,打声招呼就可以。"

我和子卿的窘态顿时一扫而光。

我们情不自禁地笑了。

那两个女孩儿情不自禁地笑了。

老人自己也情不自禁地笑了。

他又说:"谁叫咱们好像有什么缘分呢! 爷爷精通面相学,为你们预见预见前程吧!"

他审视着子卿的脸,说出了一些令我们莫测高深的话。大意是断定子卿将来会成为心有孝根的什么可敬人物。还郑重其事地嘱咐子卿,将来别忘了他和他的小人书铺,能在显贵之后来看看他,如果那时他还活着的话……

子卿听得极认真,我看出他是很信老人的话的。

两个女孩儿的目光都离开了她们手中的小人书,也都听得极认真。我看出她们也是很信老人的话的。老人的话,似乎不必等到将来被证实,当时当刻便使子卿在她们心目中出类拔萃了,起码是比我出类拔萃了似的。

我感受到了一种从未感受过的大的失落。

我没容老人仔细端详我,便抽出一本小人书坐到角落去了。我唯恐老人对我的预见比对子卿的预见悲观太甚,使我在两个女孩儿注视之下大扫其兴。实际上我比子卿更信那老人的话。

他预见了子卿的人生后,仿佛根本就把我给忘了,竟连看我也没再看上一眼。那一天我坐在角落里心不在焉,究竟看了一本什么小人书连自己都不知道,不但失落,而且有些伤感,还有几分嫉妒,对子卿……

我们的政治老师,常在政治课上动员同学们畅谈理想。全班不少同学都畅谈过理想,我和子卿却没谈过。于我,是被心理上的自卑压迫着,没勇气谈出很令同学们刮目相看的理想。倘谈出一个平凡的普通的理想给大家听,又很不情愿。于子卿,我就不大明白是为什么了。我曾暗想,像子卿那样的人,无论谈出多么伟大的理想,同学们也肯定不会嘲笑他好高骛远吧。

在某一堂政治课上,政治老师将子卿叫了起来。

老师问:"翟子卿,你没有理想吗?"

子卿说:"有。"

老师问:"为什么不谈谈啊?"

子卿说:"我想等全班同学都谈过了再谈。"

老师问:"那又是为什么?"

子卿说:"想知道有没有谁和我有同样的理想。"

老师从讲台上踏下来,走到子卿跟前,不以为然地说:"你今天先谈,没谈的同学以后再谈,你也会知道的嘛。"

子卿说:"我不愿以我的自信,动摇了别人的自信。"

老师"嗯"了一声,缓缓转过身,思忖着回到了讲台上。

教室里一片肃静。

分明地,老师从子卿的话中,咀嚼到了一种极大的高傲的成分。我也从他的话里咀嚼到了这种成分。我想,当时全班每一个同学都肯定从他的话里咀嚼到了这种成分。如果是另一个同学用那样的一些话回答老师,不管是男同学女同学,不引起一片嘘声和哄声才怪呢!

可站起来的是翟子卿。

没谁敢轻易嘘他,也没谁敢轻易哄他。不是因为他不好惹,多么厉害,而是因为他在全校、全区、全市的各类学习竞赛中,不但为他自己,也为全班、全校赢得了太多太大的荣誉。学校专门制作了一个荣誉橱窗,子卿获得的荣誉证书几乎摆满了其中。它简直等于是学校专为他一个人做的了。再谦虚的一个中学生,大概也难免会高傲起来的吧?何况我所了解的子卿,骨子里并不情愿总是在人前装出温良恭俭让的谦虚。实事求是地说,那时他已变得相当高傲了。他仿佛要以拒人千里的高傲使自己在全班孤立起来。他仿佛很是欣赏自己造成的孤立。

然而,尽管他自愿地使自己孤立起来,却没有哪一个同学公开地和他对立。他那种绝对有资格的高傲,似乎早已被公认是只属于他的特权了……

重新站在讲台上的政治老师说:"翟子卿,你谈出你的理想吧。我认为你无论多么自信,也不至于动摇了别人的自信。"

子卿差不多是一个字一个字地说:"将来我要当作家。"

片刻的持续的肃静后,我听到有一个男同学"嘻嘻"地笑出了声,以滑稽的语调问:"是要当作家吗?"

于是全班嘘声和嘲笑声连成一片……

同学们仿佛终于盼望到了一个报复他的高傲的大好时机,仿佛终于可以集体地公开地肆无忌惮地轻蔑他一番了。

这是我万万没料到的。

老师也没料到。

子卿他自己更没料到。

他却并没有显得多么窘,多么惊慌失措。他一动不动地站在那儿,极其镇定自若地听着大家笑。一个初中二年级的学生,居然能在全班同学报复性的笑声中表现得那么镇定自若。多少年以后,我回忆起那一时刻,仍不能不认为子卿他当年的确是一个早熟的、心理力量十分特殊的少年。

他等到大家笑够了,笑声平息下去了,又一个字一个字地,清清楚楚地说:"我发誓,我将来要当大作家。"

大家却不再笑了。

教室里又变得异常肃静。

尽管我是他最好的最亲密的朋友,可是当时连我内心里也充满了快感和无奈——对他终于遭到了一次集体报复的快感和对他最终还是占了上风的自信与高傲的无奈……

他的自信是非凡的……

他的高傲是非凡的……

他的孤立是非凡的……

他似乎只有一种无奈,那就是穷。除了这一种无奈,他身上的一切似乎都是非凡的。仅仅因为他一个人的存在,对我们全班全校多少同学造成了冷峻的心理压迫啊！

不久后，我们全校又集体看电影。在儿童影院放映厅外的大宣传板上，"翟子卿"三个字赫然醒目，在那三个字下是一首长长的诗。

许许多多的同学都发现了。

"会不会是重名？"

"这还用问？明摆着是重名嘛！"

"不，不是重名。你们看，下边写着，是咱们学校的翟子卿！"

连老师们也在宣传板前驻足看，小声读。

而子卿那时正坐在他的座位上，弯着腰用鞋带捆扎他的鞋。他那只自己补了多处的鞋的鞋底儿，在路上几乎整个儿被一个同学踏掉。

自从他父亲去世，他就学着自己补鞋了。上了中学的他，补鞋的手艺已相当高明了，连我有时也求他补鞋。

之后，子卿的名字，不断出现在《少年报》《少年时代》《中学生优秀作文选》中。家里有收音机的同学还互相转告，从收音机里听到了广播子卿写的散文。某天子卿将黑龙江出版社写给他的一封毛笔信出示给我看。写信的是一位专门编选少年儿童作品的老编辑。他鼓励子卿不断写下去，并诚恳地表达了他的愿望——他乐于专为子卿编一本小小的集子。

诗、童话、神话、寓言、散文、小小说——子卿似乎一发而不可收，每天除了完成作业，就是写、写、写……

那一年，他获得了由市少年宫和市教育局联合颁发的"优秀少年作者"荣誉证书。证书是寄到学校里的。在全校大会上，在全校同学目光的注视之下，子卿走上台，从校长的双手中接过了证书……

回家的路上，我问他："子卿，你怎么偏偏想当作家？"

子卿说："为我娘……"

我奇怪地又问："你娘也从没指定地要求过你将来非当作家不可呀！"

子卿说："我总想象着，等我娘老了，行动不方便了，我就每天几个小时守在她床边,读书给她听。而那些书,都是我,她唯一的一个儿子写的。想来想去,我想不到还有什么别的情形,比这种情形对我和我娘都更好。我做梦都梦到这样的情形。一想到这样的情形,我内心里感受到的幸福就无边无际的。"

他说时,两眼熠熠闪光。那是充满了憧憬和向往的眼神⋯⋯

我们毕业前几个月的一天,我们的"三味书屋"里的小人书,全部被堆在马路上烧得只剩下了一堆灰烬⋯⋯

在我们的记忆中,对于我和子卿来说,"文化大革命"就是从那一天,那一把火开始的⋯⋯

我和子卿站在马路对侧,站在许多人背后,望着那堆灰烬在一阵风后化作一只只黑而大的蝴蝶,漫天飞舞,然后旋落地面,贴着笔直的马路追随在一辆辆车尾后⋯⋯

子卿无声地哭了。

我也是。

据说那老人于当天夜里上吊了⋯⋯

不久我和子卿下乡了⋯⋯

他这样嘱咐他母亲:"娘,千万把我那些证书好好保留着,有一天肯定还有用!"

第二章

是的,子卿仿佛是少年时期的我的一部分。不,不仅仅是一部分,简直就是另一个我自己,替我去百折不挠地走向一个我所走不到的目标似的,替我去追求和实现一个我可望而不可即的愿望。我内心里暗暗嫉妒着他的时候,实则是在常常地恼着我自己的不争气。更多的情况下,我因他的悲伤而由衷地悲伤,因他的喜悦而由衷地喜悦。于今我总在想,本来应该是我出现在他写的某一本书里,却怎么变成了我来写他? 怎么变成了这样!

于今我总在想……

喂得半饱不饱的牲口干起活来是最卖力气的。

子卿是知青中对北大荒的艰苦生活适应性最强的一个。他从不抱怨什么。

他还是知青中最省吃俭用的一个。

他甚至舍不得买食堂的菜,而买连队小卖部的臭豆腐。一块臭豆腐下三顿饭。知青宿舍中许多人闻不得臭豆腐味儿,共同向他提出过抗议。于是每到吃饭时,他一手持着用筷子串在一起的三个馒头,一手拎着装臭豆腐的小瓶,自觉地悄悄地避出宿舍,寻个背人的去处孤零零地吃。

每逢食堂改善伙食,不管他乐意不乐意,我总是要和他凑在一起吃上一顿。当然,那时候他免不了也要买一样菜。而我便非买上两样三样菜不可,为的是能使他多吃上几样寻常日子里根本吃不到的好菜。

我们每天的工资是一元六角八分,每个月还有八元钱的固定的严寒地区津贴。大家每月都能开到四十三元多。星期日如果不休息,则按加班算。年节加班,还计双份日工资。赶上这样的月份,谁在月底拿到六十多元的工资也不是什么值得大惊小怪的事。六十多元呀,这在当年,相当于城市里一个四级工的工资呀!而在城市里,几乎没有哪一个工人竟然会在四十岁以前熬成四级工。一个几百人的工厂,最多也不过能有十来个八级工。而八级工的工资也不过八十八元。许许多多的工人在他们的工厂干到退休那一天,熬了一辈子也不过才熬到五六级。我们一跨出中学校门每月就能挣四五十元,简直就是一种幸运。最初的岁月里,在发工资的日子,知青们一个个无不眉开眼笑,喜盈盈乐陶陶的。尤其像我和子卿那样的贫家子弟,甚至都从内心里认为,我们所吃的苦受的累,与我们每月所挣到的钱数相比,真是根本不值得一提。我们所挣到的钱数,使我和子卿在最初的日子里都是那么乐观。我们的父辈们每月还不曾挣到过我们所挣到的那么多钱呢!再说,我们当年都是生机勃勃的青年,只要吃得饱,体力就充沛,多累也不觉得怎么累,多苦也不觉得怎么苦。在黑龙江生产建设兵团,我们那个团工资是最高的。与当年的几千万知青相比,用今天的话说,我们何尝不是些"大款",不是些收入方面的"知青贵族"呢!

连队里家境好的知青们,当年花起钱来一个比一个出手阔绰。买罐头、买饼干,甚至偷偷买烟酒。有时还暗暗约好了,三个五个一伙,制造个什么借口,请假到黑河市去下馆子。当年,那无疑是很"奢侈"、很"挥霍"、很"腐化"的。仅仅一年后,他们的衣着都变了。发的兵团服和兵团鞋帽,旧了破了,他们早已不屑于再往身上穿了,除非干很脏的活才不得不穿一穿。尤其冬季里,坦克兵戴的那一种样式的神气的皮帽子,加上高筒皮靴、正规部队的合身的军棉衣军棉裤,使他们比贫家子弟的知青何止英俊十分!当年,黑河军区的军装厂,也格外优待地向"兵团战士"出售正规部队的军装,只要凭"兵团战士"的身份证就可以买到,只不过价格定得是很高的。按今天的说法,可谓之"议价"和"创收"举措。至于皮帽子和皮靴,只要你有钱,只要你买得起,黑河市的许多商店里都有卖。皮帽子三十多元一顶,在今天至少要卖到二百元以上吧?皮靴四十多元一双,在今天至少要卖到三四百元以上吧?若摆在"燕莎"之类的大商场的柜台里,究竟会标价几何那就只有鬼才晓得了。即使在当年,三十多元一顶的皮帽子或四十多元一双的皮靴,也并非一般家庭条件的人想买就舍得买,就有钱买的。四十多元,当年足够中等城市一个五六口人的家庭一个月的生活费了。那些家境好的知青们每月是不必向家里寄钱的。他们的家庭并不指望他们这一点,他们也就没这一种义务感。他们的父母,在写给他们的信中,千叮咛万嘱咐,大抵可以归结为这样的一句话——"照顾好自己。"这对他们的父母而言,是"悠悠万事,唯此为大"的。对他们自己而言,是不能不"时刻牢记",是"万万不可粗心大意"的。他们如果脸颊浑圆,满面健康的红光,穿着气派地回家探亲,他们的父母见了就不至于替他们牵肠挂肚了。否则,他们的父母就会伤感,就会难过,就会哭泣。每月的工资,对于他们,完全是用来"自给自足"的。而当年,每月四五十元,是足可以使一个知青在吃穿方面与一个局级干部相比的。区别可能仅仅在于,后者不必天天流大汗出大力,而他们在这一点上,是绝对不可能比其他知青稍有例外的;后者有小车可坐,而他们是绝对不可存此梦想的。再有大概就是,臭虫蚊子叮咬起他们来,一点儿也不会比叮咬其他知青留情面些。连里最初是不许他们在衣着方面太"特殊化"的,怕"腐蚀"了全体知青,影响了连队的"风化",也曾开过几次大会指名道姓地批评过。但所谓"兵团服",并非像正规部队那样,夏有单的,冬有棉的,年年照发。实际上仅仅发了一次,以后再发就成了失信的诺言。两年后,几乎没有哪一个知青的"兵团服"不是破烂不堪的。不许自己买了穿戴,又怎么办呢?

那些家境好的知青们对他们的父母的最大孝心,便是体现在"照顾好自己"方面。

子卿对他们是非常看不顺眼的,比连指导员对他们还看不顺眼。子卿对他们也是非常蔑视的,正如他们很蔑视他一样。

除了一些女知青,在所有的男知青中,子卿那套"兵团服"是穿得最久的。穿到后来,已到没法儿再补的地步,他仍舍不得扔。连我看着他那身破棉袄破棉裤,有时都在暗想——"明年他是非扔不可了!"可第二年,不知他怎么一对付一凑合,竟又穿了一年。那些家境好的知青穿得好比沙俄时期的年轻的贵族骑兵军官,而子卿穿得有如叫花子,连他们的马弁都不配当。不要以为这会使他们更有理由蔑视他。事实上,他们由此而产生的,更是对他的说不出口的恼怒。叫花子似的子卿在他们面前常常表现出的冷峻的孤傲,使他们和别的知青们都不能不觉得,他们的皮帽子,他们的皮靴,他们的印有正规部队番号的军装,根本不值得谁羡慕,其实一文不值似的。子卿对他们的轻蔑,足以对他们的自尊造成直接的穿透性的伤害。而他们对子卿的轻蔑,却根本不能对他的自尊构成任何伤害,有时甚至会被他的自尊反弹回去,落在他们自己身上。

到北大荒的第三年春季,某一天宿舍里只有我和子卿两个人,我指着他终于从身上换下的破棉袄棉裤说:"子卿,你何必呢?"

他瞪着我,反问:"什么意思?"

我说:"早该扔了,干吗总跟谁较劲儿似的,穿了一年又一年?"

他说:"我没跟任何人较劲儿。"

我说:"那好。那你今天就把这堆破烂儿扔了。买套新的!你总不至于告诉我你缺钱吧?"

他说:"我当然买得起。"

我说:"如果缺布票,或者棉花票,我的全给你用。"

他说："布票我不缺,棉花票也不缺,不需要你给。"

我有些生气地说："那你是喜欢穿得像个叫花子似的了?"

他沉默了一会儿,却答非所问地,自言自语似的说:"人是多么古怪的东西。"

我愣愣地望着他,不明白他何以说出这么一句不着边际的话。

他又沉默了一会儿,又说:"人是多么古怪的东西。"

我并不想明白他的话。

那天,我偷偷将他的棉袄和棉裤,更准确地说,将他那一堆破烂儿扔了。他知道后,只不过对我苦笑了笑,没说什么不高兴的话……

每天吃过晚饭,如果连里没有活动,知青集体也没安排学习,人们就不大见得着他的影子,连我也不大见得着他的影子。往往在吹过熄灯号时,他才幽灵似的悄悄回到宿舍。因为除了我,没第二个知青跟他有亲密的关系,也就没谁在意过他的诡秘行踪。他根本上是一个丝毫不被别人关注更不被别人关心的人。他仿佛也很乐于自己是那样一个人。只有我出于好奇心询问过他两次。每一次他都以同样的话回答我,说是独自一个人寻清静去了。子卿他从小就孤独惯了,连我对他有点儿诡秘的行踪也逐渐习以为常了,见惯不怪了。

我是连知青宣传队的"创作员",有次为宣传队编了一个叫《编筐》的独幕小话剧。内容很简单,无非是知青们如何向贫下中农学编筐而已。第二天宣传队要到团里去参加汇报演出。剧中需要不少柔软的柳条,而最为柔软的柳条当然是生长在靠近小河边的地方。大家都说,你写的"剧",柳条也由你自己去找吧。我呢,欲拒无词,只得于傍晚夹了柄镰刀,内心里并不怎么情愿地沿着河边寻寻觅觅,边走边割。

蓦地我站住了,我发现在一片细沙滩那儿有一个人。他弯着腰,手拿一枝树桠,在沙滩上写写画画,一会儿直起腰仰起头苦苦思索,一会儿用脚将写画过的沙滩抹平,重新写……

那不是子卿是谁呢?

那时天已快黑了。最早的几颗星已出现在天空上了。

他究竟在那儿干什么呢？

我悄悄地接近了他——原来他在沙滩上解几何题！

他是那么专注，我在他身后站了许久，他都没觉察到。

"子卿……"

尽管我的声音极轻，他还是被吓了一大跳，倏地转过身。见是我，他似乎暗暗舒了口气，迅速之极地用脚彻底抹平沙滩。

他问："你干什么来了？"

我说："割些柳条。"

接着问他："你一向都是到这儿来？"

他在沙滩上坐下了，扔掉手里的树桠，不回答我的话。

我又问："冬天也是到这儿来？"

他还不回答。

我穷追不舍地问："冬天，不管零下多少度，照样在雪地上解几何题？你可真会选地方！"

他站起来了，脸转向别处，回避地说："别问那么多。"

我见他另一只手里握着一本卷起的书，一把夺了过去。那是一本高二的几何课本。

想不到他这么有心，下乡前，竟没忘了弄到高中的课本带着！不是从城市里带来的，又会是从哪儿来的呢？

他立刻从我手中又将课本夺过去了，从圆领线衣的领口贴胸塞入，一颗一颗扣上衣扣。他那样子好像心里有点儿犯急，只不过因为干扰他的是我，压抑着不好意思发作罢了。

"全套的高中课本你都带来了？"

"……"

"还弄到了什么大学的课本也带来了吧？"

我的问话中不无挖苦的成分。

而他竟老实地点了点头！

他不但使我讶然，而且使我愕然了。你看到一个人分明地是被一种梦想纠缠住了，他又是你的知己，你最亲密的兄弟般的朋友，你再善于理解他，大概也不可能不愕然吧？

我紧紧抓住他一只手说："子卿，你先别忙着走。你坐下。看来，咱们今天得开诚布公地谈谈心里话！"

他挣了挣手，没挣脱，只得顺从地默默地坐在我身旁。

那时天已完全黑下来了。尽管我们坐得那样近，彼此看对方的脸，面目已都有些模糊了。至少我是看不大清楚他脸上的表情了，也就很难猜测他当时的心情。

我说："子卿，你先回答我一个问题——我们是些什么人？"

他说："兵团战士。"

我说："是兵团战士的我们同时又是些什么人？"

他说："知识青年。"

我说："我们到这儿干什么来了？"

他说："屯垦戍边。"

我说："屯垦戍边的同时还得怎样？"

他说："接受再教育。"

我说："到现在已经多长时间了？"

他说："三年。"

我说："还要多久？"

他说："不知道。"

尽管我已看不清他脸上的表情，但我还是用一只手钳住他的下巴，将他的脸硬扳向我的脸。他一向是我心目中的偶像，从来都是我向他讨教什么，而他对我进行教诲。我第一次那么放肆地那么无礼地对待他。

我严肃而又嘲讽地说："哈哈，翟子卿，我还以为你患了妄想症呢，原来你一切都明明白白清清楚楚嘛！原来你头脑很正常嘛！那你还存的什么幻想？你这不也是在跟自己较劲儿吗？你这不也是一厢情愿地瞎浪费心思瞎浪费精力吗？我们已经整代地被打入另册了！我们已经整代地被永远剥夺上大学的权利了！这难道不是明摆着的事实吗？可你还一直在做大学梦！一有空儿就跑这儿来解什么解析几何！把自己搞得诡诡秘秘的！如果你这种思想被别人知道了，向连里汇报了，不把你当成反扎根反改造的典型批判才怪哪！"

他一掌推开我的手，冷冷地说："我不信！我不信这个时代的大学课堂从此空荡无人，而时代本身却毫无反省无动于衷！"

我张了张嘴，没说出话。在我自认为有理的时候，我也每每说不过他，更别指望说服他了。总是那样的。

他又说："人可真是古怪的东西！比如一排那个张邵文，还有李冉，他们也都是三中的高材生，三中又是全市首屈一指的重点中学，怎么一到了北大荒，怎么才经历了三年的时间，就变了呢？就好像是个小学生了呢？就好像心里从未想过考大学这回事了呢？每天就只晓得下棋、打扑克、赌烟、喝酒、吹牛、扯淡，把自己打扮得像个公子哥儿似的呢？"

听得出来，他确实心存困惑。显然，他经常在想这些。

我对他叫嚷起来："他们怎样关你什么事？他们变得那样有什么不妥？有什么不好？我以后也要像他们那样！"

月光下，他的脸上只有一双眼睛是亮亮的。他那双亮亮的眼睛一眨不眨地瞪着我。和我刚才一样，他对我也感到诧然，并且感到了愕然。

我又叫嚷："他们那是现实主义的人生态度！是明智！是识时务者为俊杰！是随遇而安！是大智若愚！"

"够了！"他也叫嚷起来，"我不信！我就是不信！我信'山重水复疑无路，柳暗花明又一村'！我信'十年河东，十年河西'！我信人生是由机会决定的！我信机会只属于对它有所准备的人！你以为我翟子卿从小活得像个小叫花子，长大了，每月能和别人一样挣钱，还摆脱不了穷气，还愿意和小时候一样穿得像个小叫花子啊？你把我根本想错了！根本看错了！我年复一年穿那件破棉袄和破棉裤，那是为了时时刻刻提醒自己，我翟子卿不会长久属于这儿，不应该长久属于这儿！北大荒不是我人生的最后码头！兵团服不是我自己打心眼里认可的光荣！实现我从前的理想才是我的光荣！今天戴上一顶坦克兵式的皮帽子有什么了不起？那也值得自我感觉良好？终有一天，我翟子卿要戴上作家的桂冠！或者博士帽！"

听了他的话，我一时什么都不想说了。自卑感使我觉得无话可说，它又重新压迫到我身上来，仿佛将我一下子压趴在他面前了。我到北大荒以后的最突出的感觉，便是自信地认为自己长大了，长成一个大人了。那一天，那一个夜晚，我悲哀地意识到，在子卿面前，我仍不过是一个头脑简单的中学生。除了干活，吃饭睡觉，自寻某种快乐，我对自己，对将来，似乎早已没了什么打算，更没有什么不可告人的打算和处心积虑的计划。然而子卿却有。不但有，而且早已在暗地里进行着充分的准备了！和他比起来，我的头脑不是太简单了吗？如果不是他的诡秘行踪被我无意间发现了，我对他内心里的想法竟一无所知。以前，他似乎没有什么可对我隐瞒的。他的想法他的打算，往往便是我们两个人共同的想法共同的打算。他在任何他认为必须争取实现的目的方面，不会隐瞒我，更不会抛弃我。而他现在却开始隐瞒我，开始抛弃我了。他的心计似乎已开始只属于他个人了。而以前我曾处处依赖于他的心计并曾是获益者啊！我因意识到自己被关系最亲密的人当成了大傻瓜，因被隐瞒被抛弃而非常伤心，非常沮丧。联想到他方才怎样用鞋底迅速地抹平沙滩，怎样地企图继续隐瞒我，我内心里甚至情不自禁地萌生了一种愤慨。

他又说："机会肯定是还有的，我本能地感到它的存在。它正隐蔽在今后的某个日子里，不定在某种条件之下，它会倏地显现出来，使对它毫无准备的人目瞪口呆、反应迟钝、措手不及。而它会拉扯上那些为它有所准备的人，从反应迟钝、措手不及的人们身边擦肩而过，匆匆远去。对那些毫无准备的人，它甚至会一去不返，永不回头招手。有时候，人失去了一次机会,便意味着失去了一生的转机。所以我时时提醒自己,告诫自己,要求自己千万不能跟别的知青一样。你说他们是识时务者为俊杰,是随遇而安,是大智若愚,那么就让我做一个不识时务的人吧。我现在必须省吃俭用,必须节约每一元钱。我要为我自己的将来,为我的老母亲,多积蓄一笔钱。哪一天机会真向我招手微笑了,我去上大学了,三五年内,我没有工资了,那笔钱要用来养活我娘,要用来维持我读书的。我不在乎现在别人们怎么议论我。为了将来,现在遭到什么议论都是值得的。吝啬鬼、钱串子、瓷公鸡、铁仙鹤、玻璃耗子、琉璃猫,无非都是讽刺我嘲笑我省吃俭用一毛不拔!有什么呢?不能达到伤害我的目的。"

我耐心地等到他沉默下来,问:"你说完了吗?"

他说:"完了。"

我说:"你还有什么话说吗?"

他说:"没有了。"

我站了起来,说:"那,我们回连队吧。"

他也缓缓站了起来,直直地望着我。

我将脸转向了一旁。

他忽然用双手扳住我的两肩,请求道:"你可要替我保密!你可一定要替我保密!你看到的,我对你说的,千万不能,不,不是不能,是不许,不许泄露给第三个人!"

我说:"行。"

他说:"你得发誓!"

我随口向他发了一个誓。

他这才半放心不放心地将他的双手从我肩上落下……

子卿每年探家,往返途中,常自备干粮和水。为节省途中花费,他决不下饭馆,亦决不住旅店。途中受阻,往往就在火车站、公共汽车站或边防检查站挨熬一夜两夜。饿了,啃干粮;渴了,喝自己军用水壶里的水,或从哪儿讨点水。若军用水壶里的水冻实了，倒不出来，一时也讨不到水，塞进嘴里一把雪一块冰就算喝水解渴了。没有哪一个知青高兴和他结伴探家，他也不愿和别人结伴。他一向独往独来。如此这般，他积蓄下的钱，要比全连任何一个男知青和女知青的都多得多。老百姓有句话是"口挪肚攒，节衣缩食"，这话用在子卿身上，再恰当不过了。

那一年冬季我探家——也就是我和子卿在小河边谈过话那一年冬季，他让我捎笔钱给他母亲。我接过沉甸甸的一个信封，问是多少钱。他说是五百。

五百！在当年，对于我和他这样的穷家子弟，甚至对于普遍的人们来说，大概相当于如今的五万吧？按当年人们对钱的概念，千元以上就是一笔巨款了！

我张大了嘴，半天才又问出话来。

我说："子卿，莫非你是变戏法的？怎么变出这么多钱来？"

他一笑，说："如果我会变戏法变出钱来，每次给自己变多少钱，也会给你变多少钱的。"

他扳着指头跟我算了一笔账——原来他每个月都开"满勤"。原来他自从下乡后，仅休息过四个星期天！而逢年过节，只要他人在连队，没探家，照例总是要加班的。夏秋季节，每个月他几乎只换饭票，不换菜票，一个月只需要六元钱就足够了。虽然他在知青中是一个孤立的人，正如他在小学时代中学时代是一个孤立的孩子和少年一样，但在老战士老职工们之间，他的人缘都相当好。他常帮他们干活儿，常替他们写信，也常替他们写入党申请书、历史问题交代书、生活困难申请书、错误或者作风检讨书什么的。总之，这使他了解他们的许多隐私和许多不愿公开的事。了解和知道了许多老战士对老战士、老职工对老职工也讳莫如深的事。然而子卿具有一种许多人都难具有的优点，那就是——他是一个愿意、善于、并且完全能够替别人保守住隐私秘密的人。不管是谁，只要你请求于他，甚至根本不用请求于他，仅仅是暗示他，那么他则会将替你保守住什么隐秘,作为他对你必须承担的一项义务和责任。你的隐私你的隐情你的某件唯恐被人知的事,即使烂在他腹中,他也决不会辜负,更不会出卖你对他的信赖的,除非那是你的罪过或罪行。老战士老职工们对他好,不是不可理解的,不是没有道理的。不仅仅是因为他在力气方面和在对钱的态度方面恰恰相反,有求必应,常帮他们干活儿。他可以随便出入于任何一家老战士或老职工的菜园子,如入无人之境,"按需所取"。他常从他们的菜园子里拔棵葱,架上摘条黄瓜,秧上扭个柿子,或割一把青菜,洗净,用开水烫了,讨他们一勺酱拌着吃。有时他也从他们的鸡窝里掏走母鸡刚刚下出的蛋,或借用他们的鱼叉到河里去叉几条鱼,以补充一个正在长身体的小伙子体内起码需要的营养。何况,知青宿舍前的大草甸子里,夏秋季节有采也采不完的野菜、黄花。上山干活时,还能采到木耳、猴头和种种蘑菇。他不吸烟,不喝酒,是男女知青中最最典型的一个"低消费者"。他扳着手指跟我算完了一笔细账后说,不要以为他在亏待自己,更不要以为他在虐待自己,其实他很在意自己的身体素质,体内并不比我们缺少什么营养。

他嘱咐我:"你见了我娘,一定要替我跟她讲,她老人家一辈子含辛茹苦,身体不好,年岁又一天天大了,千万别舍不得花钱。爱吃哪一口,就买哪一口吃。自己懒得做,就去吃饭馆嘛!我所以要常常往家寄钱、捎钱,就是要让我娘觉得,她是完全可以享受享受的。她就我一个儿子,我挣钱供她花,那是天经地义的。她老人家完全不必有任何心理负担舍不得花的。我就一个娘,难道我还不能将一个娘供养得好好儿的吗?她老人家舍得花,我就放心,就高兴,就觉得尽了孝,就觉得幸福。否则我加班加点,省吃俭用图的什么?"

他还另外给了我五十元,求我给他母亲买些水果、罐头、点心什么的。他说,他太了解伴随着穷日子生活过来的母亲了,钱攥在手里,无论怎么开导,也是舍不得花的。必然会觉得都是儿子的血汗钱,必然会替儿子继续积攒着。除非买成吃的东西,摆在她一眼可以看见的地方,不吃就会变质,才肯吃。他特别求我,一定要想方设法替他母亲买一条活鲤鱼。他说他从小就总听他母亲叨叨,这辈子就想再喝上一口新新鲜鲜的鲤鱼汤。而从他懂事以后,家里吃过有数的几次鱼,都是咸鱼,从未吃过一次鲤鱼,更不用说是活的了。

子卿一提到他母亲就大动感情,就眼泪汪汪的。

我向他保证,他求我的每一件事,我都会替他做到,做不到不回连队见他。

我回到家里后,第一件事,就是买了不少水果、罐头、点心什么的,摆在我母亲一眼能看见的地方。

我对母亲说:"娘,你吃吧! 反正我已经买回家来了,舍不得吃,留坏了,你肯定比我还心疼!"

母亲不禁对我另眼相看。那一时刻,我瞥见母亲两眼渐渐噙满了泪水。母亲掩饰地扭过身去,徒自感慨万千地嘟哝:"这孩子,说出息,就出息起来了! 怎么忽然地也没人教导就学会孝敬娘了?"

我问母亲:"娘,你最爱吃什么?"

"这……这娘可说不上来……"

母亲欲言又止,吞吞吐吐,一时竟不能说出最爱吃什么。

我接着问:"娘,你爱不爱吃鱼? 比方说鲤鱼,活的……"

母亲就连连点头:"爱吃,爱吃,连鲤鱼妈都不爱吃的话,那不是太烧包了吗? ……"

当时正值秋季。按说秋季正是鲤鱼肥的季节,松花江里又出松花江鲤鱼,买到两条鲤鱼本不该算什么难事儿。可那是"文革"时代。"文革"时代的特点是——革命口号层出不穷,物质却匮乏到了极点。在一切物质之中,最匮乏的莫过于副食品。许多副食商店差不多是徒有虚名。至于什么水产商店,全哈尔滨市就没有一家! 只要粮店正常开门,并有粮可卖,老百姓仿佛也就心满意足,感激不尽,谢天谢地了。"文革"时代的中国老百姓,大概是地球上当年最典型的"素食人口"。三年不知肉味儿,甚至也不想。想也是白想。连一指长的支离破碎的小咸杂鱼，一旦出现在货床上，人们都会奔走相告，转眼便排起老长老长的队。何况活的鲤鱼！普通老百姓只有在年画上才能见到鲤鱼，象征着"年年有余"。当年，如果谁想贿赂一名干部，只要行贿之事是对方权限以内的事，拎着两条鲤鱼，兴许就会达到目的……

我下了决心，非买到两条活鲤鱼不可！如果松花江里没有，我也就罢了。可松花江里明明是有松花江鲤鱼的嘛！如果当时是冬季，我也就罢了。可当时正是松花江鲤鱼肥硕的秋季嘛！为了买到，我蹬自行车离开城市，沿江碰运气。天黑后投宿在松花江下游的一个小渔村。多少年以后我才知道，那正是我的母亲和子卿的母亲的出生地。留我住下的是一个独身老人。他的小小的泥草房在村子的最边儿上，紧靠着江。在他的小小的泥草房里，便能清楚地听到江水涌岸发出的响声。他的"家"里，如果那也算是"家"的话，除了几只小板凳和卷在火炕上的黑乎乎的被褥，再就什么也没有了。我给了他两元钱，他就很高兴地留我住下了，并主动说要把被褥让给我盖。说时，一边将手伸入衣内摸虱子。我奉献出随身所带的一瓶廉价的白酒陪他喝，老头儿奉献出了几块咸萝卜。我们就面对面坐在小板凳上，一只破碗摆在地上，摆在我们之间。村里当年还没有电。尽管离城市才五十多里，却并未因为离得近沾了城市的什么光。土墙上直接抠了个小窝儿，一盏小油灯在那小窝里发着比萤火虫大不了多少的光。我和老头儿就对着瓶口喝。他一口，我一口。我一口，他一口。酒是好东西，劣质的有时候也是好东西。它能使陌生人之间很快地就变得亲热起来。那老头儿可不是酒鬼。显然他已很久很久没喝过了。几口酒之后，他那双混浊的老眼里有了神采，甚至炯炯发光。他喝得挺斯文。尽管是嘴对着瓶口喝，却极在意地不发出喝的声响，每次只喝一小口。将瓶子递给我之前，还用袖口里面儿抹一下瓶口儿。他那袖口里面儿同样油腻腻脏兮兮的。我一心为了博得他的好感，故意装出很欣赏他的"卫生"习惯的样子。我暗暗打定主意，要搞到两条活鲤鱼，不往别处动心思,就在这老头儿身上下功夫了。

老头儿的话渐渐多了,跟我聊起了他命中的种种不幸。老伴儿怎么在三年自然灾害年月吃野菜中毒死的,儿子怎么因为偷了集体的半袋粮食被判了刑,女儿怎么因为违心的婚事自杀的……说到伤感处,老泪涟涟,泣不成声。

我陪着他一把鼻涕一把泪。七分是真的被引起了同情心,三分是表演。

最后我认为前面的种种"铺垫"够充分的了,时机已经非常成熟了,便向他提出了我的请求,希望他连夜驾船下网,替我捕两条鲤鱼……

老头儿听了我的请求,揩尽老泪,一时间又变得相当冷静,不那么容易求得动了似的。他不肯答应我。说怕被村里人发现,说松花江是国家的一条江,江里的鱼自然也是国家的。偷偷捕国家的鱼,那罪名是不轻的。我又掏出了二十元钱,继续苦苦相求。他两眼盯着我手中的二十元钱,还是一个劲儿地摇头。说一牵扯到钱,那他更不敢了。说偷偷捕了国家的鱼而自己卖了钱,问题就更严重了。不必别人怎么"上纲上线",自己心里也清楚,起码是"损公肥私"的罪名。我从他脸上复杂的表情分析透了他的心理——分明,他尤其怕我得到了鱼后,再卑鄙地出卖他,使他不得不还我钱,最终还担了罪名。为了使他相信我不是那种出尔反尔的卑鄙小人,我指天诅地,引神证鬼,向他发了几番誓。

他问:"小伙子,你究竟为什么非要弄到两条活鲤鱼呢?"

我说:"为母亲们……"

"为母亲……们?"

他眨眨眼,不明白我的话。沉吟有顷,又问:"你有好几个娘?"

我觉得三句两句也没法儿对他解释清楚,解释清楚了他也不见得立刻就能理解。不理解岂不还是等于没解释清楚?心里一急,就扑通给他跪下了。因为跪得并不那么情愿,而且还感到很屈辱,眼泪也就随之涌出来了。

　　我编了一套瞎话，眼泪汪汪地骗他。我说，目前城市里正在流行一种病，许多母亲都传染上了这种病。一旦传染上了，就无药可治，命在旦夕。只有一种民间偏方可救她们的命，那偏方又是非活鲤鱼汤服不可的。我神情哀婉，说得煞有介事。一时间连自己都快相信自己编的瞎话了。

　　"真的吗？"

　　老头儿半信半疑。

　　我跪着不起，言之凿凿说是真的！说您老可千万发发慈悲，救救母亲们吧！

　　当年，尤其当时，连我自己也搞不明白，究竟为什么在那件事上我会专执一念，不达目的誓不罢休。我暗想，为了体现我和子卿对我们的母亲的孝心，编瞎话骗骗那老头儿也不算多么可耻。

　　毕竟是农村人。毕竟是个毫无文化的老头儿。他毕竟孤陋寡闻，对城里之事毫无所知，也就好骗。

　　老头儿动了恻隐之心。

　　他连忙来扶起我，并说："孩子，快起快起，既是人命关天的事，我也就顾不得那么多了。"

　　我趁机将二十元钱塞入他手里……

　　老人带着我，绕村子去到江边，偷偷摸摸地推船入水。

　　接连打了几网，打上来的尽是水草。我唯恐他丧失信心，从旁不停地说着些鼓励的话。

　　终于有一网，打上了两条一尺多长的肥鱼，看样子每条都有二斤多。

　　我高兴地说："这下就好了，这下就好了。"

　　他逮住一条鱼看了看，一声不吭地放在船里了。逮住另一条看了看，叹口气，沮丧之至地说："都不是鲤子，都是鲫鱼。"

　　他说罢就想将两条鱼放回江里。我眼疾手快，急忙制止住了他。

　　我说："鲫鱼就鲫鱼吧，总比空手而归强！"

　　他说："那怎么行！偏方是万万不能凑合的！凑合就不顶事了。"

我说:"当然的,最好是鲤鱼。不过实在弄不到鲤鱼,据讲鲫鱼也是可以的,并不影响治好母亲们的病。"

在他的小泥草房里,他喝了两大口酒,对着两条鱼的鱼嘴,喷到了鱼腹中。说醉鱼即使离了水,也可以活很长时间。又将我的布袋浸湿,将鱼放入袋里。

回到家,我将鱼取出一条放入水盆里,它果然活转来了,侧侧歪歪地游。

母亲蹲在地上,守着盆,开心地观看着,感慨系之地自说自话:"多少年没见过活鱼了,今天又看到了,又看到了。看到了活鱼,就想到了我们那个小渔村。它既然还活着,就养着它吧。咱们可别忍心杀生啊!可怜的鱼,就为了我当娘的一句话,你怎么就被我儿子弄到我家来了呢?"

我唯恐另一条鱼会死,顾不上和母亲多说什么,一转身就离开家,又蹬上自行车去给子卿母亲送鱼。

我两天前去子卿家,替子卿给他母亲买的那些水果、罐头、点心之类,仍摆在原处,而且被重摆过了,摆的像某些人家过年过节上供似的,仿佛不见少。

我问:"大娘,您怎么不吃呀?"

子卿母亲说:"怎么没吃,吃来着,也不能一下子都吃光了啊,摆那儿好看!"

我说:"吃的东西,又不是摆设,摆那儿给谁看呀?"

子卿母亲说:"谁来了,谁就会看到呗。我儿子对我的一片孝心,那得让左邻右舍都知道。别人知道了我心里高兴。我自己时常看着,想想我有这么一个有孝心的儿子,虽不在身边,心里边也美滋滋的。"

我说:"大娘,还是多吃吧!摆时间长了,会坏的。"

子卿母亲说:"好,我再吃,我再吃。"拿起一块点心,像从没吃过点心的小孩子那么稀罕地吃了起来。

我就趁机将子卿嘱咐我替他劝导他母亲的那些话学说了一遍。

子卿母亲一边嚼着点心，一边侧耳聆听。听着听着，流泪了。

子卿母亲流着泪说："其实，我哪儿舍得吃，哪儿吃得下去呀！那都是用俺子卿汗珠子掉下摔八瓣挣的钱买的不是。"

我赶紧转移话题，将鱼给她看。并告诉她，子卿如何求我给她买一条活鲤鱼，我如何到处去买也买不到，如何蹬着自行车离开城市，从一个渔村弄到了两条鲫鱼。

子卿母亲连忙找来一只桶，盛了半桶水，叫我快将鱼放进去。

子卿母亲也和我母亲似的，蹲在地上，守着桶，开心地观看着，嘴里说着和我母亲说的差不多的话。

最后她说："看它活着，不是比把它弄死，做着吃了更好吗？"

我说："是啊，大娘，看它活着更好。我家那条，我娘也不许弄死。"

子卿母亲说："人有人命，鱼有鱼命。世间万物，都有个命好命歹的。人知道命不好的苦楚，就不能反过来不替落在自己手里的鱼的命想想。"

那天，我忽觉获得了一种意外的理解方面的收获——我和子卿这两个"脏街"上长大的孩子，是都有着同样慈悲为怀的母亲啊！

我们的母亲，是值得我和子卿特别孝顺的啊！

那天，我内心里也对子卿充满了感激，觉得我对于我的母亲的孝心，是受他感染的。正如我当年不用功学习到用功学习，也是受他感染的一样。

返程前一天，我又到子卿家，问子卿母亲是否有什么话需我转告他，或有什么东西需我带给他。

子卿母亲交给我一个大包袱，说包袱里是一条棉裤。虽然仅仅是一条棉裤，却似乎比一床棉被还重，简直使我怀疑絮的不是棉花……

我说："大娘，您给他做得也太厚了呀！"

子卿母亲说："听说你们那儿冬季里天寒地冻的，冷得邪乎嘛！"

我说："那也不至于穿这么厚的棉裤哇！这要穿上，就像腰以下围着床被子了,没法儿干活了……"

子卿母亲说:"我就这么一个儿子。我活着,全指望他了啊。我是他娘呀,我不心疼他谁心疼他? 好孩子,你千万别嫌麻烦,就给他带去吧!"

那一天我又明白了"可怜天下父母心"这句话,其中包含了些什么我以前不曾思考的内容。

我回到连队,一见子卿,第一句话就是告诉他——我替他给他母亲买到了一条肥硕的活"鲤鱼"。

子卿微笑了。

而当我将那个大包袱交给他,他打开后,双手捧起棉裤,忽然将脸埋在软软的棉裤上,无声地哭了。

第三章

在知青群体生活的最初岁月里，真挚地表露和热烈地追求爱情的"行动"，无论对男知青或女知青而言，都不啻是一种勇敢……

度过了探亲假刚刚回归连队的知青，总是会被许多知青围住。他们会从方方面面询问城市有什么变化，发生了哪些重大事件。我也不例外。尽管探亲假不过十二天，尽管我一天也没超假，但大家还是围住我七嘴八舌，问长问短。仿佛我并不是返城探家了一次，而是以什么记者的身份，刚刚到最具新闻色彩的某个动荡不安的国家去收集了一次新闻似的。"文革"还在继续着，派性"战争"的政治硝烟还笼罩着城市，大家理所当然地认为，一个刚刚在城市里度过了十二个日子的人，对城市一定会有论说不完的话题。由此可知，知青们的眼睛，仍是多么迫切地渴望超越时空，关注到城市。这一种关注，在极大的程度上体现着他们对自身命运大趋势的探究。

唯独子卿似乎丝毫也没有这种关注的心思。他当然也问过我一些话，而且是第一个问的，是将我扯到一旁单独地、悄悄地问的。大家都知道我和他的亲密关系，也都觉得他拥有绝对优先的资格和特权。在他问我时没有任何人不识趣地凑过来。他先问我他娘的身体怎样，接着问我将钱如数捎给他娘没有,嘱咐我替他开导他娘的话对他娘说了没有,水果、罐头、点心之类,替他给他娘买了没有。我一一作了回答,他对我认真负责地替他尽到了义务感到很满意,再就什么也不问了,拍了我的肩一下,便坐在他的床位那儿,感受着相隔几千里以外的娘对他的慈爱,试穿那条厚厚的棉裤。而几分钟后,在我和大家不经意间,他已离开了宿舍不知去向,只有他的棉裤叠放在铺位上。

我尽量地绘声绘色地向大家讲述了一些在城市里道听途说的、自认为有传播意义的"新闻"。从官方可能将要下达的与知青有关的"文件"到民间的街谈巷议,从未公开的"最新指示"到已在侦破过程中的子虚乌有的奇案。有些事其实是我坐上返程火车后充分打了腹稿的"创作"。因为一个知青从城市回到连队的当天,不预先做好准备,到时想大讲特讲一通是不可行的。你的探亲假仿佛不只是你一个人一次返城的机会,也是代表着大家的一次机会似的。连最不善言谈的知青都十分明白,在这一点上你必须使大家的心理也获得某种满足。没事可谈,无话可说,一问三不知是最令大家扫兴的。果然如此,你便会在无形之中得罪了大家,会使大家误以为你是一个连起码的知青义务都不尽,连起码的什么都不分享给大家的人。而落这么一个结果是多么不明智多么愚蠢的啊!所以,瞎编也要编出一些事,没话也要挖空心思杜撰话题。

对于那些要求我到他们家里去看看,仅仅捎句平安话的知青,我百答不厌,回答得尤其有耐心。他们的家我都一一去了,而且至少都去了两次。刚返城的一两天内去过一次,回连队前的一两天内又去过一次。当年,对于一个知青,探亲假是一些极为短暂的、整天东跑西颠、匆匆忙忙、难得真正和家人安安静静相处一会儿的日子。如果哪个知青能说出他去过的知青伙伴的家有几道门,窗子朝什么方向开,是木板地还是砖地,床朝东摆放还是靠西墙,家里有几把椅子,对方的父母为他沏的是红茶还是绿茶抑或花茶,问及儿子哪些方面,问及时细微的表情变化怎样,那么对方准会对他好感大增,感激涕零。以前合不大来的,今后也会合得来了。以前有隔阂的,今后隔阂也消除了。以前因什么不愉快之事耿耿于怀的,今后老账也就一笔勾销了,甚至可能从此变为知己。

我对大家的回答是那么详细。我理解他们的心情。每次在探亲假期间去某个知青战友家,总提醒自己多为他看在眼里些什么,记在心里些什么。在当年,我并没有什么投机的考虑,用今天很流行的"感情投资"这句话分析也不恰当。当年没"感情投资"这个词儿,一般知青也没这么理性这么功利的意识。那只是一种对别人的理解,只是一种虔诚,只是一种单纯的心地。在这一点上,知青和知青的区别,也许仅仅在于,有人心粗一点儿,有人心细一点儿,有人因和某个战友关系亲密自然地心细一点儿,有人因和某个战友关系平常而心粗一点儿。我则无论是对和我关系亲密的子卿,还是对和我关系平常在连队里说话不多的战友,只要是受嘱托去了对方家里,所见所闻都尽量心细一点儿。但凡能多去一次,尽量多去一次。尤其对那些关系和我平常的战友,我的义务感反而更大些。试想对方和你关系平常,却在你动身探亲前嘱你千万去他家里看看,千万别忘了捎到一句话,千万别忘了替他们问什么家事,那该是怎样的一种信赖? 有的知青父母是离异的,我曾在探亲假里既去看过他的母亲,又去看他的父亲。而且,还要牢记对方的叮咛,对母亲说应该对母亲说的话,问应该问母亲的事;对父亲说应该对父亲说的话,问应该问父亲的事。有的知青家庭成员众多,关系复杂又不和睦,在其家里说什么问什么,哪些话该说哪些话不该说,哪些事该问哪些事不该问,没有点儿责任感是会给对方造成后患增添忧愁的。还有的知青,兄弟或姐妹从小被别人家抱养了去,改姓了别人家的姓,成了别人家的人,他要求你暗中替他去看看,去建立通讯联系,这样的嘱托你能掉以轻心不当回事儿办吗?

受益于我的天性,我和连队知青群体的友善关系,绝非子卿所能相比的。正如他与老战士老职工们的友善关系,绝非我或另外任何一个知青所能相比的。他对于改善自己与知青群众的关系,似乎毫无心理或情感方面的主观愿望。而我,也完全不想充当老战士老职工的知心人的角色。我是知青群体中最有人缘的一个,在当年,这一点大概是我觉得唯一比子卿欣慰的了。每一个人都会本能地在现实中寻求某种欣慰,并靠了这种欣慰安抚自己的心灵,像熊靠舔熊掌冬眠一样。子卿的欣慰究竟是什么?当年我不得而知,也没问过他,更没跟他深谈过。如果说他是老战士老职工们的知心人这一点便是他的欣慰,似乎又太缺少下结论的根据。因为据我看来,他只不过是借用这一点,以图游离于知青群体之外,过一种他自己自觉自愿所选择的,与普遍的知青生活有别的,甚至迥然不同的"个体知青"的生活。而他内心深处,是连与老战士老职工们的友好关系的存亡都是不大在乎的。是的,真是这样的。当年他身为一个知青,却仿佛非常轻蔑知青群体,将自己当成一个与这群体毫无关系的人似的。进而言之,他似乎根本就不存在一切群体意识。他与老战士老职工们的关系,也更体现在他们对他的需要,他们对他的笼络方面,而非体现在他对他们的依赖方面。他心安理得地借用他和他们的关系,但那仅仅是借用它罢了。公正地说,并非像其他知青背地里纷纷议论的那样,有什么利用的意识,起码我个人是以这种公正的眼光审视他和他们的关系的。我认为子卿的目的只在于可以自由出入他们的菜园子,好比有些鸟儿栖落在牛背上仅仅是为了啄食它们身上的寄生虫以饱腹。我对于其他知青对他的私议是不以为然的,一旦听到了则替子卿辩解不休,有时还会为了子卿对别人进行斥责。

连队是知青的第二个家。无论我们认可不认可,我们当年实际上已不属于城市。我们的日子总是要在连队度过。像返城探亲归来的知青被大家询问城市的变化一样,那一个知青也要向大家询问连队的变化。无论对于城市还是对于连队,知青们总希望听到些变化。不管是好的变化或坏的变化,似乎变化总比不变化要更使我们的心思波动一下。仿佛我们都本能地觉得,我们的内心里若不经常产生某种波动,在日复一日年复一年内容枯乏的日子里,我们就会丧失了自己是一个知青的意识似的,就会在不知不觉之中迅速地变成些和老职工们一样的当地人似的。在这一点上,子卿认为包括我在内的知青都甘愿变成当地人是大错特错的。实际上谁也不愿糊里糊涂地就变成些和老职工们一样的当地人。只不过大家没有像他那样为自己在内心里进行的那么明确又自信的设计罢了。

当我问大家连队里有些什么变化时,他们七嘴八舌地告诉我一些我不了解也不算遗憾的事。诸如指导员可能要调到营里去任副教导员;团里召开了电话会议,要求各个连队必须修建永久性的男女厕所,等等。

最后有一个人说:"咱们连调来了一个女知青。"

我说:"这也值得告诉我?"

他说:"人家在五连是卫生员,可咱们连已经有卫生员了。她为了调来宁可不当卫生员了,现在已经分配在猪号养猪。"

我不禁"噢"了一声,颇感兴趣地追问为什么。

他却望望大家,分明是搪塞地说:"这就不清楚了,也许不为什么吧?"

我观察到,在他望大家时,有人向他使眼色,用目光制止了他。

这使我的好奇心更大了,追问不休。

而他却打定了什么主意似的,只回答"不清楚"三个字。

有人见他被我追问得左右为难,便替他解释说:"是为咱们连的一个男知青而调来的!你知道这一点了就打住吧!再追问就是逼供了……"

真的会有这样的一个女知青吗?

这是我下乡后听说的第一件使我大为惊讶的事。我虽不再追问,但心中疑团种种,几乎整个下午都在想这件事。越想越觉得肯定另有原因,只可姑妄听之,不可姑妄信之。果然有这样的一个女知青的话,那么她当是知青中第一奇女子了!须知那一年那一月那一日以前,男女知青间谁和谁多说了几句话谁看谁多了几眼,都是要遭到飞短流长的袭击的。她竟敢公然向爱的禁果伸出摘取之手,莫非是吃了熊心豹子胆?那她又当是知青中第一无畏女子了!

我的铺位自然是与子卿的铺位挨着的。临睡前我悄悄问他这件事,他漫不经心地说:"是从五连调来了一个女知青。"

我说:"你别搪塞我。我问你,她是不是为咱们连的一个男知青调来的?"

他说:"大概是的。"

我说:"你看那个男知青会是谁呢?"

他说:"爱是谁便是谁呗,关你什么事呢?刨根问底地干什么?"

那女知青竟使我失眠了。

她究竟是为我们连的哪一个男知青而调来的呢?她漂亮吗?她性格可爱吗?如果她不但漂亮而且性格可爱,那他妈的可真是某个不是我的小子的天大的幸福啊!一想到某个小子肯定不是我,我内心里竟醋意大发。我以前虽然也对别人产生过种种公开的或潜在的嫉妒,但都比不上那天晚上来得那么强烈。我甚至希望,她既不漂亮,性格也不可爱;希望她不但容貌丑心灵也不美,而且性格刁钻古怪。似乎只有这样,对我和对其他男知青才算公平一点儿。回想白天大家告诉我这件事时的形形色色的表情和神态,我觉得他们和我一样,内心里也是醋意大发的。那么我内心里的阴暗的希望,也无疑是大家的希望了。

第二天我起得格外早。开早饭前,拿着饭盒站在大食堂门口的黑板报前,装作在聚精会神看黑板报的样子,实则是在注意每一个出入食堂的女知青。我所不认识的那一个定然就是她了。我觉得晚看到她一分钟就会使我在那一分钟里坐立不安。她简直已经占据了我的全部的心思。那一时刻我深切地感受到,一个因什么事醋意大发暗暗产生严重的嫉妒心理的人,是很值得同情的,很可怜的。

尽管我煞费苦心,尽管我最后一个才走入食堂打饭,都白白耽误了时间,并没有如愿以偿地发现一个我不认识的女知青。

在以后的三四天内,我也没能见到她。不知当年连里出于什么考虑,我们连队的男知青宿舍和女知青宿舍分建在村头和村尾,并且男知青和女知青是班排分编的。除了一天三次男女知青都要到食堂去打饭的时候,除了大规模的劳动男女知青在一起干活的时候,除了开全连大会的时候,我们和她们其实是难得有鱼虾混杂、鸦雀同林的时候的。在这种情况下,要从一百余名女知青中辨认出一个陌生的她,着实不是一件容易的事。尤其当你专执此念,却又不愿曝光自己,就更不那么容易了。因为你若有空儿就往女知青住的村尾溜达,站在女知青宿舍对面,两眼望着她们出出进进,那肯定要被谁扯到连部去的,被连长或指导员严厉地审问你意欲何为的。

一天夜里,突然响起了紧急集合的号声。我刚被惊醒,就听到了排长的吼声:"不许开灯! 不许打手电! 谁暴露了宿地目标,军纪处置! 南山上发现敌特,立刻集合,进行搜捕!"

于是大家一个个在黑暗中爬起,紧紧张张地穿衣戴帽。一口气跑了二里多路,接着是围山,搜山……

还真抓住了一名"敌特",不过是由我们连长反穿了皮袄亲自伪装的。

接着在食堂里开"战备行动经验总结会"。在柴油机自发供电的昏暗灯光下,不少男知青女知青洋相百出,身材瘦小的穿了别人的肥大上衣,高个子穿了矮个子的裤子,露着半截小腿,至于穿错了鞋的那就更多了。两只脚都穿的是左鞋或右鞋的还算好的,脚小的穿脚大的鞋,或脚大的穿脚小的鞋,就只得都当拖鞋穿了……

连长和指导员在大家之间走来走去,一会儿站住从上到下打量这个,一会儿站住从下到上打量那个……

连长指指点点地训斥:"你们互相看看,互相看看,丢盔弃甲,溃不成军,真正是七〇八三装甲部队(七零八散庄稼部队)! 好在现时还不是冬天,如果是冬天,你们一个个这副熊样子,能拉出去派上军事用场吗?"

指导员说:"要执行的是冬季撤退指令还情有可原。他们留在雪地的古怪脚印,可以大大地迷惑敌人。"

连长训够了后,扫视着全体,问:"是谁咬我的手来着?"

卫生员已经将他的一只手包扎了。

全体静默,没有应声。

他又大声说:"都聋了? 我在问你们,是谁第一个登上山头,第一个发现了我,第一个把我扑倒,并且咬了我的手!"

连长一边说,一边抚摩着他那只包扎了的手。

指导员从旁说:"是谁,谁就站起来承认嘛!"

终于有一个女知青站了起来。

我坐在她后几排,只能见着她的背影。中等个子,身段很苗条,短发。但这背影,和大多数女知青的背影没什么差别。因为除了很高或很矮,很胖或很瘦的女知青,能使人一眼就可以从她们的背影判断出她们是谁,大多数女知青的背影都是那样的。似乎延长了的青春发育期,使她们的身段看上去都是那么既苗条且丰满。何况,当年的她们,穿一样的服装,留一样的短发。

连长望了她片刻,不无奇怪地问:"你叫什么名字?"

她低声回答:"鲍卫红。"

连长嘟哝:"我怎么好像……不认识你?"

指导员便对连长耳语起来。连长眼望着她,一边听,一边"噢""噢"应着。

我立刻明白了,这个鲍卫红,大概就是那个为了我们连某个男知青而从五连调来的女知青无疑了。

我捅捅坐在身旁的子卿,问:"就是她吧?"

子卿说:"她不是已经站起来承认了吗?"

我说:"你别装糊涂! 我问从五连调来的是不是她?"

子卿侧过脸看了我一眼,反问:"你为什么对她发生这么大的兴趣?"

这时,我又听到连长在问鲍卫红:"鲍卫红,你属什么的?"

她讷讷地说:"属羊……"

连长说:"属羊?你可真不该属羊,我还以为你属豹子的呢!"

有几个男女知青哧哧笑了。笑声中有某种眼见一个自己所排斥的人受窘时的幸灾乐祸的成分。

指导员说:"别笑!有什么好笑的?你们不要误解了连长的话!鲍卫红,你尤其不要误解了连长的话。连长不过是因为手被你咬得很惨,心里多少有点儿恼火,但是……"

连长接过话说:"但是以后的话,还是由我来讲吧!尽管你差点儿把我的手咬透了,尽管你调到我们连的原因……"

指导员又对连长耳语起来。

"这个,这个原因嘛,咱们以后再个别谈!"连长转了话题,又从他的手说起,"总之,今天夜里这次'搜索演习',只有一个人配受到表扬!那就是鲍卫红。一个女知青,一路跑在前,第一个冲上山,第一个扑倒了我——也就是扑倒了敌人,我抽出这把匕首威胁她,她都不在乎!这叫什么精神?这就叫英勇无畏嘛!对敌人就是要狠嘛!这次'搜索演习'是团里今晚统一布置的!我今晚对鲍卫红的表扬不过是口头的,还要形成正式的文字表扬,上报团里,载入档案!"

指导员说:"你们大家,尤其你们全体男知青,今晚是应该感到特别羞愧的!"

连长最后又说:"刚才我表扬鲍卫红的时候,你们为什么不鼓掌?对她不服?对我的表扬有异议?一个都不吭声那就证明没有什么异议!没异议现在就给我鼓掌!"

于是男知青一个个低着头情愿或不情愿地大鼓其掌……

连长又一指女知青们:"还有你们!"

于是女知青们也一个个低下头去,也情愿或不情愿地大鼓其掌……

一回到宿舍,男知青们就骂开了。先骂团里抽"备战风",动不动就搞什么全团统一大演习。接着骂连里的干部,一贯地拿着团里的鸡毛当令箭。最后,自然而然地,顺理成章地,也就骂到了鲍卫红身上。都认为大家挨训,受挖苦,完全是因为她抢了头功。都说一个女知青,在这方面抢什么头功呢? 真要端着枪上战场,还不知什么熊样儿呢! 有人一看表,都三点半多了。哪怕一躺下就能睡着,最多还能睡两个半小时。刚集体挨完一顿训,都气鼓鼓的,又有谁能立刻睡着呢? 于是那个鲍卫红在那一时那一刻成了大家心里的公敌似的,有一个男知青自甘做她的替身,而大家在宿舍里对"她"进行起"批斗"来……

"鲍卫红,低下你的狗头!"

"我低头我低头……"

"你他妈的认不认罪?"

"我认罪我认罪……"

"什么罪? 快说!"

"我说我说,冒犯全体男知青罪……"

"你老老实实坦白交代,你是为哪一个王八蛋小子要求调到我们连来的?"

"我……我是为你呀亲爱的!"

"放屁! 我才看不上你哪! 再不老实交代我们扒光你衣服!"

"对! 扒光'她'衣服! 扒光'她'衣服!"

于是一拥而上,顷刻将那个男知青的衣服扒了个精光。他还丝毫也不觉得羞耻,在大家的哄笑声中,赤身裸体地手舞足蹈,扭来扭去,丑态百出。

那一时那一刻我内心里很替那个鲍卫红感到冤屈和愤愤不平。今天晚上男知青遭到连长的训斥明明并非她的过错。大家在背地里对她的侮辱,实在是太过分了,未必没有变相的性宣泄的成分在内。于今回想起来,那在当年等于是一次集体的别种方式的手淫。

子卿早已躺下,被子蒙头,似乎并未参加什么"演习",也不是挨训的男知青群体中的一个。而大家也似乎都觉得他这个人根本不存在着,他的铺位那儿覆盖下的不过是一床被子而已。

我以为他睡着了,正奇怪他怎么能在一片吵嚷声、诅咒声和哄闹声中很快地安然入睡,不料他猛地掀开被子,一翻身从地上抓起一只鞋,朝灯泡砸去。因为电力不足,灯泡的亮度不够,灯线就垂得很低,这使他那只鞋准确地击中了灯泡。但听一声爆响,宿舍里顿时一片漆黑。

"你们他妈的,都滚到外边胡闹去,别影响老子睡觉!"

一片漆黑中,子卿愤怒地吼着。

宿舍里一片死寂。

突然有一个人骂道:"翟子卿,我 × 你妈!你他妈拿灯泡撒的什么气?有种的你对人来!"

那时已是秋末,北大荒冷得早,每晚已经开始烧炉子了。炉盖圈的间隙,映着几轮炉火的红光。

借着那几轮炉火的红光,我见子卿的身影倏地从大火炕蹿到了地上。

"冲人来就冲人来,你以为老子怕你们?!"

从他的吼声我听出,他是真的被激怒了。其实子卿未见得判断出了骂他的是谁。即使准确无误地判断出了,也是无法看清对方的。他只不过是循着骂声扑过去,而宿舍的那个角落聚着七八个小子。只要他扑过去了,在黑暗的掩护下,挨一顿痛打的肯定不会是他们,必定是他自己。

我怕他吃亏,也紧跟着蹿到地上,拦腰将他抱住了。

我说:"子卿,你冷静点儿,发这么大脾气干什么?"

他哪里听我的,用力破开我双臂,身子一扭,将我甩得一屁股坐在地上……

有人点亮了小油灯。昏黄的光照中,子卿双手操起了一柄铁锹,叉开双腿站立着,咬牙切齿地问:"刚才谁骂我?刚才哪个王八蛋骂我母亲?"

那一年的子卿,已经不是从前"脏街"上那个瘦弱的人人可欺的孩子了,他已经长得又高又壮了。劳动使他肌肉发达,浑身是劲儿。他站在那儿像一尊雕像。激怒使他的脸扭歪了,五官移位,看去仿佛凶神恶煞。

那是我第二次见到被激怒了的子卿的样子。第一次不消说,就是他眼见他的母亲受欺辱而咬别人的手那一次。一个孩子,再激怒到什么程度,也是显示不出多少精神威慑力的,只不过会使人感到颇难对付而已。但那一天夜里那一时那一刻,彻底被激怒了的子卿,就不仅仅使人感到颇难对付了,更使人感到有些可怕了。他那双手横操铁锹的架势,完全是一种准备拼命的架势,显示着压倒一切气势汹汹的精神威慑力。仿佛只要有谁嘴里发出挑衅的一声哼,哪怕是轻轻的一声哼;仿佛只要有谁胆敢蠢蠢欲动,哪怕是微小的举动,他手中的铁锹都会劈在谁的头上似的。

影影绰绰的,他们慢慢往一起挤凑了。看得出,他们一个个都胆怯了,怕了。在知青和知青之间,还从未发生过可能随时血溅数尺,尸陈几具,那么一种仿佛一触即发令人感到心里紧张的局面。

咣当一声,子卿他抛下了铁锹。

"你们怕了?不是有人说有种的对人来吗?好!老子不仗着铁锹耍威风,谁先来?来呀!"

他双手攥拳,说一句,轮番挥舞一下拳头……

仍没人敢吭声,仍没人敢轻举妄动。

"我 × 你们大家的妈!"

他们默默注视着他,仍处在胆怯之中,仍觉得他可怕似的……

"我叫你们今晚谁也别想再睡着!"

他端起一盆谁懒得倒的洗脚水,赤着双脚走向他们的火炕,将一盆水全泼进了炕洞。

一大股水汽混合着青烟和灰烬从炕洞里冲腾出来,弥漫着,扩散着……

我制止地叫道:"子卿!"

他又端起了第二盆洗脚水,全泼进了第二个炕洞。

又一大股水汽混合着青烟和灰烬从炕洞里冲腾出来……

他接着端起了第三盆洗脚水(男知青总是能懒就懒的,每晚炕前都摆着一溜儿洗脚水),转身欲朝对面的炕洞里泼。

我挡在炕洞前,央求地说:"子卿,别忘了咱俩也睡这铺炕啊!"

这句话对他起了作用。

他犹豫了一下,将那盆水从炉口泼进了炉子里。

那时宿舍里已经烟雾缭绕。当时我也只穿着短裤。我感觉到一层又一层灰烬落在皮肤上。我暗想,以后的几天内,大家不得不拆洗被子了。

有人呛得大声咳嗽。

子卿却一跃上了炕,钻入被窝,又用被子蒙住了头。

我不得不敞开宿舍门,将烟气散尽。

有几个人面面相觑一阵,一个个摩拳擦掌,一齐向子卿睡的铺位围拢过去。

我指着地上说:"小心扎脚!"

他们同时站住了。有人的赤脚已被地上的灯泡碎片扎了,疼得龇牙咧嘴。

子卿又猛地撩开了被子,一翻身,冲他们指着吼道:"今后,谁再当着我的面侮辱鲍卫红,谁就是我的仇敌!"

他们又面面相觑一阵,默默退回到他们的铺位去了。

我说:"接着闹啊!怎么不胡闹了?谁叫你们用那么多脏话侮辱人家女知青?谁叫你们回骂人家子卿还连他母亲也捎上?骂句别的什么话不行?你们这叫自讨没趣儿,活该!……"

"噗"——小油灯的主人一口将它吹灭了。

　　以后的几天,宿舍里好像什么事也没发生过一样。但是每当子卿从外面回到宿舍里,就像有一头狮子进来了似的。那时宿舍里不论是有一个人还是有几个人,他或他们的目光都会注意到他身上。那可不是一种公开的注意,而是一种带有防范意味儿的窥视和怯视。如果他也看他们一眼,哪怕是漫不经心的一眼,他们的目光便马上闪向别处,似乎避之唯恐不及,似乎他的目光具有能致人死命的毒素。而当他从宿舍里离开的时候,他们都会暗暗舒一口气。于是宿舍里那种因为他的存在而显得有些凝滞的气氛,顿时松弛了许多,平安了许多……

　　然而他再也没威胁过谁。在我眼里,他非但不是一只狮子,还太像一只极温顺的小猫了。总之子卿又恢复了原先的子卿那种极能容忍歧视的状态,比原先更循规蹈矩地谨谨慎慎地要求自己决不稍微冒犯谁似的。出来进去总像小猫儿似的悄没声的,贴墙溜边儿的。进来仿佛像小猫儿经过厨房回窝,明知不受欢迎,可是又不得不经过的样子;出去仿佛像小猫儿感到主人们的神色不对,聪明地躲之为妙。除了睡觉,他在宿舍里的时候更少了。连队小卖部照例还有臭豆腐卖。子卿照例还经常吃臭豆腐。知青们私下里曾议论,说小卖部那一坛子三百多块臭豆腐,差不多全让他一个人买走了。而小卖部的人也曾说过,哪怕仅仅为了翟子卿一个人,每年也要进一坛子臭豆腐。那种臭豆腐是团里的豆制品厂自制的,每个连的小卖部出于对团豆制品厂的鼓励,也是出于对团里发出的要大力支持本团副业生产之号召的响应,进货时是不能忽略了臭豆腐的。小卖部的人很感激子卿,或者说是对连里有子卿这么一个人很觉庆幸。

　　子卿仍不在宿舍里吃臭豆腐。他丝毫也不依托他已在心理上和精神上取得的"胜利"。他并不得寸进尺,并没变得嚣张跋扈。一天三顿饭,他照样拎着装臭豆腐的小瓶,自觉地离开宿舍。我常见他孤单地坐在宿舍前操场上的篮球架子那儿吃。一天我在宿舍里从窗口久久地望着他,心里忽然生了一个好大的疑问——下雪天他又是到哪儿去吃的呢?我不禁暗暗谴责自己对他的关心其实是很不够的。尽管他似乎早已不需要童年和少年时期我对他的同情、关心和庇护了。尽管这一切在我和他之间似乎早已显得多余，显得没有意义，显得我太自作多情一厢情愿了。

老天爷仿佛很懂得我的心思似的，隔日便下了第一场雪。午饭时，我循着他的脚印找他。他的脚印把我引到了食堂后的一破窑里——一捆麦草上坐着子卿，吃得安安静静。窑内铺的是青石板，青石板上写满了方程式。他两眼盯着青石板，一手端着饭盒，一手拿着磨成棱体的一小块儿砖角，他竟在沉思默想中将砖角当馒头向嘴里塞去。

我悄悄离开了。夏天里我和子卿在小河边发生的那一场争辩，使我不愿第二次扮演"三娘教子"的角色。

转眼到了十一月，我始终没能从正面见着过那个鲍卫红。在男知青宿舍里也听不到什么对她的议论了。我们连不过又多了一个女知青，仿佛事情也不过就是如此而已，仅此而已。

子卿变得比以前更加独来独往，神出鬼没，寡言少语了。有时还常常发呆，显出心事重重、忧愁缕缕的样子。连我问他话，他都有些懒得回答似的。

有天晚上宣传队排练节目，我听两个女队员在一起窃窃私语。

一个说："她这几天怎么眼睛又红又肿的？"

另一个说："还用问，接连几天夜里，用被蒙着头哭过呗！"

"真的？"

"当然真的！我挨着她睡，听到她哭过。"

"我觉得她人挺好的。"

"我也觉得是。"

我问："你们在说那个鲍卫红吧？"

她们对视一眼，都意味深长地笑了。

一个反问："你们男知青怎么个个都爱刺探关于她的情报？"

另一个也反问："你有什么话需要我悄悄转告她吗？"

我觉得自己脸上一阵热,赶紧躲开了这两位尖酸刻薄的姑娘。

不久连里交给我们班一项任务——在严寒到来之前修葺猪号。有几头怀了孕的母猪会在冬季里产仔。对全班来说,这并非什么可以轻松几天的活儿,可是我这位班长却因摊上了这项任务而暗自庆幸不已。不知为什么,我内心里常对那个鲍卫红产生些非分之想。尽管我还不认识她,撩拨我心思的不过是一个女知青的背影。

当天我独自到猪号去了一次。去时她不在,只有猪倌老姜头儿在。他问我干什么来了,我说来看看应该备些什么料,并倒剪着双手,装模作样地从猪栏到猪舍巡视了一番。在熬猪食的小屋里,我一眼看见墙上挂着一条红围巾。连队的女知青当年没有围红围巾的。尽管那是"火红的年代",我们的青春被称之为"火红的青春",红色代表革命的理想和革命的人生,但哪个女知青若围一条红色的围巾,则完全可能招致诸如"存心惹人眼目""企图勾引男知青"的指责,另当非"革命"的别论了。

我刚想伸手摸摸那看去十分柔软十分温暖的红围巾,老姜头儿在我背后说:"别乱碰人家姑娘的东西!"

我伸出的手只好又缩了回来,讨好地敬给他一支烟,搭讪着问:"她人怎么样?"

老姜头儿说:"挺好,干起活儿来不怕脏不怕累的。"

我说:"我又不是她班长,问的不是她的劳动表现。"

老姜头儿说:"那你问她哪几方面的表现?"

我说:"哪几方面的表现也不问,只想知道她长得什么样儿? 性情什么样儿? 比如高矮胖瘦,比如文静还是泼辣。"

老姜头儿盯着我的脸看了几秒钟,冷冷地说:"我看你小子是在打人家的什么歪主意吧? 我可明明白白地告诉你,你少大白天做梦,人家又不是为你调到咱们连的!"

我尴尬地笑笑,一转身,愣了——老姜头儿仍站在我背后,她不知何时已站在老姜头儿背后。

老姜头儿见我的表情异样,也一转身,这才发现了她。

老姜头儿说:"他是三班长,就是他们班来干活儿。"

我觉得她好面熟,分明是在什么地方见过。她看着我的样子证明,她也觉得我好面熟。

老姜头儿又坦直地说:"他方才问我,你长得什么样儿?性情什么样儿?我呢,替你正告他来着……"

她忽然说:"我认识你,你是他中学时代最好的朋友!你们现在还是最好的朋友吗?"

刹那间,我的记忆被扯回了四五年前。我想起了我和子卿的"三味书屋",想起了我们常在"三味书屋"见到的那两个女孩儿。她不正是她们中年龄稍大点儿的那个女孩儿吗?然而她又不复是四五年前那个女孩了,她已出落得亭亭玉立,楚楚动人。她那张典型的鹅蛋脸儿如同腊脂的一般,白皙得莹洁无瑕。她的嘴唇是那么红润,一双眼睛又大又善良。她如果不是全连一百多名女知青中最美丽的一个,那么也肯定是最美丽的几个之一了。我他妈的在下乡三年后还没把我们连的一百多名女知青认识全,而在我能叫出名字的几十个中,在吸引我动心一下的几十个中,她的美丽是最使我面对面注视着难以自禁心猿意马的了!

我情旌摇摇地问:"你说的'他'是谁?"

话一出口,便意识到自己问得极为愚蠢,除了子卿,还能是谁?

她转移话题地说:"没想到你也在这个连……"

老姜头儿这时识趣地嘟哝:"既然你们早就认识,聊会儿吧,我出去劈柴……"

老姜头儿走后,我和她一时间反而觉得无话可说了似的。

竟然是她!又竟然是为了子卿!我怎么根本就没往子卿身上猜想过呢?对于爱或被爱的嫉妒,大概是青年之间最难免也最强烈的嫉妒吧?那一天我算是体会到了它的滋味儿。与它相比,什么荣誉啦之类的嫉妒,简直是不值得一提了!我在内心里替自己愤愤不平地叫嚷着——

子卿子卿,凭什么是你小子,就不该是我呢? 鲍卫红鲍卫红,在你心目中,翟子卿他究竟又有哪一点特别杰出呢? 尤其使我感到失落的是,我的回忆开始不断地向我暗示这样一点——即使在四五年前,在"三味书屋"的许多个温馨的夜晚,当我以为她是在用目光迎接"我们"或目送"我们"时,当我以为她是在向"我们"友好地微微一笑时,当我以为她是和"我们"一样有着彼此结识的愿望时,其实那"我们"从不包括我在内,而只不过是子卿一个人吧? 这一点像烛光,我的自尊心像蛾子,它引诱我扑向它,而我感到我被剧烈地烧燎疼了,翅子被烧燎焦了,掉在它的旁边半死不活奄奄一息了。

她为什么并不是一个很丑的姑娘呢?

子卿子卿你为什么不坦白地告诉我,她正是为你而调来的呢?

我在内心里继续叫嚷:"从此我不再是翟子卿最好的朋友! 不再是! 因为他连我也隐瞒着,像隐瞒一个大傻瓜!"

是的,我当时不但嫉妒极了,而且愤怒极了。如果子卿他不隐瞒我,如果子卿他像对待一个最值得信赖最可以推心置腹的朋友一样,在我刚回到连队的几天里就老老实实地告诉我他和她之间的事,起码在我多次问他时不闪烁其词地回避我问的话,那么我当时的嫉妒也许不至于那般强烈。我也不至于觉得自己是被大大地愚弄了似的,内心还充满了对他的愤怒⋯⋯

然而我对她说的话却是:"是的,你一定要相信,我仍是子卿最好的朋友。"

她已蹲下身去剁着猪菜了。听了我的话,她手中的刀在案板上停了一下,抬头看看我,朝我眯着双眼嫣然一笑。

我问:"难道子卿他一次也没向你提到过我也在这个连队?"

她低下去的头微微摇了摇。

我也蹲在她对面,一边帮她把剁好的碎菜收进筐里,一边又说:"这个子卿! 其实你对他当然不如我对他了解,他如今变得非常那个⋯⋯"

她轻轻地剁着,头也不抬地问:"非常哪个?"

看得出,尽管她问得似乎心不在焉,其实是很迫切地渴望从我口中获知些关于子卿的事的。

我说:"他老吃臭豆腐!"

她说:"这也算不得什么不好。'斗私批修'的时候,老职工们不是总说那么一句话吗——臭豆腐闻起来臭吃起来香。我小时候也爱吃呢!"

我说:"可谁也没他那么个吃法的!"

她问:"他怎么个吃法?"

我说:"他是为了省钱!三年来,小卖部每年购进一坛子臭豆腐,几乎全是叫他买去吃了!大家都因此而有点儿瞧不起他!"

有机会能对她说子卿几句坏话,进而达到贬低子卿在她心目中的形象之目的,我觉得特别快感,同时也觉得自己很卑鄙。可是当时我宁愿自己更卑鄙点儿。

她手中的刀又在案板上停了一下,沉思地说:"我了解他家很穷,他从小受了很多苦,所以他省吃俭用我是能理解的。别人因此就瞧不起他,是别人不好。可老吃臭豆腐一个人的胃也受不了,长期下去会得胃病的,是不?"

我只有附和着说:"是啊是啊!"

她终于抬起头来,注视着我,用请求的口吻对我说:"你能不能替我劝劝他?既然你们是最好的朋友,我想他一定会听你的开导……"

我说:"能!能!我当然有这个义务。他也当然会听我的开导!"

我不但觉得自己很卑鄙,而且觉得自己很虚伪了。卑鄙加虚伪,竟使我的心理稍稍平衡了些。

"你接着说。"

"他还跟别的知青打架!"

"真的?"

"真的。"

"那可不好。"

"当然不好！"

"为什么？"

"为一些鸡毛蒜皮的小事儿！"

我故意不说子卿是为了她才跟别人剑拔弩张的。我当时心里已经完全明白——一个月前子卿在大宿舍里暴怒如狮，不完全是因为别人骂了他母亲，也正是因为她。

她又抬起头注视了我片刻。她的目光使我敏感起来。我觉得她对我的话产生了几分怀疑，甚至觉得她的目光仿佛看到我内心里去了……

我笑笑，掩饰地说："当然了，谁都不是完人，谁身上都会有些让别人不喜欢的毛病……"

她默默站起，将收在筐里的碎菜倒往锅内。之后，并没回到案板那儿，也就是说并没回到我对面重新蹲下，而是蹲在了熬猪食的大灶前，用拨火棍拨拨灶膛里的火，往灶膛里塞起劈柴来……

灶火映在她脸上，她在沉思着。分明地，我的那些话对她的心理，至少是对她当时的心情起了影响。影响究竟有多大，究竟对子卿不利到什么程度，还是恰恰反过来，对极力想讨好她的我自己不利，我就无法知道了。

我觉得她实际上是一个很有主见的姑娘。

我低声问："你有没有什么事情求我呢？"

她注视着灶口，摇摇头。

我搭讪着又说："那，我走了？"

她没吱声儿，也没动。

我只得默默起身，默默走掉……

"你这么看着我干什么？"

子卿困惑地问我。

他正在洗脸,似乎觉察出了我一直从旁望着他,擦着脸朝我转过了身。

我说:"我没看你……"

其实我正是一直在从旁望着他。那一天我才发现,子卿他原来是一个很英俊的青年。这是多么奇怪的事啊,一个你最好的朋友,一个始终和你朝夕相处的人,一个你自以为了如指掌的人,你却从未注意过他的体貌特点和气质特点似的。你自以为了如指掌的,竟不过仅仅是那个人的心地和秉性罢了。你所忽略的,是那个人最能给别人留下印象的最具体的方面。你竟是从别人的目光和印象之中引起自己的注意的!如果你和对方都是女性,你当然是从男人们的目光和印象之中,再度去重新认识对方的。如果你和对方都是小伙子,你当然是从姑娘们的目光和印象之中意识到你一向忽略了的是什么,是多么重要的方面。

是的,子卿原来是一个很英俊的青年,同时是一个气质不俗的青年。那一时刻,当我不得不在内心里暗暗承认这一点,我在他面前不禁有些自惭形秽起来。他身材健美,穿得破旧褴褛,仿佛是他故意要隐藏和消弭自己的优点的"障眼法"似的。当他去掉了那身有失体面的"伪装",当他在宿舍里擦身的时候,原来他的身体是那么值得同性和异性都大加欣赏。他的气质里有某种天马行空、独往独来的孤傲成分。这一点早已是他在中学时代,在我们的普遍的同龄人其实还根本无气质可言的年龄就具有的了。下乡后又多了某种众人皆醉我独醒的成分,目光里多了某种似乎永远不屑于向人倾诉的忧郁的成分,多了些善于老谋深算似的成分。当然,你也可以认为那并非什么老谋深算似的成分,而是一种早熟和成熟的成分。在他那种一向对周边的任何事态都冷漠视之,无动于衷的表情之后,似乎还覆盖着另一种表情——另一种无奈的、毅忍的、必要的时候随时准备委曲求全的表情。再加上他那张脸上特有的书卷气质,这一切气质混杂在一起,该就是一种气质上的与众不同的魅力了。而最主要的是,他脸上总带有那么一种神气——仿佛在无言地告诉你,不管他穿得多么破旧褴褛,不管他正在干着多么脏多么累的活,不管他正处在怎么样一种歧视和轻蔑的包围之中,他始终明白,始终自信地清楚地知道,他自己的确是与众不同的,的确是具有故意用古怪和愚钝伪装起来的睿智和魅力的。这一点只有很细心地对他的脸加以研究才能得出结论。而我当时正是那样研究地看着他……

"没看我?"他将毛巾往肩上一搭,肯定地说,"可我觉得你明明在研究我。"

我将头扭向别处,红了脸嘟哝:"我研究你干什么!"

他用一根指头试了试热在炉子上的一盆水,又说:"水温正好。是我为你热的,你也洗洗吧!"

凭良心讲,子卿一向对我也是很关怀的。与他相比,我要懒得多。早上常常不打洗脸水,用别人洗过脸的水胡乱洗几把脸就算完事儿。晚上也常常不洗脚就钻被窝睡觉。换下的脏衣服从不及时洗,而是扔进一个大纸箱里。到了再没衣服可换的时候,从纸箱里选一件看去不那么太脏的再穿一阵。衣服实在都脏得不洗不行了,往往才满心不情愿地洗一次。一次也不过先洗那么一两件,等着晒干了换上穿。

子卿则与我不同。他其实是一个干净人,一个勤快人,一个生活自理能力很强的人。夏季他几乎每天都到小河去洗澡。回到宿舍,还要用预先打好的晒温的井水擦一遍身。他似乎不能忍受自己的衬衣也是脏兮兮的,尽管它们几乎都补了补丁。他更不能忍受自己的被窝里油腻腻的,他是男知青中拆洗被褥次数最多的。他洗他的衣服时,总是把我那个专藏自己脏衣服的纸箱拖到他的盆边,会全替我洗得干干净净。晒干了,还替我叠得整整齐齐,放在我的床头。有时连我的袜子和裤衩也替我洗,有时还给我补鞋补衣服。如果我在某个星期一的早上穿衣服或穿鞋,发现破处已被细针密线补好了,我是丝毫也不会惊奇的,更不会傻兮兮地问每一个人究竟是谁"学雷锋做好事"。因为那必定是而且只能是子卿在星期日里抽空儿悄悄替我补的。那时我可能正在某个地方闲散地享受休息的时光或蒙头大睡。那个星期日他可能照例加班……早上替我打好洗脸水,或晚上替我备下一盆洗脚水,似乎更是他的义务了。同宿舍的男知青中曾有人当面对我说过这样的话——"别人是来改造思想的,你可倒好,还有个贴身仆人!你每月给他多少钱?"

想到子卿对我的这些兄长般的关照,我的良心又很不安。我明知嫉妒他是不应该的,但又没法儿彻底消除内心里的嫉妒。

按连里的要求,必须在五天内修完猪号。我借口备料不足拖了两天。我期待着鲍卫红求我什么事。我每次见到她都有种感觉——她肯定是要求我什么事的。她没开口是她仍有顾虑,是因为她仍在犹豫,是因为她对我还不太信赖。我知道,七天过去,我再见她也不那么容易了。你一个男知青没正当的理由到猪号去干什么?何况用今天的说法,她正是连里的一个"热点"人物。我想,她也是能领会我拖延了两天的良苦用心的。即使在那些天里我和她也照样没机会多接触。全班众目睽睽之下,我这个班长根本不可能避开大家的视线往她跟前"迂回"。偶有一小会儿机会我的心理同时又有严重的障碍,全班人仿佛都在互相监视着哪,仿佛谁走向那个熬猪食的小屋都有"偷香窃玉"之嫌似的。她也不主动接触我们。只不过有时她的身影出现在熬猪食的小屋门口,目光仿佛在望向我们,又仿佛并非在望向我们,而是超越了我们,望向我们背后的远山……

第七天下班前,老姜头儿走向了我们。他没径直走到我们跟前,而是走到我们和熬猪食的小屋之间站住了,冲我们这边儿喊:"三班长,你过来一下!"

全班人的目光都投射到我身上,好像老姜头儿准备送给我一件宝贝似的。

我对大家说:"收工,你们都回去吧!"

可是谁也不走,好像都要等着看到,老姜头儿送给我的究竟是一件什么宝贝似的。

我冲老姜头儿喊:"你自己过来!"

老姜头儿火了:"你小子放屁! 老贫下中农叫你过来,你反倒对我喝五吆六的! 没法儿教育的东西!"

我只好起身走向他。

当我在他面前站住时,他低声说:"你告诉翟子卿,今儿晚上八点多钟,不管他有空儿没空儿,也要务必到这儿来一次! 就说我找他谈话!"

"你找他谈话?"

"让你这么对他说,你就这么对他说!"

"他要是不来呢?"

"他要是敢不来,日后我找他算账! 你要是敢把我的话贪污了,不告诉他,日后我找你算账!"

六十多岁的老姜头儿可不是一般的老头儿。当年的当年,曾是那一带威震八方的游击队长。驻扎黑河的日本关东军,曾悬赏买他的人头。当地政府曾向他颁发过"一等抗日功臣"证书。他同时又是抗美援朝烈士的父亲。团长见了他都敬着三分。他发起脾气来,训我们连长、指导员像训小孩子一样。知青们更是没谁敢冒犯他,巴结他都还来不及哪。他要是看谁不顺眼,那么这个知青的前途十之八九是"没戏"了。前一年,连里缺卫生员,曾打算送一名知青到沈阳军区后勤医院去培训,就因为老姜头儿说人家一副少爷派头,培训了也白培训,将来当不成连里的一个好卫生员,结果硬是把人家的美事儿给搅黄了。

我是决不敢得罪老姜头儿的,只有诺诺连声的份儿。

回到我那帮弟兄们之中,他们一个个猜测地问我老姜头儿对我说了些什么。

我回答他们——老姜头儿对我们完成的任务挺满意,表扬了我们几句……

他们当然是不相信我的话的。

吃过晚饭后，我将老姜头儿的话悄悄转告了子卿。当时他正欲离开宿舍，听了我的话，不由得站住了，扭头左右看，目光四顾。

没谁在注意我们。

我说："你何必这么谨小慎微的？是老姜头儿要找你谈话，又不是她要和你幽会……"

他低声打断我："你给我住口吧！"

我说："反正我的光荣使命算完成了，去不去随你吧！"

我心里当然十分清楚，真正要和他"谈话"的，怎么会是老姜头儿呢！

他狠狠瞪了我一眼，一言不发地走出了宿舍……

第二天早上，我夹着饭盒一出宿舍，就猛听一声吼："给老子站住！"

我抬头一看，是老姜头儿，已怒目金刚似的瞪着我。

我心里顿时就明白了——子卿他昨晚肯定没到猪号去。

我连忙赔着笑说："大爷，您若发火千万别冲我发，您让我转告的话我如实转告了。"

他说："你没骗我？"

我说："我哪敢骗您呢！"

他又问："那就没你小子的事儿了，你走你的。"

我赶紧溜之大吉。

等我端着饭盒回到宿舍，发现每个在宿舍里的人，脸上都有某种隐藏不住的过节似的喜兴表情。

我问班里的一个知青——这么一会儿工夫，发生什么使大家快感的事儿了？

他说——子卿一出宿舍，劈面就挨了老姜头儿一个大嘴巴子……

我吃了一大惊。我想这下子卿是"栽了"，不但他和鲍卫红之间的事从此将成为全连公开的秘密，他的那份儿孤傲，也肯定被老姜头儿当众扇他那一个大嘴巴子横扫光了。他丧失了他那份儿孤傲,岂不是等于一头雄鹿丧失了美丽的鹿角吗? 他那份儿孤傲对他是何等的重要,没有谁比我理解得更清楚了。那是他维护自己尊严的最后的一片铠甲啊! 他一定正躲在某个地方伤心哭泣呢!

我顾不上吃饭,放下饭盒便到处去找他。他并不在食堂后那破窑里。最终我在小河边,在我和他第一次发生不快争辩的那片沙滩找到了他。沙滩早已被雪覆盖,然而雪面也早已被破坏过多次。也不知子卿究竟在那块"黑板"上又耗了多少时间。我找到他时,他正仰面朝天伸展四肢躺在雪上。

我在他身旁坐下后,才发现他闭着双眼。他睁开眼睛见是我,随即又闭上了。不仅没坐起来,身体竟连动也没动一下。他一边脸上还隐约留下着老姜头儿的指印。

我说:"子卿,你还拿我当最好的朋友不?"

他说:"你自己心里明白。"

我说:"你这话是什么意思?"

他说:"除了你,我还有第二个朋友吗?"

他的两只手抓在雪中,冻得通红。我看了心疼,攥住他一只手,用我的双手不停地搓着。搓热了,替他解开他的一颗衣扣,将他那只手放入到他的怀里捂着。接着又攥住他第二只手不停地搓。

我问子卿他在什么情况之下第一次碰见鲍卫红的。

子卿说在我回哈尔滨探亲期间,五连的宣传队到我们连来友好演出过一次。鲍卫红不但是五连的卫生员,还是五连的宣传队员。她在台上演"李铁梅",子卿是台下的观众之一,自然就认出了她。

我问子卿他们之间究竟是谁首先主动跟对方说话的。

子卿承认是他首先主动跟她说话的,承认演出结束后是他主动走到她跟前去的。

"如果我不主动走到她跟前去,她根本不可能发现我在这个连。"

"认出了你她当时很高兴是吧？"

"是。"

"她怎么说？"

"她说真没想到。"

"后来呢？"

"后来她就说——'我一定要调到你们连来！'"

"你怎么说？"

"我说——那太好了！——当时我绝没想到她会放着卫生员不当，调到咱们连来喂猪……"

"可这已经成为事实了。"

"是……"

"而且你也不能否认这一点——她是为你而调来的。"

"可我并没有向她流露出这样的愿望！"

"你这话什么意思？"

"我没必要对她的决定负任何责任。"

"你并不喜欢她？"

"……"

"说啊！"

"喜欢。"

"你居然还说喜欢！"

"四五年前，咱们还是中学生的时候，在那小人书铺见过她几次之后，我就喜欢上她了。下乡后，我也曾幻想过，要是能和她分在一个连队多好……"

子卿说话时，始终闭着眼睛。我想，他肯定是到了非对一个人说说这件事的地步了。否则他决不会如此有耐心如此坦诚地和我一问一答。也只有我才会陪着他这样。老姜头儿那一个大嘴巴子，看来不但扇得必要，而且作用很好很有正面效果呢！

我说:"子卿,咱俩别绕弯子了。别用喜欢不喜欢这种词了。你干脆打开天窗说亮话,用最明确最直截了当的话回答我——你究竟爱不爱她?"

"爱"这个字,第一次从我口中说出。当然我以前也许多次说过这个字,不过总是和"无限热爱""阶级友爱"连在一起说的。是的,直至那一天为止,二十一周岁二十二虚岁的我,还从来没有单独说过一个"爱"字。我早已记不清是在小学几年级学了这个字的。我想我一定跟我小学的全班同学一起,随着老师的教鞭在黑板上每点一次,而异口同声地大声念一遍。也一定曾整行整行地在作业本上认认真真一丝不苟地写过这个字,还一定用"热爱"或"友爱"造过句。但之后"爱"这个字确确实实再就没从我口中单独说出过,更没有问过谁爱不爱另一个人。以至于我说出了这一个字,仿佛一不留意说出了一个脏字,自己首先觉得羞耻似的脸红了。

子卿终于睁开了他的双眼。他虽然睁开了双眼,却并不看我。他望着天空,很久都没有回答。

我不再问第二遍,也不再搓他的手了。我将他另一只被我搓热的手也塞入了他的怀里。我默默地期待着。我暗暗打定主意,如果他不肯坦白地回答,我便起身离开他。大冷的冬天,我根本没有陪着他挨冻的义务。

正当我欲起身时,子卿终于开口了。

他说:"你不认为她是一个好姑娘吗?"

我说:"如果我是你,自从她调来之后,我会觉得很幸福!"

他说:"如果你真的是我,昨天晚上你也不会去和她幽会。"

我说:"那么你还是并不爱她了?"

我想,对于我来说一个非常值得爱的姑娘,也许对于子卿来说真的并不值得他爱?他只不过是喜欢她,承认她是一个好姑娘罢了?难怪书里总是强调,爱和喜欢并非一回事。果而如此,那么似乎也是不该太责怪子卿的。谁也无权迫使他去爱的呀!

不料子卿却说:"我爱她……"

我不禁低头看他,脸对脸,目光对视着目光。忽然我一把揪住他衣领,将他扯了起来。

我恨恨地说:"那你昨天晚上为什么不去? 一个姑娘为了你而调到咱们连队,为了你而不再当卫生员宁肯喂起猪来,为了你而每天承受着那么多议论的压力,可你呢? 你心里明明爱着她,却又整天装出和她和这件事无关的样子,却又成心回避她,使她在别人看来,仿佛一个害了单相思的姑娘似的,这公平吗? 难道你就不觉得自己很卑鄙吗? 实话告诉你,我曾因为一个姑娘这么爱你而暗暗地嫉妒过你。我承认,我嫉妒你也是很卑鄙的,可现在我感到你比我更卑鄙! 卑鄙十倍! 老姜头儿如果不扇你大嘴巴子,哪一天我也会扇你大嘴巴子!"

我一松手,他又倒在雪上了。他又闭上双眼了。

他闭着双眼说:"她是高干的女儿。她爸爸是省军区的一位副司令员,她妈妈是教育局的干部。如果你是我,你会怎么想?"

原来他是由于此种心理在作祟!

我望着他扑哧笑了。

我觉得我的子卿那一时刻又变得有些可爱起来。

我说:"那有什么不好? 你的岳父岳母大人都是高干,我将来也跟你沾光啊!"

他说:"可你替我娘想过吗? 如果将来他们不能像尊重他们女儿的婆婆一样尊重我娘,他们哪怕只有一次用瞧穷老百姓那种目光瞧我娘一眼,哪怕只有一次用和穷老百姓说话那种腔调对我娘说了一句话,那对我娘意味着什么?"

他的话也有一定道理。当时我是那么感动——在这件事上,子卿他心中仍想到娘。你不能不承认,一百个男知青里也挑不出几个像他这样的好儿子!

我沉默了片刻,说:"我看,她是一位好姑娘,她的父母也不至于像你想的那么不好吧?"

他缓缓坐了起来,然而双手仍交叉地塞在怀里。能那样缓缓坐起,是很需要体育基本功的。

他一字一句地说:"你错了。她的父母正是我想的那种人。他们因为她不再当卫生员了,因为她居然爱上了一个穷小子,已经给她写过几封信大加教训了!这几封信她都给我看过。"

我苦口婆心地说:"那她承受的压力更大了!你更应该体恤她才对呀!"

他坚决地说:"我不!"

我急了,一下子将他又推倒,嚷着说:"你为什么不?你这样简直太可恨了!……"

他仰躺在那儿,眼望着天空,平平静静地说:"我不能因为她就轻率地改变了我对我自己人生的设计。"

听了他这句话,我一时间恍然大悟,什么都明白了。

我又低声问:"那么,归根到底,你是唯恐你和她的事会影响你将来上大学啰?"

我问得也相当平静。

他不再开口了……

我注视着他那张英俊的表情一向孤傲的脸,第一次发现,在他那种孤傲的表情下面,还有某种冷酷的东西。

看来,使他那么不公平地对待她的一切原因都不是特殊的原因,一切理由都不是特殊的理由,一切都只不过是一种借口,一种他自己认为说得通的说法罢了。只有一个原因一个理由是最真实的原因最真实的理由——他的大学梦想。为了实现这个梦想,他什么都可以无视,什么都可以舍弃,包括一个姑娘对他那么痴情那么热烈那么不管不顾的爱。

而他居然还承认他是爱她的!

我突然抓了一把雪揉搓在他脸上。这也不能使我感到解恨。接着我骑在他身上,左右抡拳揍他。他不反抗,任我揍他。两眼尽量不看我,望着天。这使我更加恼怒。我将他的头往雪地里按下去。已经下了几场大雪,那儿的雪已经积得有一尺多厚了。他的头几乎被我按得埋在雪窝里了。我继续抓起雪揉搓在他脸上,不停地那样做,而且往他嘴里塞雪。

"叫你清醒清醒!叫你清醒清醒!我闷死你!"

不知不觉中我流泪不止,为鲍卫红,也为我自己。她为什么将她那么痴情那么热烈那么不管不顾的爱给予这个孤傲而冷酷的翟子卿啊!

子卿他仍不反抗。连交叉地塞入怀里的双手都没抽出来一只……

我离开小河边的时候,子卿他仍仰躺在那儿,头埋在深深的雪窝里。我回头望去,觉得他像一具无头的尸体,一动不动,那情形很有些恐怖……

我和子卿的铺位分开了。

那是我第一次公开向他表示疏远。于我,那样做仅仅是表示疏远罢了。子卿回到宿舍,发现我的被褥已不在他的铺位旁了,久久地伫立在南大炕前。而我那时正盘着双腿坐在北大炕上我强行挤出来的铺位那儿。我望着他的背影,明白他显然是怔住了,呆住了。

他缓缓地转过身,朝我很悲哀地望了一眼。当时宿舍里人挺多,他大概以为我公开与他决裂了。他一这么以为,那一种来自于我的情感打击,显然是比老姜头儿当众扇他那一个大嘴巴子要严重得多,甚至在严重性方面是根本不能相提并论的。他对我微微摇了摇头。我当时不太明白他那是什么意思。也许是忏悔,也许是对我的深深地谴责。他随即低着头离开了宿舍,那样子仿佛再也不回来了……

我们彼此不说话了。好像住在同一个宿舍里的两个互相陌生并且各自发誓老死不相往来的人。

不久,边境局势更加紧张。连里抽调了两个知青排去修筑备战公路,子卿也在其中。似乎每一天都可能突然爆发的"战争"这个严峻的话题,如同一把巨大的扫帚,一下子将当时连里的一切闲言碎语扫光了。鲍卫红终于从飞短流长中获得了解脱。她不再是"热点人物"了。她被人们的口舌饶过了。没谁再关注她,没谁再提起她,更没谁再谈论她。她被"公众舆论"抛弃在村东头的猪号那儿,好比今天的人们吐掉嚼得没了滋味儿的口香糖。唯有我偶尔想到她,但我一次也没去看过她。我不愿自己成为又一块口香糖,在非常时期做了人们口舌的牺牲品。只不过偶尔想到她时,心里暗暗替她感伤一阵罢了。

有一天中午,老姜头儿在大食堂门口迎住了我。

他说:"你跟我来一下。"

我问:"哪去?"

他说:"跟我走还能到哪儿去!"

于是我随在他身后往猪号走。

路上我忍不住又问:"什么事儿?"

他头也不回地说:"有事儿就是了!"

我心里当然清楚——肯定不是他闷得慌了,忽然心血来潮,要找我谈什么话。肯定是鲍卫红找我有什么事儿。我暗暗鼓足勇气,打算趁此机会当面对她说:"错误的选择有时候也是来得及纠正的!我愿意帮助你下这样的决心,只要你也愿意给我这样的机会。"

鲍卫红并不在猪号那个小泥草房里。

老姜头儿从他的褥子底下抽出了一个四四方方的、用红围巾包着的东西。我一眼认出那红围巾是鲍卫红的。

他说:"你把这个交给翟子卿。"

我问:"是小鲍让转交的?"

他点点头,坐在小凳上,吧嗒吧嗒吸起旱烟锅来。

我又问:"是什么?"

他说:"我没看过。"

"这算是你求我,还算是小鲍求我?"我虽已接过那东西,但心里很有些不情愿。

"算我求你,也算是她求你。"

"也算是她求我?那你叫她来当面求我!"

老姜头儿朝我看了一眼,郁郁不乐地说:"她走了,不能当面求你了。但她临走交代过,如果我不想亲自转交给翟子卿,那么我只能再代表她委托一个人,就是你。除了我,她似乎就信得过你了。"

我捧着那东西,一时间疑疑惑惑的,并没有立刻搞明白是怎么一回事儿。

老姜头儿吧嗒吧嗒地又吸了几口烟,低声嘟哝:"我当众扇过那小子一个大嘴巴子,还怎么能再去找他,亲手交给他?"

我问:"连里派小鲍干什么去了?"

老姜头儿说:"不是连里派她干什么去了,是被召去当医务兵了,不会再回来了。为谁再回来啊?"

顿时,我觉得这世界变得很没意思了。我每每想到她而在内心深处专为自己编织的一个既有悬念又有大的情节转折的童话,就这么样地被老姜头儿的话给了一个索然的结尾。

我不禁苦笑。

"连里怕影响其他知青,有意保密到现在。她临走前一天还掉着眼泪对我说,只要翟子卿那王八蛋小子明白表示是爱她的,或者明白表示不爱她,她都会重新考虑走不走的问题。她求我替她去把那王八蛋小子找来,哪怕和她简简单单地说上几句话也好。我去找了,哪哪也没找到。那王八蛋小子!"

"可你找不到他,为什么不来找我呢?"

"找你?找你有什么用!再说了,替人家姑娘着想,我也愿意她走!不走,人家姑娘在众人眼里,倒算是怎么回事儿?以后,哪一个小伙子还会待见她？"

从我嘴里不由自主地吐出一个字："我……"

老姜头儿又看我一眼，磕磕烟锅，俨然以监护人那么一种口吻说："哈，你……你嘛！也不照照镜子，瘦猴儿似的，癞蛤蟆想吃天鹅肉！"

听他的口气，是根本没把我当成一个小伙子。

我又自卑又伤心，直想哭。

我捧着手里的东西，默默往门口退。

老姜头儿又大声问："你说，她是不是一个好姑娘？"

似在问我，也似在问他自己。

我低声说："是……"

离开老姜头儿那儿，我躲在一个僻静处，流泪不止。

鲍卫红她"轰轰烈烈"地来到我们这个连队，把全连小伙子的心都扰动了一番，造成了相互间的一些嫉妒、猜测和嫌疑离隙，又悄无声息地离开了我们连队，从我们连的知青群体中消失了，仿佛根本不曾调来过我们连。而这一切都是因为我们连有个男知青叫翟子卿。而更多更多的知青，却还根本不清楚她究竟是为谁才调来的。子卿以他冷酷的理智扮演着一个局外人的角色。她的心灵上却从此注定要留下一些深深的受伤害的疤痕。是子卿吸引她调到我们连来的，也是子卿逼走了她。

我打开她那条红围巾，见里面包的是一册用有光泽的洁白的硬纸自己装订的大"书"。"书"的封页上，用彩色笔写着一行醒目的美术字——"一位未来作家的足迹"。

我轻轻翻开它，内中许多页上贴着从《少年时代》《中学生作文选》以及《中国青年报》《中国青年》《北方文学》杂志上剪下的诗、散文、作文、小小说、"思想火花"，等等，都是子卿当年发表过的东西。在每页的空白处，还用一丝不苟的字迹写下了一行行"读后感"。

我告诉子卿她走了，并把她那条红围巾、她的那册厚厚的大"书"交给他。子卿什么都没说，却深深地吸了一口气，又长长地吐了一口气。

他那样，在我看来，似乎是在说——谢天谢地，终于结束了。

当时我也真想扇他一个大嘴巴子。

我冷冷地说："你永远也别想再见到她了！"

子卿还是什么也不说。他把手伸入我兜里，掏出了我的烟叼上一支，蹲在炉口那儿点着，就没起身，一直蹲在那儿吸。在我记忆中，那是他第一次吸烟，呛得不停地咳嗽。

我一直在他背后瞪着他，恨不得狠狠踹他几脚。

他没能坚持吸完那支烟，从炉口弹进炉子里去了。

他站起来时，满脸是泪。

他说："这烟……"

那就是我们经过了一些似乎漫长的"老死不相往来"的日子后，互相说的两句话。如果子卿的那句话也算是对我说的……

第二年春季，一个对于知青们的心理不亚于十二级飓风的消息传遍北大荒——全国高等院校开始从知识青年当中招收首批学员！

某天晚上，一张登载有这一消息的《兵团战士报》在宿舍中传来传去，这个读几句，那个读几句。

子卿正一手拿着饭盒，一手拎着装臭豆腐的小瓶欲离开宿舍，听到大家读的内容，没出去，返身坐在他的铺位那儿了。一会儿又蹲在炕洞口那儿烤馒头。

后来大家闻到了焦味儿。于是有人大声发出警告——谁烤的什么东西焦了！

我走到子卿身旁，踢了踢他屁股："哎，你聋啦！"

他这才发现，在他全神贯注地竖着耳朵聆听的时间内，他的馒头已快烤成了一个黑乎乎的炭球儿。

我又低声加了一句："恭喜你。"

口吻并非是善意的。

然而我们连的知青们没有真正遭受到那"飓风"的席卷。它仿佛从我们连的上空扫荡过去了,使我们连知青的心理大骚乱成为了一场群体性的庸人自扰。全团仅仅有幸分配到了三个名额,我们连一个名额也没争取到。某些人的美梦,不过就是美梦而已。

第二年我们连倒是分配到了一个名额。也不是什么高校的名额,而是一个邮电学校的名额。城市里的青年十之八九都下乡了,往返于城乡之间的信件成百倍成千倍地增加了,邮电系统的职工却青黄不接。城市急需青年邮递员,受训三个月后就要顶职工作。我们连选送走的还不是一名哈尔滨知青,而是一名上海女知青。也没有经过什么群众选举和评议,是由连党支部讨论作出的决定。因为那上海女知青是连里的"五好战士"和"毛著标兵"。连里认为党支部的决定毫无疑问是代表了广大知青的民主意向的,也毫无疑问是公正的。党支部的决定当然还有更深层次的考虑——若在哈尔滨知青之中选送,等于把一根骨头抛进了早已被占有的欲望刺激得大眼瞪小眼互相龇牙咧嘴的狗群里,尽管那并不是一根香味四溢的骨头。事情往往就是如此。幸运旁归,哈尔滨知青暗自勾心斗角了一场,也就相安无事了。似乎个个还都很佩服连里的决定实在是英明,实在是高。

只有一个哈尔滨知青感到大大地失落了。便是子卿。他自是并不屑于张牙舞爪地去争那个邮电学校的名额的。他的心愿不是返城,而是能上大学,能上一所名牌大学。"大学梦"和"返城梦",是他的心愿和其他许多知青的心愿之本质区别。他早就暗自有所准备,也就最能咀嚼出被夜夜想朝朝盼的机会所漠视的滋味儿。他大概以为,如果他再不主动争取,再不引起有关方面对他的关注,那么明年的机会后年的机会,真正代表着他从少年时期就那么刻苦追求的机会,也就是某名牌大学给知青的机会一旦降临连队,也许还是要与他翟子卿擦身而过的。

欢送走那名上海女知青的当天,子卿曾怏怏地对我嘟哝了一句:"他妈的,怎么可以这样!"

我抢白了他一句:"你认为应该怎样?"

他悻悻地说:"难道以后的大学生都不必经过考试了吗?"

我说:"你真有意见,往北京写信去问啊,别在我跟前念这种没用的经!"

一个半月以后,连里召开了对子卿的批判会。他真的给当年的"全国招生委员会"写了一封信,真的在信中直陈了他区区一个知识青年,对今后全国大专院校招生方针政策的困惑、质疑和他自认为的"合理建议"。他的"建议"当然是主张以考试成绩作首要招生原则的。他的信中自然也流露出了强烈的不满情绪。于是他这一个小而又小的小人物的一封信,成了当年两条招生路线斗争的一个实证。他当然地被划到了代表资产阶级招生路线的"社会基础"中去了。据说当年许多地位显赫的大人物,包括江青本人在内,都对他的信作了措辞严厉的反对批示。于是这样的一封信被转至了兵团总司令部,又从兵团司令部一级级转到了师里,转到了团里,最后转到了连里。连里的领导们如临大敌,那几天惶惶不可终日。对于我们连来说,这是一个天大的政治事件。保密工作做得空前绝后的严格。可悲的子卿,那几天却还蒙在鼓里,浑然不晓。天天到连部去等信,巴望着有一封从北京寄给他的信,带给他佳音和福音,带给他一大片光明的希望和前途。直到开会那一天,直到点他的名将他唤起来的时候,他还懵里懵懂的。当时我也懵里懵懂的。全体知青都懵里懵懂的。没有哪一个知青预先知道那次会的内容。有师里的团里的几名或穿军装或穿便衣的领导坐镇,气氛相当严肃。还有佩带明枪暗枪的团保卫处的人在会场四周警卫,使气氛不但严肃,甚至还杀气腾腾。

就在那一天,就在那一次会上,团里代表师部和兵团总司令部两级党委郑重宣布——永远剥夺一名叫翟子卿的哈尔滨知青上大学的资格。一切推荐,哪怕他能获得百分之百的满票,都将被视为无效。

那一天,那一次会,宛如当众宣判了子卿的死刑……

散会后,别人都走完了,子卿仍低垂着头,如木桩般呆站在那儿,仿佛被人从头顶凿了个洞,用水泥或铁水浇灌在那儿了。

子卿完了。我望着他,心中顿生无限同情和悲悯。

"子卿……"

我走过去轻轻叫他,他没反应。

"子卿……"

我碰了他一下,他仍无反应。

"子卿! 子卿你怎么了?"

他的样子使我害怕,使我以为他是被突如其来的惩罚打击傻了。我不禁搂抱住他,哭了。如同另一个我自己被当众打入了十八层地狱,而我一心想把另一个我自己从地狱中拯救出来,却又束手无策。

"他们……他们究竟要把我怎么样?"

他终于开口说了一句话。在我听来那是一个完全陌生的人的声音,声调暗哑而机械,嗓子里还丝丝拉拉的,好像一个被破坏了声带的人在说话……

分明地,他是完全蒙了,连对他的处置都没记清楚……

当时我没忍心告诉他——他被调离了我们连,发配去一个最偏远的,还没有公路,需翻山越岭才能到达的新开发的连队。那里集中着全团犯了这样或那样错误的知青,都是被打入"另册"的知青。我们把那个连队叫作"劳改集中营"。

三天后,子卿被勒令离开连队。

一辆马车停在宿舍前,只有我一个人默默地帮他往车上搬放东西。知青们聚在宿舍门口两侧,一个个冷眼望着我们。他们眼里没有同情的目光,脸上也没有同情的表情。三五个男知青怪声怪调地唱:

　　种瓜的得瓜呀,种豆的得豆,

谁种下仇恨他自己遭殃!

车老板挥起鞭子那一刹那,我也跳上了马车。

他低声说:"你上来干什么?"

我说:"我送你一程!"

他眼中蓦地泪光莹莹。

他又说:"你别送我,千万别告诉我娘实情……"

车轮滚动了,他把我推下了车。

马车渐渐地远去,拐过一个山脚不见了。

从此我竟再也没能见到子卿——因为后来我自己侥幸上了大学,正如我在我的另一本小册子《从复旦到北影》中写的那样。

我在大学给他写过许多封信,却连一封回信也没收到过。他仿佛从我的情感圃林中消失了。好比我情感圃林中的一棵树,被伐倒了,被拖走了,只剩下了一截树桩留在我的记忆里……

第四章

"脏街"被彻底推平了。我家早已从那一带搬走了。也不知在我家搬走后,子卿家,更准确地说,是子卿他母亲被动迁到哪儿去了。每次我回哈尔滨,总不免向熟悉的人打听子卿母子的下落,却没谁能够向我提供什么详细的情况和具体的地址。渐渐地,我对他们母子的残碎的记忆,也似乎从我的情感世界里一天天逸去了……

前年我回家乡,在一次同学和兵团战友间的聚会中,意外地见到了阔别了二十余年的子卿。那天我本是不愿去的,几乎是被硬拽去的。某些时候,某些人,总是难免被迫地在某种情况下充当陪客的角色,而所陪往往都是"红色"的或"灰色"的"大款"。"红色"的自然是"国字号"的老板们,"灰色"的自然是指近年来的暴发者们。歌星影星,女性者,乃一等甲级陪客,男性者不消说只能算是一等乙级或丙级。官员们乃二等陪客。有老子做官场上的后台自己本身又掌握了处级以上实权的,当属二等甲级陪客。无后台而身为局级,所掌之权又与股票、房地产、外贸等搞活经济相关的,大约该算是二等乙级吧。因为他们往往因无后台而谨小慎微,顾虑重重,所谓前怕狼后怕虎,不那么容易先充当一两次陪客而最终被拖下水。至于什么文化局的教育局的大小官员,往往只配充当二等丙级陪客。我是作家,又多多少少有点儿小名气,当属三等甲级陪客。大概与黑道上的江湖人物或什么经纪人啦、女招待了之类的划归在同一范畴。改革开放了,一切都被"搞活"起来,人的头脑当然也被"搞活"多了。所以,我是常常半情愿半不情愿地充当三等甲级陪客的,并不怎么在乎在人眼里的等级低下。何况,卖文为生,回顾历史,从前的从前,便就是属于"下九流"中的。何况我虽是三等,但毕竟是甲级之类。没有一等甲级或二等甲级在座同为陪客,我常常还是能很快进入角色,找到近乎良好的感觉的。在一等丙级或二等乙级们面前,心理上也并不很觉得自己有多么低下。平起平坐的话往往也是开口就说的。这年头,充当陪客也不能充当得太保守不是?

但那一天我是真的不情愿去,真的几乎是被硬拽去的。那一天我头疼。头疼也不是理由,这才是三等陪客往往面临的尴尬和可悲处。因为你一个三等陪客,你摆的什么架子啊! 请你去做陪客,那是看得起你。还拿你当个"三等"看待,你不给面子吗? 头疼就不能坚强点儿,忍一忍么? 你一个"三等",你娇贵得什么劲儿呢! 再说还有中小学的老同学们和兵团战友们这一层特殊关系哪!

那是在很豪华的地方,自然开的是单间。我去时,做东的"大款"还没到,不能点菜。大家就都耐心地等待,喝茶,喝饮料,互相说些鸟话。同学倒都算是同学,战友倒都算是些战友。但没有同班的同学,都是同校的;也没有同连队的兵团战友,不过是同一个团同一个师的。都是那种想亲也实在亲不大起来,想不亲又唯恐引起对方不满的不尴不尬的关系。已经坐在那儿了,还不晓得做东的姓甚名谁,更不知道让大家恭候的"大款"究竟是"红色"的还是"灰色"的。只明白了一点——同学中有一个是业余画家,想办个人画展,希望"大款"慷慨解囊。充当陪客的角色中,有记者,有位中学校长,有一名文化局文化处的副处长和两位什么科长,还有一名从服装模特队被淘汰下来改行做了公关小姐的女郎,倒是没谁足以对我的心理形成什么压迫感。

他们都称那姗姗来迟的"大款"为"华哥"。

半个多小时后,侍者小姐通报道:"各位,宴请你们的华先生来了!"

于是大家纷纷起立……

一位气宇轩昂、仪表堂堂的"华哥"终于出现。

"华哥"理所当然地往主座一坐,朝大家做了个似乎随便一做的手势:"坐嘛,坐嘛……"

于是大家才纷纷坐下。

我觉得"华哥"那似乎随便一做的手势,分明是正刻意模仿谁。模仿谁呢?寻思了一会儿,暗自得出结论是模仿周总理。周总理出现在我看过的一些纪录影片里和如今拍的电影电视剧中,差不多总是做着那样的手势对客人们说"坐嘛,坐嘛"——手心朝上,左手从胸前朝外划一段弧。

在周总理而言,那是一种十分儒雅,十分亲切,甚至也可以说十分优美的手势。

那位"华哥"做手势用的也是左手。不过因为是刻意模仿的,我暗觉有几分可笑。当时我想,即或有钱了,即或是"大款"了,也不必就认为该学伟人的手势嘛。

他一身名牌,派头很绅士似的。

一个和他半熟不熟的人,向他一一介绍我等。他的目光,一一从大家脸上扫过,自己脸上却不苟言笑,嘴里虚与周旋地吐着些单字和单词:"好,好,高兴,高兴……"

我说他的目光一一从大家脸上扫过,意思是,他对谁都并不多看一会儿,对谁也不例外。就好比在商店里,漫不经心地走到了自己其实一点儿也不感兴趣,更不想买下什么的货品架前,不看一眼白不看,看了也还是不感兴趣。我相信,经他的目光那么一扫,哪一位当时都会觉得自己似乎不是个人,似乎只是个存在于他眼前,由人介绍给他看,企图引起他一星半点儿兴趣的东西。而分明,似乎哪一个东西也未能引起他哪怕一星半点儿的兴趣。

介绍到我时,我故意端起茶杯,低下头,佯装正要喝茶的样子。我可不愿遭他那么扫一眼。就我当时的心理而言,被那么扫一眼,肯定如同被掉在脖颈上的毛毛虫蜇了一下,会使我别扭好几天。

"梁晓声,作家。"

我听到介绍者这么说,他接着介绍我旁边的一位……

"慢!"

我听到"华哥"制止他介绍下去。依然是一个单字,但说得很重视似的,完全不是先前那种虚与周旋的语调。

介绍者以为他没听清楚,又说:"他是位作家。就是,写小说的那种人。"

我仍低着头,呷着茶。我打定主意,走之前就不抬起头来了。而且决定自己暗数三个数后,放下茶杯起身就走,连句告辞的话也不说。我头疼着呢!三等陪客也是需要维护自尊的。否则连三等陪客的自尊岂不都日益地丧失净尽了吗!

"我问他名字!"

语调有些急躁了。

"梁晓声!梁山泊的梁,拂晓的晓,声音的声……"

那介绍者的口吻,听来有些因"失职"而惭愧似的。

我暗想,今天何其荣幸,居然遇到了一位似乎对作家格外垂青的"大款",而且还是"灰色"的!我的极有限的社交经验,或者干脆说是陪客经验告诉我,"大款"们对作家们通常是不大待见的。在金钱面前,文学不过是印钞票的机器甩下来的边角纸吧?尤其"灰色"的"大款"们,对所谓作家更是嗤之以鼻的。除非他们心血来潮,有了钱还嫌不够,进而还要有名,而作家又心有灵犀,号准了他们的脉,巴结着要替他们著书立传。

我将茶杯一放,站起来睨着介绍者说:"他没听清就没听清嘛!这种场合,不过是大家凑趣儿的事儿。人一走,茶就凉,何必介绍得那么详细?像宣读什么产品说明书似的。"

我的话使对方红了脸,不停地眨巴着眼睛,神色大窘。

我故意看也不看"华哥",朝众人一抱拳,用很江湖的口吻说:"诸位行个方便,小弟要先行一步了!"

大家面面相觑,都有几分讪讪的了。

我也不理睬那么多,推开椅子,转身便走。

不料"华哥"大声叫道:"梁作家,你给我站住!"

那语气听来颇有命令的意味儿。

难道这位"华哥"并非对作家有什么好感,而是一位和一切作家有什么仇隙的"灰色"人物?谁得罪了您找谁报复去呀,我又没用笔作践过您,跟我这儿叫的什么板啊!

我不由得站住了。暗暗打定主意,今儿倒要领教领教这位"华哥"的凌人盛气,不就是我不高兴做陪客了吗?看他能不能把我活吞进肚子里去。或者像吃生猛海鲜似的,三下五除二地把我卸巴了!

我身子没动,只朝他扭过头去,盯着他,冷笑地说:"这位华哥,您要把我强行扣押住不成?"

他说:"是的。"说完也站了起来。

大家可就不但都有几分讪讪的,而且都有几分不安了。

这个劝我:"哎哎,怎么也得再坐会儿,再坐会儿,别扫了华哥的兴嘛!"

那个劝他:"华哥,您别急,别急,他有事,就让他先走嘛!少他一个,大家也坐得宽松些!"

已然到了这种似乎很僵的地步,我哪里还肯听劝?

我正色道:"少跟我来这一套!只要老子自己高兴走,谁他妈爱扫兴谁扫兴去!"

"华哥"也不听劝。

他也正色道:"今天谁请客?我!我是主人!是我请你们!你们谁走都成,就他不能走!"

他说时,还隔着餐桌,伸直手臂朝我一指。

我说:"我非要走,你能怎样?"

"华哥"收回手臂,顺势正了正打得很端正的领带结,慢条斯理地说:"那……我也走!今天你走到哪儿,我跟你到哪儿!反正,今天你的时间是属于我了,我的时间嘛,也完全属于你了!"

这不是耍无赖嘛!

他呢,说完却望着我笑。

他一笑,大家一个个也就跟着笑。连表情一度颇为紧张的侍者小姐,也满脸堆下了职业性的随机应变的笑容,一边给大家的酒盅斟酒,一边也斜着我说:"梁作家,华先生这么诚心诚意地留您,您就坐下呗!"

座中那位由服装模特改行为公关小姐的女陪客,也港腔港调地说:"梁作家,连侍者小姐都觉得您过分了吧?别耍小孩子脾气了,快坐下吧!您是不了解,人家华哥这个人,其实是金属元宵,外冷内热!"

我瞪她一眼,心想你他妈倒挺会说话儿的!好像你很了解那小子似的。可方才你和别人攀谈时,我明明听你自己亲口说的,以前也不认识那小子嘛!

"华哥"这时已推开椅子,走到了我面前。

他问:"你不认识我?"

我注视他,摇头。

此前我没在任何地方见过这么一位衣冠楚楚,"包装"一流的"灰色"大款。

"世途旦复旦,人情玄又玄啊!"

"华哥"咬文嚼字地望着我说了这么两句,还深长地叹了一口气,缓缓地背转身去。

仿佛他挺感伤的。也许七分是真的,三分却是做戏。

93

座中就有二人拍手道:"好诗好诗! 非情感中人,岂能脱口即出这等忧郁的诗句!"

"人家华哥是名副其实的儒商嘛!"

"华哥"猛地又来了个向后转,郑重地问:"梁作家,你没把'脏街'也忘了吧? 还有那个小人书铺,当年被'脏街'上的两个穷孩子叫作他们的'三味书屋'……"

"子……卿?"

我问得一点儿把握也没有,与其说是问他,莫如说是在问我自己。问我自己那部分关于"脏街"和关于那个当年一心做大学梦的孩子、少年和青年的破碎的回忆。然而那部分回忆毕竟已是太破碎了,且被积压在以后的种种记忆储存的下边……

他,微笑了。

"子卿!"

他的微笑明确地告诉我,他正是子卿。

我头脑中那些破碎的回忆,渐渐往一起拼凑,渐渐复合为一个依稀的形象。然而那依稀的形象,却怎么也不能与眼前这位"华哥"相重叠。我觉得,当年的子卿,和眼前这位"华哥",分明是两篇内容截然不同的小说里的人物,硬使他们成为同一个人物,未免太荒诞、太离奇了。尽管我已经很肯定地又叫出了他的名字。

他一下子拥抱住了我,一只手在我背上不停地轻拍着,连连说:"二十多年了,二十多年了,都是四十多岁的人了,也难怪坐在对面都认不出来!"

他的头和我的头交错并在一起,下巴抵在我肩上。他的话说完了,手还在我背上不停地轻拍着,轻拍着……

我完全信任了他当时的激动。

我内心里也激动起来。

曾经有许多许多次,我想象过我们相逢时的情形,以及自己怎样激动的心情状态。但直至那一天,直至那时我才明白,其实人真实的激动,并不像每个人预想的那么容易在自己心里发生。与人惯常的笑脸相比,它发生的条件要微妙得多,发生的契机也要被动得多。当我们觉得我们的心激动起来了的时候,那实际上意味着,我们是感到对方的心首先向我们传递出了一种激动,我们的心立刻呼应了而已。我终于认出子卿的那一瞬间,子卿真诚地紧紧地拥抱住我之前,我内心里并没有涌起任何激动的波纹。我只是感到意外,感到惊诧,感到被现实生活里的太戏剧性的偶然所刺激。这一种情形,我的意思是说,当时我内心里的状态,和我的许多次想象是很不同的。

我眼眶湿润了。

子卿他因为又见到了我而激动万分,我则更是被他的激动而感动。

"诸位,诸位,此时不干,更待何时? 来来来,共同举杯,为华哥和梁作家老友重逢助兴呀!"

于是众人纷纷举杯。

我和子卿也各自擎杯在手,互撞一下,他凝视我,我凝视他,都一饮而尽。

我见子卿的眼眶也湿了。

他和那位副处长换了座位,坐到了我身旁。而那位由服装模特改行做公关小姐的漂亮女郎,也趁机和别人换了座位,坐到了子卿身旁。

她刚落座,子卿拍着我的肩对她说:"晓声今天是我最尊贵的客人,我希望你坐在他旁边,席间替我多关照他点儿。"

她十分乐意地又换到了我旁边,左一扭头,右·扭头,笑盈盈地故作小女孩儿状地说:"今天我结识了华哥,又结识了你——华哥从前的朋友……"

"华哥",不,子卿打断她的话,纠正道:"不仅是从前的朋友,也是内心里永恒的朋友。"并问我,"晓声,可不可以这样讲——你是另一个我,至少是另一半儿我?"

我矜持地点点头说:"当然可以。"

一个人在某种场合之下,忽然由一个三等陪客的角色(尽管是三等甲级),一下子变成了一个喧宾夺主、仿佛备受呵护的人物,不会矜持也矜持了。而且,我当时心里真是好感动,仿佛又找到了从前我和子卿之间某种关系的感觉。那感觉中的很主要也很重要的一种成分便是——有时他呵护着我,有时我呵护着他。我们原本是相互呵护着长大的两个"脏街"上的穷孩子啊!我暗暗惊异子卿的话。我以为,只不过我自己常觉得他是另一个我,至少是另一半儿我,替我在这个世界上,在芸芸众生中,在不同的地方,体验着不同的经历,追求着不同的东西,也就是我无法依赖什么分身术去追求的东西,并为这种追求承受打击和挫折——没想到他也正是这样看待我的!

我说:"子卿,你说出了我早想对你说的话。"

子卿抓起我的手,紧攥了一下。

公关小姐的话没说完,这时又看出其实没谁对她的话感兴趣,很识相,不再接着说下去,只是自言自语着:"今天是我的好日子,我太高兴了,太高兴了……"

她是位鲜艳的小姐。我的意思是,她的衣服很鲜艳。她那张脸更鲜艳,红是红,黛是黛,蓝是蓝,粉是粉。她的脸化的可谓是浓妆了。两眼周围涂的是淡蓝色的眼影。如果远看,别人肯定会错以为她戴着一副镜片是淡蓝色的眼镜。化那么一次妆大概是很需要花费些时间的,也必定得很讲"认真"二字。如今的某些小姐们,仿佛都在人生大舞台和台上的小世界之间轮番赶场演戏似的。所以你看着她们不由得不产生这样的想法——她们的脸其实是永远不必卸妆的。也就不至于因为她们在现实生活中也像在戏剧舞台上似的把脸弄得那么鲜艳夺目而友邦惊诧了。你就会见怪不怪,习以为常。她脸上的浓妆使我无法判断她的年龄,但估计总不至于超过二十五岁就是了。她倒并不轻佻,而且已是在竭力地表现出稳重劲儿。但是我觉得稳重对她反而使人感到别扭,还莫如干脆轻佻。可看她的一举手一投足，一颦一笑，似乎又彻底轻佻不了。好像在"傍大款"这条道上刚开始实习，好像一时还找不大到"跟着感觉走，紧拉住款爷的手"那种窍门儿，甚至好像时刻准备虚心地接受"行家"的批评指正似的。总之我倒也不讨厌她，不过觉得她轻佻又轻佻不起来，装稳重又装得不到家，还有点儿傻兮兮的，有点儿怪值得同情的。

我坐在这样一位女郎和子卿之间，一边有友情呵护着，一边有色情殷勤着，宛如红烟舒其左，紫气罩其右，竟不禁受宠若惊起来。

此时一道道美味佳肴上来了。

子卿擎起杯说："咱们开始吧，今天我格外高兴，愿意陪诸位尽兴。不过有言在先，晓声没酒量，大家不要勉强他！"

众人都点头道："一定一定。"

公关小姐还将红唇贴近我耳，悄语道："放心，有我为你保驾。"

她说完，我下意识地用手搓了搓耳朵。我觉得她的红唇说话时似乎已贴上我的耳朵了，怕留下鲜红的唇迹，而自己浑然不晓，在别处使人发现了而对我"刮目相看"。

酒过三巡，把我硬捜来的人对我说："请你来，你今天还不想来。真不来，能与华哥久别重逢吗？为了这一点，你该不该干一杯？"

大家都七言八语地替我说"应该应该"。

子卿也说："人家'出师有名'，那你就舍命陪君子一次吧！"

我说："好！"

于是我与子卿撞了撞杯，举杯向众人一一致意，一饮而尽。

满满一杯啤酒饮下，觉得口中甜滋滋的。正纳闷儿，公关小姐暗扯了我一下。我看她一眼，她冲我狡黠地一笑，我才明白：不知何时，她已将我的酒兑入了大半杯饮料。

我很是感激，对她的印象顿时好起来。

"华……先生，能否……透露一下，您现如今，究竟……究竟到了……先富起来的一部……分……那个中国……中国人中的……哪……哪个档次……"

有人一边不停打酒嗝儿,一边向子卿探身发问。那是个贪杯的,自斟自饮的,已经比大家多喝了三四杯,脸也红了,话也不利落了。

子卿正剥虾,眼睛瞧着手中的虾,微笑不语。他并不像某些做东道主的人,对宾客们的一切话题似乎都积极参与,担心自己对谁的话题表示漠然就意味着漠视了谁的存在似的。他仿佛对谁的话题都相当漠然,都缺少积极参与的兴致和情绪。他只偶尔对自己感兴趣的话题插问一两句,或者根本不问,只不过注意听听。他的兴致和情绪,仿佛不在任何话题方面,只在吃上。我见他吃什么都津津有味,一副大快朵颐的样子。也不谦让,该下手,则挽挽袖子下手。看得出他尤爱吃虾。侍者小姐已经给他换过两次小碟儿了,第三个小碟儿又堆满了虾壳。

公关小姐看了子卿一眼,用筷子指点着那个发问者责怪:"你怎么不该问的也问?这属于隐私你懂不懂?华哥是不?"

子卿仍微笑不语。他细心地从壳中近乎完整地剥出一个虾的肉体,两根指头拎着虾尾,这面儿蘸蘸汁料,那面蘸蘸汁料,拎起来,仰着脸,手指一松,虾掉入口中。他嚼得也很细。嘴里嚼着,手里又剥着另一只。一只虾能在口中嚼上半分钟才咽进肚里。但因是手和口的"流水作业",并不影响"消费速度",正所谓"磨刀不误砍柴工"。

我观看着他剥虾时和吃虾时的样子,不由得就回忆起了当年他怎样将臭豆腐抹在掰开的馒头之间夹着吃的情形。用今天的比喻,那可称作"臭豆腐三明治"吧。

虾之后上了一道鱼。

侍者小姐说,是鲤鱼。十几分钟前还在水箱里游来着。至于那种做的名堂该怎么叫,我没在意听。

公关小姐为我夹了一片儿鱼尾部分的肉。她说会吃鱼的,不是专吃鱼脊部分的肉,而应专吃鱼尾部分的肉。说鱼在水里游动时,全靠鱼尾一摆一摆的。鱼尾好比鸡翅或鸽翅,活时细胞是最旺盛的,死后营养当然也是最丰富的。

她还要给子卿夹。

子卿却止住了她，说他不爱吃鱼，吃腻了，吃到嘴里味同嚼蜡，再高明的厨师以再高明的烹调技术做的鱼，也是引不起他食欲的。

我不由得又回忆起了当年我怎样为他母亲和我母亲买了两条鲫鱼的往事。也不知那两条鲫鱼当年在我家的盆里和他家的桶里继续活了多久？更不知道它们死后，我们的母亲们是怎么做了吃的？当年每人每月只有三两油。我们下乡后，我家和他家一样，实际上只剩我们的母亲们一口人了。三两油，不能一次都做鱼用了，大概也只有清炖吧！

子卿用臂肘碰了碰我，问我在想什么。

我笑笑，自然说没想什么。

他竟认真起来，说你明明在想什么嘛！快从实招来！

而当时我的想法是转得很快的。倏忽又从鱼转到了诗，想起了杜甫在《佳人》一诗中的名句——"世情恶衰竭，万事随转烛。"

但我说出口的却不是这两句，是另外两句，是李贺《嘲少年》中的两句——"少年安得常少年，海波尚变为桑田。"并且解释，少年时的子卿好比海波，今日之子卿好比桑田，我为海波变桑田感慨万端也喜悦万端。

于是大家又都鼓掌，又都说些虚伪得仿佛真诚的凑趣儿的话。

我想我也该问子卿些什么了，就问大家为什么都叫他"华哥"。说如果大家一开始都叫他"子卿"，我也不至于当面认不出他，还对他那么不友好。

了卿便笑了，指指硬拽我来的人，说："你替我回答吧！"

对方则卖起关子来，不正面回答，却先问我："看过美国电影《费城的故事》没有？"

我想了想，说看过的。

"你记得这部影片的男主角是谁吗？"

我又想了想，摇头承认自己记不得了。

他说："詹姆斯·史都华嘛！获第十三届奥斯卡最佳男演员奖。此后三次获该项奖的提名。一生拍了近百部影片。一九八〇年获奥斯卡终身成就奖。一九八四年获奥斯卡五十七届特别荣誉奖……"

听完他的话，我说我还是不大明白。

"还不明白？ 子卿他像詹姆斯·史都华嘛！"

我不禁地转脸端详子卿。尽管我实在是回忆不起詹姆斯·史都华的大明星异彩了，却不得不暗自承认，四十三岁的子卿，比我印象中的少年子卿和青年子卿，更英俊有加，风度有加，气质有加了。与当年相比，眼前的子卿，又增添了一种中年男子的成熟魅力。有钱而相貌平庸甚至其貌不扬、其貌丑陋、其貌猥琐的男子，我见得多了，相貌堂堂、一表人才却收入低微、囊中羞涩甚至属于"无产阶级"甚至就是穷光蛋一个的男子，我也见得多了。但又是"大款"又英俊又风度翩翩、气质不凡的男子，除了某些男歌星和男影星而外，子卿是我见到的第一个。当然我指的是二十余年后的子卿。

我心里就又生出酸溜溜的嫉妒来。

我言不由衷地说："那，我是不是今后也该改口叫'华哥'了啊？"

子卿笑道："别跟他们学，你还是叫我子卿好。"

他又对着那个贪杯的人说："你方才不是问我有多少钱吗？其实我如今也没多少钱，不过才二百多万而已。"

于是大家就都"哇"！

有的说，二百多万还"而已"呀？那别人不是就只有而已而已了吗？

有的说，全哈尔滨市有二百多万人，挨个儿统计能统计出几个来？肯定二十个都不到！

自然也就由此抱怨开了哈尔滨经济发展的落后。仿佛大家都没有二百多万，皆因哈尔滨这座城市影响的。

接着那位记者讲了个幽默的"段子"：

上帝的信徒问上帝："对您而言,一万年等于多久?"

上帝回答："等于一秒钟。"

信徒又问："那么一百万等于多少钱呢?"

上帝回答："等于一文钱。"

信徒就乞求道："万能的上帝啊,可怜可怜我这个穷光蛋,赐给我你说的那样的一文钱吧!"

上帝慈祥地回答："完全可以。一秒钟之后我就赐给你。"

按说,这个"段子"还是挺具有幽默性的。在座的诸人,也都不乏起码的幽默感。

可是不知为什么,谁也没笑。分明地,谁都是想笑笑的,却有些笑不起来似的。大家一时都默然无声,气氛就不免有点儿压抑。

我也没笑。我也想笑。哪怕仅仅出于礼貌,或证明自己具有起码的幽默感,我觉得我也是该笑笑的。但我也是实在笑不大起来。我暗骂上帝的回答真是太王八蛋了!

公关小姐悄言悄语地说:"这个笑话不好……"

子卿似乎敏感觉察到了什么,就举起杯说:"我是无神论者。自从毛主席他老人家仙逝了,我就是无神论者了。所以我不相信上帝的存在。我认为每个人都应该是自己的上帝,都应该按照自己的时间观念和金钱观念,去为自己最终获得等于一百万的一文钱或几文钱而奋斗!赞同我这番无神论者宣言的,陪我干了这一杯!"

大家就都说了卿说得好,符合改革精神,于是都举杯,都一饮而尽,脸上也都开始现出了红红的酒晕。

我也不例外,一饮而尽。顿时头重身轻起来。

子卿放下杯,又说:"现在,许多像我这样的,被诸位称为'大款'或'款爷'的人,都会说他们的发迹,受惠于什么改革政策。我也不能不承认这一点。但我更想坦率地告诉诸位,我翟子卿有今天,首先是受惠于我的老母亲,其次才是受惠于什么改革政策。没有她老人家十年间为我积蓄下了一笔数目可观的钱,使我在返城后可以有本儿做小生意,岂有我翟子卿的今天!那我这辈子可能就彻底完了,会比你们诸位更不如,会和马路上千千万万每天蹬着破自行车上班下班,每月只开一百多元工资的工人们是一个下场!如果当年再分在一个效益不好的单位,如今黄又黄不了,转产又转不了,开百分之六七十甚至百分之三四十的工资,那我就连自己的老娘都没法儿赡养了!"

子卿说得竟有些愤愤然起来,仿佛他已然落到了没法儿赡养自己老娘的地步似的。

那位记者立刻接言道:"那是那是!华哥是一番肺腑之言啊!伟大的巴尔扎克曾说过,'母爱在女人心中是一件简单、自然、丰硕,永远不衰竭的东西,就像人生命的一大要素'。"

有人郑重其事地倡议:"为华哥老母亲的健康长寿干杯!"

于是大家又纷纷举杯,纷纷郑重其事地嚷嚷:

"母爱万岁!"

"穷人的母亲们万岁!"

子卿竖起了一只手掌,众人才肃静。

子卿用筷子轻轻敲击着小碗的边沿儿,吟唱了起来:"母兮生我,母兮鞠我,出入腹我,哺我养我,顾我怜我,育我抚我。哀哀慈母,生我劬劳……慈母手中线,游子身上衣。临行密密缝,意恐迟迟归。谁言寸草心,报得三春晖。"

子卿表情宛若圣徒。

众人表情亦皆肃然、穆然,有的似乎还有几分凄然。也不知是真的心灵感动了,还是那种场合的惯常表演。

我则回忆起了当年我是怎样千里迢迢地,将子卿母亲为他做的一条厚厚的,比一床被子还重的棉裤捎给他时的情形。

他当年曾将脸深深地埋在棉裤上,无声地哭泣。

我眼前仿佛出现了"脏街"……

出现了一匹瘦骨嶙峋的老马吃力地拉着一辆泔水车,缓缓行进在"脏街"坑洼不平的颓房矮屋之间……

出现了两个少年将裤筒高高挽起,赤着双脚,在大雨天共披一块破油布去上学的背影……

还仿佛听到了赶泔水车的老人催促人们倒泔水的木梆声——梆、梆、梆……

由远及近地传来着,传来着……

再高潮起伏的宴席,其实也不过是生活里的转场时的过渡情节。而赴宴者,东道主也罢,宾客也罢,陪客也罢,进入角色不久,便都想摆脱那一情节的了。因为不言而喻,没谁愿意在冗长的情节里长时间地扮演乏味的角色。

剩了一餐桌菜肴,大家一个个却面面相觑,仿佛再搜肠刮肚也制造不出话题了。

子卿说:"怎么样? 就到这儿吧?"

我说:"就到这儿吧。"

于是我随子卿首先站起……

硬拽我来的人这时嗫嗫嚅嚅地说:"华……华哥,那件事儿,我是指,您那点儿小意思……带……带来没有? 若带来了……"

他脸上强作出卑恭的笑样,向子卿半缩半伸地展示着一只手。那是介乎于乞讨和自尊之间的,往往也最容易遭致对方轻蔑的手势,比街头乞丐讨小钱时的手势还要猥琐。因为乞丐们讨小钱时一般情况之下都是将自尊丢开不顾的。所以同一种手势在乞丐们做来也就坦然多于羞惭,仿佛在向人无言地声明——爱给不给,不给拉倒。这就照顾到了面对这种手势的人的心理,使他们有较充分的余地在给和不给之间进行选择。决定不给似乎也能决定得心安理得。而当时他的手势传达出的却是另一种潜台词——千万别拒绝啊！千万得给点儿啊！多多少少您总得给点儿，我可是极有自尊的人呢，您不可以伤害我的自尊心，不可以让我白伸一次手的。

我对他顿时大动恻隐之心。我本想说句能够影响子卿给予的话，他，不仅他，还有那位文化局文化处的副处长，那位记者，那位公关小姐，总之差不多他们全体，都在向我投注着求援的目光。席散了，我居然还没搞清楚需要资助办画展的究竟是哪一位，因为席间根本就没谁谈过什么画不画的。也许正是他。也许并不是他。他是在为朋友"两肋插刀"，发扬见困难就上的精神。

当时我忽然明白了，人们希望某"大款"掏腰包的时候，为什么总是要安排在某豪华的地方"撮一顿"——大概因为只有在半醉不醉的情况下，行乞的人才有勇气当众最后一次开口最后一次伸手吧？成败完全在此一举，他们的企图如果还是受挫了，肯定相当于一次心理方面的非死亡性车祸，不好好儿地将养几个月，是不会再鼓起一股勇气的吧？

我虽然对他们暗抱几分恻隐之心，却并没有对子卿说什么也许会具有影响力的话。我近乎残忍地将脸转向了一旁，目光望着别处。如果子卿仍是二十多年前的子卿，我肯定会充满爱心大发慈悲的。可我毕竟与子卿分离了二十多年了。那一天毕竟是我们二十余年后见到的第一面。我还根本不了解子卿已经变成了怎样的一个人。我对自己的话究竟能否影响子卿已毫无把握，毫无信心。我可不愿使自己也无形中做了他们的窘状的搭配品……

"哦，那事儿呀，我差点儿忘了……"子卿说时，将一只手伸入西服衣襟内，掏出一个信封来。子卿拿着那信封，轻轻往另一只手的手心上拍着。

他们的目光都盯着他手中的信封。

子卿一笑，又说："今天要是你们请我，我也许还忘不了。可是我请你们，所以呢，差点儿就忘了。幸亏你提醒啊……"

子卿说罢,就将信封朝向他半缩半伸地展示着一只手的人抛过去……

他没接住,他身旁的一位替他接住了。

于是他们互相瞧着,都吞了一颗定心丸似的,都暗舒了一口气似的,都互相庆幸地笑了。

子卿一转身,将手臂从背后搭在我肩上,命令似的说:"到我家去,跟我走。我母亲见了你不知会多高兴呢!"

他已经不再像当年一样,对我提到他母亲时说是"我娘"了。

我暗想,大变革的时代,它改变一个人真如儿戏似的。所以才有人企盼更大的变革,有人拒绝更大的变革,有人拥护它,有人反对它吧?

离开餐厅前,我去了一次厕所。

在我身后跟进两个人,我听他们说:

"真他妈的小气,才给三千!"

"唉,三千也是人家白给的啊!比起来,他不是强于那些一毛不拔的嘛!"

"依我,这三千元扔他脸上去!三千够他妈干什么的?"

"老兄,这口气可治不得的啊!"

我听出了是那位记者和那位文化局文化处的副处长。怕他们尴尬,我解完手,低着头往外走。

但他们还是发现了我,当然也就尴尬起来了。

其中一个讪讪地说了句废话:"你也解手哇?"

我同样回答了句废话:"对,我也解手。"

子卿站在饭店门外的台阶上等我,很斯文地吸着烟。

从前不吸烟的他,曾对我发誓永远不沾烟酒的他,现在竟是烟也吸酒也饮了,而且还是个烟必"万宝路""红塔山",酒必"茅台""威士忌"的人了……

我对他说我头还在疼,希望改天再去他家看望他母亲。

他倒挺体恤我的,一点儿也不勉强了,说那就改天吧。

他给了我一张名片,印制很精美,散发着淡淡的香味儿。是质地极软极薄,被叫作"撕不烂"的那一种。上边没有单位,没有职务,更没有头衔,只有他的名字"翟子卿"三个字,而且落款是手书体的。我一看便知,那是他自己的笔画隽逸的手书体。他的字迹更帅了,和他这个人相互衬托……

我欣赏片刻,不禁又上上下下欣赏它的主人。如同对着一面别人看不到的镜子欣赏我自己,并想象着他就是我自己,另一个我自己。英俊的风度翩翩的气质不凡的我自己,而非相貌平常得不能再平常的我自己。是"大款"而非作家的我自己。想象着在什么条件之下,我和他,也就是另一个我自己美妙地复合在一起多好。

子卿问:"你干吗这么打量我?"

我说:"直到现在我仍有点儿怀疑你不是你!"

子卿又问:"那我是谁呢?"

我笑了,说:"是啊,你是谁呢?"

子卿也笑了。他把名片从我手中又要过去,在背面另写了一处住址和一个电话号码。他说他现在是狡兔三窟。印在正面的那地方,并不常去住,是应付一般人的虚址,那儿的电话也是永远没人接的。他很有苦衷地解释,没法子,贫贱亲戚离,富贵他人合,什么人都免不了接触,不得不对自己实行掩护措施。说我们关系非同一般,当然要给我留下能找得到他的住址和电话号码。

实在地讲,对于我,他确实已是一个陌生人了。不知为什么,我隐隐感到,他身上的皮尔·卡丹,他脚上的耐克,他胸前的金利来,以及领带上的纯金领带夹和指上的钻戒,更加上他那二百多万,像某些具有杀伤放射性的物质,使我不能像以前那样亲昵地接近他了。我对任何发生变化的东西总是格外敏感。哪怕是自己的手,如果忽然一天我觉得它变了,变得不像我的手了,变得使我感到别扭了,尽管不至于产生要求外科医生替我动一次手术切除它的荒唐念头,却会经常提醒我自己,尽量不再用那一只手抚摩我的脸,或我身体的裸露部位。但是我看出子卿的邀请是真诚的,起码在很大程度上是真诚的,至少在我的心理可以接受的程度上是真诚的。于是我答应第二天到他家去。我相信他的话——他老母亲挺想我的,常念叨我。而我也挺想她老人家的……

第二天,我按照他留给我的地址,找到了他家。他和他老母亲,住着四室一厅,面积大约百平方米。即使在北京,除了某些老资格的司局级干部,某些走红的歌星影星,某些成功的经商者,或某些收入很值得怀疑的人,两口之家能住上四室一厅,那绝对是寻常人望洋兴叹的事。而在住房情况普遍拥挤的哈尔滨,占有如此宽绰的居住空间,仅凭这一点,也就够贵族化的了。室内的装修自然是很考究的,家具不消说也皆是高档的。何况,他还另有两处住房。我内心里又暗生一缕嫉妒。我想,我本是不应该嫉妒他的。在这个世界上我嫉妒谁都可以,就是不应该嫉妒子卿。我怎么可以嫉妒和我一起在"脏街"上长大,从小情同手足,一块儿从小学考入重点中学,又一块儿下乡,白天一块儿干活,晚上被褥紧挨着被褥睡了五六年的子卿呢? 难道我竟不希望他和他的老母亲生活得比我好吗? 然而我拿自己毫无办法。尽管我明明知道嫉妒是一种丑恶的心理,尽管我们受的全部文明教育和传统家教,激烈地反对我对小时候的朋友产生嫉妒,但我还是真真实实地嫉妒着。似乎只有嫉妒才使我清楚——我是我,子卿是子卿。他并不是什么另一个我,或者另一半儿我,他只是他自己。当他在他家里脱下皮尔·卡丹和耐克的时候,我是不能穿上就走,像穿上自己的衣服自己的鞋一样,像从自己的家里走出去似的。我也不可以当他摘下他的名贵手表和钻戒时,自己拿起来就戴上,像戴自己的一样。而小的时候,我们却是可以互相用对方的东西的。看来只有破烂的东西才具有共有性吧? 而值钱的东西则具有属权性。正是这种属权性,使人不能亲密如旧吧? 更不消说他那二百余万我是无权支配的了。我想起了一首流行歌里唱的一句——"只要你过得比我好，我就真为你祝福。"难道事实上人们都很难承受别人比自己过得好的心理压力？这一种心理压力仿佛意味着，别人过得比你好就是对你的冒犯和侵犯似的。而嫉妒他妈的又总是从对自己身边的人，往往是和自己关系最亲密的人开始的。有谁嫉妒过日本天皇继承人或英国王储呢？可是许许多多的人都曾嫉妒过自己的同学、战友、同事、朋友、邻居，甚至亲兄弟。在子卿家里，我当时对子卿的嫉妒是那么强烈，以至于使我想立刻从他家里逃掉。

幸而他老母亲对我很亲热。老人家拉住我手不放松，说起来没完没了。絮絮叨叨的都是我和子卿小时候的事，或我们那条"脏街"上的故人往事。老人家尤其充满感情地讲到我当年替子卿给她买了一条鱼的事。我纠正她说那并不是一条活鲤鱼，只不过是一条活鲫鱼罢了。而老人坚持说那当然是一条活鲤鱼，肯定是一条活鲤鱼。我也就乐得顺水推舟，承认是自己记性太差，是自己记错了。我望着老人那张血色充盈的脸，觉得她所絮叨的，和我因此所回忆起的，都只不过是一些破碎的，东一片儿西一片儿莫须有的梦片儿。或者用老母亲们的说法，可听作是一些旧梦的破"补衬"。我觉得，毕竟，我和老人家之间，仍能共织某种亲密与某种温馨。而子卿分明对我和他母亲的回忆不感兴趣。他吸着烟，坐在我和他母亲对面，似听非听地望着我和他老母亲矜持地微笑。

我说："大娘，您终于享福了，我真替您老高兴啊！"

老人家说："享什么福啊！"

我说："瞧您现在住的，穿的，还不享福啊？"

当时正是七月中旬，哈尔滨最热的日子。老人家身上穿的，是在哈尔滨刚时兴起来的，从韩国进口的一种绸料做的褂子和裤子。褂子是白底儿碎蓝花儿的，裤子是黑底儿碎紫花儿的。哈尔滨人管那叫"凉快纱"或"高丽绸"。老人家手里还扇着折扇，指上也戴着闪闪发光的戒指。如果拍电影拍电视剧的要找一位扮演旧社会富家老太太的群众角色，老人家当时的自我感觉和样子是最适合不过的了。我不禁又回想起当年,我的母亲和子卿的母亲,是没有摸过一把折扇的。实在酷热难当的日子里,她们就用捡的纸板儿做一柄勉强可以叫作扇子的东西扇。我们两家连用的蝇拍也是纸板儿做的,尽管当年买一个蝇拍不过才一毛钱。

老人家听了我的话,收了折扇,用它指着子卿谴责地说:"可子卿整天整月地不着家,我像根本没他这么个儿子似的,叫享福啊?我不在乎住得多么好,穿得多么好,吃得多么好,在乎儿子心里究竟有没有我。子卿他变了,他心里开始没有我这个娘了……"

我笑着望向子卿。

子卿说:"娘,还让我心里怎么有您呀?我成年成月地在外边,又不是学放荡,是为了……"

子卿没把话说完,接电话去了。

他接完电话回到客厅,他母亲用折扇指着他继续数落道:"你想说是为了挣钱对不?钱,钱,钱,你心里整天琢磨的就是钱!儿啊,钱这东西,挣多少才是多呢?你想成资本家?"

子卿说:"娘,您不清楚现在的生活水准,也不清楚现在的消费水准,尽说些抬杠的话。就我苦心积累那点儿钱,只能说是刚脱贫,不抓紧再挣行吗?不用太久,一二十年后,准就显出咱们穷了!到那时光穷我自己呀?您不是也得跟我受穷吗?"

老人家张张嘴,一时竟没说出话来。

我朝子卿要了一支烟,吸过两口后,尽量用一种客观而公正的口吻说:"子卿,你这就有些不实事求是了。如果你也算刚脱贫,那我不就得强调自己是穷人了吗?百分之九十五以上的中国人,不就是等于还处在水深火热之中,该唱《国际歌》了吗?"

子卿又笑了,不回答我的话,却冲他母亲说:"娘,我不骗您。在北方,在咱们这座城市,眼下确实还不太会有人笑话咱们穷。可要是在南方,要是在沿海一带的某些地方,我这样的人,那就得整天因为穷而自卑了……"

他母亲愤愤地打断了他的话:"别说了,别说了,越说我越不爱听!张口就是南方南方,我不信同是中国,南方就遍地金银!南方再好,你南方还有个亲娘啊?就算南方个顶个都是大阔佬,个顶个都富得钱从裤筒往地上掉,你不去又怎么样?难道南方人还会跑到北方来笑话你穷?"

老人家又问我:"晓声,南方是他说的那样吗?"

我说:"不是啊,大娘。在南方,很有钱的人也是极少数。哪儿像他说的那样,他尽胡说!"

老人家接着问:"我也不信一二十年后,咱们中国,就会从地球上原先差不多最穷的一个国家,变成了地球上最富最富的一个国家,富得连我们现在过这种日子,都算过不下去的穷日子了!"

我说:"大娘啊,我也不相信的。这样想纯粹是自欺欺人,纯粹是一种梦想。"

老人家双手一拍,极为赞同地说:"你的话大娘爱听!听了不来气!连早年'脏街'上那种穷日子都熬过来了,过着眼前这种富日子还口口声声说刚脱贫,不是太烧包了嘛!"

我看了子卿一眼,批评道:"子卿,大娘说你烧包,我听你那些话,也觉得你有点儿烧包,你承认不承认?"

子卿被他母亲和我说得脸上挂不住了,将烟按灭在烟灰缸里,起身走入另一个房间去了。

老人家说:"他不爱听咱俩的话,是不?"

我说:"是啊,他不爱听呢!"

老人家压低了声音,要求地说:"那你也得替大娘训训他。平时我一个月里难得见着他几次面儿。一句话他不爱听,转身就又走了!你有责任替大娘训训他。你们是从小一块儿长大的,当年亲兄弟般的关系,他不会真生你的气。"

我苦笑道:"大娘,他就是真生我的气,该说我也得说啊!悠悠万事,孝敬老人是第一桩大事嘛！"

老人家就动了感情，双手攥住我一只手，老泪汪汪地说："他这不是等于把我当一尊菩萨似的供起来了吗？可大娘不愿当菩萨啊，大娘愿意当一个儿子的娘啊！不在眼前也就罢了。这明明就在身边的时候，想见都见不着，算怎么回事呢？大娘已经又十来天没见着他个影儿了！今天是因为你，他才稳下心在家老老实实等着。我还能当他几年的娘啊！一二十年后，大娘早没了，还扯什么穷啊富啊的呢？"

子卿母亲的话，让我也不免伤感起来，竟顿时同情起她老人家来。

子卿却在那间屋朝这间屋探过身，招呼我："来来来，咱俩这屋聊。我娘是得了絮叨症，只要来个人，抓住人家的手，就絮叨起来没完，也不管别人烦不烦！"

我说："我不烦，我不烦，我爱跟大娘聊聊家常嗑儿。"

子卿走过来，不由分说，将我扯到那间屋里去了。

那间屋也很宽绰。贴墙有一个巨大的鱼缸，里面养着些巨大的热带鱼。有种鱼我第一次见到，问子卿那是什么鱼。子卿说是银龙鱼，名贵得很。他鱼缸里那一对儿，是三年前花八千多元买的。我不禁咋舌，说八千多元，差不多可以买一台"画王"电视机了。子卿说他买的还算便宜，三年前，上好的有三四万一对儿的呢。又说它们生的小鱼也很值钱。这城市里许多喜欢鱼倒卖鱼的人家，都是靠他卖给他们的鱼苗繁殖的，几乎可以说是他为这座城市引入了一个新的观赏鱼品种。有些倒卖观赏鱼的人，等于是他"扶贫"起来的。他说这些话时，表情相当自得。看他那意思，两条银龙鱼，似乎早已为他"创收"不止八千元的三四倍了。它们都已长到快一尺长了，与其他几种我见过的观赏鱼相比，尤其显得是鱼中老贵族似的，在鱼缸里游得别提有多自在。我不知供观赏的鱼究竟还有多大的，反正就我所见到的而言，它们真是够大的了。至于那框架镀成金色的鱼缸，除了水族馆里的，我也没见过谁家有三米长一米半高的。它的占地面积，折算起来，比得上我家的厨房了。可不是吗，我家的厨房,也不过才三平方米多。

和鱼缸相对的一面墙,是一排书橱。从烫金或烫银的精装书脊,看得出至少四分之一的书都是豪华本。其中又有不少是典类,从《西方思想宝库》到《唐诗鉴赏辞典》《文学导论》《文学辞典》《中国著名文史学家辞典》《文心雕龙》《禁书大观》,等等。我有的,他的书橱里都有。我早想有而不可得的,书橱里也有。其余古今中外书籍,皆用有光泽的白纸包皮,书脊上用隶书体毛笔字写出书名。我问子卿究竟是用什么纸包的书皮,他说是用挂历的反面儿包的。我问他还有时间看书吗,他说哪里还有什么时间看书! 不过是喜欢买书藏书罢了。说小时候喜欢书,买不起。如今什么书都买得起了,不买就觉得对不起自己似的。尽管买了也没时间看,说不过是圆了自己小时候爱书的梦而已。在正中那排书橱的最上一格,展开陈列着他小学和中学时获得的一切荣誉证书。当年那个时代就是一个又穷又寒酸的时代,那些证书制作得也非常粗糙。与那些精装的豪华的书典同置一橱,仿佛将两个时代拼凑在了一起。仿佛它们能加以证明的,并非它们主人的什么光荣,而是它们自身的某种"古董"价值似的。我忆起了子卿下乡前对他母亲千叮万嘱的情形。它们仿佛尤其在证明着当年一个穷孩子的母亲的责任感似的……

我站在书橱前,满腹沧桑地说:"大娘真是有心人,你当年嘱咐大娘替你保存着,没想到大娘就真替你保存下来了! "

子卿说:"我下乡后,我娘就把它们缝在枕头里了。夜夜枕着睡觉,能丢吗? "

我说:"缝在枕头里枕着睡觉,那多硬啊! "

子卿说:"是啊,我娘的颈椎病,就是这么落下的。如今还没治好。哪儿的医生都说,人老了,骨质也太老了,治不好了。"

我发现,在陈列着那些证书的下一格,在几位当代中国小说家的著作中,竟有我的十几本小说集或单行本儿。我立刻将目光移开,望向鱼缸。心里一时困惑,不知子卿怎么会将我的书也收集得那么全,而且抬举地放在他书橱最夺目的位置。近些年来,我常常自觉地打消向别人赠自己的书的念头。商品时代,人人都忙忙碌碌于为公为私"搞活经济",读书似乎早已不是好习惯,而是怪癖了。大概就好比当年子卿总吃臭豆腐而被视为异端一样的吧?你把自己写的书签上名正儿八经地赠给别人,是不是意味着你在替自己做广告,怕别人不知道你又出了一本书呢?是不是还包含有希望别人"指正""批评"和"拜读拜读"的动机呢?"指正"亦即"拜读","批评"亦即"拜读"。不"拜读"何以能"指正"能"批评"呢?总之,你赠人家书,就等于你在暗示人家读。读书必占时间,时间就是金钱,金钱重要如生命,起码重要性仅次于生命,往往排在爱情更排在友情前头,对许多现代人是第二位重要的东西。你暗示人家挤出时间读你的书,你不是强人所难吗?你不是大有谋财害命之嫌吗?

子卿也并没有主动告诉我他的书橱内有我的十几册书。看他的样子,似乎并不愿被我发现这一点。他不主动告诉我,我更装没发现了。

子卿站在鱼缸那儿喂鱼。

他一边观赏着他的鱼,一边说:"我小时候常听我娘讲,解放后,一些过去的有钱人,就是把元宝金条什么的缝在枕头里整天枕着的。当年,对我娘来说,我的那些证书,也许就像我家最贵重的一笔财物吧!"

我说:"子卿,你的藏书可比我的藏书多啊!"

他看我一眼,不无自得地笑了笑:"你想要的,抽出来,走时带走。"

我说:"君子不夺人之爱。"

他说:"书和书橱,对于我不过是一种室内风景。多几册少几册,没什么区别。"

他请我过去观赏他的鱼,说鱼其实和猫啊狗啊一样,也是认得它们的主人的。谁常喂它们,谁常观赏它们,它们就会对那个人脚步的轻重,那个人衣服颜色的深浅特别敏感。那个人往鱼缸前一站,它们就会浮上水面,摇头摆尾,表示它们的亲和。而不经常喂它们,不经常观赏它们的人若往鱼缸前一站,情形就很不相同了,它们就会受惊地往水底潜。

我说:"那它们现在怎么不浮上水面啊?"

他叹了口气,说他哪有时间常喂它们常观赏它们呢!

我问是不是他母亲常喂。

他说花钱雇人做这么巨大的鱼缸,养些名贵的鱼,一开始倒也不完全是图鱼生鱼可以卖钱,而是唯恐他母亲在家里感到寂寞烦闷,为他母亲买的。老人家倒不稀罕什么名贵的鱼不名贵的鱼,当初说养些金鱼就行的。可金鱼吃得多便得多,几天就得换一次水。这么大的鱼缸,换一次水够麻烦的。再说,来个人,一看他家养的居然是金鱼,他脸上也觉得不光彩。金鱼,现如今看来,已经被列为中国的"土"东西一类了。可这些名贵的鱼,老人家又喂不好。所以呢,不得不为它们又雇了个人,每天早晚两次,专来喂鱼,就像北京人雇"钟点家务工"一样。

我见他比刚才在客厅话多了,一时不悦的情绪也过去了,趁机劝他。

我说:"子卿,你呀,也别对你母亲的话太认真。我最知道你是个大孝子,你母亲心里还能没数吗?"

他说:"我不生我娘的气,我怎么能生我娘的气呢?不过,我也求你,替我开导开导我娘。她得体恤我这个儿子啊!可她不,不管谁来,她总当人家面儿责怪我。你我不见外,所以我求你。实话告诉你吧,我哪有二百多万,不过才一百多万。现在这个时代,引诱人逼迫人吹牛说假话。你说你有一百多万,人家却只跟你谈二三十万的买卖。你明明真的有一百多万,人家也是不信的。所以人家那儿先自给你打了折扣,只当你有五十万,只跟你谈二三十万的买卖。你说你有二百多万,说得信誓旦旦,人家一给打折扣,你在人家眼里,不过是个百万元的主儿。你有一百多万,你到处说你有二百多万,现在这就等于说真话了。因为别人一给你打折扣,正是你的实际情况。你说你有三百万,别人一给你打折扣,也算接近你的实际情况,也不算吹牛撒谎骗人。五十万左右,是在打了折扣以后的真话的'合理浮动限数'以内,是司空见惯的说与信之间的原则,好比生产销售方面有'合理损耗'的规定限数一样。现在哪儿有真话？没有真话！只有在合理的假话'浮动限数'以内被认为被确信的所谓'真话'。你明明只有一百多万，却到处说你有五百万、六百万乃至一千万，这才是吹牛撒谎骗人，才算说假话。因为大大超过了说假话的合理的'浮动限数'。我有一百多万，我说我有二百多万，你以为听的人都会信吗？只有傻瓜才会信。他们一给我的话打折扣，得出的结论是一百多万，正是符合我情况的事实嘛！完全等于我并没骗他们。但如果我要真话真说，说自己有一百多万呢，在他们那儿结果就是五十多万了，反而意味着我是说了假话，骗了他们。我不愿骗人……"

他说时，我一直在非常虚心地洗耳恭听，却听得似明白不明白，甚至可以说听得越发糊涂了。

子卿问："懂不？"

我老老实实地承认："不懂。"

"不懂？"子卿抓住我手，将我扯至沙发前，样子很郑重似的问，"真不懂假不懂？"

我说："是真不懂，不是假不懂，但也不是一点儿都没懂，是似懂非懂，懂得不那么彻底。"

"坐下，"他说，"你坐下。这你不懂不行，似懂非懂也不行，必须彻底懂。不彻底懂，那就未免太幼稚了。你是作家，好作家起码应该是半个社会学家。你坐下，你坐下……"

我坐下了，像一个小学生似的仰脸望着他。我竟很羞惭起来，竟真的觉得自己很幼稚了。

子卿不坐。他吸着了一支烟，退后几步，靠着书橱，注视着我问："道家的太极图，你肯定是见过的吧？"

我说我见过的，由两条首尾相交的抽象的阳鱼和阴鱼构成一个实心的圆。白鱼代表阳，黑鱼代表阴，隐喻阳盛极而转化为阴，阴盛极而转化为阳。道家以此图阐述宇宙规律，也叫"阴阳图"。

子卿说："我方才讲给你听的，其实就是现实生活中的'道'。道家认为,道生一,一生二,二生三。咱们先别讨论他们那个'道'究竟意味着什么,你也先别问我他们那个'一''二''三'指的是什么。我今天只给你讲讲,从现实生活中,我悟出的'道'。"

我说:"你讲吧,我洗耳恭听。"

他说:"其实道理也很简单。打一个比方,现在你回答我,一是几?"

我说:"一就是一嘛!"

他说:"如果现在没有人相信一就是一了呢? 你能不能换几种说法?"

我想了想,回答他:"那就说是零点五的两倍,两个二分之一。"

他鼓励道:"对! 看来你还不太笨。一就是一,这无疑是真话,是最简明的真话。可如今社会的许多方面,几乎一切方面,恰恰是最简明的真话,变成了没谁相信的话。那么,你再说一是一,你实际上得说几呢?"

我说:"零点五的两倍!"

他摇头:"这样说并不简明,简明的说法应该是说二。"

"二?"

"二! 现在,进一步打个比方——你和我谈生意,我自然要问你有多少本钱。你有一百万,你怎么跟我说?"

"二百万! 我有二百万!"

"正确! 我呢,一听,不信,认为你在撒谎骗人。看你的样子还老实,估计你也不会撒一个弥天大谎。用'合理的谎话限数'一分析,也就是把你的话打一个对折——二分之一真话,二分之一假话,那么用你说的二百万除以二,我得出了一个判断——其实你只有一百万本钱。这并不等于你在骗我。因为无论你对我怎么说,反正我都是不会信你的,都是要用'合理的谎话限数'来分析你的话的。你说真话也白说。你坦白说真话,还会使我得出错误的判断。结果是你说了真话,反而会使我们俩都陷入假话的误区。比如你若照实说你有一百万,我当然还是不信,还是要用'合理的谎话限数'分析你的话,估计你的话有一半儿水分。那么好,我就把你照实说的一百万除以二,结果得出的结论是你不过才有五十万。结果我们俩可能做成的一笔生意,反而因为我觉得你本钱少没做成。你说这怨谁呢?"

我说:"怨我。"

他说:"当然怨你。《聊斋志异》里有一则故事是《罗刹海市》记得不?"

我回忆了片刻,说记得的。书生马俊漂到了一个岛国。那里的人们以黑脸为美,以白净脸为丑。他们都觉得书生马俊丑极了,丑得像个怪物。他只好入乡随俗,从此也将自己的脸天天用炭涂黑……

子卿说:"如今咱们中国人在语言和文字表述方面所面临的窘况,和马俊的窘况是一样的。真话已经死亡。绝对的真话反而只能导致绝对的假的结果。提倡、表扬、表彰、鼓励,甚至重金奖励,都没了意义。说者早已习惯了说假话,听者早已习惯了听假话。就像《红楼梦》里那句话——假作真时真亦假。习惯了的现象,也就没什么不便,没什么可怕的了。但是,没有一个相对真的标准,人们也就很难进行政治的、经济的、文化的以及社交方面的活动。怎么办呢?需要有一个基本公式。我总结出来的,我叫它'翟氏二倍法真话提取公式'。现在我再问你,你有二百万,你为了能使我相信你有二百万,你怎么对我说?"

我便不假思索地张口回答:"四百万!"

子卿说:"完全正确!"

他说罢抛给我一支烟。

我笑了,觉得自己其实也未必那么笨。

"有的报纸说,北京人均收入每月五百元,你应该从中得出一个什么接近真实的数据?"

"二百五!"

"好!很好!"

我说:"你再试试我!"

于是他又说:"假设今年不是一九九四年,而是一九九〇年,说咱们中国人在本世纪末达到小康,怎么理解?"

"十年乘二,起码二十年后!"

"某张报纸公布了十个方面的统计数字,以说明国泰民康,生产蒸蒸日上,形势一派大好,你将怎么看?"

"每个数字都起码除以二!"

"还登载了十个方面的统计数字,以说明人人心里都清楚,人人都忧患的一些事实并非杞人忧天,你又将怎么看?"

"每个数字都起码乘以二!"

"为什么都乘以二或除以二?"

"因为二这个乘数或除数,可以当成是假话的'合理限数',可以将真话从假话中提纯出来!"

"嗯,嗯,很好。你已经掌握了我说的'道',以后你这位作家,面对中国的种种现实,就不至于困惑,也不至于人云亦云,无形中做了假话的帮闲了!"

子卿点点头,表示满意。既包含着对我的领悟力的满意,也包含着对他自己的循循善诱的讲解力的满意。

而我,竟像一位考生,终于结束了面试答辩,从导师满意的表情中猜到自己一帆风顺,如释重负。

这时子卿母亲跟了过来,指着鱼缸又对我絮叨:"就说养的这些鱼吧,起初把我看着喜欢的呀!活到七十多岁,以前哪儿见到过这么好看的各种鱼哇!我最爱看的是'红绿灯'了,晚上关了灯,鱼身上发亮光,一片片的红亮光从水里游过去,一片片的绿亮光从水里游过来,像解放前看的西洋景似的。楼上楼下的老姊妹们,也都爱过来陪我看。"

"娘!"

子卿皱起了眉头,不悦地制止老人家说下去。

可老人家那天却显得相当执拗,偏继续揭儿子的短:"后来那些大鱼生了许多小鱼,生的那个多呀!鱼缸里密密麻麻的,往少了估计也得有六七百条。我就赶紧往外捞,捞迟了怕被别的大鱼吞吃掉。小鱼缸里,盆儿里,桶里,瓶儿里,捞也捞不尽!我心里那个喜兴呀!不正应了'富贵有鱼'那句话吗?我把楼上楼下的老姊妹们都找来看,看得人家也替咱们心里喜兴兴的,一个个脸上眉开眼笑。趁着我自己和人家都喜兴兴的,我就分给她们。这家十条,那家二十条。多呀,分给了她们也不见少。咱们中国不是有那么句老话吗——'有忧自家愁,有喜邻家乐。'我和你母亲小的时候,我们的父母就是整天这么教育我们的。什么意思呢?就是说啊,你自己家里有了忧苦的事儿,你要尽量闷在自己肚子里,要愁就在自己家愁。别搅得四邻不安,好像人人都该跟你一块儿愁似的。可是你家里要有了什么喜事儿呢,那就不能瞒着邻居们,在自己家里独喜独乐的了。而要把喜气也分给邻居们一些,让邻居们都跟着你高兴高兴。我那些老姊妹当时一个个高兴劲儿的,都觉得我分给她们的少,都争着要呢!还开玩笑说,'咱们也分了她家一点儿喜气,盼着今年沾光碰上什么幸运的事儿!'正分得热热闹闹的,子卿他回来了。你猜他怎么着?他当着我众老姊妹的面儿,竟鼻子不是鼻子脸不是脸地训我:'别分别分,快别分了!你怎么也不问问我该不该分啊?放下放下,都放下!谁也不许拿走!一条也不许拿走!'我那些老姊妹们,一听都一声不吭地放下了,都一声不吭地离开了咱家。晓声你说说看,倒是让我这当娘的脸往哪儿搁?如今,我那些老姊妹,再也没谁到咱家看鱼来了。我呢,也再不好意思到她们家串门儿去了!我还能厚着老脸去她们家串门儿吗?"

我说:"子卿,这件事上你做得确实不对!你应该向大娘认错儿,现在就认个错儿!"

子卿红了脸嘟哝:"你别光听我娘一面之词!你不明白,那些小鱼的品种都挺名贵的。买一条大鱼的钱,也买不了一条那种刚生下的小鱼苗儿。别看刚生,可拿到鱼市去卖,几元钱一条呢!我娘她当时哪儿是分鱼,是在分钱嘛!这年月,谁家向邻居们分钱啊?"

"钱!钱!又扯到钱字上去!"老人家跺了下脚,"光钱是顶重要的吗？还是我那句话，钱这东西，多少才算是多呀？你把那些小鱼变成钱了吗？"指着儿子转脸又对我说，"他可倒好，花钱雇了个人到集市上卖！"

子卿不但红了脸，而且有些恼了，气呼呼地分辩："不雇人怎么办？我自己到鱼市去卖呀！我要钱，可也要名声！我有那工夫吗？我的时间能用在那种挣小钱的方面吗？"

我阻止道："子卿，你少说两句吧！大娘平日心里积郁了些话，没处诉，今天我来了是大娘一个机会，就让大娘说个痛快行不行？说得对或不对，咱们当晚辈的，笑呵呵地听着就是了嘛！"

子卿还算给我面子，将头一扭，不言语了。

老人家接着说："结果呢，他定的价太高……"

子卿吼道："不高！你懂什么价高价低的？"

我也冲他吼了一句："子卿，你给我住口！"

老人家一怔，又跺了下脚："不高？我不懂！我什么都不懂！我老糊涂了！反正是十几天内，也没卖出去多少条！"

"那是人们不识货！"

老人家又一怔，朝他啐了一口："呸！就你识货！他花钱雇那个人，卖不动，不卖了，都给送家来了！那么多那么多，放鱼缸里被大鱼吃，放盆儿里桶儿里瓶儿里的，是常事吗？再说我也不会侍弄，没过几天，全死光了！我那个心疼劲儿就别提了。"

老人家愤愤地瞪着子卿，终于不再说下去。

子卿这才把脸转向母亲，尽量平静地问："娘，说完了？"

老人家说："今天想说的，说完了。"

子卿说："你别指望人家晓声明天还来！人家是作家了，才不会天天有空儿来听你絮叨！"

他看看手表，站起来对我说："走，咱俩找个地方吃点儿什么去……"

我说："到吃午饭的时候了，大娘也得吃啊！大娘一个人在家多不好,咱们做点儿吃吧?"

老人家说:"你们去吃你们的,不用管我。子卿他为我雇了个人,天天来给我做三顿饭,收拾收拾屋子……"

我走时,老人家双手攥住我的一只手,不舍地说:"晓声,你就今天有空儿来看大娘一次? 还有空儿来吗?"

"娘! 你烦不烦人啊?"

子卿终于发火了。

"咱们走!"

他率先往外便走。

我只好一边跟着往外走,一边劝老人家:"大娘,子卿并不是个糊涂人。他做的事,您若看不惯,睁一只眼闭一只眼吧! 常言说得好嘛,儿大不由娘啊!"

"有空儿,可一定再来看大娘啊! 大娘心里常闷得慌呢!"

老人家将我送出门,站在楼梯口,依依不舍地望着我下楼……

在我的建议之下,那天我们没到什么大饭店去,而是选择了一家清静的私营小饭馆,点了几样家常菜,从从容容地聊着等着。

老板娘是个比我俩年纪小的女人,三十多岁的样子,很有几分姿色。待客也很热情周到,听你说话时眼睛直勾勾地看着你。仿佛你真是她的上帝,化了身来到这个世界上,当面向她传经布道似的。她自己说话时,未语先笑,一笑露出一口整齐的白牙,可谓唇红齿白。肯定地,她知道她那么一笑的魅力。她使你觉得她对你很亲爱似的。

怕我们等菜的时间寂寞,她笑盈盈地送来两本书给我们看。我接到手的是一本《黑衣儒侠》,梁羽生写的。翻看了两行,文字粗俗得不堪卒读。我肯定那是一种侵权行为的产物。心想我的一家子,如果亲眼看到有人冒充他的大名写出那么拙劣的东西,鼻子非气歪了不可!

我问子卿:"你那本是什么书?"

他朝我示了示封面——乃一本《麻衣神相》。他问："想换着看？"

我摇头。

他笑了。

我也笑了。

只他那一笑，我仿佛觉得，往昔的子卿，我记忆里的那个子卿，和我共同在"脏街"上长大的穷孩子子卿，过去被"脏街"的所有母亲们交口称赞的拳拳孝子子卿，似乎和今天这个翟子卿，现实中这个翟子卿，坐于我面前的这个翟子卿，被叫作"华哥"或"大款"的翟子卿，使我非常想更亲近同时又使我不免感到那样陌生的翟子卿，终于是有一部分复合在一起了。

人，尤其是人，无论变化多么大，总是会留下些和他过去相似的地方。那可能是他的笑，也可能是他的哭，还可能是他恼怒时的样子，等等。我们其实正是从这些依稀的方面得出结论——某一个成年人确实是从某一个孩子长大的。否则，社会后来对某一个人的内调整加上外包装，将会使我们大大地怀疑我们小时候的一切朋友，不过都是产生于我们头脑中的梦幻罢了。

尽管三天前我们在那家高档饭店的豪华单间里终于互相认出后，他每望我一眼也似乎总在笑，但那是"后天"的翟子卿的一种笑。准确地说，更是一位被众星捧月似的口口声声叫作什么"华哥"的"大款"的笑。那笑有太多的被他们一致公认他像极了那个叫"詹姆斯·史都华"的美国佬的成分。

尽管在他家里他也对我笑过，但那仿佛是一种主人对客人的笑。充其量表示的是欢迎，而不是亲情。笑时有"但愿你生活得比我好"的意味儿。并且，他心里显然明明知道，我这辈子只怕是永远达不到他那么高的生活水准了。

我忍不住说了这样一句话："子卿，你笑得还像你小时候那样！"

他的笑渐渐从脸上消失了。

他问："怎样？"

我想了想，一时想不出一个更准确的词回答他，便岔开话，反问："如果你现在还能挤出点儿时间看书，你希望看些什么书？"

他说："关于富豪人物的传记。我对虚构的书早已腻味。书摊上都在卖一本《港台十大富豪发迹秘史》，卖得挺火，再版多次，你看过没有？"

我说我没看过。

他说他买了一本，说很值得一读，希望我也买一本研究研究。他用手指点点那本《黑衣儒侠》："这类书我连翻也不翻。这类书是为那些民工、农贸市场的小摊主、守电梯的女工们出的，有什么看的？纯粹浪费时间和精力！"又点点那本《麻衣神相》，"这类书也纯粹是印满了铅字的废纸。这类书我曾研究过不少。不是看，是对比着研究过。宣传的全是尊贵贫富由命定的迷信。这本抄那本，那本抄这本。幸亏我不信，才有我翟子卿今天。"

我注视着他说："子卿，我应该感激你。我对文学的热爱，是由于当年受你的影响。"

他也注视着我问："你说的正话还是反话？"

我说："当然是正话了，干吗说反话啊？"

他沉默片刻，又像方才那么一笑。更准确地说，是又像当年那么一笑。那一种笑很天真，很无邪。仿佛是刚刚从人的心灵里诞生出来的某种带有本身光彩的东西，还丝毫也没有被我们这布满了尘埃、污秽、细菌和病毒的世界所污染，只有纯情少女才会那么笑，而且只有小说中的或影视中的。子卿那么笑时有几分女性化。那可以认为是一种"返璞归真"的笑。我时常觉得我们如今的人，连笑都现代化起来了，都带有"后工业"的意味了。仿佛是从工业流水线上或从电脑中借鉴到人脸上的。不论男女，从十七八岁起就已经不可能天真无邪地笑了似的。一直到死也不可能了似的。

子卿说:"首先靠的是你的天分。当年,两个中学生,两个半大孩子,哪儿能谈得上谁影响谁啊!"

他将"影响"二字,说出几分强调的意味儿,仿佛他并不情愿承认。而当年的他的确影响过当年的我,尽管那可能非是他的愿望,但那是一个事实。我不明白他为什么想要否认那样一个事实。

先上来了一盘冷菜。他端起了啤酒。我觉得他在透过杯中泛着微小气泡的橙黄色的液体,胸有什么城府地审视着我。

我也端起酒杯,和他的杯碰了一下,同时肯定地说:"能!"

他向我摇了摇头:"那不过是你的主观结论罢了。"

我们彼此对视着,各自无声而饮。

放下杯,我又说:"你忘了?你当年曾对我讲过这样一个寓言——有两个人,一个人一门心思挣钱,另一个人一门心思写作。后来一门心思挣钱的人,用他挣的钱盖了一座大厦,而一门心思写作的那个人,呕心沥血,写成了一部书。几个世纪过去了,大厦倒塌了,而书流传下来了……"

他说:"我讲过吗?"

我说:"你讲过的。"

他说:"我不记得了,一点儿都不记得了。"

他说得那么庄重,甚至有些庄严。

我说:"我记得。"

他试探地问:"你后悔了吧?"

我一怔。

他说:"当年最想成为作家,也最有希望成为作家的是我,而如今我成了一个整天在钱堆里打滚儿的人,你却成了作家……"

我说:"你可以出来。"

他睥睨着我,似乎很困惑地问:"从哪儿出来?"

我说:"从钱堆里出来。如果你并不喜欢整天在钱堆里打滚儿的话。"

"想拯救我?"

他又笑了,已不再是当年那种笑了,而是三天前在大饭店的豪华单间里那种笑了。

他仿佛又变成了"华哥"。

我也笑了,也反问:"子卿,你觉得如今你还需要谁来拯救吗?"

他饮了一口酒,旋转着手中的杯,岔开话题说:"先不谈我了,先谈谈你自己吧。终年爬格子,卖文为生,你不至于认为我应该对你负什么责任吧?"

我说:"不。"

我回答得也很庄重,也庄重得近乎庄严。

他又透过酒杯研究我。

我说:"我明白了。"

他问:"明白了什么?"

我说:"你是不是挺怜悯我的? 是不是还因为我成了作家,觉得挺内疚的? 怪对不起我?"

他诚实地回答:"是的。"

我低声然而含有抗议意味儿地说:"其实大可不必。正像你并不觉得整日在钱堆里打滚儿很不幸,我也并不觉得终年爬格子很不幸。我可没产生什么想拯救你的念头,你也犯不着产生想拯救我的念头。"

我隐隐感到自己受了伤害。这伤害很轻微。如果我不是一个过分敏感的人,也可以认为它并没有构成伤害。但我是一个敏感的人。

于是我又说:"子卿,在你面前,我丝毫不觉得自己有什么值得你同情和怜悯的。我的心理也不至于失去平衡。我选择的乃是我适应的高兴的活法。让我再重新选择一次,也许我还会心甘情愿地选择写作生涯。子卿,我并不嫉妒你有二百多万,真的!"

其实我最嫉妒他的,正是他有二百多万这一点。

"真的?"

"真的。"

"二百多万实际上是多少？"

"一百万。"

"考考你。怕你又忘了我教你的'真话提取公式'！"

我们互相凝视着，忍俊不禁，忽然都大笑起来。

这期间老板娘一盘一盘地为我们上全了菜。

我有些饿了，抓起筷子，毫不谦让地吃起来。

子卿默默陪我吃了片刻，放下筷子，吸着了一支烟。

"如果让我重新讲你说我当年对你讲过的那个寓言，"他以一种深思熟虑的口吻说，"我将这样来讲——几个世纪过去了，不，不需要几个世纪的漫长时间来证明，几年就可以了——一幢大厦拔地而起。它的建筑材料是现代的，建筑工艺是一流的，外观十分壮丽。它不是那么容易倒塌的，它能使人联想到'永恒'这个词。几个世纪后，它肯定依然存在着。它成了一种文化，成了古迹。而那个一门心思写书的人，当他的书完成后，则需四处写信推荐自己的书，四处找门路请求出版社出他的书。而他的书并不像他自信和以为的那样经久流传，甚至根本就不可能流传。在书店的书柜上摆着，淹没在千百种的书的海洋中，低价处理也无人问津，最后被书店当废纸从书库里清除了。而在书摊上摆着的，封面积落着马路上的尘土，留下了一些翻过它的肮脏的指印。"

我听着听着，也不由得放下了筷子。

我说："那是写得不好的书，正如偷工减料盖起来的楼。难道这城市里的每一幢楼都很壮丽吗？"

他递给我一支烟，并伸过打着火的打火机。看着我吸了两口烟后，他又说："不好的楼，也是楼。只要没险情，就可以住人，起码可以当仓库。而不好的书，除了送回纸厂重新打成纸浆，还能干什么用？在我家里，你可能也发现了，凡是你写的书，我差不多买全了，而且都认真读过。我不敢武断地说你的书都一点儿价值也没有，但你以为它们会传世吗？"

我不禁面露愧色，无言以答。

"我反过来问你,情况好又怎么样? 印一百万册,够多的了吧? 开座谈会,评论文章见报,改编成影视,又怎么样? 那不就是一年内的热闹吗? 而今天,凡是能印一百万册的,不塞入大量媚俗的,甚至色情的、下流的、肮脏的,用你们的话叫作'自然主义的人性描写'的内容,岂非天方夜谭吗? 海明威以后,世界上又评出了那么多诺贝尔文学奖获奖作家,你是搞文学的,你又能扳着手指头对我说出几个? 今天,此时此刻,在这个地球上,哪儿在上演着莎士比亚的戏剧? 谁在读雨果或巴尔扎克的小说? 有几个法国的年轻人知道乔治·桑是谁? 又有多少儿童还在喜欢听安徒生或格林兄弟的童话故事? 谁还真的需要什么文学! 一个现代人手捧一本小说在看的情形,你真的不觉得那是十分滑稽可笑的吗? 比一头猩猩坐在电影院里看电影还滑稽可笑!"

我冷笑道:"你还可以顺着这样的思路发展下去——那个一门心思写书的人,比如就是我,终于无法靠卖文字养家糊口了,于是不得不去找那个一门心思挣钱并盖起了一幢壮丽大厦的人,请求他周济自己,好比他就是你。你念及过去的友情,大发慈悲,收留了我。让我当一名看电梯的员工,或者司门人。而我呢,发誓再也不对这世界上的任何人讲你当年曾给我讲过的那个寓言了……"

我说完,默默望着他。

他也望着我。

他问:"生气了?"

我说:"没有。"

我打定主意,吃完,拍拍肩,握握手,就告别。我当然并没生气。我知道他今天抽出他十分宝贵的时间,绝非是为了有机会当面嘲笑和挖苦我。即使他认为当年我也是一个伤害过他的人,二十多年了,他也不会耿耿于怀,以这么一种方式报复我的。我只不过觉得他变得太古怪罢了,古怪得我感到无法和他交流情感。我暗想,由穷而富了的人,尤其是由穷而富了的中国人,比如子卿这样的"大款",也许是差不多都要变得古里古怪的吧？难道普遍的中国人，在他们眼里，都活得迂腐，活得窝囊，活得不开窍，活得有几分可怜亦可笑可悲吗？大概还有几分可鄙吧？

子卿塞了牙，向老板娘要牙签儿。老板娘转入柜台，大方地取了一袋放在我们桌角。

子卿拿起看看，问："地摊儿上买的吧？"

老板娘倏地红了脸，大摇其头，说保证不是。

子卿说："老板娘，这骗不了我。塑料袋儿上连个字都没有，肯定是地摊儿上买的无疑。地摊儿上卖的牙签是不消毒的。提供给顾客用，太不卫生。"

老板娘诺诺连声。

子卿又说："就算我给你提个建议，以后不要再买地摊儿上的牙签儿。谁会用过了这一端，再反过来用另一端剔？这种两端尖的牙签，除了中国，大概在世界上哪一个国家也见不着。这是典型的旧中国农民心理的体现，似乎什么东西都要省着用。老板娘你以后要买那种一端尖的，记住没有？"

老板娘赶紧说："记住了记住了。"

子卿又诲人不倦地说："工艺品小店里就有卖。顾客吃到一半儿的时候，要主动送上来。每个顾客一包。人家走时，也值得随手儿带走。我可不是在找你茬儿。我这个人，对牙签儿也没那么多讲究。有时削尖一根火柴杆儿，也剔。我是在教你怎么样挣钱啊！"

老板娘嗫嚅地问："那样的，多少钱一袋啊？"

他说："不贵，才一元多。"

老板娘咋舌道："那还不贵呀？如果十个人吃一桌，一人一袋儿，还兴带走，我们不就等于搭上十元钱吗？我们不过是一家私人小店，哪儿经得起那么做呀！"

子卿拉过一把椅子，指着对老板娘说："坐下！"

老板娘犹豫片刻，自忖他不至于有什么越轨企图后，老老实实地坐下了。

从厨房朝外递菜的小窗口,探出一颗戴着肮脏的白帽子的男人的脑袋,朝我们瞪着。从那种虎视眈眈的劲儿,我得出判断他必是老板娘的丈夫无疑。

我在桌下暗踢子卿的腿,他却理也不理我。

他说:"老板娘,你也真死心眼儿,羊毛出在羊身上嘛!假如十个人吃一桌,菜盘上刮下十元钱谁看得出来?而对于来吃过饭的人,也许就因为那一元多钱的牙签儿,下次还来,你的'回头客'不就多了嘛!人们并非都贪图你那一袋儿牙签儿。人们找的是一种感觉……"

老板娘的丈夫,从厨房转出来了,双肘支在柜台上,两只油腻的大手托着下巴颏,旁听生似的听着。

子卿又问老板娘:"就我们两个顾客,方才干吗不主动陪我们说几句话?"

老板娘又红了脸,讷讷地说:"没这习惯。"

"要养成这习惯。"子卿耐心地启发,"这叫感情竞争。没有这点儿竞争意识,生意能兴旺吗?"

老板娘想了想,似乎茅塞顿开,连说多谢指教之类的话,并回头大声吩咐她丈夫:"还愣在那儿干什么?再给加一道拔丝土豆!"又笑容可掬地对子卿说,"大哥,最后这道菜,算我们敬您的!"

子卿摆摆手:"那倒不必。"

说罢,捻出一根牙签。而那一袋儿,大大方方地揣入了西服上衣兜。

吃着拔丝土豆的时候,子卿又说:"现在的中国,遍地都是钱,哪儿还用到外国去挣?你知道我走在路上有种什么样的感觉?脚下软绵绵的,钱铺得比三层地毯还厚。在这个地球上可能再也没有比赚中国人钱更容易的事了。所以连外国人都忙不迭地到中国来赚钱!对全世界而言,想赚大钱不到中国来还能到哪去?这也许是上帝提供给外国人的最后一次赚大钱的机会了。这个机会肯定到本世纪末就为止了。"

我问："那么对于咱们中国人而言呢？"

他反问："电影《金光大道》，当年你一定看过的吧？"

我说："看过。"

他说："那里有一句话——谁发家，谁光荣；谁受穷，谁狗熊。现在的中国，正是这么样的一个中国。现在的时代，正是这么样的一个时代。"他向我伸出三根指头，加重了语气，"三年。我的看法，今后三年，对每一个中国人来说，是至关重要的三年。三年内发的，那就算发了。发不了的，那就算错过机会了。而且，可能意味着永远地错过机会了。因为，前几年发财，只有一条规则，那就是，不必讲规则，无所谓犯规。什么叫犯规？没被裁判发现，那就是没有犯规。被发现了，那是运气不好，算你倒霉。何况裁判员的黄牌红牌，该对你举起来的时候，因为你把他'搞活'了，也可以对你的犯规睁一只眼闭一只眼，视而不见。不得已而为之的时候，该对你举起红牌，也可以只对你举起黄牌。该对你举黄牌，也许仅仅罚你'点球'。现在情况略有不同了，开始由无规则而有些规则了。"

不是所有的人都有机会白听一位"大款"给你上这么一堂课的。我竟听得有些入迷了。

"那将意味着，个人积累财富的限制严密了，严格了。机会减少了，变得更加宝贵了。做法也不得不瞻前顾后、谨小慎微了。没有规则的机会摆在眼前的时候，普遍的老百姓是没胆量伸手一把抓住的。怕是陷阱，怕触犯了规则。明明毫无规则，还怕触犯了规则，这多有意思。最后老百姓也动了野心了，也都想参与着'搞活'了。每每就在这时，那规则好像冷不丁地就出现了。在刚出现的那一瞬间，当然照例要抓几只替罪羊，或者坐牢，或者杀头，以正视听。替罪羊绝不会是他们。他们转而又去玩儿别的了，又到别的没有规则的方面去进行'搞活'了。所以，在这三年内，猪往前拱，鸡往后刨，八仙过海，各显神通吧！晓声，这些话，我平时，对别人是不说的。你我不是一般关系，我觉得，我翟子卿有义务点拨你个明白！别他妈爬格子了，别他妈卖文为生了。我知道你勤奋，稿费收入也还凑合。但靠一支笔养家糊口,太迂腐了吧?别他妈当什么作家了!那都是扯淡!活到四十多岁,我终于悟透了一个道理,你有钱,你不漂亮也漂亮了,你没有风度也有风度了,你没有气质也有气质了,你唱歌不好听也有人替你喝彩了!你的小说是臭狗屎,也能花钱辟专栏大评特评了!也能组织研讨会了!甩出几万元就是了!你在电影厂,美国电影《沉默的羔羊》一定看过。女演员朱迪·福斯特,为了获影后提名,准备将《好莱坞导报》的有关版面全垄断下来,聘请职业影评家和电影海报画家为她在新片《似是故人来》中的表演进行吹捧。这叫什么?这叫'抬高自己'。有钱你才有资格抬高自己!花钱你才雇得到人抬高你!无独有偶,《纯真年代》的女主演,也不惜一切代价来确保自己被提名,花费了一千多万美元大搞宣传竞争。雇了十九个有才干的评论家,巧妙地恶意地贬低别的竞争对手。这叫什么?这叫'打击别人'!有钱你就有资格打击别人!有钱你就能雇到别人替你去干你自己不能直接干的事儿!包括杀人!"

"你……你该不会……"

我吃惊不小了。

他一笑,接着说:"放心。我是决不会花钱雇杀手的,我也没仇深似海的仇人。我讲了这么多,无非是要使你明白——有钱能使鬼推磨!没钱连鬼都可以用鞭子抽着你推磨!请问,这个世界上还有什么其他东西比金钱的魔力更大?没有。根本没有了!"

他不容我插话,滔滔不绝。他已经不再动筷子。一只手握着酒杯,一只手握着酒瓶。一边大口大口地喝,一边自己为自己一杯一杯地斟满着。仿佛,他的那些关于世界、关于中国、关于金钱的思想,不是从他的头脑中产生出来的,而是从酒瓶里随着泡沫产生出来的。只有不停地喝酒,才能不停地论说似的。他的脸已经泛红。我看出了他已醉到五六分的程度。在兵团时,逢年过节,我们免不了也凑一起喝一回。当年是我喋喋不休,尽叙尽说,而他一个人闷着头独斟独饮。等我没什么话题可说了,他才不其然地说一句,常常出语惊人,见解刁钻,使我目瞪口呆。我没想到他如今变得口若悬河了。也许,他和他老母亲一样,平时也是太缺少向人诉说的机会了吧?

而我自己也有些醉醺醺了。

我反驳他:"有的!"

"有什么?"他眯起眼睛凝视着我。当一位哲学家面对一个大傻瓜而傻瓜竟反驳他的时候,哲学家可能就是像子卿当时那么一种样子。

但是我想我不是一个大傻瓜。他那一种凝视的目光使我恼火,使我的自尊心大受刺激。而一个自尊心敏感之人,半醉不醉的情况下,自尊心是更不可侵犯的。

我说:"你也听着,听我给你朗诵一首诗!"

"诗?哈,哈,朗诵诗!……"

若不是在饭馆里,而是在他自己家里,我想他当时一定会大笑起来的。

"你必须听!"我轻轻拍了下桌子,饮了半杯啤酒润润嗓子,便低声对他朗诵:

> 比金子更有魔力的
> 那一定是珠宝
> 比珠宝更有魔力的
> 那一定是钻石
> 比钻石更有魔力的
> 那就只有女人了
> 与美妙的女人相比
> 连魔王的魔杖
> 都不值一提了……

我朗诵时也凝视着他。在我的想象之中,子卿似乎便是一个魔王了。仿佛他正企图用他巨大的魔法迷乱我的心性,而我朗诵那一首诗是解除他的魔法的咒语。

老板娘斜靠柜台,交抱双臂,笑盈盈地望着我们,如同望着两个争强好胜的大孩子。

子卿缓缓拍手。

我说:"难道不是那样吗?"

他说:"诗倒不赖,但结论是弱智者的谬论。因为美妙的女人本身就是这世界上最为昂贵的一种东西,是金子、珠宝和钻石混合成的物质。美妙的女人在一切物质之上,所以你必须用比她们本身造价更高的金钱才能收买她们的芳心。加上这一层意思,才不失为一首起码自圆其说的诗。请问在如今的世界上,你还能找到一个又美妙又对自己美妙的价值浑然不知的傻女人吗?你有多少私有财产?哪怕你仅有一千万,你在本市登一则征婚广告试试看,全市美妙的女人非整天包围着你吵吵嚷嚷发誓非嫁给你不可!结了婚的也随时准备为你离婚甚至谋杀亲夫!待价而沽并非她们的可悲之处,在这一点上像你这样的男人们一直在犯着一个严重的错误!一直不明白没有人出得起比她们本身的价值高十倍百倍的价格买断她们,才是她们最大的可悲之处,才是她们觉得最失望、最沮丧和最不幸的事!……"

我一时被他辩糊涂了。但是想起了他老母亲希望我劝劝他的话,很有责任感地又说:"子卿啊,你母亲的话有一定道理。钱这东西,无所谓少,无所谓多。比起普遍的中国人,你已经可以算是能过上很体面的物质生活了!差不多就满足吧。别整天东奔西窜地把全部精力都投入到挣钱方面了!你母亲还能活几年啊?她渴望你有更多的时间陪陪她,这也属于老人对儿女的正常心理要求和情感要求嘛!守着你母亲过几年安稳日子吧!"

他又要了两瓶啤酒。

"三年，"他饮了一大口后，嘟哝地说，"三年之后，我一定听你的！这三年内不行。机不可失，失不再来！挣钱的机会一次次摆在眼前，如果我自己没挣到手，我恨我自己恨得咬牙切齿！看着别人挣钱的方式不得法、不灵活，头脑转不过弯儿来，比如咱们吃饭这地方，我也忍不住要教导教导……"

我说："子卿，不然你就投点儿资，也开个小饭馆，或办个小工厂，以后既能有固定的收入，又能有更多的时间关照你母亲，岂不更好？"

他将剩下的半杯酒一饮而尽，杯子往桌上重重一放，大不以为然地说："那样挣钱，太慢了，也太操心了，纯粹是笨人挣钱的方式！"

我不禁朝老板娘瞥了一眼。她倒丝毫没显出不高兴的样子，反而给我们又加了一盘糖拌西红柿。

待老板娘走开，我低声问："子卿，难道你对钱，真有很大的需求吗？"

他说："是的！我有！"

我看他已醉了七八分。他的话几乎是恨恨地说出来的。我不明白他在恨谁？在生谁的气？生他老母亲的气？生我的气？或许他的老母亲和我，真有许多对他的不理解吗？或许他生他自己的气？认为在这家小饭馆儿陪我吃着喝着向我论说着的时间内，又有某些能挣大钱的机会，正悄悄地令人终生遗憾地从他身边溜走？可这也不是我的错啊！不是他在陪我，明明已经是我在陪他了呀！不是我在浪费他的时间，明明已是他在浪费我的时间了呀！

我决定什么也不劝了，我决定什么也不说了。

这时他冲动地抓住我一只手，向我凑近脸，以苦口婆心的口吻说："晓声，你怎么到现在还不明白？时代早已变了！难道你从来也不曾因为它的变化而感到过恐惧？没有什么东西能医治你的恐惧，只有钱，只有钱啊！你们作家与社会之间的传统'蜜月'关系已经一去不返地结束了！你们这批'上帝的宠儿'再也没有什么荣誉的糖果可以享用了！你们甚至失去了给你们分发奖赏糖果的上帝，你们已经沦落成了商品时代都市文明中的'拾垃圾者',难道你打算隐居到乡村去吗?"

我说:"不……"

声音轻得不能再轻。

"还是的!"他用另一只手在我头上摩挲了一下,如同一个大人爱抚一个终于变得懂事了的孩子……

"那么听我的,不要再迷恋什么文学了!不要再当什么作家了!不要再靠卖文为生了!看看今天的苏联,不,这该怎么说呢?苏联他妈的已经不存在了!苏俄文学,苏俄绘画,苏俄电影——我,和你,我们当年曾多么敬仰和崇拜啊!可他们的作家如今都在干什么?有点儿积蓄的隐居了,他们的社会不再需要他们了!没有积蓄的到处打工,有不少人变成了不得不伸手讨小费的人!还有的变成了'国际倒爷'来到中国,大包小包的,情形像我们当年探家一样!'倒'回去的尽是我们这边的假冒伪劣的东西!你知道有一次我碰到了谁?《这里的黎明静悄悄》的导演!《这里的黎明静悄悄》的导演啊!六十多岁了!我不信是他,可别人向我介绍正是他!他叫什么名字我是记不起来了,但向我介绍他的人决不会骗我!就是三天前和我们一起吃饭的那位文化局的副处长。还向我介绍了一位电影《莫斯科不相信眼泪》的编剧!那一天是我替文化局掏钱请的客,所以我成了真正的主人!他们听我说看过他们的电影,他们都哭了。他们对我毕恭毕敬的。你猜他们对我提出了什么样的恳求?他们恳求我为他们创造几次在中国挣钱的机会!哪怕教中国孩子学俄语他们都乐意。我没法儿答应他们的恳求。我没这义务。但我也着实从内心里可怜他们,临分手给了他们一人一千元钱,他们感激得没法形容。晓声,我可不希望有一天你也落到他们那种地步!自从见到了你,两天来我总在替你思前想后!对你,我觉得我有义务!有责任!不管你自己怎么想,反正我觉得我有!听着,你是另一个我!起码是另一半儿我!这么多年来我也常常回忆起你,我是为了劝你才浪费今天的时间的。可你还反过来劝我!你不是以其昏昏使人昏昏吗?如果我今天不能劝你改行,我今天的时间可是白耽误了!"

我心中不禁一阵热,眼泪顿涌。

对于我自己的今后,我并非丝毫没想过。我不是一个对时代的演变视而不见、麻木不仁的人。我不是一个天生的乐观主义者。恰恰相反,仿佛有某种与生俱来的忧郁情怀儿乎始终追罩着我。即使在我觉得生活很美好,普遍的人们都享受着生活的美好的时候也是那样。但这决不意味着我便是一个悲观主义者了。忧郁和悲观,完全是两回事。我这么认为,忧郁是一种有时候可供自己领略的心理风景,而悲观不是,悲观只能腐蚀和破坏人的一切情怀,所以我常常本能地拒开悲观,尽量不使它在我的内心里发酵。何况,在十二亿中国人中,但凡是一个作家,则总归并不是最可怜最值得同情的人。作家的自哀自怜和过分的自我钟爱自我欣赏一样,是掺杂了太多的矫情的。

但我还是极大地被感动了,被子卿的话大大地感动了,被子卿对我的友爱感动了。在如今的现实中,除了你的亲兄弟,除了你的父母爱人或儿女,还有另外一个人为你将来的命运思前想后,当成是自己的命运一样操着份儿心,实在可以感到是一种幸福了啊。

我也不禁将自己的另一只手按在子卿手上。我们两个人的四只手交错叠按着。眼泪在我眼圈儿里直打转。

我们的脸彼此凑得很近。我们互相凝视着。子卿的眼泪也在眼圈儿里直打转。

天津《文学自由谈》的编辑李晶也是一位女作家。有一次她在给我的信中剖析道:某些知青之间的深厚的情感,是我们这一代人中极为特殊的情感标本。仅仅用"同代情结"来作结论,是肤浅的,不全面的,其中肯定包含着"同性恋"的心理倾向。今天倘不如此探究则便难以解释清楚——为什么当年两个男知青或两个女知青好得像一个人的现象司空见惯,而一个男知青和一个女知青或一个女知青和一个男知青之间却难能那样?即使他们暗暗相爱了,在他们的感情关系中,也总会有他的一个男朋友或她的一个女朋友充当着极其微妙的角色,甚至常常能左右他们感情的进展和结局。实际上,他的男朋友或她的女朋友,在他和她的感情戏剧中,往往在扮演着一个近乎"情人"的角色。他或她没有那样的一个"情人",往往连对异性的爱心都是处于枯萎和干瘪状态的。

那时刻我凝视着子卿,连自己也不明白为什么就忽然联想到了李晶在给我的信中写的一些话。而我感到终于明白了的是——原来子卿他是我第一个爱过的人啊!从孩子到少年到青年,我们一直是在彼此呵护的关系中长大的。除了子卿,不曾有过一个女孩儿或一位少女一位可爱的姑娘取代过他和我的关系。反过来,他对我也是如此。从孩子到少年到青年,我们的感情园圃中都不曾有异性的身影驻留过。我们之间的友爱真的带有互相怜爱的色彩呢!

心里边这么想着的时候,我一点儿也未觉得羞耻。只不过觉得多多少少有些遗憾罢了,遗憾我们的童年、少年和青年时代的感情色彩回头观望竟是那么单调。对我而言,当年最亲爱最温馨的色调,除了我的母亲,再就是子卿涂在我人生画板上的了。对子卿而言,我当然也是那样的……

我又想到了鲍卫红。

她仿佛是一只蝴蝶,在我们共同的感情园圃中翩翩飞了一番,便不知去向地飞走了。留在我记忆里的只是一缕淡远的惆怅,不知留在子卿记忆里的是什么?我们之间从小到大最为深长的一道心理冲突的裂痕,归根到底是那个鲍卫红造成的。哪怕仅仅由于这一点,她也够使我难忘的了。

我听到老板娘的丈夫在柜台那儿低声发问:"他们怎么了?"

我听到老板娘这样低声回答她的丈夫:"不知道。我也没见过两个大男人会这样……"

我并未回头。

子卿也并未朝他们望。

我问:"子卿,那你要我改了行干什么呢?"

子卿说:"什么挣钱干什么!什么来钱快干什么!跟我一块儿干。我,和你。我们两个在一起,那我就如虎添翼了!三年后我保证你也可以像我现在一样积累了一笔数目可观的钱!那时,我们用我们两个人的钱,能在本市建立起一种类似王朝的金钱统辖范围!那时候我就是那个王朝的主教,而你就是国王!你要愿意当主教也行,那我就当国王!一个由主教和国王共同挽手统辖的王朝,才是一个理想的王朝!赋予宗教色彩的王权是完美的,赋予思想色彩和哲学意味儿的金钱才更具有魔力。"

我扑哧笑了。

我明白在当时那么一种情况之下我是决不该笑的。因为当时子卿的真挚和虔诚是不容置疑的。我也明白他当时对我说出的全是他的肺腑之言,而且于他,不是一时心血来潮的妄言痴语,是深思熟虑后的人生设想……

但我还是忍不住笑了。

我一边笑一边回头朝老板娘瞥了一眼,是下意识使然。我猜她和她的丈夫从柜台那儿望着我们,听着我们从始至终几乎一直在谈钱,一定像在看两个"玩深沉"的小品演员在预演,一定早已感到我们太滑稽可笑了。

不料却发现她正手拿着一台小录音机,在暗中录下我和子卿的话!

我急了,大声说:"老板娘你……"

我顾此失彼,一时忽略了子卿在我笑后的反应。

啪!

一只酒杯摔碎在地上。我倏地将目光从老板娘身上转移向子卿,见子卿已离开座位站了起来。

"虚伪!"他指点着我,恼怒地说,"你!跟你一样的那些人,我见得多了!你们的话,我也听得多了!可你们实际上跟我一样!给你一套带花园的别墅,你不要? 给你一辆'林肯',你不要? 你做梦都想要! 可谁给你? 凭什么给你? 你得买! 拿什么买? 拿钱买! 钱从哪儿来? 要靠自己去挣! 钱不像雨点儿或雪花儿,能均匀地落在每个行人的身上! 钱是这样一种东西,它自然而然地源源不断地往富人的衣袋里淌! 于是穷人到手的每一个角子都将更多地沾有他们的汗水! 贫穷是耻辱! 什么是穷? 和你这样的'拾垃圾者'在一起,我是'大款'! 因而是比你在这座城市里还有知名度的'华哥'! 可是和另外一些人在一起时,我仿佛是穷光蛋! 被人耻笑! 被人轻蔑! 有时候他们仅仅比你多二三十万元,就像比你多一条命似的! 你仅仅因为比他们少二三十万元,就像在他们面前你是侏儒一样! 钱就是这么有权力的东西! 而你竟觉得我的话可笑! 仿佛我是一个小丑似的! 你们写的书里,你们发表的文章里,一贯装模作样地告诉人们,尤其是装出诲人不倦谆谆教导的样子,告诉孩子们青少年们追求金钱仿佛是一种罪过! 教他们最虚伪地企图过一种与金钱无涉无染的生活! 今天,在这个地球上,只有动物才与金钱无涉无染! 而所有的人都知道金钱是唯一使人对生活充满希望的东西! 是像玫瑰花一样美丽的东西! 听着! 金钱它代表着健康、俊美、力量、荣誉、高贵和尊严! 正如它代表着疾病、软弱、耻辱、下贱和丑陋对它的需求对它的渴望一样明明白白! 知道这话是谁说的吗? 是萧伯纳! 你还问我看不看书了? 告诉你,自从我十几年前从书中读到了萧伯纳这句话,就刻骨铭心地记住了! 就觉得其他一切书都没有一读的必要了!"

子卿他是大醉了。

我很后悔不该那么扑哧一笑,惹恼了他,又不得不聆听了他这么一大番教诲。我赶紧招来老板娘付账。这顿饭本是他请我的,不料他醉成这样,结果却成了我请他。

付过账,我严正地要求老板娘将录音销毁。

老板娘将录音机往身后背,嫣然一笑:"怕什么啊? 我们这儿又不是窃听点儿,我们两口子又不是收集民间有害言论的! 我们不过是觉得你

139

朋友的话太深刻了,太明白太有道理了! 录下来嘛,为的是以后经常听,反复听,在用字上狠下功夫。"

她的丈夫也说:"是啊是啊,我们绝对没有别的意思。我们就是想学习学习嘛! 你朋友的话很符合时代的潮流嘛!"

我也顾不上和他们太认真,挽起子卿就往外走。

子卿一抢胳膊:"听着,都听着! 老子……不是个没文化的人! 对……社会……时代……老子也有……独到的见解! 这个国家现在需要的,不是更好的道德! 不是教我们怎样管理好自己灵魂的道德家! 不是……他妈的冠冕堂皇的人权! 不是自由、文化,不是一小撮人津津乐道的什么他妈的文学和艺术! 不是怎样拯救堕落的同胞姐妹和迷途的同胞兄弟们! 也不是上帝的慈悲、怜悯和他妈的什么仁爱! 它最需要的仅仅是金钱! 金钱本身就是生活! 就是爱、情欲和性! 就是最实在的实在之物! 是统治一切男人和女人的至高无上的意志! 这个国家最应被消灭的,不是……不是对神圣的亵渎! 不是……不是蛊惑人心的虚伪的宣传、垄断、酗酒、瘟疫、卖淫、吸毒和艾滋病! 而是贫穷! 消灭贫穷! 金钱万岁!"

老板娘和她的丈夫目瞪口呆……

我对子卿吼:"可耻!"

我费了好大的劲儿才把他拖出门。

而子卿在门外仍高叫:"这就是我——一个拥有二百万的穷光蛋的宣言! 一包金币多么美! 钱柜多么美! 如果谁的钱丧失光了,谁将号啕大哭! 像父母失去了宠爱的独生子一样!"

我招手截住一辆出租车,将他送回了家里。

子卿母亲守在床边,低着花白了头发的头,端详着并抚摩着儿子的脸。那一时刻,老人家脸上的每一条皱纹,都放射着无比慈爱的光彩。

我感到内疚极了。

我说:"大娘,真对不起,我劝他别喝那么多,可他……"

老人家回头问我:"喝的啤酒,还是白酒?"

我说:"啤酒……"

老人家说:"要喝的是白酒就好了!"

我一怔。

老人家又说:"啤酒,他睡一觉就醒过酒劲儿了。要是白酒,他兴许能醉上三天!我巴望他哪一次醉上三天。那样,我就能守着他三天,看着他三天了。"

老人家几乎掉光了牙的嘴一瘪缩,老眼中扑簌簌落下泪来,双手掩面哭了。

那一刻,我更加明白,对于一个普普通通的苍老了的女人,对于一位含辛茹苦了一辈子的母亲,她最最需要的不是金钱,而是一个她看得见抚摩得着的儿子!尤其是,当她的儿子实实在在地拥有了那么多钱以后,她是多么希望自己也能实实在在地拥有自己的儿子呵!

可是子卿的母亲却并不拥有子卿。

我在内心里怆然地诅咒着:"生活!生活!我操你妈的生活!你把我那么好的一个子卿改变成这样!你把一个可敬爱的老母亲唯一的一个孝子改变成这样!你这本身就已变得像最不要脸的娼妓一样的生活!我恨你!"

我忍不住想陪着老人家一起哭。

我怕我会那样……

我一转身冲出了子卿的家。

接连下了几天雨。

我终日将自己囚禁在宾馆里,一个字一个字地填写每页五百字的大稿纸。从早至晚伏案十余小时,每天也不过仅能达到两千余字的创作进度。子卿他像一个幽灵纠缠住了我。尽管那几天里我再也没去找过他,他也再没来找过我,甚至连电话都没打来过一次。然而当我写作时,却总觉得他就坐在我身旁或背后,脸上带着嘲讽的表情注视着我似的。有时我想象贫乏,思维迟钝,竟至于神经质地猛转过身大吼:"你走,不要干扰我!"

吼过之后,连自己也感到自己完全是在发神经,更加心烦意乱,写不下去了。

离出版社限定的最后交稿期日日迫近,我变得焦躁极了。原以为回到我的母亲城,于悠悠往事中寻觅旧情种种,可能会大大激发创作灵感,不料却是"劳思复劳望,相见不相知"。依稀的往事,都变作了都市靡华的风景!

我决定离开哈尔滨,赶快到黑河去。我在兵团当过一年多的小学代课老师,教过的一个学生如今出息了,当上了黑河市一家新落成的宾馆的前台经理。他给我来信说黑河今非昔比了,热闹多了。如果我去,能为我于热闹中安排一处靠黑龙江边的幽幽静静的下榻地点。我想所谓前台经理,大概就是"领班头儿"的意思。"领班头儿"安排个住处不会成问题,他的话也肯定不至于是夸口。我计划了一下,便于当日订了票。

下午三点多钟,我正躺在床上看书,有人敲门。开了门,见是一个陌生的小伙子。他很礼貌地问过我姓名,将一封信交给了我,说是"华哥"让他送来的。交了信,连我房间的门也没进,说自己还有急事要办,转身就走了。

信是封着的。我放下书,手中拿着信,想看又不太想看。

正犹豫,电话响了。

抓起一听,对方是女人。声音很亲切,然而又很陌生。语调款软,分明是南方语音。

"是晓声弟吗?"

我说我是。一时相当困惑,回忆不起来在这座城市里有哪一位女性自认为她有资格称我"晓声弟"。

"我是吴妍啊……"

"噢,妍姐,你好! 你在哪儿给我打电话呢? "

既然她已称我"晓声弟",我也就只好顺水推舟地暂且称她"妍姐"。怕真是一位年长于我,从前又与我或我家关系亲密的女性,由于我一时回忆不起对方是谁,而在语气方面首先就使对方受了冷淡。

"我在妈这儿给你打电话呀! "

"……"

我一时竟不知该说什么。因为我的母亲早已被我接去北京,和我住在一起了。

"晓声弟,你干什么呢? "

"没干什么,在看书。"

"晚上还有什么重要的应酬吗? "

"没有。没有什么应酬……"

"那,今天是她的生日。妈希望你来家里,陪她过生日……"

"这……"

"别这个那个的了! 你可一定要来,啊? 嫂子还没见过你呢! 那边电话又响了,我得去接,见面再聊! 你可一定要来呀! 妈说你不来她会失望的……"

不待我再问什么,电话已挂了。

什么人呢? 她先称我"晓声弟",我只好诡称她"妍姐",可她又强调自己是我"嫂子"! 她说的"妈"又究竟是谁的妈呢?

我吸着一支烟,苦苦地想着。猛地就想到了子卿身上,该不会是子卿那口子吧? 果而是她,那么当然便是我的"嫂子"了! 她在子卿母亲家里给我打电话,对我说是"在妈这儿",说"今天是妈的生日",说"妈希望你来家里",冲我和子卿从前手足般的关系,冲老人家和我母亲从前姐妹般的关系,冲老人家从前把我当亲儿子一样看待的关系,冲我们两家人的任何一种关系,都是并不唐突的啊!

吴妍 —— 嫂子……

肯定是子卿那口子无疑了！

子卿这个混账东西！我们都见过两面了,他竟一个字也没对我提起过我的"嫂子"！最可恨是他喝醉了那一次！两个多小时内他滔滔不绝地只谈钱、钱、钱！却只字没向我透露他已结了婚！而我也只字没问。实则怕他是一个婚姻方面的失败者,无意间冒犯了他的自尊心。

我立刻撕开了他的信。

信很短。只几行字。

> 晓声,我因事已于昨日到外地去了。这一时期心情不佳,所以那天多喝了几杯,不曾想竟醉了。望勿见笑,亦祈勿见责。弟不晓古人云"纨绔不饿死,儒冠多误身"耶?然孜孜所劝,皆肺腑语耳!还望三思而又三思。但愿从外地回来,仍能再见到你。

我将信折起,揣入衣兜,又陷入了沉思。

我不知自己从黑河回到哈尔滨还能住几天。也完全可能从黑河去牡丹江,从牡丹江直接回北京。一旦又回到北京,没有极特殊的原因,至少一年内我是不会再回哈尔滨了。我和子卿,还有很多相见的机会。如果我觉得再见到他已不是一件高兴的事了,那么我从此避免见到他,对我似乎也没有什么遗憾的了。从前每次回到这座城市因寻找不到他而产生的那种遗憾,却又因终于见到了他变得极其索然。我搞不清自己究竟是为什么?对子卿的话,更准确地说,是对子卿那些关于金钱的观点和思想,我并非全盘不能接受。面对现实独自深思时,其实我和那家私营小饭馆的老板娘夫妇是一样的,觉得他的话听起来虽然赤裸裸,虽然似乎鄙俗,但又似乎的确是属于从当代现实之中提纯出来的真话。起码在相当大的程度上是真话。也许我的索然,只不过是对当代现实产生的一种索然吧?在子卿之前,没有另一个人和我像他那样谈到金钱。而现实的本质状况一经用真话道破,大抵总是难免令人感到索然的吧?

但子卿的老母亲还能活多少年呢?我和老人家,是见一面就少一面的了。

我不忍心让老人家失望。

于是我穿上衣服,离开了宾馆。

给我开门的是"嫂子"。

"我知道你肯定会来的!"

她笑着说,闪身将我让进门。我心中不禁暗讶——她从未见过我,怎么就那样自信不是将另一个登门的男人当成了我?

这是一个好看的女人。是的,我只能说她是一个好看的女人,而不想用"漂亮"或"美丽"之类的词形容她。在我看来,只有漂亮的小女孩儿,而没有什么漂亮的女人;只有美丽的女郎,而没有什么美丽的女人。一个女人在三十五六岁这种年龄,是既不可能"漂亮"也不可能"美丽"的,包括常做画刊封面人物的女明星们。她们在画刊封面或彩页上"光彩照人"的形象,一多半儿要归功于摄影师,一少半儿要归功于化妆师。三十五六岁的女人,被认为,尤其是被男人认为"是一个好看的女人",乃是最接近她的形象的真实的。"漂亮"和"美丽"都是最难以持久的。而一个好看的女人则是一个最经看的女人。

当时我心头像被蝎子蜇了一下。

我暗想,从此以后我还是干脆重新斩断和子卿的关系吧!因为我不合时宜地想起了某位文豪说的一句话,他在一本小说的前言中告诫我们世俗男女——如果你交朋友,切记千万不能交在金钱和妻子这两方面都比你幸运的人,这一点反过来对女人们也是一样的。因为几乎没有任何一个男人或女人不曾在想象中让自己变成了他或她同时占有那两种幸运的朋友。而在这一种不可告人的想象之中,许多世俗男女不止一次地在意识里犯了谋财罪和非法占有罪。

当时我竟觉得在自己的意识里犯了谋财罪之后又已经犯了非法占有罪似的。

三十五六岁的女人中依旧好看的女人其实是并不多的。"嫂子"正是一个三十五六岁的女人。

我在门厅换拖鞋时低着头问:"你就是妍姐吧?"

我叫她"妍姐"叫得那么顺口,仿佛我已经不止千百次地那么叫她了,仿佛她原本就是我的一个"妍姐",与子卿毫无任何关系。

"别叫我妍姐啊,你该叫我嫂子的!"

她又笑了。笑得也十分好看。

我脸红了。我心里想着该叫她"嫂子"而不该像在电话里一样叫她"妍姐"的,连自己也莫名其妙,不知缘何叫出来的还是"妍姐"而不是"嫂子"。也许,在我的潜意识里,在见到她这个好看的女人之后,本能地拒绝承认她和子卿的关系?

人的潜意识真他妈的是一个潘多拉的盒子啊!

我竟对自己的潜意识有点儿毛骨悚然起来。

我说:"是啊,该叫你嫂子的。可你没我大,可能要比我小上将近十岁呢!"

我这么说,无非是想使她认为,在我眼里,她其实只有三十二三岁。从一见面我就有一种企图讨她欢心的卑鄙念头。我拿我自己也没办法。

她说:"我今年三十六还不到,你今年四十四还不到,我只能算比你小八岁,那你也得叫我嫂子呀!"

这时我听到子卿的母亲在屋里说:"是晓声来了吧? 大娘正念叨你呢,只怕你不来!"

我说:"大娘,你既然让嫂子打电话告诉了我,希望我来,我哪儿能不来呢! 有再要紧的事儿,也得推脱开,也得先来这儿啊!"

说罢,回头望着"嫂子",笑问:"是不嫂子?"

她也又笑了,说:"那是的嘛!"

男人的辈分低于一个年轻于自己十来岁的女人,男人在她面前总难免会有点窘的。这一种辈分和年龄之间的倒置,往往会使男人觉得自己陷入了一种滑稽的错误的男女关系。但倘她是一个好看的女人,情况则就不同了。年长于她的男人,内心里其实是非常欢迎这一种关系的倒置的。并且,往往会本能地利用这一种关系,企图将他对她的亲狎愿望戏剧化、情理化,并且权力化。

我自忖不是那种轻佻子弟,也不是那种见了好看的女人就心猿意马想入非非的男人。更多更多的时候,面对一个好看的女人,我是懂得欣赏的。我的欣赏的目光不使她们感到如芒在背,不使她们讨厌,于我也就满足了。只在极少数的情况下,我欣赏她们的同时内心里产生性方面的联想。即便在那样的时候我也并不觉得自己是个卑鄙之徒,因为那并非是我的错。每一个男人面对好看的女人时内心里都产生过性方面的联想,这已经是由科学的权威所作出的结论了。正如每一个女人面对一个可爱的孩子,必然会产生将那孩子抱起在怀里的热情冲动是一样的。

然而对于她,对于这个我该叫"嫂子"的好看的女人,我看她时的目光却不仅是欣赏的。这使我不敢多看她,却又忍不住要多看她一眼。

子卿,子卿,你对生活还有什么失意? 如果我是你……

我想象着如果我是子卿,我将会怎样地去爱这个好看的女人,而不是像子卿一样,撇下老母亲和好看的妻子整天东奔西窜去赚钱,仿佛全世界的印制钱钞的机器都将永远地停止了运转似的。

就算是那样吧,有这么一个好看的妻子长相厮守,哪怕是粗茶淡饭,哪怕是低矮茅舍,哪怕是一份最被人瞧不起的工作,又都算得了什么呢? 钱多钱少又有什么恐惧不恐惧的呢?

我一经在内心里那么质问子卿,一经想象着如果我是子卿,顿然我明白了我自己,明白了我对这个好看的女人究竟为什么一见之下就心荡神摇——原来仍是嫉妒这条毒蛇在我内心里作祟!

路上我绝没有想到子卿会有一个这么好看的妻子。我的同代人已经普遍开始变老了。我们的妻子普遍地比我们更早地就开始变老了。她们早已由当年的少女变成如今年轻人眼里的"大婶儿"了,起码也是变成了"阿姨"了。她们早已腰肢浑圆,减肥药对她们已不起作用了。她们早已容颜憔悴,头发失去了光泽,一切高级的"养面奶"或"美发液"对她们已没有意义了。走在路上时我以为我将要见到的嫂子必是她们中的一个,没想到她和她们是那么不同!对普通的中国男人而言,大概再也没有比一个野心勃勃的"大款"同时拥有一位好妻子这种事儿更令人愤愤不平的了!那一天我不得不承认,我是普通的中国男人中心理承受能力极普通的一个。我对"嫂子"的种种非分之想,也许只有三分之一是个好色之心未泯的中年男子对一个好看的妇人的苟且念头,而三分之二是一个男人对另一个男人的强烈的嫉妒。如果子卿他光只是有钱,我还能尽量摆平自己内心里对他的嫉妒。可他不光只是有钱,他还有一个好看的女人做他的妻子。我在想象中对她产生的种种苟且念头,包含有我对子卿,并且通过对子卿,进而似乎对一切暴发而富的"大款"潜意识里的,即使不能"共"他们的"产",也不妨"共"他们的"妻"一回的"革命冲动"……尽管我得称她"嫂子"!尽管子卿是我从儿童到少年到青年时期的手足般的兄弟!

"嫂子"的身高在一米七三至七五之间。我是须眉中的小男人,身高对外宣布一米七。我自己心里最清楚,实则仅有一米六九。我想她若不是穿的拖鞋,穿的是高跟鞋的话,那么和我站在一起,肯定会比我高出半头。我若想看着她的脸和她说话,只有仰视她了。

"嫂子"的皮肤很白皙。正是北方最热的八月里,她穿着无袖的鸡心领的小衫子,浅粉色的,和一条蛋青色的裙子。裙裾不算太短也不算太长,刚及膝部。她的两条裸臂修长,双手和手指也修长。她的两条小腿很挺拔。腿和臂都白得像漂白过了似的。她的脸尤其白皙,皮肤细腻得嫩润无比,细腻得闪耀着如蜡的光泽。眼睛很大。鼻梁很端正,很高。她的嘴唇很红润。我看出那是一种天生的红润,并没涂唇膏。她的脸上也没有丝毫化妆过的痕迹,没修过眉,也没描眉。双眼皮更不是外科美容手术制造出来的。她浑身上下没有现代都市女性的脂粉气。整个人仿佛从里到外显得那么干净,那么清爽,那么优雅。

这是一个天生好看的经看的女人。她身上除了衣物之外再没有任何多余的零七八碎。没戴项链,没戴耳环,没戴戒指。我原以为她胸前的什么菱形的东西是一块白玉胸饰,却不是,而是她的衫子上开出的裁口儿,是她颈下透出的菱形的肌肤。

子卿的母亲照例盘腿坐在床上。老人家似乎不习惯坐沙发。老人家将我唤过去,拍拍床,也让我坐床上。我不好意思坐床上。

老人家双手攥住我一只手不放,嗔道:"有什么好意思不好意思的?这儿不就是你另一个家吗?我不就像你另一个娘似的吗?你坐在沙发那儿我跟你说话不近便。脱了拖鞋,给我乖乖坐床上!"

我只好脱了拖鞋,坐在床上。

老人家见我侧身坐着,两腿垂在床下,仍显出不高兴的样子,问:"你不习惯盘腿坐着吗?"

我笑了,只好学她那样,盘腿坐在她对面。

老人家也笑了,说:"咱娘俩儿这样才近便嘛!"

"嫂子"此时已扎上了围裙,问老人家:"妈,我给你抻长寿面行不?"

老人家说:"行啊!怎么不行?小孩子过生日,要吃蛋糕什么的。老太太过生日,还是吃长寿面对讲究。"

"嫂子"微笑地瞧着我说:"那,就有劳你陪妈聊着了,我到厨房去做。"

我说:"嫂子,我给你打下手!"

她说:"不用不用。请你来,就是希望你能陪妈聊聊,你还是陪妈聊着吧!"

老人家也说:"她一个人忙就行,俺这媳妇麻利着呢,咱娘俩就等着吃现成的吧!"

"嫂子"听了老人家的夸奖,贤惠地笑笑,转身离开客厅,到厨房去了……

老人家向我俯着身,悄问:"你觉得你嫂子咋样个人儿?"

我说:"嫂子好啊!"

老人家又问:"你觉得哪方面好?"

我说:"大娘,这还用问吗? 嫂子人长得好,看来性情也好。这是您老的福分呀,大娘!"

我故意将话音说得很高,希望在厨房里的"嫂子"能听到。我想她肯定是听到了的。

老人家长长叹了口气,心有无限忧苦地说:"是啊,是个百里挑一的好媳妇呀! 凡是见着过她的,没不夸她好的。你说这么好的个媳妇,咋就还拴不住子卿他的心呢? 他咋就还常在外边拈花惹草的呢?"

我说:"大娘,我想子卿他不是那样的人,不至于的吧? 您是不是片面地听信了别人的什么谣言呢?"

对老人家的话,我当时真是有些不信。在我想来,子卿他的全部心思和心机,都动用在怎样两三年内挣到更多更多的钱方面了。这样的一个男人,纵然原本是个好色之徒,又哪儿能匀出时间和精力去拈花惹草呢? 何况子卿原本就不是一个好色之徒。何况如今的那些个脂粉女子,又怎么能比"嫂子"更使一个男人爱恋呢?

老人家又叹了口气,扑簌簌掉下几滴老泪来。

我掏出手绢儿替老人家拭去泪,安慰道:"大娘,您千万别信什么谣言。树大招风,子卿他如今在市面上也算是个人物了,凡是个人物,飞短流长总是难免的嘛! 如果连您老人家都信了,您让嫂子她心里可该怎么想呢?"

这一番话我是说得很轻的。我不愿让在厨房里的"嫂子"听到。唯恐我和老人家的倾谈内容,损伤了"嫂子"的心。

老人家似乎明白我的顾虑,一只手仍紧攥着我的一只手,另一只手在我那只手背上轻轻拍了拍,无限伤感地说:"咱娘俩聊这些没关系。大娘是真没把你当外人啊！除了跟你，大娘跟任何一个外人，能聊这些的吗？聊得出口的吗？我是当娘的，自己的一个儿子，我怎么就那么脸皮厚，不怕跟人聊这些让人笑话呢？大娘也只有跟你聊哇！再说你嫂子早都知道了，我知道的她都知道，我不知道的她也知道。一桩桩一件件，比大娘知道得更清楚。"

"嫂子她……知道？"

我的话音低得不能再低。瞧着老人家那张忧苦的脸，我不由得想起了老托尔斯泰那句名言——"幸福的家庭都是相似的，不幸的家庭各有各的不幸。"我潜意识里蛰伏着的，对这个百万富翁之家的需要极高超的技巧才能掩饰得住的强烈嫉妒，顿时被对面前这位老人家和那个在厨房里为我们忙着做饭菜的，我该以"嫂子"相称的好看的女人的同情抵消了大半。原来人的嫉妒之心竟是这么容易消解的。只要我们从我们所嫉妒之人的身上，或他的家庭获得到也存在着所谓不幸的根据，我们仿佛立刻就变得极富有同情心似的。而同情别人的自我感觉，又总是比嫉妒别人的自我感觉良好得多。

"能不知道吗？两个多月前，有一个十八九二十来岁的姑娘，被她爸和她哥陪着，到这儿来找子卿，接连找了几天没找到。还到你嫂子单位去找……"

老人家又落泪了。

我又赶紧掏出手绢替老人家拭泪。

我说："没凭没据的，那也证明不了什么。现在有些姑娘，是什么坏事都做得出来的，还兴许是敲诈呢！"

"怎么没凭没据！人家姑娘有凭有据！人家拿出了好多子卿单独和她在一起照的照片，能有五六十张！人家说都是用什么能自动拍的相机拍的。有些照片就没法儿说了……当时羞得我这当娘的，恨不得地上裂出个缝容自己一头钻进去！你说大娘哪儿曾想，小时候那么好，那么规矩，那么懂事，那么孝心的一个儿子，如今会变成这样儿呢？"

我觉得,老人家内心里,对子卿已经开始产生着一种憎恨了似的。

"后来呢?"

"还不是花钱平息了嘛! 我一再逼问他怎么了结的,他才不得不承认给了人家姑娘三万元钱。大娘说句公道话,大娘觉得人家姑娘也不见得就是那种下贱的姑娘,只不过是不太懂事吧! 文文静静的,怪招人喜欢的。但凡是个懂事的姑娘,哪儿能跟他一个结了婚的男人乱搞呢? 还口口声声说她爱她'华哥',承认是自己主动的。她爸当我面儿给了她一个大嘴巴子,她哥还揪住她头发,使劲儿往墙上撞她头。我对那姑娘心疼得不行! 你说子卿他怎么就成了'华哥'呢?"

老人家百思不得其解。

我摇摇头说:"大娘,这我也不明白啊?"

"你们下乡那些年里,有人那么叫过他吗?"

我说:"没有,反正跟我在一个连的时候没有。"

"那就怪了。你说那些被他勾搭过的姑娘和女人,咋还都不恨他呢?"

我能回答什么呢? 唯有默默摇头而已。

"都贪图他给她们钱花?"

"大概是吧。"

"难怪他觉得有多少钱也不够花的。一门心思挣钱,挣了再大把大把地花在女人身上。大娘老了,脑筋跟不上时代了,你说一个男人这么活着,真的就很值当得意的吗?"

我说:"大娘,这个问题我也没太深想过,容我以后慢慢想通了再回答您吧。"

"那好,大娘也不逼你立刻就给大娘个回答。你是上过大学的,叫作知识分子了。你们知识分子,挺讲究对什么事儿想通了再下结论,是不?"

我苦笑道:"那倒也不见得。我不过觉得,子卿对于一个男人的活法,一定有他自己的想法。我还不太明白他究竟是怎么想的……"

"哼！不聊他！"老人家打断了我的话，认认真真地问，"你说，把人家一个二十来岁的姑娘搞得怀了孕，搞得到医院去打胎，搞得人家一个黄花姑娘从此姑娘不是姑娘，媳妇不是媳妇的，赔给人家三万是不是也不算多呀？三万就能赔人家一生的名誉了吗？"

我探身将烟灰缸从茶几上拿到床上，忍不住吸起烟来。我想，中国的，外国的，古今中外的"大款"们，他们的主要消费对象之一，只怕都是女人吧？那么子卿又怎么能例外呢？何况他是一个英俊的、有风度的、有气质的、一表人才相貌堂堂的"大款"。我太能理解那些女人们为什么心甘情愿，也确信她们还口口声声说爱他。甚至认为，肯定不完全是子卿勾引她们，她们反过来主动贴近他、诱惑他、委身于他也是不足为怪的。我又想起了子卿关于女人的那些论说。不得不承认他那些话中包含有对当代女人很有研究的、赤裸裸的、一针见血的思想。一针见血的思想可能就算某种深刻的思想吧？如果一针见血的思想还不算某种深刻的思想，那么什么样的思想才算深刻的思想呢？一想到连思想方面子卿都比我深刻得多，我不禁暗暗自卑起来。亏我还是一位他妈的什么著名作家啊！金钱和女人，对普遍的男人来说，难道不是这世界上最重要的东西吗？东西？我，一位作家，竟将女人认为是东西了！在那一天之前，我还真的不曾在思想之中将女人和"东西"两个字连一起过。子卿，子卿，你这魔鬼！你对于金钱的思想，你对于女人的思想，已经他妈的长驱直入地侵略到我的观念我的思想之中了！我忽然悟到，时代一变，女人首先发生质变。而女人一变，才一切都变。表面看来，似乎男人靠金钱，用子卿的话讲，靠金钱的魔力使某些女人都更加比古代、比中世纪、比近代、比前一二十年都更加乖顺地、小鸟依人般地变成了男人的附庸。事实上，又何尝不是男人们更加变成了女人的奴隶呢？男人不正是通过他们所拥有的金钱将自己变成了女人的奴隶吗？一个男人用金钱买断或零购女人的时候，他以为钱使他完全占有或部分地占有了她，却忽略了这样一个事实——在此之前他正是为她去野心勃勃地挣钱的。而女人挣钱却只是为了她们自己的消费,很少听说哪一个女人为了一个男人野心勃勃地去占有金钱,去抢银行,去冒种种可能上断头台的风险。女人连以卖淫的方式挣一个嫖客的钱的时候,那嫖客的钱上都沾有为她付出的面额以外的代价。如果他是个靠力气挣钱的男人,那么沾有的一定是他的汗味儿或汗水了。看来,也真难说商品时代的女人更可悲还是更如鱼得水了。各种关于金钱和女人的思想观念在我头脑中混战一片,厮杀得不可开交……

我吸着烟,忘却了弹烟灰,独自想得发呆。

"三万元究竟是多还是少呢?"

子卿母亲从我指间将烟抽去,替我弹了烟灰后,又还给我。

我从胡思乱想中跌入现实,有些懵懂地瞪着老人家。

"你方才没在心听大娘的话?"

"哦,听了听了,您老是不是问我,给那个和子卿……给和子卿……那姑娘三万元是多还是少?"

"是啊,虽然钱都给人家了,大娘还是觉得心里边常常怪不安的。你是见多识广的人,大娘想听听你怎么看。嗯,你怎么看?"

老人家的目光是那么虔诚。仿佛不论我怎么回答,对她都是一个从此可以安生的结论了。

我反问:"那姑娘……还来纠缠过吗?"

老人家摇摇头:"没来纠缠过。只是临走搁下了话儿,这一辈子是非子卿不嫁了!"

我又问:"子卿什么态度?"

老人家说:"子卿哪儿有个态度呢!你可叫他能有个什么态度呢?我把人家姑娘的话儿告诉了他,你猜他当时怎么着?"

"他怎么?"

"他冷笑,还说——她那么爱我,与我有什么相干?你听,这叫人话吗?"

我说:"没再来纠缠就好,您老也不必总把这件事儿当成心病。如今的姑娘千奇百怪。连她们自己有时候都弄不明白自己,别人更没法儿明白她们了! 我看三万元不算少!"

"不算少?"

"不算少。"

"可大娘总觉得似乎少了点。如果咱们还像以前那么穷,人家多要,咱砸锅卖铁也给不起。可如今咱们不是不穷了吗? 不是多给也给得起了吗?"

"大娘,依您给多少才算多?"

"是啊! 给多少才算多呢? 子卿也吹胡子瞪眼地这么问我。孩子,这是咱娘俩儿私下里说悄悄话——这不就叫为富不仁了吗?"

老人家的语气很沉重。

我笑了笑。

我说:"大娘,您言重了。这谈不上什么为富不仁。如今时代不同了,女孩子们都很开放了。根本不太把和男人们那种事儿当回事了。她们都不在乎,您替她们在乎什么呢?"

老人家说:"人家不是和我的儿子嘛! 要是和别人的儿子,大娘心里会感到不安吗?"

我说:"比起那些从穷困的乡村到南方城市里去当暗娼的农家姑娘,她应该知足。那些农家姑娘一年卖多少次身也休想挣到三万!"

老人家眯起双老眼注视了我许久之后,才自言自语似的说:"原来你是这么看的……原来这世道已经这样了……"

我说:"是啊大娘,这世道已经这样了。"

老人家低下了头去。她那只始终抓着我一只手的手,也松开了,若有所思地在床单上来回抚摩着。

我说:"我看看嫂子忙得如何了!"

说罢就下了床。下了床,我有一种解脱了的感觉。

老人家忽然又抬起头问："子卿他到底有多少了？"

我说："什么？"

老人家说："钱……"

我问："他从没告诉过您？"

老人家摇头，说："我也没稀罕问过他。"

我将两根手指向老人家交叉起来。

"十万？"

"十个。"

"十个……十万？"

"还多。"

"还多？"

老人家渐渐睁大了眼睛。

我说："他陪我到外边吃饭那天，亲口对我讲的。"

她的嘴也张大了。她似乎还欲问什么或说什么。她那种吃惊的样子使我深感不安。我站在床边没有马上离开，心里猜测着她也许会怎么问怎么说。

然而她什么也未再问，什么也未再说。缓缓地，她将身子向窗口转过去了。我觉得那时有一种忐忑的阴影笼罩了老人家的双眼。

"嫂子"走入客厅，一边撩起围裙擦手，一边说："妈，晓声弟，我做好了，咱们吃吧？"

老人家背对着我，背对着她，凝望着窗外，仿佛没听见。

"嫂子"便将疑惑的目光投向我，似乎在问——妈怎么了？你和妈谈了些什么？

我说："大娘，嫂子请您吃饭呢！"

"哦，哦，好，吃饭……"

老人家这才转过身来，朝"嫂子"笑了笑。我看得出老人家笑得很勉强。"嫂子"想必也看出了这一点。她赶紧走过来。蹲在床边，替老人家将拖鞋套在脚上……

我和"嫂子"一左一右,搀着老人家离开客厅,来到饭厅。

"嫂子"真是个利落的女人,一个小时内,就将冷菜热菜摆满了一桌子。而且,每样菜看上去都做得很内行。

她柔声细语地问:"妈,是您坐上座,还是请晓声弟坐上座?"

我急说:"当然是大娘坐上座!"

老人家却说:"不,孩子,你是大娘的贵客,你坐上座。"

我哪里肯坐上座!

我红了脸,用目光求援地望着"嫂子"说:"大娘是长辈,就算我是个客,也是晚辈,怎么可以坐上座?再说今天还是大娘的生日!"

老人家却固执起来,板着脸说:"正因为今天是我生日,你们两个晚辈,都该哄我老太太个高兴才对!你不坐上座,我就不入席!"

她果然犯老脾气地站着,不肯入席。

我一时很窘。坐上座觉得不妥,不坐上座又明摆着似乎不行,一个劲儿为难地挠头。

"嫂子"笑了。

"嫂子"调和地说:"这样吧!咱们把方桌改成圆桌……"

她就撩起桌布,扳起了折下去的桌边,于是方桌变成了圆桌。

"妈,这就不分什么上座下座的了。您坐中间,我和晓声弟坐您两旁,行不?"

"嫂子"像哄一个小孩儿似的。

老人家犹豫片刻,终于点头道:"这行,还是我儿媳妇会安排。我听我儿媳妇的!"

我落座后,内心里悻悻地诅咒着:"子卿,子卿,你这个混账小子!你又跑到外地去挣大钱,倒害得我替你在家里当儿子!干脆你连妻子也别要,儿子和丈夫的义务都让我替你承包了得啦!"

那顿饭吃了很久。为了使气氛显得亲热祥和,我和"嫂子"频频向老人家敬酒。我们之间也频频敬酒。好在是一瓶低度的甜丝丝的果子酒,有一桌子丰盛的凉菜热菜佐着,都没显出过量的样子。

饭后,老人家说困了,想先睡。毕竟是上了年纪的人,不胜酒力,说着就拖过枕头,身子一歪,躺倒下去。

"嫂子"忙说:"妈,你再撑一会儿睡。不漱口就睡可不好!"

于是她兑了一杯温水,一手将杯擎在老人家嘴边,一手从后揽着老人家身子,让老人家半倚在她怀里漱口,请我端了水盆在床前接着。

待老人家漱罢口,"嫂子"又说:"妈,您得把假牙摘下来。我替您刷净了泡上。戴着假牙睡也不好……"

于是老人乖乖摘下了假牙丢在杯里……

老人家躺倒前,望着我说:"孩子,你别忙走,陪你嫂子多聊会儿。你也不是个抬脚就回家乡的人,见一面怪不易的。你要愿意,你就别回宾馆了,你就住下。咱家又不是没你单独住的屋……"

"嫂子"去绞了一条热毛巾,替老人家细致地擦了遍脸,接着细致地擦过了双手,然后才替老人家盖上一床薄被。

她双膝跪在床上,回头望着我问:"你说敞着窗,妈夜里会不会着凉?"

我说:"不至于吧?"

她说:"那就敞着。"

可她下了床,又有点儿不放心起来,探身窗外看看天说:"好像要下雨,还是关上窗吧!"

于是把窗关上了,拉严了窗帘儿。

"咱们过那边屋去坐吧,好不?"

她轻声问。她的表情分明地是在告诉我——她怕我说走,希望,甚至是渴望我陪她多聊会儿。

我点了点头。

于是她熄了灯,在前边引我离开了客厅……

我安安静静地坐在另一个房间里的沙发上吸烟,就是有巨大的鱼缸和一排书架那个房间。一支烟还没吸完,"嫂子"已洗过了脸,拿着一柄梳子翩翩而入。

她眼瞧着我,一边拢着长发,一边说:"你也漱漱口,洗把脸吧。我已经替你兑好了热水。"

我说:"嫂子,你可真周到。"

她低下头,温婉地笑了。

我洗罢脸,手拿着毛巾,出神地端详着镜子里的我自己。忽而觉得自己并非一个相貌平庸的男人,起码不像自己总是很惭愧地认为的那么相貌平庸。这一发现使我内心里暗暗激动不已。那一天以前,在女性们面前,我一向半自觉半不自觉地寻找这样一种自我感觉——虽然我很丑,但是我很温柔。仿佛只有这样一种在女性们面前的可怜兮兮的自我感觉,才是对于我最准确的一种自我感觉。而在我照镜子的那一时刻,我却很奇异地寻找到了另一种自我感觉似的。它悄悄告诉我——你并不丑,而且你很温柔。温柔的男人不可能是一个丑男人。全体女人都是这么认为的。这是女人们的男人观。这是女人们的一条真理。

我觉得,仿佛也是那个好看的我该叫"嫂子"的女人正在悄悄地传达给我这样的自信。她每看我时那种亲近的目光,她每开口说话前那种脉脉含情的微笑,她每说话时那种悦耳的南方音韵的依依款语,似乎都悄悄传达给我一种我应具有的自信。

而她正在那个有巨大的鱼缸和一排书架的房间里等待着我。落地灯的橘红色的灯罩,将那个房间里的灯光营造得又温馨又令人迷幻……

我不禁问我自己——你是谁?你究竟是作家梁晓声,还是"大款"翟子卿?你为什么动辄想象你不是你自己而是你被一些人们称为"华哥"的童年伙伴翟子卿?你为什么对他的母亲怀有真挚的亲情,而对他的妻子竟怀有蠢蠢欲动的邪念？亲情和邪念都包含在你的内心里，你的心灵能包含得下吗？你能扮演好这两种对立的角色吗？

"嫂子"的面容出现在镜子里。

我掩饰地搭好毛巾，搭得比战士在军营里还符合标准。

"嫂子"在洗漱间门外唏唏地笑。

我转过身，满脸窘态地望着她，一时变得像个哑巴。

"你没事儿吧？"她轻轻地问。

我说："没事儿。"感到喉间干涩，说出的话也是嘶哑的。

"真没事儿？"

"真没事儿。"

"要是头晕，我就安排你到子卿的房间睡会儿。"

"头不晕。"

"那你方才是怎么了？"

"我常独自对着镜子发呆。"

"为什么？"

"我常觉得自己丑。"

"是——吗？……"

"是的。"

她低下头又笑了，随即抬起头说："你不丑……"

"……"

我的心在胸膛里怦怦地跳。

"你酒量很小是不？"

"是的，很小。"

"那，你今天喝得可不算少。"

"我今天高兴。"

"真的？"

在我听来，她问的分明是"为什么"。

我说:"今天是大娘的生日。我小时候,大娘像我的另一个母亲。我第一次陪大娘过生日……"

她说:"我还以为你喝多了,胃里难受,会吐呢!不放心才过来看你一眼,没想到你在对着镜子发呆……"

她将她拢过头发的木梳子递给我:"梳梳吧!瞧你头发乱蓬蓬的……"

她终于从洗漱间门外闪开了。

我和她都在沙发上坐下后,她端起茶壶,为我倒了一杯茶。

这时我发现茶几上放着一本书,是我早期的一本小说集——《白桦树皮灯罩》,黑龙江出版社出的。而且是翻开来书页朝下放着的。

我立刻望向鱼缸。橘红色的落地灯光自上而下倾泻在鱼缸内,使鱼缸里的水也变成了淡淡的橘红色,仿佛兑进了红葡萄酒似的。鱼们大多静静地潜在水底,一动也不动,看去宛若一些标本。只有那几条品种高贵的"银龙",仍在款款摆动丰满而修长的身躯,仪态万方地游着。落地灯光使它们那原本银光烁烁的鳞衣,也镀上了一层淡淡的橘红色。从它们的脊鳍部开始淡下来,越至腹部越淡。那情形好像它们在银光烁烁的鳞衣外,又披了一袭薄得看不到经纬织络的纱巾。这些鱼缸里的"贵妇"和"绅士"们,显得那么悠然闲逸。

对于我,当发现别人在看自己的小说的时候,那心理上的第一种感觉,最初的感觉,其实并非如某些人们所想象的是一种多么良好的感觉,而首先是一种害羞的感觉。就好比一个少女的内衣,被别人当着她的面拿在手里。十余年来,我将自己一次次掰开了,揉碎了,搓撒在我的创作中了。尽管难免常用遮遮掩掩、矫揉造作甚至文过饰非的词句近乎本能地"包装"自己,但阅读眼光稍微成熟一些的男人和女人,轻轻巧巧地就会将那些"技艺"性的词句从我的作品中抚去,而显见地看到由我变成的一个男人的无数碎屑。哪怕用地摊上卖的最廉价的放大镜一照,一个男人的某些本质都可能会一览无余。而一切本质的东西从来都是不美妙的。好比对于外科医生,不论躺在手术台上的是美人儿还是丑女,她们的腹腔一旦被剖开,脏器都是一样的,并且都是这世界上最不值得以欣赏的眼光观看的东西。正是这一点,使我发现别人在读我的小说的时候,首先产生的是一种害羞的感觉。接着产生的便是一种怅惶的感觉了。如果对方是女性,我则不但害羞,不但怅惶,而且无地自容了。并且每每会产生相同的古里古怪的想象——想象对方当着我的面拿起我的书一抖,于是抖落一地"技艺"性的词句,还抖落出了一个赤身裸体的小人儿。一个赤身裸体的小男人儿,他是由真诚和虚伪捏造而成的,捏造得浑然一体。我常因自己那一部分真诚而害羞而怅惶。不明白一个人,尤其是一个男人的真诚本质上必是羞涩的这一点,那简直是一个粗糙的不值得与之交谈的人。我也常因自己那一部分虚伪而害羞而怅惶。即使当你的虚伪成功地欺骗了别人的时候,你表面上装出很真诚的样子,你的意识里暗暗自鸣得意,而你的内心里其实仍是很沮丧很索然的。没有一个习惯了虚伪的人内心深处不是如此。

我不理解"嫂子"她为什么要从书架上取下一本我的书,不明白她为什么要将我的书那样放着。不,其实我明白,她将我的书那样放着的用意太昭然了——难道她不是在暗示我她对我很感兴趣吗?某个女人总是从某个男作家的书开始对他感兴趣的。她心底里已对我滋生着一种怎样的兴趣呢?

我望着鱼缸,佯装出在欣赏那几条"银龙"的样子,而内心里却在研究着她,判断着她,希望得出一个有把握的结论。我觉得鱼缸里那一条体态最优雅最丰满而又最婀娜的"银龙"仿佛就是她。我这么觉得之后,它便在我眼里变得性感极了。我渴求着几分钟后在我和她之间发生什么事情。我周身的血液因心底里的那一种渴求而加速循环。我产生了一种想要跃身到鱼缸里去的冲动,跃身到鱼缸里去马上与那一条游姿最优雅体态最丰满而又最婀娜的"银龙"亲近,它仿佛正在鱼缸里向我发出妖娆的诱惑。

"你在欣赏那条'银龙'？"

她低声问，并且注视着我。声音仿佛并不来自我身边，而来自鱼缸里似的。

我说："它很……性感……"

我没转脸看她，但我知道她在注视着我。

她扑哧笑了。

她用她的手轻轻碰了我的手一下，柔声细语地说："你倒是喝茶呀！"

我说："我喝……"

我端起了茶杯。我们的目光那时碰在一起。在橘红色的落地灯光的照耀之下，她的浅粉色的无袖短衫的颜色变深了。蛋青色的裙子，也像鱼缸里那条最吸引我的"银龙"一样，被喷染上了一层橘红。而她那白皙的颈子，白皙的双臂，仿佛更加白皙得透明了，透明得泛润着隐约的血色似的。

我的目光不能自禁地朝下望去……

而她那时却有意无意地将拖鞋交替蹬掉，将两脚放到了沙发上，用裙裾罩住了收拢在胸前的双腿，并将下颏抵在膝上。裙裾的边缘只露出着她的脚趾。我那时才发现，她的趾甲是涂红了的。不是所有的趾甲都涂红了，而是只有两个大脚趾的趾甲涂红了，像两颗好看的鲜红的草莓……

我的目光赶紧又望向鱼缸，又望向那条性感的"银龙"。

那一时刻我觉得自己可怜极了。我自怜得想要咧开嘴嘤嘤哭泣。我在对我有诱惑力的女子面前一向极端自卑，并且对她们的美好的肉体一向垂涎欲滴。当我文质彬彬地自诩我很"欣赏"她们的时候，我自己心里最清楚那是一句自欺欺人的天大的谎话，最清楚我内心里萌生的勃勃的欲念，和"欣赏"这个雅致的词是毫不相干的。因而我总是在日常生活和某些社交场合，很有自知之明地，主动自觉地远远避开那些对我有诱惑力的女子。我太没有能力抵御她们客观上对我造成的诱惑了。好比一个喜欢吃巧克力的孩子,面对一块散发着奶油香味的巧克力,你没法儿使他内心里不品咂咀嚼它的滋味儿。我并没有被熟悉我的男人们和女人们视为一个"好色之徒",那也许实在是由于我善于伪装,或者还由于我的自卑给人们造成的假象。倘若被对我具有诱惑力的女子而奚落,而嘲笑,而轻蔑和羞辱,那无疑将会对我的心灵造成最严重的创伤。实际上我是因害怕在自己的心灵上留下这样的创伤而远避我所向往的某些女子。至于什么名声的毁誉,倒从来不是我所顾忌的。在男人群中,我一向要求自己要像一个所谓"正人君子"那样去处世为人,而对于我所向往的女子,我从来也没有,压根儿也没有打算规长矩短地奉行什么"君子风范"。我渴求她们,又唯恐遭到来自她们的致命的伤害。我本质上是一个"好色之徒",我是一个谨小慎微的"好色之徒",我是一个外表斯文的"好色之徒"。与某些被人指斥为"好色之徒"的男人相比,说到底我不过是一个对女色有着耗子一样的胆怯的理性的男人而已。如果胆怯也算是一种特殊内容的理性的话。

那一天我在子卿家里,情形对我而言正如一只耗子蹲踞在夹鼠器或捕鼠笼旁,盯着什么对耗子的嗅觉最具刺激性的食饵,激动万分而且胆怯万分,企图舍生忘死地一扑,又不知一扑之下会有怎样可怕的后果。我不但觉得她分明已在暗示我她对我很感兴趣,而且觉得,即使我的行为超越了她所能欣悦允许的范围,她似乎也不会还掷我以伤害的。对她的这种研究和判断,热忱地怂恿我对她的强烈的欲念。这是我生平第一次和一个对我具有根本无法抗拒的诱惑性和迷幻性的女人如此之近地坐在一起。近得我甚至能感觉到她的每一次呼吸,近得我甚至能嗅到她身上散发出的女人特有的馥香体味儿。她正属于那类我的男人意识所常常向往和渴求亲偎的女人——没有被什么脂粉污染过的天生美好的女人。她已向我发出暗示。她似乎也和我期待着她的主动一样在默默期待着我的主动。她是我完全可以自信不会因我的"侵犯"而憎恶我甚至陡然翻脸伤害我的一个女人。也许我今后不会再碰到第二个这样的女人,不会再有第二次这样的机会和这样的一个女人很近地坐在一起。但是……

但是我得称她"嫂子"!但是她是子卿的妻子!但是那是在子卿的家里!但是在另一房间里,正睡着我的另一位母亲似的老人家,她是这一个好看的、我的男人意识所常常向往和渴求亲偎的、对我具有巨大诱惑力的女人的婆婆!她还是子卿的母亲!

当我不怕,也似乎没有什么根据怕一个我所渴求与之亲偎狎爱的女人的时候,我又仿佛怕起了我自己,怕起了别的什么。

我饮了一口茶,放下茶杯后,艰滞地说出两个字:"我走……"

她睥睨着我,似乎不明白我的话。

我又说:"我得走了……"

声音轻得不能再轻,并且随之站了起来。

"别走。"

她拉住了我的一只手。

她的声音也轻得不能再轻。

她微微仰起脸瞧着我,表情带有几分乞求的意味儿。

她的手很软,手心很细润。

我可怜地站在她面前,希望我的手永久地被她的手拉住。

那时刻我想到了子卿母亲对我讲的某些话,心里倏忽间涌起对这个好看的女人的无限怜悯。

然而她自己看去似乎并不认为自己足以被人怜悯似的。因为她正以一种反而怜悯我似的目光仰望着我,如同一头卧着的母鹿仰望着一匹小马驹。

"你别那么……那么和自己过不去。"

我傻笑着。当然并未从她手中抽出我的手。

"你坐下……"

我又顺从地坐下了。

她仍未放开我的手。

她问:"别人给你看过手相吗?"

我说:"看过。"

"都怎么说?"

"不一致。有的说我四十四岁以后事业顺利,有的说江郎才尽,写不出什么好作品了。"

"感情历程方面呢?"

"这……"

"不好意思自己说? 那就让我来相吧。翻过手……"

她终于放开了我的手。

于是我将那只手手心朝上伸向她……

"不是这只手,是另一只手,男左女右……"

我讪笑了一下,缩回那一只手,将另一只手伸向她。

她用她的一只手攥住我四指的指尖儿,用另一只手的中指,不断地抚着我手掌心的掌纹,眼睛很近地凑向我的手掌心细看。

"你是一个性情中人。"

她说罢抬头看我。

我说:"也许吧!"

她低下头,又细审我的掌纹,又说:"你是一个对女人很善良的男人。"

我讷讷地问:"什么样的男人,算是对女人很善良的男人?"

她说:"把一切女人当女人看的男人……把他们喜爱的女人当女人喜欢的男人。"

我一时有些难以完全理解她的话,然而内心里涌起一阵温柔之情。毕竟,被一个女人认为是一个对女人很善良的男人,乃是一切男人都很希望的事。

"那样的男人,又该是怎样的呢?"

我鼓起勇气凝视着她。于是我们彼此凝视着了。

我同时在内心里驱除着我的胆怯。我对自己说,她不是什么"嫂子",她仅仅是一个女人,一个好看的女人,一个一再向我暗示,甚至鼓励我对她进行"侵犯"的女人,而且还是一个灵魂深处正渴望着男人的情爱抚慰的女人。

"用我告诉你吗?你是知道的呀!"

她的眼睛在这么对我说。

"我……我……你也应该知道的,我早已结婚了,早已做了父亲了……我……我是不会……不可能离婚的……"

她两边的嘴角同时微微朝上一撑,紧抿着的双唇做出了一种好看的、会心而笑的模样。那时在她白皙的脸颊上就出现了两个浅浅的梨窝儿,使我感到她的表情文静而动人,又成熟似乎又天真。

"你怎么会产生如此古怪的念头?"

她的眼睛又似乎是在这么对我说。

"我……咱们中国人有句古话——'宁穿朋友衣,不夺朋友妻'……"

我仿佛是在向她申诉着什么,其实我是企图从她那儿获得粉碎道德桎梏的理由。仅仅靠我自己为自己寻找到的不堪一击的理由,我觉得我还是说服不了我自己。我觉得自己像一个一心想要偷盗而又预先翻阅法典,巴望着从法典上发现偷盗不犯法的根据的贼。那一时刻,我的心理障碍已根本不是什么胆怯,而是——仅仅是——一番天经地义的辩护词。并且,最好由她口中向我陈述出来。

她白皙的脸颊上又出现两个浅浅的梨窝儿。

这一次她是启唇微笑了。

"你呀……"她悄悄地说,"你读古典小说读得太多了吧?你尽量别把自己往坏处想不行吗?"

"可你毕竟是子卿……"

她将一只手朝我嘴上轻轻一捂:"别提他。尤其这会儿,别提他……"

她一边说,一边凝视着我摇头。

我怔了片刻,用自己的另一只手,抓住了她捂在我嘴上那只手,紧紧地握着。

她又说:"我们达成过协议——我对他采取无为而治的政策。我只能这样,他在这方面已经不可救药了。而他,也不得限制我这方面的自由……"

她停顿了几秒钟,接着说:"这样也好。起码,暂时这样也好……"

那时,她那张秀丽的脸便笼罩上了一层伤戚。

我嗫嚅地问:"他……并不爱你?"我仍握着她那只手,并用我的脸偎着它,并将它顺着我的脸移至我的唇上,贪婪地亲吻着它。

而她,也仍握着我被她审视过手相的那只手,握住的仍是我那只手的四根手指的指尖儿。

"如果他从来也没爱过我,我也不会和他成为夫妻……"

她低下头,也在我那只手的手心亲吻了一下。

"为什么,后来又不爱你了?"

"我不知道。"

她将她的脸伏在我的手心上了。

"你别再问了。"

她的声音有些变了,听来有几分悲不胜述。

于是我什么都不再问了。我继续用我的脸偎着她那只手,并不停地亲吻它。

"我不知道,真的……"

她缓缓抬起了头。她双眼蒙着一层泪。

我说:"我再也不提他了。"

听了我的话,她噙着泪,嫣然一笑。随即闭上眼睛,于是两行泪从她眼角慢慢地淌下来。

她将我的手当手绢,左一下,右一下,从自己脸上抹去了泪。

她又笑了笑,有几分不好意思地说:"真是让你见笑了。"

我说："我不能……"

她说："什么？"

我说："我不能把你当成嫂子而又……你自己也别这么以为你自己……"

她凝视着我说："那你就仅仅把我当成一个女人吧。我们之间，和谁都没有什么相干。"

她那一种凝视，既对我的心灵具有无法抗拒的冲击性，也对我的心灵具有彻底的涤荡性。每当她凝视我，交织在我心灵里的使我自感卑鄙的种种顾忌和复杂思想，便仿佛被一扫而光了。

"对女人来说，男人是情爱的泉眼。对男人来说，女人也是这样。谁渴了，面对泉眼，俯下身去掬起一捧泉水，洗脸以驱热，畅饮以止渴，不是什么罪过，是上帝对人类的体恤。只要泉水在为渴者而涌之时，泉眼也享受到一种奉献似的满足，就是自然而又美好的。这和一个男人或一个女人的德行无关，也和……"

于是我抽出了始终把握在她手中的那只手，轻轻捂住了她的嘴，像她方才捂住我的嘴一样。

这时的我内心里是既没了丝毫胆怯丝毫顾忌，也不再需要更理由充分的辩护词了。尽管她的话在我听来不无"杯水主义"的意味。尽管此前我头脑里形成的一切关于情爱观的思想，一向是与"杯水主义"难相容纳的。

我站了起来，绕过茶几，踱到了她身前。

她将双脚从沙发上放下了。她仰起脸望着我，表情自若而又沉静。那一刻她的两眼异常明亮，闪耀着某种奇异的光彩。只有她的眼睛在向我证明——她内心里的情欲之火正熊熊地燃烧着。而我的眼睛也在向她证明着我内心里相同的情形。

我双手捧住了那张好看的女人的脸庞。我觉得她的脸似乎倏然间由白皙而变得艳红。我疑心那是被我的双手烫的，我疑心我内心里的情欲之火就要从双手开始,像蜡烛一样发出光辉燃烧起来了。

我向那张好看的女人的脸俯下身去,俯下了我的头……

不料她却猛地推开了我。

我愕异地瞧着她。

她愕异地望向门口处。

她的嘴张了几张,说出一个字:"妈……"

我一回头,见子卿母亲出现在门口,双手扶着一边的门框,正默默地望着我们。

我下意识地说出两个字:"大娘……"

我无地自容,我退回到我坐过的那张沙发那儿,无比心虚地坐了下去,掩饰地端起茶杯,将一杯已经凉了的茶水一饮而尽。接着又给自己倒满了一杯茶水,又一饮而尽。我感觉到了老人家的目光正从门口盯在我身上,我不敢望向她老人家。

我自言自语:"嫂子做的菜都口重。我……渴极了。"

我抓起烟盒,吸着一支烟,目光无处可定,抬起头瞧瞧屋顶,向左边转脸瞧瞧书架,向右边转脸瞧瞧鱼缸,就是不敢朝门口瞧。

最后我的目光还是投注到了那条仿佛极其性感的"银龙"身上。

我无话找话地说:"多漂亮的银龙鱼啊!"

我听到"嫂子"在门口对子卿的母亲说:"妈,你怎么悄没声儿地起来了? 你渴了,还是要……解手儿?"

子卿的母亲什么都不说。我感到老人家的目光盯在我身上……

我听到"嫂子"又说:"妈,我和我晓声弟,互相看手相来着。"

我终于听到子卿的母亲开口道:"是吗?"

仅仅是两个字。

"妈,他可神着呢! 不但会看手相,还会看面相,他方才就是正要给我看面相。"

我再也不能不向门口看。

"是啊是啊,我方才正要给我嫂子看面相……大娘,我也为您老看看面相吧?"

我说着,索性站起,也走到了老人身旁。与其被老人家如芒在背的目光远距离盯着,莫如干脆装出坦坦荡荡的模样,和老人家面对面地对视着。一个四十多岁的男人煞有介事的假象,也许会较容易地欺骗过一个七十多岁的老太婆的眼睛吧?何况老人家的眼神儿并不好。当时我心里这么侥幸地暗想着。

"唉,大娘都七十多岁了,好怎样?不好又怎样?还能活几天?还看的什么命啊!我听这屋没有动静,以为你走了,就你嫂子闲待着,怕她闷,才过来看看。你们接着聊吧,大娘不打扰你们了……"

老人家絮絮叨叨地说完,转过身去。

我不禁和"嫂子"对视了一眼。我自信我已将老人家骗过去了。她的眼睛告诉我,她也是这么以为的。仿佛还告诉我,其实她不怎么在乎老人家对我的话信还是未信。起码不像我那么在乎。

老人家转过身去之后,扶着墙,又向她躺过的那个房间慢腾腾一小步一小步地走。

"嫂子"跟在老人家身旁追问:"妈,你睡得好好儿的,怎么就起来了呢?是不是渴了呀?"

老人家说:"我不渴。"

"嫂子"又问:"胃里不舒服?吃得多了点儿?"

老人家说:"别管我,去陪着你晓声弟聊吧!"

"那……你准是……要解手儿。"

"解手儿?嗯……对了,我是要解手儿……我也心里正怪着,我怎么睡得好好儿的就起来了呢?"

"妈,我扶你去卫生间……"

"嫂子"就搀扶住老人家,帮助老人家就地向后转,扶着老人家向卫生间缓缓走。边扶着老人家,边扭头对我说:"妈这两年,头脑一阵阵地犯糊涂,大不如以前了。这种年纪,正是老人们最需要儿女的阶段啊……"

我三分有真感触七分虚与委蛇地说:"是啊是啊,幸亏嫂子是个好儿媳妇。"

我的话当然是故意说给老人家听的。我的感触是因老人家而生。我的虚与委蛇是为了进一步欺骗那太不相信自己的眼睛太容易被假话所欺骗的老人家。

我内心深处不禁又聚集起了一种罪过感。

"嫂子"将老人家扶入卫生间,出来后默默地,似乎因了什么对我不无歉意地望着。

而我内心里也对她充满了歉意。我自己也说不清究竟为什么,反正觉得更应该深怀歉意的是我,而不是她,根本不应该是她。

我的目光将我内心里的歉意连同我的想法默默传达给她……

在我认为她领会了之后,我若有所失地将头低下了。那一时刻,我又觉得我的罪过感,其实不是因翟子卿的母亲才在内心里聚集起来的,也不是因那个将老母亲和好看的妻子撇在家里到外地去挣大钱的翟子卿,而恰恰是因我面前已脉脉含情地望着我的这个好看的女人本身。我相信她对我——一个她似乎早就熟悉,早就有好感的男人——寄托了那么多的需要,而我却只不过仅仅给予了她一点儿亲偎和一些吻,全都给在她的一只手上。也许还不及实际上她给予我的,令一个男人的心灵一阵阵颤瑟的情欲陶醉多……

我从来也没有对别人的妻子有过那一天里的行径。而且居然在几个小时内我就完全地坠入了情网,完全地成为了俘虏。我一点儿也不认为是她成功地诱惑了我。恰恰相反,我靠墙站在她对面,低着头,深怀着对她的无限的歉意,回想着这一过程的每一个细节,首先自己向自己承认,是我对她的姿色怀有太强烈的、强烈得近乎可怜的饥渴了。她的眼睛早已透视到了我内心里那一种翻江倒海般的情形,只不过她打算心甘情愿地满足我罢了。好比一位母亲可怜一个自己觉得还喜欢得起来的别人家的孩子,打算解开衣襟,托起乳房,将乳头毫无嫌弃地塞入到孩子的嘴里一样。在那孩子哑哑吮吸的时候,她自己也同时享受到另一种愉悦……

忽然她扑到我身上,双手捧住我的头热烈吻我。那是很久很久的一次深吻。吻得我几乎窒息了过去。深吻之后,她的脸颊亲偎着我的脸颊,嘴儿附在我耳畔悄语:"抱紧我。"

我说:"别……"

她说:"抱紧我。"

我朝卫生间的门望了一眼,双臂朝她身后一搂,将她丰满的腰肢紧紧地抱住了。同时我将自己的头低了下去,埋在她胸前两乳之间的部位。它们从两边环托着我的脸颊,像水袋一样柔软而又像海绵一样富有弹性。

我晕晕眩眩简直就想那么样睡过去了……

卫生间里响起了冲水声……

然而我已不愿,或者更准确地说,已根本不知自己怎样做才能放开她了。我只不过抬起头,吃惊地朝卫生间的门望过去。我想我当时的样子一定由于慌张和反应呆滞而显得十分可笑。

她将她的双手背向身后,颇费劲儿地破开了我对她紧紧的搂抱,自己解放了自己……

她悄悄退到卫生间门旁,守候着,而眼睛却依然在望着我。在半明半暗处,它们闪亮闪亮的,如同极度亢奋的狸鼠一类小动物的黑而亮的眼睛。

老人家从卫生间出来了。她又恭敬地扶着婆婆去洗手。我站在原处望着她们的背影,恰能够望见她在洗漱室里怎样给婆婆洗手,擦手。当她扶着老人家离开洗漱室,从我面前经过时,我说:"大娘,嫂子,我该走了。"

我并不认为她对老人家所表现出的种种孝悌之情是伪装的、虚假的。我觉得她的孝悌之情是真实的、虔诚的。一个将婆婆当母亲一样敬爱着的女人,大概也就能做到她那样了吧? 唯其如此,我才决心趁早离开这个别人的家。我从没做过"第三者",也从没有过"第三者"的心理体验。那一时刻我暗自思忖,其实一切"第三者"在某种程序上都是可怜的,起码是可怜过。因为不论你是一个男人或一个女人,你在情爱方面介入到别人的家庭里的时候,只要你还稍有一点点普通的道德意识,你就没法儿丝毫也不谴责自己。我并不因子卿而感到多么良心不安。最初是感到的,但那一时刻已经不再感到了。子卿他已变成一个"大款"了,已经变成"华哥"了。他从我们的社会中占有着的已经够多了。起码,和我们大多数中国人相比,已经占有得相当不少了。在他靠金钱占有过的形形色色的女人中,肯定也有是别的男人的妻子的。他像我一样觉得自己卑鄙过吗? 觉得自己可耻过吗? 良心惴惴不安过吗? 深深地自责过吗? 我确信他是没有感到过自己卑鄙,没有感到过自己可耻,没有良心不安过,也没有自责过的。他的老母亲对我讲他用三万元了结了他和一个痴心爱上他的少女之间游戏般情缘的事,就证明了我对他的判断。我不觉得我是在"偷"他的妻子。只不过,他厌弃的,而我不幸一见之下就不能自拔地迷恋上了。好比一个专拾贵族的"垃圾"的人,我从他的"垃圾箱"里发现了我所稀罕过的"东西",而这"东西"恰恰是他的妻子罢了。但是"嫂子"她对子卿母亲的那种生活中难能可贵的婆媳之情着实地感动了我。我依然觉得自己是一个"第三者",觉得自己分明已"插足"于她们婆媳之间了。我良心的惴惴不安,我对自己的深深的自责,乃因老人家所产生啊! 又分明地,"嫂子"她对于老人家来说,似乎是比对子卿更需要,也更能获得情感慰藉的一个人。不管老人家内心里觉察到了还是被我并不巧妙的巧言欺骗过去了,事实上我都是等于在"偷"她老人家的儿媳妇啊! 我无法想象她一旦知晓了我的行径,内心里会是怎样的一种滋味儿。而老人家之于我,是像我的第二位母亲一样的啊!

我想是的,我应该离开子卿的家了。我想我今后再也不要来了。一想到这里我很伤感,我是真的无可奈何地迷恋上了这个好看的、我须尊称为"嫂子"的女人了啊!

她们听了我的话,互相对视了一眼,同时将目光都望向了我。

我又说:"时间不早了,我该走了。大娘,嫂子,以后我再来看你们。大娘,我保证以后再来陪您过生日。"

老人家说:"那,你就走吧,时候是不早了啊……"

我没料到老人家半句挽留我的话都不说。我觉得老人家对我的态度变得淡淡的了。我做贼心虚地又认为,其实老人家并没轻信我的巧言,并不怀疑她自己的眼睛。她内心里已经开始像对待一个不堪信任的小人一样对待我了吧?

我一时感到极窘。马上就走不是,拖延着不走也不是。

"嫂子"说:"你急什么,才九点多,再坐会儿吧?"

她望着我的目光之中又流露出了些许歉意。仿佛她也敏感到了老人家对我的态度的变化,仿佛她认为我是她的一个被动的受牵连者,仿佛她因此而对我感到很内疚似的。

"妈,我替您送送他吧?"

她这么问老人家,完全是一种商量的口吻。好像老人家若摇头,她则有心送我也不送了似的。

老人家没回答她话,却望着我问:"你要她送送你吗?"

我觉得自己脸上一阵发烧。

我讷讷地说:"不不,您千万别让嫂子送我了……"

"嫂子"瞪了我一眼,说:"你怎么可以这么对妈说呢?妈,我还是代您送送吧?人家大老远专为了陪您过生日来的,而且二十多年没见了,以后三年两载才能再见上一面,不送送咱们像话啊?"

老人家沉吟片刻,低声说:"那,你替妈去送送也对……"

口吻依然淡淡的。说完,扶着墙,径自往她睡过的屋里移去。

"嫂子"她瞧瞧我,又望老人家背影一眼,对我命令似的说:"你别走,你得等我送你……"

她急忙尾随着老人家走到那间屋子里去了。

"妈,您身子别朝那边侧躺着。朝那边侧躺着不好,压迫心脏。妈,您抬一下头,枕头太低,早晨起来头会晕的,我给您垫高点儿……"

"妈,我替您送去了啊!您先安安静静地睡吧。我不送多远,一会儿就回来。今晚我在这边家陪您过夜……"

我听到"嫂子"对老人家柔声细语地说着这些话……

我没在原地等她。

我像一只猫似的,悄无声息地离开了子卿家,于黑暗中站在门外,一边吸烟一边等她。

一会儿,她出来了。

"你怎么不在家里等我?"

她轻声问。站在我对面,离我很近。

于黑暗中,我不禁苦笑了一下。她说"家里",倒好像门后对于我而言不是别人家,是我自己的家,是我和她共同拥有的家似的。

我想她是不能看到我脸上的苦笑的。

我说:"我不愿污染别人家里的空气。"

"你怎么不开灯?"

"我没摸到开关。"

"不在这边墙上,在那边墙上。"

我便跨向那边的墙,伸出一只手去摸开关。

"算了。"她说,"有我引着你,摔不着你就是……"

她软软地偎到我身上,同时在我脸上迅速吻了一下。接着,她的一只手顺着我的手臂,摸到了我的一只手,握着,一阶一阶地引导我下楼。

我问:"安顿大娘睡下了?"

她"嗯"了一声。

"大娘好像……不怎么太高兴了似的……"

"你好像……也不怎么太高兴了似的……"

"你呢？你今天，就是现在，高兴吗？"

"我觉得你不太高兴了似的，我也就高兴不起来了。"

"我觉得大娘不大高兴了似的，我也就高兴不起来了。"

她在楼梯上站住了……

她又在我脸上吻了一下……

她轻声说："你可别这样，求求你高兴起来，行不？"

她说得如同一个小女孩儿在对一个大人进行着又庄重又要紧的恳求。我的手感觉到被她的手抖动了一下。那也是许多小女孩儿握着大人的手耍娇时的惯常方式。而且，她的一只脚还在楼阶上跺了一下……

我的男人的心理倏忽地又被一种甜蜜的温馨的小满足迷幻了。

世上没有一个男人不喜欢这一种女人对他们造成的迷幻，没有一个男人不曾企图在女人们身上寻求这一种迷幻。它像一小杯低度的，对于男人们的心灵具有滋补作用的甘味儿药酒。

我说："行，我高兴起来……"

我尽量使自己的语调听来显得不无愉快……

"还有两级台阶了，蹦下去吧！"

"好，蹦下去。"

于是她握着我的手，轻轻数着"一……二……"，和我同时一蹦……

一出楼口，她便挽——不，不是挽，而是用她的两只手臂，亲昵地搂抱住了我的一只手臂。她的一只手臂从我腋下插过，将她那只手的五指分开，和我那只手的五指交叉在一起，就那么和我的手继续握着。我感觉到她的细长的润腻的手指，且在我手背上划来划去。而她的另一只手，则轻轻往我臂弯一搭。于是她的身子便极其自然地斜倚着我了。只有恋爱之中的青年男女，或者新婚燕尔的小夫妻，或者内心里充满备受宠爱的幸福感的少女和她们大朋友似的父亲，才会那样子走在一起。我几乎不曾看到过一个四十三四岁的男人和一个三十五六岁的女人那样子走在一起，哪怕他们是感情笃厚的夫妇。而我不是她的夫，她也不是我的妇啊。而且我已有妇，她已有夫。

我说："别这样，这不好……"

她说："好……"

我说："别忘了这是在你家门口……"

她说："不是在我家门口，不过是在他家门口……"

我说："那也不好，万一被人看见……"

她说："我巴不得被谁看见，转告他……"

我说："那我还能再见他的面吗？"

她说："也许他还会暗自高兴，他希望他的妻子也找到一个情人。他有过那么多情人，换了一个又换一个，而他的妻子在这方面从无可指责，他的心理是很不平衡的。我比你更深刻地了解他这个人。他感到自己对不起别人的时候，首先不是谴责自己，而是祈祷别人也能对不起他一次。这一点已经成了他现在的做人原则了。他就管这种原则叫公平原则。好比他在买卖中占了别人的便宜，下一次他会有意识地让给别人几分小利。如果他妻子的情人是他所轻蔑的人、反感的人，他就会觉得是在对他进行报复，会恨得咬牙切齿。但如果那一个男人是他的朋友，是和他关系很亲密的一个人，他就会暗暗庆幸，觉得是一件正中下怀的事，觉得终于如愿以偿了。这就是你的子卿，这就是被人们叫作'华哥'的'大款'翟子卿……"

我十分惊诧她将自己说成是"他的妻子"，十分惊诧她对现在的子卿看透的程度，更惊诧她说这番话时的那种口吻。那是一种很平静很平静的口吻，听不出丝毫怨愤的情绪。仿佛一位极其理性的导演，在逐层分析一个剧本里的一对不正常的夫妇的关系。

我简直无话可说。

我也不再向她提出我的要求。既然她觉得我和她这么走在一起好，那我就跟着她的感觉走吧。何况对我来说,那已变成了一种美好的感觉。

　　大约十点了。在哈尔滨这座北方的城市,即或夏季,晚十点以后,街上也难见行人的影踪了。夜空阴沉,没有月亮,也几乎没有星星。要下雨了,却又不会马上就下起来。一阵阵雨前的湿风吹过,我的身子不禁抖了一下,觉得从心里往外有些凉。街树肥大的叶子,在我们头顶上哗哗作响。水银路灯清幽的光辉,将新铺的柏油路面照得反射出乌玻璃似的亮泽。分明是有洒水车刚刚洒过水,轻微的踩水声伴着我的脚步。

　　她不是一个小女孩儿——我在心里对自己说——不,她可不是一个天真的小女孩儿,也不是情窦初开春心荡漾的少女,不是天生浪漫气质的少妇。她是一个任什么样的男人都休想用假情假意欺骗她,进而能将她控制于股掌之上的很成熟的女人。不知为什么,我还觉得她实际上是一个一向非常理性的女人。任何一个女人,具有了她那么多的理性,大概也就在社会上完全够用,甚至绰绰有余了。然而她时不时做出的小女孩儿状,时不时表现出来的小妻子般的任性和娇嗔,又分明不是装扮的,而确确实实是由内心里的情愫促使的。也许,她一向的理性早已使她自己感到索然,感到倦怠了吧?她曾企盼着某一天彻底抛掉它,像女人们抛掉穿着别扭了的鞋子一样吗?是不是所有一切被认为和自认为很理性的女人,内心深处其实早都一概地曾企盼着这样的某一天呢?何况她并不受宠爱,她不过是子卿的"不动产"中最无足轻重的一部分。她自己也是明白这一点的……

　　忽然她放开了我的手臂。

　　她在柏油路上跳跃起来,就像小女孩儿跳格子那样向前跳跃。

　　若是一个娇小的女人那样,就算她已经三十六岁了,你从她的背影望着她,你也定会感到她的活泼是可爱的,那一种情形是怪有意味儿的。

　　然而她不属于娇小的女人一类。她挺拔、丰满,像一头健壮的雌鹿。尽管她的背影仍那么窈窕,但是她那种跳跃的姿态,已是没法儿再显出活泼和灵动的样子了。

一个三十五六岁的女人，只有事实上是被从情感和心理两方面都压抑得太久了，才会逆溯年龄往小女孩儿和少女阶段去重新体验自我。于她们，这无疑是在心理误区中的任性的自我放纵。而在别人们看来，则肯定是不自然的了。

望着她的背影，我心中顿生缕缕悲情。

子卿，子卿，翟子卿啊！你究竟有什么正当的理由不把这一个好看而且温良的女人当成一个好妻子爱护？你厌弃这样一个妻子却又能从那些主动取悦于你将你称作"华哥"的女人们身上体验到另外的一些什么？你这条一嗅到金钱气味儿就亢奋不已就激动得浑身哆嗦的雄狗！

我不禁地诅咒着子卿。

倘那一时刻他就站在我面前，我想我是会有足够的勇气指着他告诉——我爱这个你厌弃了的女人！不管她是不是你的妻子！

如果他认为我当面羞辱了他，而要跟我大打出手的话，我想我是乐于奉陪的……

她在离我十几米处站住了，等着我。

我走到她跟前时，她问："你有点儿冷了吧？"

我说："不冷。"

"我跳格子时，你在欣赏我，对不？"

在路灯清幽的光辉下，她笑得很妩媚。一个三十五六岁的好看的女人的妩媚，乃是从少女至中年一切女性的妩媚中，最具美感和魅力的妩媚。因为那一种妩媚，既含有少女本能的羞涩，亦含有成熟女人本能的矜持。这两种本能同时相互叠织并且相互渲衬地浮现在一张秀丽的女人的脸庞上，羞涩和矜持就会奇妙地嬗变出更多种的意韵来。这也就是为什么文明的画家和摄影师必定要选择她们的脸庞发挥艺术表现的才华。她们脸上的表情，也许要比少女脸上的表情丰富十倍。容易逝去的不过是所谓被叫作"青春的美"，而一个成熟女人容貌的美，也许正是从三十五岁以后才开始的吧？

路灯的光使她的脸半明半暗,使我觉得像一帧黑白特写照片。而她脸颊上的梨窝儿,看去也更可爱了……

我说:"是的。我是从背后欣赏你来着……"

她说:"今天我觉着自己年轻得像一个小姑娘似的……"

我说:"我也这么觉得……"

我四顾无人,不禁匆匆拥抱了她一下,并且温柔地在她脸上的梨窝那儿吻了一下。

"快到了……"

"不,还远呢。你回去吧!别送我了……"

"我指的不是宾馆,是我家。"

"你家?"

"嗯。我自己的家。我一定要带你到我自己的家里去待一会儿,起码得认认门儿……"

"改日吧?"

"不,我不愿意……"

"太晚了。"

"不,一点儿也不晚……"

她又像先前那样挽住了我的一只手臂。我不再说什么犹豫的话了。实际上我很希望跟她到另一个地方去,到另一个适合我和她单独在一起的地方去。她的家——用她的话讲——她自己的家,该是那样一个最理想的地方了。

拐入另一条街,又走了不远,她和我在·座六层楼前驻足了。整幢楼的窗子几乎全黑了。这儿那儿,错错落落的,只有四五户人家的窗子还亮着。

入楼前,她附耳对我说:"上楼时脚步要轻点儿。在这里,在邻居们心目中,我仍是一个单身女子呢!没谁知道我是什么'华哥'的妻子……"

181

室内黑着灯,她先将我让进。她进来后,反手将保险门锁"咔哒"拧了一下。

"开关在哪儿边墙?"

"别开灯……"

黑暗中,她第二次扑到了我身上。她那双修长的裸臂一下子箍住了我的脖子,而我则紧紧搂抱住了她的腰肢……

当她的嘴唇和我的嘴唇吻在一起,我闭上眼睛。仿佛,我觉得我已不是自己,而是变成了一条鱼,一条不知是什么样的鱼。并觉得她也变成了一条鱼,就是子卿家鱼缸里那一条躯体最优美的银龙鱼。我和她好像就是在巨大的有水草的鱼缸里,又似乎不是在鱼缸里,而是在海里,在海底。我明明搂抱着她的腰肢,搂抱得很紧很紧,却又觉得根本没有搂抱住她似的,搂抱住的只不过是我自己身体的一部分似的。我们明明在互相深吻着,我们的双唇从吻在一起就没有分离过,却又觉得根本没有吻到她似的,吻着的只不过是想象中的虚幻的她似的。

我在海底追逐着她,竭力尾随着她,竭力想要贴近,却怎么也追不上她,怎么也不能缩短和她之间的距离,更无法贴近她。我绝望得想要喊叫起来,可海水涌入我口中,将声音阻在我喉间。那海水不是咸的,而是甘甜的。甘甜而又具有浓郁的百年陈酒的醇香,还具有低微的晕醉力。那一种晕醉力混合着那一种浓郁的醇香,在我心里在脑际间弥漫着,弥漫着……

也不知过了多久,我缓缓睁开了眼睛。因为我听到了低泣声。黑暗中她的脸伏在我肩上,她在哭着。她那双裸臂仍搂着我的脖子,不过已丧失了最初的热烈而冲动的力度。它们紧贴在我胸前。我的双手从她腰际爱抚上去,爱抚着她的双肩,它们在微微耸动着,因她不停止的竭力克制着的低泣而耸动。

我惶惑又不安地问:"你怎么了?"

她的脸在我肩上缓缓侧过来,侧向我的脸,咽声说:"没怎么……"

短短的三个字里,听着包含无尽的委屈,也似乎包含无尽的满足……

"那为什么哭?"

"不知道……就是想哭……"

"我们进屋吧,好不好?"

"好……"

她回答得极乖。然而却一动未动,仍像一只趴伏在树干上的小蜥蜴似的,依偎在我怀里。

我又说:"我们进屋去吧……"

她说:"你扶我进屋……我……像溺水了,刚被救上来似的,浑身一点儿劲儿也没有了……"

我想,在我们的长吻中,对她而言,只怕是"竭尽全力"的一次吧?对我而言,又何尝不是如此呢?

于是我拥着她进入到屋里去。

只有一间屋。依稀可见,除了床,还有一对沙发。

"扶我到床那儿……"

我将她扶到了床边。她在床边款款坐下后,我替她脱下了鞋,她将双腿蜷上床,指指窗子。

我明白了她的意思,走过去拉上了窗帘。

我默默退到沙发那儿,并未立即坐下,站在那儿,望着她依稀的身影,试探地问:"开灯吗?"

依稀中她对我摇摇头。

"茶几上有凉杯,凉杯里有水,给我倒点儿水吧……"

我给她倒了半杯凉水,复又走到她跟前递给她。她接过杯,一小口一小口地缓饮着,而我静静地守候在床边。

她饮光杯里的水,将杯放在床头柜上,仰起脸,语调很窘地问:"真不好意思,被你瞧不起了吧?"

我说:"你怎么能这样想呢!"

于是我坐在她身旁,拥抱住了她。

她说:"我不是一个轻佻的女人。"

我说:"我根本没有这样以为。"

她说:"可我毕竟也是一个女人啊!"

我说:"我都理解。"

"我心里真怕。"

"如果我都什么也不怕了,你又怕什么?"

"不是怕别的,是怕……"

"怕什么?"

"怕被你瞧不起。我觉得,一个女人,太主动地委身于一个男人,那个男人在得到了她之后,往往反而轻蔑她,往往会将她的主动当成情欲和性欲的迫切需要。"

"我不是那样的男人。我发誓我……其实我对你更有那样的……"

我语无伦次起来……

她又将一只手捂在我嘴上……

"我明白。你出现在我面前不久,我就从你想看又不敢多看我一眼的目光中明白了……可毕竟是我乐意的……"

她也将她的头靠在了我胸前……

"可毕竟……毕竟我也是一个女人啊!在我们两个之间,你不要总把你自己想得和我多么不一样儿。你也不要一再地强调这一点,这起码不符合事实。不是你想获得,而我仅仅给予。不是的,真不是这样的。我和你是一样的,我也想从你身上获得。我也希望你能多多地,多多地给予我。我们不是夫妻,也不可能是夫妻,这只是一种缘分。我和你,只要谁一多虑,这种缘就错过了,一旦错过了,就再也追寻不回来了。即使后来又有了今天这样的机会,那也是另一次另一种缘了。似乎没什么不同,其实是很不一样的,很不同的。好比一个人某一天最想散步,好比一个人某一年的四月最想游春,可却没去。尽管第二天散步了,尽管第二年的四月游春了,那就能等于他那一天也去散步了,那一年的四月也去游春了吗? 这是多么不尽相同的两件事儿,两回事啊! 你想,我也想。你想的,也是我想的。你有那么多顾虑,我理解你的心理障碍必然会比我严重,所以我也有些怜悯你。现在好了,现在我们终于都抓住了属于我们的这一次这一种缘。不是你一个人终于抓住了,也不是我一个终于抓住了,而是我们两个人终于抓住了。每个人的一生,究竟能有几次缘分啊!"

我极尽温柔地爱抚着这个偎在我怀中的女人,一言不发倾听着她对我的娓娓诉说,仿佛在虔诚地接受她对我的幸福的催眠,我内心里充满了对她的爱怜,内心里充满了对她的甜蜜的缱绻的情欲,并燃烧着渴望与她做爱的性欲的火焰。如果不是她那娓娓诉说的话语也起到着奇妙的、对我的情欲和性欲间接满足的作用,我想我已经不是仅仅在拥抱着她了。

"你的小说集,我差不多都读过了。有几篇小说,还读了不止一遍。坦率讲,并不是因为你的小说写得好,也不是因为我最偏爱你的小说,而是因为,我想从你的小说中去发现他的影子,去了解从前那个我所不了解的他。当我意识到他开始厌弃我之后,我伤心极了。我不明白在我和他之间究竟产生了什么……什么古怪的问题,我企望从你的小说中获得答案。至少,获得某种可能帮助我找到答案,或者接近答案的启发。你的好几篇小说中,都有他的影子,是不?"

我说:"是的……"

她接着说:"可是呢,越读你的小说,我对现在的他,反而越感到困惑了。困惑越多,越大,越不可解,这困惑就渐渐变成了对他的厌弃,就如同他厌弃我一样。在你后期的小说中,不再出现他的影子了,是不?"

"是的。他从我们连被调走后,我们就分开了。一别二十多年……"

"在你前期的小说中,有时男主人公身上更多地具有你的影子,有时男主人公身上其实更多地具有他的影子。你们两个,有许多相似之处,是不？"

"是的，小时候我们都是穷人家的孩子，都有种穷志气，都善良，都有孝心，都对穷人有很深的感情……"

"所以，后来我也就不再从你的小说中去认真分析，究竟哪一个是你，究竟哪一个是他了。我觉得凡是我喜欢的男主人公，既是你，也是他似的。我越厌弃把我的命运彻底改变弄得没了个人前景的他，越是喜欢你早期小说中的几个男主人公。所以当你出现在我面前，他们就变成了一个人，变成了一个活生生的你。我觉得我对你似乎一点儿也不陌生，非但不陌生，还好像早就熟悉了，早就互相了解了，早就你眷我爱地亲近过了，早就以情相许了似的。你明白吗？"

"明白……"

"不，我想你还是没太明白，我也没太说清楚。我没法儿说清楚，这是不一样的……"

"和什么？"

"和某些读了小说，就把小说中的男主人公，想象成写小说的那个男人，并且痴心迷恋的女孩子是不一样的。我不是她们那种女孩子，我再怎么浅薄，也不至于浅薄到那种程度。我觉得——我说了你别生气，我觉得你才应该是他，你正应该是他，是我爱上的他，从过去的生活回来了。并且，会向我忏悔，请求我的宽恕，重新好好儿地爱我，体恤我。几次我差点儿开口叫错了你，差点儿用他的名字叫你。你真的没生气吗？"

"我没生气……"

"你可千万别生气，也千万别以为，我想把你当成他，不是这样的，他对于我早已经是一个不大相干的人了。我是想……想……想把我的丈夫当成你。这和想把你当成他，也根本不是一回事儿，我是一个结婚十五年了的女人啊，可我仅在头几年里有过丈夫，也仅在头几年里有过一个幸福的妻子的感觉。那时我太年轻，太单纯。我为什么就不可以把一个我认为自己早就熟悉，早就互相了解，早就你眷我爱的男人……当成……当成……当成是自己的丈夫呢？"

她又哭了。

我俯下头，吻她的手，吻她的裸臂，吻她白皙的颈子，吻她的眼睛，吻尽她脸上的泪……

她忽然用双手捧住我的头，使我的脸正对着她的脸，泪眼涟涟地凝视着我问："你说我有这种权利吗？"

我再也忍不住，哭了。

我说："有……"

"你还用说，是你更想从我身上获得……那类话吗？"

我说："不。我再也不那么说了……"

"我也要。你多想要，我就多想要。爱抚，亲吻，情欲，性欲，我都要。非常……想要，要……许多许多。既然我们都没有错过今天晚上这一次缘分，都抓住了它。我们吝啬什么似的，那就是我们自己傻了！也对不起缘分！我要给你许多许多，把一个当了妻子，而实际上又不是妻子的女人积蓄了十几年的情和欲，统统都给你。我也要你给我许多许多，如果你真的觉得你是那么渴望从我身上获得……"

我不再听她说下去，缓缓使她倾倒在床上，并随即伏在她身上。我的男人的双手和男人的唇，开始贪得无厌地在她身体的一切裸露之处肆无忌惮地、夺掠似的"收获"着。而且，开始迫不及待地向她的衫子和裙子之下进犯……

我觉得我如同是一头从高原上光秃秃的荒崖奔下来的一只野羊，一只饿得惶惶然的野羊。奔卜来后到了一片茵茵的雨后的嫩绿草地上，会将草地一寸寸吞食光似的……

"先别……"

她的双手抓住了我的双手，不许它们伸到她的乳罩下去。

"你这馋嘴的小猫呀……"

她抓着我的双手轻轻将我推开，欠起了身子。

"先坐在沙发上好吗？"

我犹豫了一下，又想扑倒她。

"听话……"

我乖乖地退到沙发那儿，不情愿地坐下了。

她那两条修长的双腿并拢着，在床上以优美的姿态划了一段弧，转眼间人已站立在地上了。

"坐着别动，可不许跟着我……"

她的脸望向我，一边朝门口走，一边这么说。

我点了一下头，她已走出去了，并把门关上了。

我非常愿意听她的话，我老老实实地坐着，回想着她方才对我说的那些话，认为我幸运地见到的，不但是一个好看的、最值得我从内心里迷恋上的女人，而且是一个最真实的女人，最诚挚的女人，最坦白的女人。从这样的一个女人嘴里，不管说出多么令我感到难为情的话，我都不会以轻佻的眼光来看待她。我都会觉得她的话像诗句一样值得我百听不厌。

十几分钟后，门外传进了她的声音：

"你还坐在那儿吗？"

我说："我还老老实实地坐着……"

"你没有开灯吧？"

"对，我没有开灯。"

"你现在……闭上眼睛……"

"为什么？"

"不许问为什么，闭上了吗？"

"闭上了……"

"我不叫你睁开，你可不许睁开。"

"行……"

"也不许半睁半闭地偷看。"

"行……"

我感觉到门开了。

感觉到她又进入到屋里了,仿佛还带入了一种微妙的清凉……

"茶几上有台灯,开关在台灯座上,将你的手放在台灯座上。"

我的手放在台灯座上了。

"摸到开关了吗?"

"摸到了……"

"现在,你自己心里数五个数,然后按开关。"

我在心里默默数着——一、二、三……

台灯亮了。

我瞪大眼睛,一时呆住了——仿佛一尊与人体等高的蜡像放置在我面前,那是完全裸着的她。是的,除了她脚上的拖鞋是身体以外的东西。她的一切衣物都堆落在她脚旁。她全身白皙的肌肤也宛如蜡脂凝成的,在柔和的灯光照耀下显得润泽无比,润泽得似乎能掸水成滴。这女人身体的每一条曲线,都恰到好处地过渡成为身体的另外一些部分的曲线。而这样的和那样的一些曲线,奇异的起伏成为女人身体最优美的那些部位。它们在从她的颈子两侧到她的双肩,以及在她的腰际,在她的丰满的乳房之间,体现出婀娜的体态的生动妩媚……

她看去像一个轮廓美妙的瓶,像一个蕴藏着未来的生命的壶。

我屏息敛气地望着她,不知为什么,联想到了春天和夏天这两个我最为留恋的季节。联想到了春分、谷雨、清明、夏至、惊蛰、白露这些节气……

联想到了希腊史诗《奥德赛》中的诗句——

    我看见你的时候

    我以为看见了阿波罗神坛旁那一棵常春藤

    仿佛每一枝枝条,每一片叶子

都昭示着一道神谕……

想到了雨果的诗句——

女人的肌肤是这样圣洁
竟使人不能不信
当情热如火焰的时候
紧抱着的美就是上帝……

仿佛这些早已被积压在我记忆的最底层的,少年和青年时期经常独自避到什么没有人的地方反反复复吟诵过的诗句,正是为了那一天,那一时刻,才在我头脑中被保存下来的。它们一旦从我记忆的最底层笋拱而出,便放射着灿烂,每一个字都熠熠闪光似的。于是我头脑中一片辉煌亮丽,如同有无数支蜡烛在我头脑中同时点亮了。而她,而那个脸庞秀丽身体优美并且完全裸着的女人,那个像银龙鱼变成的美人鱼一样的女人,又仿佛正是为了击发出那些片断诗句的灿烂,为了证明她无愧于它们,为了证明她自己原本和它们是同一类事物,才心灵坦然地将她自己一览无余地展示给我看的……

她的头发当然是已经散开着的了。她的长发乌黑浓密,左半缕瀑垂在胸前,覆盖住了半个肩。发梢如帘,稀疏有致地遮在左乳的上方。但是又未能将半个肩覆盖得周严,也未能将左乳的上方遮得匀齐,于是从头发的下面,如雕透般呈现出钩绣花边似的白皙润泽的肤色。她的右半缕长发瀑垂在背后,衬映着她的右肩,使她的右肩看去是更加的润泽白皙了。她方才分明是洗脸去了,也许还大致地擦了身。这使她的脸庞看去尤其清俊了,一双眼睛显得更加清澈更加黑亮了,双唇也显得更加潮红了……

我呆呆地望着她,她沉静地望着我。她脸上完全没有笑意,有着一种若有所思的沉静,好比霏雨即过,从最薄淡的玄云后面缓缓移出的圆月。使我想象那一种沉静亦必如同她那时的心境,若有所思其实并无所思,从容而又沉静,轻松而又沉静,本能地愉悦着而又本能地沉静着……

她的腰肢微微向前弯了一下,左臂也随之一弯,揽齐了胸前那半缕长发,向后一撩。于是她的上身随之微微向后一倾,头也向后扬了一下,胸前那半缕长发便甩到背后去了。她将头左右晃了晃,看上去是为了将两缕长发悠散开来,匀合起来。接着,她两只手臂同时朝后举起,双手在脑后将长发往头顶盘,转瞬盘成了一顶蓬蓬松松的黑色的无檐小帽似的发髻。

这时她转身朝床边轻盈地走去。

而她的目光仍侧视着我。

而这时她才又沉静又妩媚地对我一笑。刹那间我觉得台灯的光度亮了十倍。她脸上那一种沉静衬托着她脸上那一种别样的妩媚,如同一片荷叶衬托着花蕾。

她先是坐在床上,接着将双腿也蜷到了床上,而两只脚担在床沿。她斜欠着身体,伸出一只手臂,从脚上取下了一只拖鞋,又取下了另一只拖鞋,身体向床沿倾了倾,将两只拖鞋摆正在床下……

我无法理解她为什么要将拖鞋摆得那么正……

她将她的一只手臂曲起来,臂肘支在枕上,手撑着脸腮,而将另一只手臂向我伸出。它欲坠不坠的,手心向上,手指微微弯着,仿佛我不立刻去握住她的手,她的手臂立刻便会垂落下去似的……

这时她浅笑得更妩媚了。

她的眼睛也更澄澈更晶亮了。

紧抱着的美就是上帝。

紧抱着一个能将你的整个心灵都溶解在她身上的女人,一个上帝的最虔诚的信徒那时也会将上帝的存在顿然忘得一干二净。

何况我从不曾相信过上帝的存在。

如果真有上帝,如果他正从他天庭的宫殿凭窗望着我,望着我和她,望着我们,他一定会因为他是上帝而觉得懊悔的……

"你哭了?"

是的,当我们静静地偎卧着的时候,我哭了。我像个孩子似的,将脸埋在她胸上,哭了。

"为什么?"

"我嫉妒……"

"谁?"

"他……"

"他是不值得你嫉妒的……"

"他值得……"

"为什么?"

"他为什么是你丈夫?"

"即使他不是,别人也会是。而正因为是他,不是别人,我们才有这一种缘啊……"

可她的话安慰不了我,恰恰是在那一时刻,我对翟子卿的嫉妒之心膨胀到了极点。

我像一个被不公平对待了的孩子,嫉妒之心使我完全没有了自尊可言,好比一个孩子接触到了他认为这世界上没有什么其他事物可以替代的事物,而接触后,他更加确信它的不可替代性了,而它却属于别的孩子。别的孩子拥有丢弃的特权,他自己则万难再有接触它的机会了。

这样的孩子在这样的时候一般的表现是用头去撞墙。

我当时是紧紧搂抱着她,片刻也不肯放开。

男人对男人的嫉妒,从表象看来,林林总总,形形色色。但抚去了与金钱,与功名,与所谓的成就感,以及与各自在社会坐标上的有利位置相连缀的诸方面,归根结底,也许乃是由不同的他们与不同的女人们的不同关系所造成的吧。归根结底,在这个分明仍以男人们的意志、意识和能力和技巧主宰着的世界上,男人在争夺的是他们主宰一个、几个,甚至更多女人的实力。如果这世界上没有女人,男人还需要金钱干什么? 男人还沽名钓誉干什么? 男人还孜孜不倦地追逐所谓的成就感干什么? 男人还在乎他们的社会地位干什么?

当男人的情欲和他们的嫉妒心和他们的思想混合在一起的时候,嬗变成的只有一种东西,那就是憎恨,空前的憎恨。它有时导致杀人的恶念丝毫也不奇怪,有思想的嫉妒是最为可怕的。因为它使你认为,即使毁灭了对方你也是无罪的。

我说:"我想杀了他……"

她欠起身,双手捧着我的脸,亲吻我,亲吻我脸上的泪,像我曾亲吻尽她脸上的泪一样。

在她的亲吻和爱抚下,我的心渐渐平复了。

她说:"他全部东西中最好的是我……"

我说:"你不是他的什么东西!"

她又用双手捧着我的脸,凝视我……

"当然不是,当然不是,我不过在用你们男人的思想逻辑指出我和他的关系……"

"是他的思想逻辑!"

"当然。当然首先是他的思想逻辑,其次也是你的,最后是你们全体男人的。你别生气地瞪着我,如果你承认你是一个男人,你就不要生气,也不必生气。女人不明白男人这一点是幼稚的。明白了男人这一点,因而就讨厌男人是可笑的,是心理不正常的。我既明白男人这一点,又并不讨厌男人这一点,你这么痛苦地嫉妒他,其实我能理解,完全理解。知道我心里对此是怎么想的吗?"

"觉得我……好可怜……"

"有那么点儿,但主要是觉得,我们的缘是令我感动的,我内心里这会儿充满了感动,感动极了啊!如果你一点儿也不嫉妒他,那么我……你设身处地从我的角度替我想一想,我和荡妇又有什么两样?和免费一次的娼妓又有什么两样?我最好的此刻完全属于你,可怜的是他,而并非是你啊!如果你由于嫉妒而憎恨他,你实际上不是已经通过这一点儿对他进行了报复,进行了践踏吗?"

她仍双手捧着我的脸,温情脉脉地凝视着我,而我却不禁垂下了目光。她的真挚又理智又对我的心灵具有无限劝慰性的话,使我简直没有勇气再望着她……

"其实我也憎恨他,又鄙视又憎恨,这会儿,还多了一点儿对他的可怜。其实可怜他是多余的,完全没有必要的,只不过证明我自己太善良。你替我报复了他,我也替我自己报复了他。尽管这可能伤害不了他,但对我公平了些,对别的男人也公平了些,比如你……"

"你究竟为什么不和他离婚?"

我垂着目光,尽量用一种平静的语调问。

"那又怎样?"

"你可以和别人结婚。"

"如果我说我想和你结婚,你能为我离婚吗?"

"能……"

我沉默了片刻才回答,声音低得不能再低。

"望着我。"

"……"

"望着我。"

我缓缓地撩起了目光。

"你说谎了,是不是?"

"是的……"

我只好老老实实地承认，随即又垂下了目光……

"让我再去和什么样的男人结婚呢？我已经三十多岁了。我已不可能再重新从三十多岁的男人们之中寻找丈夫，一个老大姐大概只适合做他们中某些人的情妇。而且，大概是那些具有所谓'恋母情结'的三十多岁的男人的情妇。如果想做他们的妻子，他们就会对我敬而远之了，尽管我明白我对男人仍具有魅力。和报刊文章上哗众取宠地告诉人们的恰恰相反，男人在婚姻方面的所谓现代观念是妻子越年轻越好。这符合男人的事实……"

她的身体又倾倒了下去……

我又伏在她的胸上，亲偎着……

"再说，我放眼望去，中国三十多岁的男人，包括几乎一切被自认为知识结构高、层次高的男人，并没多少我觉得我嫁给他们就会感到幸福的。都像是什么流水线上生产的组合玩具，被叫作'圣斗士'和'变形金刚'的那一种。名、利、性，性在他们的迫切需要中是排在第三位的。在追逐名利的过程中，忙里偷闲地才为他们自己满足一下性，他们仿佛已经不大会爱了，也没有什么情欲了，没有情欲滋润的爱那算是什么？时代已经将他们的情欲瓦解了，吸干了，只剩下单纯的性的能力了。而四十多岁的人又都是丈夫了，我也不想充当第三者的角色。你以为一个'大款'的妻子一旦离了婚，会比农村寡妇再找一个丈夫更容易吗？如果她能从'大款'那儿瓜分到一大笔钱，可能会另当别论。可是他不会分给我钱的，别看他对向他索赔贞洁的姑娘们还算慷慨大方，对我就不然了，那样他会觉得他损失惨重。这也就是他决不主动揭出离婚的主要原因。他把我彻底毁了，我知道和他离婚后，我会落个什么下场。所谓正派的好男人，将会把我当成一个'大款'饲养腻了的宠物。他们内心里也会渴望跟我上床，但是必须偷偷摸摸的。而那些被认为是色鬼的男人，会像一些孩子对待无主的小猫小狗，企图诱我为所欲为而又肆无忌惮，那我就永无宁日了。他说的也有一定道理，钱在今天已经和人的尊严有点儿密不可分了,但我不会要他的钱的。他哪一天大发慈悲了,主动给我也不要……"

"那你……可怎么办?"

"我用我自己的私房钱入了他的股。我现在倒是天天祈祷他多赚钱了,多多益善,那么我自己将来也有股红可分了。等我有了一笔属于我自己的钱,等他母亲……等老人家不在了,我就自由了。我有我自己的钱,我有我自己的魅力,我要从从容容地去寻找属于我后半生的那份儿缘……"

"为什么要等大娘……要等他母亲不在了?"

"老人家对我太好,拿我当亲女儿一样看待,我和他实际上的关系,老人家至今还蒙在鼓里。我不忍在老人家活着的时候,伤她的心,老人家经不起伤心的事儿了……糟糕,我得看一下表,你替我看一下吧!"

我未动。

我想那样伏在她身上睡去。

"听话。"

她轻轻推了我一下。

我不得不离开她,去茶几那儿拿起了我的手表——已经差五分就十二点了。

"有这么晚了?"

我回到床上,将手表递给她自己看。

我说:"既然这么晚了,我就不能回宾馆了,路还挺远呢,可能连车也打不到了。"

其实我是舍不得离开她,我觉得她是能明白这一点的。

她说:"我怎么能让你回宾馆呢?"

我笑了。

她又说:"你今晚就睡到我这儿吧,明天可以起得晚点儿,等左邻右舍的大人们都上班去了,没人会发现你从我这儿离开,你再走,行吗?"

我说:"行。"

我重又伏在她身上,双臂搂抱住她的腰,让她柔软的身体压住我的双手……

"不过我得走了,我得去看看老人家,老人家独自睡,我不放心。万一又下床,摔了碰了可怎么办呢?往常都有小阿姨就伴,今天我又放了小阿姨的假,允许她三天后再回来……再说我答应了老人家要回去陪她过夜的,对老人家我不能言而无信是不?"

我说:"这一次例外。"

她将修长的手指弓起,轻轻刮了我的鼻了一下:"听话,让我起来。我答应你……还有下一次缘好不好?"

我说:"不好。"将她搂抱得更紧。

"我快喘不上气儿了。"

她又用手指刮了我的鼻子一下。

"你呀,你们男人呀……好吧……我再给你……半个小时,知足了吧?"

我说:"不!"

"四十分钟。"

我说:"不!"

"你以为我这会儿就舍得离开这儿吗?最多一个小时,一个小时后一定得让我走,啊?我以后用三次机会回报你。我不会骗你的,你想我能骗你吗?我可以做到在老人家活着的时候不伤老人家的心,但我做不到为了她老人家再让自己受煎熬,我已经想通了。"

我说:"一百次。"

她哧哧地笑了,用一种成熟的女人在极特殊情形之下才会本能具有的温柔又娇憨的语调说:"一千次,咱俩拉钩。一千次以后,你可就要忘了我……不够一千次缘我不再成为别人的妻子,我发誓……"

在成年男人和成年女人如胶似漆缱绻缠绵难舍难分的做爱风景中,

所互相呢喃道出的,只有青年男女在那种时刻才彼此狎言的挟带着一阵阵情欲火焰的痴话,若不证明他们在最佳的热恋年龄不曾真的恋爱过,那便证明他们当年的恋爱是太刻骨铭心了。于前一种情况他们是在本能地弥补人生最遗憾的损失,如同体内太缺少某种营养的人,本能地对最具有那一种营养的食物吞吃不够;于后一种情况他们是在本能地重温过去,如同年轻时喜欢畅游的人在几年甚至十几年后又一次满怀对水的激情扑入水中,畅游的兴奋和激情往往会使他们做出仿佛在澡盆里戏水的小孩子般的可笑亦可爱的种种情状来。

当时我们的情状便是那样。

以后我又回忆起她,回忆起那一个像要下雨又始终并未下起雨的夜晚,才算明白了当时的我自己和当时的那一个好看的女人。

我不曾料想,在我四十四岁时,竟有一个女人以永恒似的情欲和性欲给了我的生命以补偿。

那一个夜晚,她在我的心目中就是爱神,活生生的以 一个好看的情欲似火温柔似水的女人之身眷顾于我的爱神。

那一个夜晚对我刻骨铭心,忆之怅然,思之怆然。

我们彼此呢喃着那么多简单而又炽热的痴话,一遍遍地彼此重复的仿佛都是那一时刻男人和女人必须说的魔语。在我们彼此说着的痴话的彼此感召下,我们充溢地彼此给予了那么多亲吻,那么多爱抚,那么多满足,那么多那么多……

当"她自己的家里"只留下我一个人后,我觉得我实际上已附在她身上也随她而去了似的,我觉得留下的只不过是我的一具游走了心灵的躯体似的。

我觉得过了好长好长的时间,我才从暴风骤雨般的爱的猛烈冲击波后平静下来,我才又开始能够思考了……

对一个男人而言,有时情欲本身即思想,而且是最真实最少伪饰最具灵犀的思想。

我对自己说——一个好看的女人原来对你这个男人是至关重要的,原来对一切男人都是至关重要的。你不能迷恋地占有这样一个女人的时候,没有这样一个女人成全你迷恋地占有的时候,你看一切女人的目光实际上都是猥亵的。你言语上说你"欣赏"她们的美的时候,你潜意识里嚣乱的是巴不得强暴她们的念头。你实际上是一个靠理性压抑自己的对女人怀有意识犯罪的男人。而别的男人,一切男人不会比你好到哪儿去。没有了法,没有了道德桎梏,没有了监禁和死刑的话,导致男人在这个世界互相戕害和杀戮的,首先不是财富,而肯定是女人。一个好看的女人将至少改变一个男人对女人的意识。当他迷恋她并拥有她的爱恋的时候,实际上她正是在教他欣赏女人的种种美点,也许只有在这样的情形之下,他看待别的女人的目光才不再是猥亵的吧?他的意识底层才不再会对她们产生淫邪的欲念吧?尽管好看的女人似乎千姿百态,各有各的美点,各有各的魅力,但对普遍的男人而言,也许实际上是风情归一,不分轩轾的吧?好比经由对一种花一枝花的喜爱,而将目光投注向姹紫嫣红的花丛才能真正领略一番欣赏的愉悦吧?

人类正在一代比一代进化得更加健美,女人们正在一代比一代出落得更加妩媚婀娜,是否也意味着上帝悟到了什么呢?

我一边思想着,一边开始四面打量"她自己的家"。这个已做了别人妻子的女人"自己的家",是一个简单得不能再简单的家。仅就居室而言,任何方面都没装修过。墙上没贴壁纸,当然也没进行过刚刚时髦起来的喷涂处理。如果非说喷过,喷的也只不过是石灰,一种蛋青颜色的石灰粉,大概搬进来住之前喷的,起码已住了四五年了吧?原先那一种冷调的蛋青色,和她的裙子同样深浅的蛋青色已变暗了,接近最浅的苍蓝色了。地上也没铺地板块儿,没铺塑料地板革什么的,只在沙发前铺了一块地毯,床前也铺了一块小小的踏脚地毯,都是没图案的,深紫色的,看去是价格挺便宜的那一种,洗得很干净。四周和房间的边边角角,裸露着没经很好打磨过的水泥地面。床的一侧是床头柜,另一侧是书架。只有大书架一半高的小书架,白色的,第一格疏散地排列着几十本书,第二格放着一台左右带两个小音箱的"燕舞"牌收录机。第三格,也就是最底下一格,放着筒装或瓶装的奶粉、咖啡、饮料果粉,一盒糖,还有些大大小小的药瓶儿。我顺手从书架上抽下两本书——竟是《德国古典中短篇小说集》和一本不知哪儿弄来的打印的诗集。白封面上打印着《咀嚼》两个字。她竟看古典小说,而且还是德国的!在一九九三年的中国,大概只有中国社会科学院外国文学研究所的秃顶或半秃顶的研究员副研究员们,才在开什么研讨会之前翻阅德国的古典小说集吧?我们已经"现代"得快没救了。许许多多的人已经连一丁点儿古典的什么都不打算为自己保留着了。我将小说集放回书架,心不在焉地翻开了那本诗集。一首诗吸引了我,我不禁轻轻地读起来:

问人

人说

人有人性

并喜爱一切

通人性的

动物

而它们

被人喜爱之后

便统统

没了自由

于是人说

瞧——它们更通人性了……

问女人

如果只剩

两种爱情

为爱

而不畏死的

和为爱

而不畏活的

你交付给谁

你的心灵……

问金鱼

谁把你们搞成

古怪的模样

在你身上

丑和美

竟那么和谐地统一着

供人观赏的时候

你们是否

也把观赏者观赏……

问自己

活着的时候

我是我

死掉的时候

谁是我

> 当谁都可能
>
> 是我的时候
>
> 我是谁
>
> 当谁都不再
>
> 是我的时候
>
> 谁是我……

我对诗的赏析水平,无论古典诗还是现代诗,虽然不敢自吹自擂有多么高,但也不愿在人前故作谦虚,将自己的赏析水平自贬得太低。我觉得那样的一些似诗非诗,也无意韵可言的东西,最好还是给外国人当"中国话自学辅导教材"之类,也算是适得其用,而不可以当诗去读的。我迷恋上了的这个女人,刚刚与我在爱河中双双畅游过的这个女人,依依不舍最终还是舍我而去的这个女人,难道不但读什么德国古典小说,也读这种"现代"得比大白话还白的诗吗?真是个不无迷津的女人呢!我内心里产生着对她的善意的嘲笑,将诗集也放回到书架上去了,觉得它实在没什么可"咀嚼"的。

倏忽间,我又心生一种不安,那不安像一滴冷水滴在我脊背上,并且缓缓地沿着脊骨往下淌……

那些诗没有作者的姓名,甚至也没有年月日,该不会是她自己写的吧?

不安在我内心里扩散开来,弥漫开来……

我一向对于喜欢读诗的女人敬而远之,对女诗人尤其敬而远之,正如对喜欢侃谈哲学的女人敬而远之。据我想来,女人而又诗人,还能写出不少好诗的话,那就差不多该是些半女神半女人的非一般意义上的女人了。那她们的心灵性情就该是更加仙逸的了。大概连她们的女人的骨头都更加有几分仙骨的意味了。好比曹雪芹在《红楼梦》里所言,她们便皆是清澄的水化作的女人了。在这样的女人看来,我肯定是一个俗浊得不能再俗浊的男人无疑了,比贾宝玉吃更多的胭脂也是没法儿改变她们对我的俗浊看法的。我对她们则只剩了一种选择——逃避她们,敬而远之。我一向唯恐被是诗人的女人所讨厌,我这一种自知之明可以被认为是一种谨慎,但我自己内心里更清楚,更多地包含着对她们的恭敬。对那些女人而又诗人,或自以为而又诗人,却不幸写不出什么好诗的女人,我则一向战战兢兢,避之唯恐不及了。据我想来,她们都是很在乎男人是否既把她们当女人看,又是否承认甚至推崇她们的诗人名分的。她们要男人首先视她们为女人,还是要男人首先视她们为诗人。更多的时候连她们自己也是模棱两可、糊里糊涂的,男人们也就极难每时每刻都较准确地理解她们的心境和心思了。倘她们正渴求你当她们是实实在在的一个女人的时候,你恰恰当她们是对尘世风景对男女风情云淡烟淡漫不经心殊不留意的诗人,你已在不知不觉中伤害了她们。倘她们正期待你当她们是那样的一位诗人的时刻,你恰恰当她们是一个可以忘情亲近的女人,那你岂非又在不知不觉中亵渎了她们?她们不像那些又是女人又是一位诗心彻底的诗人的女人。前者即便认定了你是一个俗浊透顶的男人,只要你不进犯她们,她们轻易是不至于对你表示讨厌的。你不进犯她们,简直就可以认为,你在她们的视野中是不存在的。即或存在,也不过就像路旁的一块普普通通的石头或一丛狗尾草,即或你挡在她们的去路上,她们也不过绕你而行罢了。绕你而行之时,不会轻蔑你,也不会瞥视你,她们只走着她们的路而已。后者则不同了,她们免不了会以七分是女人三分是诗人的目光测探男人、研究男人。而任何一个男人,一经她们那种比一般女人细腻和敏感了许多倍的目光加以测探、加以研究,那他注定会比路旁的一块石头还不如,比路旁的一丛狗尾草还不如。你本不太俗浊也是俗浊透顶了,你不进犯她们,她们也是会流露出几分对你的讨厌对你的轻蔑的。仿佛只有她们对你那样,对一切被她们认为俗浊的男人那样,才能证明她们不但是女人,而且是诗人。在她们的潜意识里,她们几乎对一切事物的要求都是诗一般的要求,她们太凭着这一种感觉而刻意塑造自己,哪怕你拥抱她们,你亲吻她们,你爱抚她们,都需或多或少同时使她们领略到诗意才好。这两种女人,无论她们喜欢读的诗是怎样的,无论她们所作的诗是怎样的,她们的心灵其实都是感伤的、忧郁的、有几分莫名惆怅的。即使她们读浪漫的热烈的诗句时也是那样,她们写出浪漫的热烈的诗句时仍是那样。女人而又诗人的女人,古今中外,归根结底,她们只能都是一种类型的女诗人——感伤的、忧郁的、惆怅的女诗人。似乎和缪斯最贴近的也罢,似乎和女流行歌星最贴近的也罢,而区别又仅仅在于——前者是不大需要男人抚慰的,甚至也不需要男人理解,更不想从女人中去寻觅知音。如果她们也需要男人抚慰的时候,她们则会首先主动忘记自己是诗人这回事儿,并且很快很简单很容易很不经意地便可以使男人也忘记这点。那是她们变自己为极寻常的女人,只要男人对她们像对极寻常的女人便好。那时她们主要满足自己仍是女人之身的另一半的男欢女爱。后者则又不然了,后者其实是最需要男人理解的女人,是最需要男人抚慰和爱怜的女人。她们总想象自己是女人群中最为特殊最不一般的女人,她们是永不会在女人中寻觅所谓知音的。她们往往也将别的女人,几乎一切女人视为路旁的石头或一丛狗尾草,在她们的视野中,别的女人尤其是不存在的,不值得瞥视一眼的,她们专只在男人中寻找知音。她们的感伤、忧郁和莫名的惆怅,几乎是时时有刻刻有天天有月月有年年有的,会使不幸被她们当成知音寻觅到的对她们又满怀一片惜香怜玉之情的男人,不知究竟该首先从哪一方面理解她们,不知究竟该首先从哪一方面抚慰她们。如果她们需要男人抚慰的时候,她们首先上升起来的意识,乃自己是诗人,起码是与诗有特殊情结特殊关系的女人。并且仿佛时时提醒男人,向男人暗示——当心呢,亲爱的,你拥抱,你亲吻,你爱抚着的,不是一般的一个女人肉体呢。在这温柔的肉体里,搏动着的可不是一颗一般的女人的心灵。它十分娇贵,它十分精致,它十分细腻,它还十分敏感,它极容易弄出伤口,哪怕弄出一道小小的伤口,它也会流血不止,没有什么药品能够有效地止住呢……

是的,我怕接近这样的女人,我太不善于理解她们,也太不善于抚慰她们。对于她们的愁肠百结,我一向束手无策,不知如何是好……

难道她,难道我迷恋了的这一个女人,已是别人妻子的这一个女人,仿佛前世与诗结下某种未了断的情结的女人,实际上会是一个原来我怕接近的女人吗?那我可就在迷恋中犯了一个大错误了。那我和她——用她的说法——这一个夜晚这一次缘分,大概就会是我前世欠下她的孽债了吧?

我想她时,尽管没法儿不同时想到她已是另一个男人的妻子,却尽量不将"另一个男人"实事求是地想到是翟子卿,而曲折地想成是"别人",是一个我根本不认识的"另一个男人"似的。人真是不可思议,男人真是不可思议,男人真是可以虚伪到不可思议程度的!男人不但可以连望着他们所动心的女人的目光都改变了成分似的假装到正正经经的程度,而且虚伪地欺骗自己的时候也竟那么无耻。

我又从书架上拿起了《咀嚼》——多古怪的一本诗集的集名!我又翻到了刚才看过的那几页,又默默重读那几首比白话还白的诗。我一遍遍一行行甚至一个字一个字地细细咀嚼,仍觉得实在没什么可咀嚼的,仍不能认为那算得上几首好诗。

合上后,我断定那一本诗都是她自己写的无疑了。

我的心情竟有些沉郁起来。

她今后会一首接一首源源不断地写些那样的诗寄给我吗?还在那样的诗行间画一只凝视的女人的眼睛或几滴眼泪?

她今后会在某一天又痛苦又屈辱又羞耻地认为——这一个晚上,我们的这一次缘,其实已在她心灵上弄出了不小的一道伤口,汩汩地流血不止吗?

她会认为那将是她永恒的疼吗?

她若真的那样，我将怎么办？拿她怎么办？拿我自己怎么办？

我怎么才能帮她愈合她心灵的伤口，止住它的流血？

我不禁联想到了托翁笔下的安娜·卡列尼娜……

前不久，我又重读了那一部伟大的小说，并且记下了一些断想。我以为安娜的悲剧，说到底，大概主要是因为诗造成的，渥伦斯基倒是一个极次要的她爱恋过的虚伪的"帮凶"了。尽管托翁那部伟大的小说中没有诗出现，但安娜本人即太诗化的一个人物。如果她不但是女人，而且还是深刻的诗人，她也许反而不会自己毁灭了自己吧？一个真正深刻的诗人，俗世是扼杀不了的，不论是男人而又诗人抑或是女人而又诗人。安娜她从貌到体是女人，是由最本真意义上的情欲和性爱所合成的，她渴望她求索她想要获得的也正是这个。但她的心灵，她的心灵的内核里，肯定凝成着某种和诗相关的东西，她对她自己不能了然，别人对她更不能了然，渥伦斯基也没有，也不能。她九分是女人，一分是诗人。事实上，也许并非她九分是女人的方面失落太多，绝望太大，而是那一分是诗人的方面失落太多，绝望太大，她对她自己这一点尤其不能了然。如果她心灵的内核里连一分和诗相关的东西也没有，谁敢说她就肯定不会和渥伦斯基和和美美地白头到老呢？心灵的内核里只有一分是诗的安娜，最终将九分是女人的安娜推到火车轮底下去了。可怜一个美丽的女人死得好仓促，好糊涂。肯定的，在火车轮碾过她身体的一瞬间，她仍不能明白是她心灵的内核里那一分诗的成分，起码是与诗相关的什么东西毁灭了她。

诗对女人真是可怕的……

尤其是那种有别于流行歌曲的歌词，能使女人的心陷入绝望的迷茫之中无法自拔的诗，那往往是夺取她们性命的箭矢。

某一天她也会陷入绝望的迷茫之中无法自拔吗？

她也会自己毁灭了自己吗？

卧轨，还是吞安眠药片？还是吸煤气？

会在死前将一个厚重的信袋寄给我吗？内中装着几十封她说是为我，或为我们两个写的那种看似高深实际一点儿也不高深的诗？

她会把我们的关系告诉别人吗？

她会把我们的关系向翟子卿坦白吗？不是为了表示忏悔，而是为了临死前对他实行一次最后的报复？

子卿对于我似乎已不再是子卿了，当然也不会是什么"华哥"，而是翟子卿了。

这个我迷恋上了的女人，成了我和他之间最深最宽的一条沟壑，对我而言已不可逾越。

一切如此猝然而至，成了一种无法否认的事实。我离开我住的宾馆时决不曾预料到。我是为翟子卿的母亲而虔虔诚诚来的，此刻却躺在翟子卿的妻子——一个我该称"嫂子"的女人的床上，刚刚和她云雨绸缪……

怎么会是这样的呢？

我不后悔。不，我一点儿也不后悔。恰恰相反，心中充满了对他的妻子的依然火热的色情回想，并充满了对他的间接侵略后的快感。

只是，我觉得整个事情推进的速度太快，太突然了……

还有她写的那些诗也使我有几分不安……

要是我不翻那本诗集，我也许会回想着她渐渐地睡去，除了心灵感到的满足和温柔甜蜜，绝无种种胡思，更不至于想到"另一个男人"或"别的男人"翟子卿。

我将诗集重新放到了书架上。觉得仅仅放回到书架上是不妥的，于是又拿起插入原来的几本书之间。

我不愿她发现我动过它，更不愿她猜测到我已读了几首。

我想她若发现了这一点，难免也是会和我一样胡思种种的吧？

既然我已经开始意识到她是一个心灵极其敏感的女人，我想我应该尽量维护她心灵的那份儿敏感才对。我想这乃是我——一个刚刚和她结束了一场暴风骤雨般的肉体关系的男人，起码应该对她尽到的情爱责任。

我吸起烟来。

我一边吸烟，一边继续回想我和她在床上的每一个细节，每一番话，每一句呢喃痴语。又似乎觉得，她并非像我认为的那样。她更是一个女人，丝毫也没有我所认为的那类女人的"毛病"。她仿佛是一个彻底的夏娃，并不曾受到缪斯的什么不良影响。从希腊神话中我们可以知道，不少的天神和他们的儿女，包括天帝——也就是众神之王宙斯和他的妻子赫拉，都追求过情人，占有过情人，并且都为爱而烦愁或为爱而嫉妒甚而震怒过，唯独诗神缪斯不曾爱过和被爱过。尽管她也是诸女神之中很美的。当然，战神雅典娜也不曾爱过和被爱过，也是很美的一位女神。但她毕竟是战神啊！她不曾爱过和被爱过，似乎总是能找出合情合理的解释。而诗神却怎么也不曾爱过和被爱过呢？须知缪斯不但司管天上人间的诗人（当然也包括女诗人），还同时司管着天上人间的一切方面的艺术。这样的一位很美的女神，也许其美貌仅次于维纳斯，怎么就既没爱过也没被爱过呢？怎么就既没爱过凡人或被凡人崇拜之至地爱上过，也没爱上过任何一位神祇或被神祇所爱上过呢？这又怎么解释呢？难道她通过受她的不良影响的女人，通过她们敏感又怪异的心灵和反复无常的性情，对一切男人进行捉弄吗？

不，她是一个彻底的夏娃。尽管她写了那么多未经发表的诗，尽管她为她那些诗取了一个含义晦涩的总题"咀嚼"，尽管她的几首诗使我读后心生揣度。但她还是一个彻底的夏娃，还是一个最值得我迷恋的女人。是的，在夏娃型的女人和缪斯型的女人之间，我永远一千次地义无反顾地迷恋夏娃型的女人。尽管我写小说，似乎也多少和缪斯的司管沾点儿边，但我从来都心甘情愿地认为，我这个写小说的人大概只配和夏娃型的女人相恋相爱。只有她们，才会使我感到我所迷恋的女人是女人，并且最是女人，肉体不但美好而且生动活跃，情欲不但充沛热烈而且真真实实,丝毫也不造作,丝毫也不会造作的女人。

她正是这样的女人。而且她坦白,而且她诚恳,而且她主动向我敞开心扉,希望我一开始就能视她为一个夏娃型的女人。唯恐我误将她视为别的一种女人——哪怕是视为别一种比她本质上高贵得多的女人。如果说我到那时其实还不怎么了解她,比如她的家庭,当然是她自己的家庭情况,比如她的个人经历,比如她的文化程度,比如她的工作单位,等等,那也只能怪我没向她发问。我想只要我问,她肯定会一一如实相告的。可我当时又怎么会顾得上问这些呢?我们不是在婚姻介绍所认识的啊!我们不过是两个彼此一见钟情一见倾心并且仿佛彼此思念了一百年之久的男人和女人啊!

我又认为她是一个彻底的夏娃的时候(或者更可以认为她是一个原始的,世纪之初的,也就是刚刚因偷吃了禁果被上帝逐出伊甸园的夏娃。因为她身上所生动百种地体现出来的灵与肉对情与性的迫切摄取和品咂的渴求,仿佛是最原始的女人的本欲的萌发,不受任何约制力的束缚,也丝毫未受尘世后来的心理教化的改变似的),我的眼睛已望着挂在墙上的玻璃相框——那是四壁上除了挂历之外唯一的装饰。那里镶着一幅裸女图。那裸女非印刷品,也非复制的摄影作品,而是一种我从未见过的特殊工艺。"她"看去是金属质地的。如同是在一块锡板上用最细腻的木刻刀法刻出来的。然而又绝非木刻刀法所能媲美。因为哪怕再细腻的木刻方法,也总归能使人看出刻的纹络和刀痕。而从"她"身上却根本看不出来。"她"是一个现代女性,短发,头发从耳廓的上方吹起,而在前额的另一边形成一个蓬松的自然曲卷的帽舌一样的鬓,微微地下垂着。"她"侧着头,并且低着,因而我看到的只能是"她"的左脸。"她"的目光也俯视着,如同在瞧"她"右臂上小时候"种牛痘"留下的疤。当然"她"右臂上并没有什么那样的疤。"她"的左腿向外劈开着,在一种伸直的情况下,却又折了回来,使小腿的肌肤紧贴拢着大腿的内侧肌肤。于是"她"的小腿几乎呈水平的一字横陈了。那一种几乎的水平,一直从膝部过渡到脚趾尖儿。脚心自然是向内的。于是脚心的优美的凹状，呈现出好似振翼翱翔的鸟翅般的迷人的曲线。"她"的右腿则与左腿取相对立的姿态，倾斜着向上提引。倾斜到左乳那儿，小腿却又向右折了下去。手伸向脚面，似乎在用脚尖儿点撑着地。于是"她"的左乳实际上是被右腿的膝部完全挡住了。"她"的左肩呈最松弛的状态并不明显地左倾着，而右肩似乎稍略耸起。这当然也就牵引了"她"右胸的肌肤，于是"她"的右乳完全呈露。乳廓的弧形与倾斜在胸前的右胯肌肤的丰腴曲线浑然吻切。而"她"的右胯连同"她"的右臀宛如一颗饱满的柠檬似的，有意无意地完全挡住了"她"那女性的羞部。"她"的两臂自然也是下垂着的。左臂向右折过去，小臂轻放在左胫上，手从向左倾斜的右小腿内侧探出，搭在左脚踝部。而"她"的右小臂贴靠着右臀，由臂弯那儿舒缓地垂坠着，右手自然而然地搭在右脚踝部。不过与左手搭在左脚踝部相比，搭得靠上些。

真是一件精美绝伦的工艺品！我的意思当然不是指整个那个相框。它当然也是。我指的是"她"，"她"尤其是一件精美绝伦的工艺品。古今中外的一些画家、雕塑家和现当代摄影家，似乎总是一再地、不厌其烦地、彼此重复地表现躺着的女人、蜷卧着的女人、以各种姿态站着或坐着的女人的美。不错，那都是美的。有些很美。有些极美。他们也总是一谈到女性肉体优美和优雅的曲线就激动不已，赞叹又神往；也总是似乎专执一念地表现女性肉体的阴柔美和肌肤的脂润美。但是仿佛极少有人发现，女性身躯也是最可以组合成千姿百态的图形美的。

我望着"她"在想——如果仅用一种事物最为准确地昭示"美"这个字的概念的话，于我而言，我只有指着一个容貌妩媚体态迷人的女人说——这就是。

难道还会作出别的回答吗？

当我从正面望着"她"时，"她"仿佛确是一幅逆光摄影作品，仿佛是从照片上直接剪下来的，根本不是金属性的。我十分惊奇金属的东西，居然也能将女性肌肤的富有弹性的质感表现得那么逼真,居然也能将女性身体的阴柔美表现得那么充分。那时"她"周边,也就是相框的全部衬底是银白色的,闪闪发光。而"她"被闪闪发光的银白色衬托着,身体极为沉静地处在暗调之中,栩栩如生,呼之欲出。而当我的目光每一偏移,闪闪发光的银白色衬底便随之部分地暗下去,只有无数金属的微粒仍闪闪烁烁。同时,"她"身体的某一部分却随之明亮起来,幻变成了闪闪发光的银白色。

我离开床,望着"她"走去,于是"她"渐渐地完全地明亮起来。当我站在"她"近前仰望着"她","她"的身体已完全明亮起来,完全变成了闪闪发光的银白色的。只有那些体现出舒曼曲线的地方,仍保留着必要的阴影。而这时原先闪闪发光的银白色衬底,已彻底地幽暗了。

"她"又被彻底的幽暗显明地衬托着,弥围着。在衬托和弥围之中,优美地沉静着,沉静又安详。

我以为"她"是从锡板什么的金属东西上凸雕出来并颇具匠心地打磨出了那种奇特的效果,细看却又不是。

"她"分明是重叠在平面上的,于熨帖的重叠之中立体地凸现着……

忽然,我想到了她裸立在我面前盘挽长发时的情形。她将长发盘挽成的正是相似于"她"的那种髻式。

我将目光转向挂历——挂历那一页上也是一个女子。一个年轻的俏丽的西方女子,脸庞俏丽而神情冷峻,是一副真人的照片。一缕金发从脑后绕至面前,咬在口中。"她"右手握着一柄短剑,挥舞起来仿佛正欲劈刺下去。那双刃剑宽而短,使我联想到古希腊角斗场上的角斗士们用的那一种。"她"的左手持盾,盾上中着三支箭镞。"她"一腿跪地,而另一腿屈立着。"她"的肩部、小臂、膝部和小腿护着铠甲。"她"的上衣也是无数小铁环串缀成的,自然是没有袖子的,很低很低地对结在胸前,裸露出两边乳房的缓凸起的廓部。"她"的短裙也是铠甲式的,一些小长方形的金属块儿连成的,所以它们并不妨碍"她"那样子跪着。那是一个女战士或女斗士的跪姿,表明"她"已决心搏斗到死为止。"她"的眼里并无仇恨,只有视死如归的气概和顽强不屈的杀机。在铠甲遮掩不了的一切部分,裸露出的是洁白无瑕的天生丽质的肌肤。那一种洁白也从无数小铁环下明显地衬露出来。

这样的挂历是我从未见到过的。

手持冷兵器的女性我是见过的,从连环画上,从电影里。但身披铠甲的半裸的女人之身,那一天之前我却连那样的想象也不曾产生过。肤若凝脂的、阴柔袅娜的女人之身,与看去分明沉甸甸寒森森锈迹斑斑,仿佛从古战场上寻找到的,还沾染着血腥余味和死亡余息的铠甲"组合"在一起,使人感到具有某种惊心怵目的含义似的。我简直没把握认为,究竟是铠甲从外面局部地"包装"了那女人之身,还是"她"从里面整体地支撑起并衬托了那一副铠甲。试想想吧,假若挑选并组成一支庞大的个个体态窈窕的模特队,皆披挂上秦始皇兵马俑那种铠甲,会不会使男人们比看到一阵雄赳赳威凛凛的冷兵器时代的将士更受震撼和冲击呢? 会不会使女人们也同样感到更加惊心动魄呢? 如果她们一个个眼里还凝聚着冷静的拼搏战念和镇定的咄咄杀机的话。

我赶紧将目光又望向那相框。

我觉得"她"瞪着的仿佛正是我。"她"是把我认定为一个敌人,起码是认定为一个拼搏对象了似的。在"她"的眼里,仿佛男人即对方,对方即敌人似的。好像只要被"她"瞪着的一个男人,不论他是否真想侵犯"她",便注定将是"她"的敌人无疑了。

我觉得她似乎的确是很特别的。我的意思是,翟子卿的……不,"另一个男人"的这一个妻子,似乎的确是不同于别的女人的。

她不但写那样一些令我惴惴不安地产生许多胡思乱想的诗,还分明是一个格外欣赏女人的女人。女人欣赏女人本是毋庸置疑的一个事实。具有足以被欣赏的表征的女人,不但会成为男人们的性偶像,也会成为女人们的性偶像。据此推论,几乎可以断言,差不多所有的女人,潜意识里差不多都是具有同性恋的倾向的。也许是因为在这一种心理倾向中，她们最能体验到类似钟爱自己的愉悦吧？一个女孩儿当她长成为一个少女后，细心的家长总会发觉，她们照镜子的时候是比喜欢打扮的年轻女人还要多的，不过往往在认为没有人注意着她们的情况下罢了。那时她们望镜子里的自己，眼中往往流露出赞美的、钟爱的目光。她们在情欲和性欲两方面觉醒了的时期，她们恋母的或恋父的情结，开始悄悄地嬗变为迷恋自身的倾向了。有时候她们甚至会无限温柔无限深情地爱抚自身。这与"性"这个字自然有关，然而与"性欲"这个词基本上无关，那更是一种心理方面的自我欣赏。如果她们不幸并不漂亮，她们那一种钟爱自己的目光中，便肯定将会带有怜爱自己的成分了。于是她们将钟爱自己却导致自己悲哀起来的目光，转向她们漂亮的女伴儿。于是我们不难从生活中看到这样的现象，一个漂亮的少女的身边，几乎总是有一个甚或几个不那么漂亮甚至貌拙的少女形影不离地追随着。她或她们欣赏对方钟爱对方，甚至欣赏和钟爱对方习惯、性情、品质等方面的定论如山的劣点。而从对方那里，她们获得到或自以为获得到怜爱。她们为此不无感激心怀满足。怜爱自己的目光，一经转移到对方们眼里，再重新投注在自己身上，仿佛就不仅仅是怜爱，还包含了较多的钟爱成分似的。而怜爱的目光倘若从某个少年眼里投注在她们身上，她们则会感到受了伤害，则会更加悲哀，甚至愤怒。

在一切展示女性美的地方可以被认为文明的一切展示形式中，都是不乏女人欣赏者的身影的。一般而言，她们是为欣赏女人所去的。她们的目光更多地投注在被她们欣赏的女人的身上，对男人的风采是很忽视的。而在那样的一切地方和一切形式中，再有风采的男人也不过是有风采的女人的配角而已。

只有当女人欣赏女人的时候，"欣赏"这个词才是一个纯美学含义的词，才不被玷污和曲解。

而男人是从来也不会欣赏男人的。这也是一个无可置疑的事实。

一个漂亮的男人不大可能像一个漂亮的女人在女人们的群体中那么受到喜爱,如果那漂亮的女人不情愿处在孤芳自赏的境地也不性情刁钻心计多多的话。而一个漂亮的男人即使处处馈赠友情,也还是很难受到男人们的普遍欢迎。他们受到的来自男人们的歧视与拒斥,要比漂亮的女人定然也会从女人们那里受到的多得多。老板们普遍都不会容忍一个风度翩翩的男人做自己的助理,上司也不会长久容忍一个潘安式的男下属整日在自己视线内晃来晃去。除非他们是同性恋者。通常仅只在这样一些方面,男人表现出对男人的欣赏——老师对学生的钻研精神、上司对下属的工作能力、老板对雇员的办事才干、导演对演员的表演技艺、买卖人对买卖人的精明、金融家对金融家的金融周转本领、商人对商人的生财之道、政治家对政治家的政治手段、外交家对外交家的外交谋略、谈判代表对谈判代表的不卑不亢、同行对同行的为人、同僚对同僚的本分……

在这些方面,用欣赏这个词其实是不准确的。

那是男人对男人的肯定。这一种肯定中,未尝不包含着赏识的意味儿。而这一种赏识的意味儿,是会使男人想象自己为具有判定和裁决权的男人的。并且,他们相信这也会带给他自己利益。带给他们的最大的利益便是——他们往往因之被另一部分男人判定和裁决为是一个公正的男人。

普遍的男人们有时候也是很需要这一点的。

如果一个女人很漂亮,男人们自然不惜用动听的语言取悦于她。

如果她不幸不漂亮,男人们还会说她大概很聪明。

如果她既不漂亮也不聪明,男人们还会说她大概很善良……

如果一个男人很漂亮,男人们往往会说——他徒有其表,什么能力也没有。

如果有根据证明他有能力,男人们往往会说——他城府太深,为人狡猾,且欠善良。

如果有根据证明他也挺善良,男人们往往会说……

总之,他们是会寻到说法将他划入男人的"另册"的。

男人宁愿崇拜男人,但似乎永不肯从最表征的方面欣赏男人。

男人桌上摆着男人的塑像,那是由于敬仰。通过这一种敬仰,企图说明和证明自己什么。

男人的室壁悬挂着或剪贴着男人的复印照什么的,比如男体育明星、影视明星、歌星们的复印照,那只证明崇拜。通过这一种崇拜,他接近自身和崇拜偶像之间的差异距离,企图向女人们说明和证明什么。

而你在女人的室内看到另一个女人的复印照,却只意味着这一个女人喜欢和欣赏另一个女人。如此而已。仅此而已。她不至于会企图通过这一点说明和证明什么,更不至于会企图向男人们说明什么和证明什么。

女人喜欢和欣赏另一个或另一类女人,尤其从非现实的方面去喜欢和欣赏,几乎可以说都是无企图的。

但是,倘一个女人对女人的美格外欣赏的话,并且欣赏得未免独特的话,那么她对男人的爱恋将是很难持久的。这和道德无涉,也和观念无涉。她将要求男人对她自己也达到那么一种欣赏程度。她只能那样,她对自己也无奈。而一般男人实难达到。一般男人每每会将一尊维纳斯雕像想象成一个活生生的现实的女人,却根本不可能将一个活生生的现实的女人视为艺术品,只供欣赏而不"受用",而她情愿被"受用"的时候比要求被欣赏的时候要少得多。一个女人对女人的美格外欣赏的话,并且确实懂得欣赏的话,那么便没有哪一个男人是值得她欣赏的人。就人这个动物而言,再美的美男子,与美的女人或反过来说女人的美相比,都是不值得欣赏的。其不能相提并论,有如正方形的木块儿和魔方不能同日而语。

何况我不是美男子。站在翟子卿面前,我都会自惭形秽,意识到自己是多么其貌不扬。

那么,作为一个干巴瘦小的其貌不扬的四十四岁的男人,我毫无值得她欣赏之处,她却和我刚刚在这一间屋子里,在这一张床上如痴如狂地云雨绸缪过,我又是什么了呢?

不过是一块糖?

一个饿急了的女人,在最需要的时候,恰恰也是最凑巧最容易得到的时候,塞入口中的一块很普通但很甜的糖?

《咀嚼》……

有时候一块糖也是可以充饥的吗?

那么她的眼泪呢?

好比从泪腺淌出的涎水?

那么她那些令我也令她自己倍加冲动的羞痴情话呢?

好比咀嚼时谁都难免发出的品咂之声?

我没有等到天亮再离开。

我连夜逃离了"她自己的家",如同一个罪犯仓皇逃离了犯罪现场……

第五章

刚下过几场大雨,黑龙江涨水了,江面显得很宽阔。江水滔滔地流淌着,从容不迫而又湍湍魂深。我站在江堤台阶的最底一层,遥望着对面的布拉戈维申斯克。这座从前苏联的远东第二大城市,二十多年前对我来说如同一部禁书。我对它的好奇心也曾像一个"问题少年"对一部诲淫诲盗的禁书一般强烈。

当年我也曾站在那一段江堤台阶的最底层久伫不去地遥望过它,那是在冬季的一个傍晚。江面被厚厚的白皑皑的积雪覆盖着,在我视线所能及的范围内,没有轮印也没有足迹,一行都没有。寒风凛冽,从江面上一阵阵扫荡过去。啸嘶出尖利的呼哨,卷扬起团团雪蔽,看去一会儿似一条躯形绰约的庞大龙蛇,一会儿似一只张牙舞爪的怪兽,或从江这岸蹿往江那岸,或从江那岸扑向江这岸,或在江上主航道左右的地方贴着冰封的江面驰奔而去。我穿着棉大衣,棉乌拉,围着围巾,戴着毛茸茸的棉帽子和口罩。我的口罩早已被气息吁湿,里面温外面却被冻得硬邦邦的,如同戴着铝片面具一样。棉帽子帽遮的下方和两边帽耳上的绒毛结了一层霜。我的眼睫毛上也结了霜。我的目光从霜形成的窄细的瞭望口望向对面——在正对着我的一幢大楼的楼角两端,可以隐隐望见两个

217

头像——列宁和斯大林的头像。两个头像之间是俄文的立体字母组合的一条红色标语,当年人家告诉我它是:英特纳雄耐尔一定要实现。

当年我们这边也动辄高唱《国际歌》,也似乎坚定不移地信仰"英特纳雄耐尔一定要实现"。可是我们和他们势不两立,各自沿江陈兵布阵,不但彼此虎视眈眈而且兵戈相见……

当年我想——布拉戈维申斯克,总有一天我要去到你这座异国城市里,走在你的街道上,亲眼看看你的人民在寻常日子里是怎么生活的。大多数人脸上呈现出的,是祥和幸福的光彩,还是忧郁愁苦的阴云。

当年我能望见它的一条大概是主要街道的街口,也许是一条可与哈尔滨的中央大街相比的街道吧?那街口也如中央大街和防洪纪念碑连接处的情形。只不过他们那边没有一座纪念塔碑。但显然也是环境如公园的地方,也是人们在假日里经常喜欢去休憩一下的美好地方。能望见几株树,树冠罩着雪,像珊瑚树一样。能望见车辆在那街口一闪而过。能望见一些小小的人影从街口出现迎着我的目光走来,又背向我的目光转身儿消失在那街口里。

当年对于二十几岁的我来说,这世界上最能引发起我浪漫情思的少女或姑娘,不是目前几乎在一切国内画刊封面上和插页中都可以见到的全裸的或半裸的西方靓女或性感女郎。当年我也根本没见过一册那样的画刊。不,不是她们,不是那些美国的、法国的、意大利的或加拿大、澳大利亚的少女或姑娘们的玉照,而是某一个苏联的少女。不知为什么,当年我虽已二十几岁了,却仍觉得自己是一个少年。所以我浪漫情思中的异性形象也是少女,而非一个所谓"姑娘"。她也不是抽象的,而是具体的。只要我一闭上眼睛,她就会清晰地浮现在我脑海中。我大概在小学六年级的时候看过一部苏联电影《两个探险家》。那是一部情感伦理片。两个探险家是兄弟。是兄的那一个在北极探险中不幸遇难,是弟的那一个侥幸活了下来并且载誉而归。后来他的嫂子成了他的情人。她需要一个男人,需要一个情人,从各方面都很需要。结果她就投入了她先夫的弟弟的怀抱。这在她来说是最愿意接受的情感支配。因为在许多追求她的男人中,她夫弟向她张开的怀抱最类乎她丈夫的怀抱。她在他的怀抱里仿佛能重温她丈夫往昔与她的恩爱和对她的抚慰。她有一个女儿,一个正处在豆蔻年华的女儿。她金色的头发像我们中国的少女一样扎成两只短辫儿。她总是穿一件咖啡色的半新的短呢大衣,大衣下是呢裙,两腿被白色的长袜绷紧地裹束着,又俊秀又挺拔。她还总爱戴一顶红色的毛线织的贝雷帽,那是她的母亲给她织的。

小学六年级的我看过那部影片之后就早恋上了她。那一种早恋并未给我带来过什么真正的痛苦。倒好像我用心含着的一颗橄榄话梅。当年我可能也是极愿早恋上一个同班的女生或邻家的少女的,但贫穷的童年生活总是毫不留情地挠破我少年的梦想……

我至今仍很奇怪我竟聚精会神地看过一部显然是为大人们拍的伦理情感片,并且在头脑中始终保存下了对它的一丝不乱的记忆。

《两个探险家》中的苏联少女叫娜嘉。她的一个崇拜探险家的男同学意外地发现了一些线索。那些线索证明,侥幸活下来并且载誉而归的探险家弟弟,其实是在只要伸出一只援手就可以将哥哥救起的情况之下,狠着心肠掉头而去的,听着哥哥绝望地呼唤他的名字,没回过头也没停过脚步。那一种亲情的沦丧和人性与人道的沦丧,起源于他内心里对哥哥的深深的嫉妒。嫉妒哥哥受人尊敬的社会地位、探险业绩方面的成就和一位漂亮的嫂子。

电影中有这样一段情节——娜嘉去上学,但她不走院门,而是从后院一块可以活动的木板栅的隙间企图挤出身去。她的男同学正在那儿等待她。于是那一个少年罗密欧与少女朱丽叶,一个的头在板栅的外边,一个的头在板栅的里边,目光彼此凝视着,嘴唇犹犹豫豫地,互相吸引并试探地亲吻在了一起。

从少年到青年到三十岁以后,我总在想象我的初恋就应该是那样开始的。当然也应该是在冬季,四周的雪景宁静而肃穆。

在这种想象中,许多个漫长的冬季过去了。我的初恋也不是那样开始的。它短暂、秘密而又忧伤。直至我结婚的前几天才忽然意识到,我早已不是什么少年而是已经三十二岁了。我在比任何一个冬季都漫长的想象中竟忽略了自己年龄的增长。我的同龄人已开始做丈夫做妻子做父母了,我却仍沉湎在一个少年对一个少女在冬季里浅浅一吻的似乎永恒的想象之中。它迷幻了我太久太久……

江风吸足了江水的湿气吹拂着我的脸,浪涛拍打着江堤台阶最底一层溅起的水花湿了我的鞋。

今天的布拉戈维申斯克在江对面的暮霭中十分寂静,仿佛也在回忆往事沉思着什么。它在回忆着哪个年代的哪些岁月里的哪些事件或事情呢?它在为什么而沉思呢?它在缅怀着一段什么情结呢?是忧郁的还是欢乐的呢?

江水拍打着台阶,水花一次又一次溅湿我的鞋,并且溅湿了我的裤角。我不得不转身踏上高几级的台阶。

一条货轮正从江那边驶来。已驶过了江心,驶得吃力又缓慢。看去它分明大大地超载了。它的第一道吃水线已沉在江水中,第二道吃水线也几乎与江水平行了。据说那第二道吃水线是只有某些苏联货轮才漆上的标记,它提醒和忠告船上的人们,水面一旦没过它,货轮则时刻面临沉没的危险。为了与中国交换什么短缺、急需或有高额利润的东西,船上的俄国人已是在冒险了。为什么要装得那么多那么重呢?是钢材、化肥,还是汽车?他们又希望从江这边换回去些什么呢?中国的假冒伪劣产品,从食品到服装,从全国各地通过各种途径源源不断地汇集此地,等待着时机混在优良产品中一并运过江去。俄国人一次又一次地大上其当,却没有停止与中国交换,只不过在一次又一次被骗后变得精明了。他们仿佛需要很多很多便宜的东西。而相比之下,有些他们的东西,对我们来说,又简直便宜得不得了——银狐皮筒、大衣、照相机、望远镜,尤其是照相机和望远镜,看上去外观未免粗糙,但装配的都是上好的镜片,他们不习惯用假东西骗人。不管他们的国家怎么样了,他们的人民仍堪称我们这个地球上比较诚实的人民。

在我背后,黑河市灯光闪烁,仍很热闹,虽然天已经快黑了。二十余年前,它不过是一个仅两万多人口的小镇,而现在白天夜里几乎满大街都是人。中国的"官商"和俄国的"官商",中国的"倒爷"和俄国的"倒爷",中国的明娼暗妓和俄国的明娼暗妓,混迹在一拨又一拨什么什么公司的名副其实的或徒有虚名的或根本就是冒牌的冒充的经理和推销员、采购员、公关小姐之间,使我很难判断哪些人是到这个地方来为"公家"或"集体"进行"搞活"的,哪些人又纯粹是为自己来进行"搞活"的,哪些人是可以信赖一下的"正经人",哪些人又很可能是唯利是图的小人、设了圈套准备坑人诈人的骗子甚至犯罪团伙,也较难判断哪些女子是公关小姐或公关大姐,而哪些女子是娼妓是娼妇或坏男人们的情妇。

空气里到处弥漫着欲望,强烈的欲望——梦想发大财的欲望和梦想做成大宗无本生意的欲望,男人企图对女人进行利诱进行利用以及女人企图对男人进行利诱进行利用的流溢着性成分的欲望。仿佛你在街上站一会儿,种种欲望的粉尘便会积落你一身。你同人握一下手,你接过一张名片,你同一个男人或一个女人擦肩而过,欲望的微粒都会像细菌一样传染到你手上和身上……

据说已经有几百家公司挂出了招牌,据说还有几百家公司在申请注册。不算那些既不需要招牌也不愿注册却在"经"着"商"的公司。

二十余年前的旧街已不复存在。盖起了不少或勉强可谓大厦的楼房。这儿那儿,继续在大兴土木。像每一处新热起来的边贸城镇一样,差不多全国各地的人都来了,而且还在一拨接一拨地赶来。来考察"搞活"实况,来学习"搞活"经验,来设立办事机构,来旅游到苏联去。好像这个二十余年前全国默默无闻的边陲小镇,忽然变成了一个独立的国家,同时被发现富得遍地金银珠宝,于是全世界各个国家都忙不迭地前来设立大使馆领事馆似的。仿佛来迟一步就没块立足之地可占领,也就沾不上一个最富的小国什么光了似的。

但是给我的印象却是,这个很快就热起来了的地方,注定很快就会冷下去的。沿江不是沿海。它面对的只不过是布拉戈维申斯克,而非全世界。它再一厢情愿地"开放",再一厢情愿地吸引注意力,实际上也只不过是能做到仅对布拉戈维申斯克"开放",只不过是能隔江吸引它的注意力而已。而它甚至连一个完整的苏联都没资格代表了。世界的脚却只有经由它才能得以便利地跨向这个地方。而它也在"开放",也在力图"搞活",它比这个地方至少大五十倍吧?世界的脚一旦能在它那儿站稳,又何必迈向比它小得多的这个中国的地方?世界的脚迈向中国,经由这里又岂非多此一举?对于布拉戈维申斯克,它确实是太小了。它分明并不太适合它的胃口。它对这个地方的"热"的反应,大概也如同饿极了咀嚼块糖充饥吧?

我这么想,便又联想到了她……

我不但不辞而别,到这里来之前也没打个电话告诉她。这会儿她是根本想不到我会在哪儿的。她往我住的宾馆打过电话吗?知道我已离开哈尔滨究竟会作何感想呢?这几天她也像我一样,时时联想到我吗?抑或也像我一样,希望躲到一个没人认识自己的地方,冷静下来,把自己好好儿想个明白,把对方——也就是我好好儿想个明白,把我们之间太快地就发生了的事前前后后想个明白?

我的逃避行径是不是正中她的下怀呢?

我总在内心里替自己辩解,认为我根本不是逃避她,而是因为火车票提前一天订到了。

我又总在内心里不得不承认,其实我完全是在逃避她。因为订到了的火车票可以退掉,再订不难。起码我可以在动身前给她打个电话,使她知道我去何地了。"她自己的家"也有电话。我记得她告诉过我,它是可以留言的。她每天临睡前都要听完电话里的留言。

一个男人怎么可以这样对待一个和自己发生过肉体关系的女人?

她不是一个娼妓。

我不是一个嫖客。

而我的行径又多么像一个嫖客！

而这一种行径，实际上已经将她等同于一个娼妓了。

而这一种行径，使我觉得自己实际上是连一个嫖客都不如的。在嫖客和娼妓之间，一旦动了真情，事后也是要由他对她说几句"后会有期，多多珍重"之类的话吧。

我不曾怀疑我对她是完全地陷入真情了的，也不曾怀疑她对我同样是完全陷入了真情的。

这一点，倘若哪一天我们被推上了道德法庭，对簿公堂，肯定也是我决不否认的，肯定也是她决不否认的。

我确信我和她都决不会否认这一点。

再说由谁来主持一个对我和她进行审判的所谓"道德法庭"呢？

由子卿——不，由"大款"翟子卿吗？

他配吗？

他又岂配！

对我，他也许不无理由。对她，他是连一条理由都没有的。

何况，她不是已经对我说过，他们之间是达成了默契的吗？

他对他猎色到的那些女孩子或女子，又有什么道德可言呢？

难道他的钱就是他道德或不道德的唯一标准吗？

然而我还是觉得自己太可耻太可鄙太可憎太不是个东西。

虽然已来到了这个没谁会注意我没谁会认识我的地方，两天中我却一直在审讯自己拷问自己，结果是我对自己轻蔑到了厌恶到了从没有过的地步。

不是因为别的，恰恰是因为我的逃避行径，还因为我对她的种种分析，种种困惑，种种猜疑，种种主观臆断和胡思乱想……

一个男人怎么可以对自己迷恋上的女人这样！

尽管迷恋和爱似乎是有区别的——不，没有区别。区别何在？迷恋不就是爱到极致的程度吗？尽管许许多多的男人和女人都在爱着，并且似乎是在爱着，但又究竟能有几个是可谓迷恋对方的？一个男人一生不曾迷恋过一个女人，他是不是太不幸了呢？

他的这种迷恋被从最令他满足的形式上圆了，还有什么别的幸运比这一种幸运更是最大的幸运？

她圆了我对她的迷恋。

尽管似乎我也圆了她的某种想象，某种渴望。但我确信，我认为，更应该整个心灵都充满感激的一方，是我……

她真实，她真挚，她坦白，她坦荡，她用情调兑了爱，也用欲调兑了爱。调兑后她与我共饮共醉，她彻底地要，也彻底地给……

我细细品享了，我彻底大醉了一次，我彻底满足了一次。我明明还渴望再品享一次，再彻底大醉一次，再彻底满足一次……

可是我却像个贼似的逃匿了，像个害怕被追赃的人。就因为她有一本不具名的打印的诗集，就因为"她自己的家"里悬挂着一个工艺相框，就因为还有我没见过的一种挂历，而挂历上也不过就是一裸身披铠的女人。

你啊你啊，你他妈的这个混蛋！

我的那名当前台经理的学生，并没能像他在信中保证的那样对我履行他的诺言。据他说，在他写给我的那封信发出的第二天，他就被总经理"炒鱿鱼"了。在我当年下乡过的地区，在这个从前的边陲小镇，从我当年教过的一个正宗北大荒人后代的口中，轻描淡写地说出"炒鱿鱼"三个字，使我研究地望着他竟诧异了许久。尽管此前从南方到北方，我已经很是听惯了形形色色的男女说"炒鱿鱼"三个字，就好像从小听惯了中国人说"×你妈"或"他妈的"一样。然而一个港台的流行词，先是在南方大陆中国人主流语汇中的仿佛最具现代感的新词被说道，后来传播到北方，后来通用于全国，以至于在这么一个偏远的地方也被学舌起来,还是令我感到了时髦的高速度。

到处人满为患。最后我的学生将我安顿在一家私营旅馆。我明白,他已是使出了浑身的"外交"解数,调动了他在当地的一切社会关系。于是我表示对他的安顿很满意。事实上我也的确很满意。虽是一家私营旅馆,条件简陋,但还算干净卫生,服务也格外热情周到。而且地处市郊,开了窗可望见远山,望见不远的农田。这恐怕是最安静的所在了。而主要的是,我能单独一个房间。

我的学生抱歉地说了些"请老师多多包涵"的话,以及今后我再"光临",他将会招待得如何如何的保证,就于当天下午过到黑龙江那边儿"跑单帮"去了。

两天来我一个字也没写,我总处于思索状态。渐渐地我似乎有点儿把自己思索明白了。不是到了这个地方,不是站在黑龙江边上,我可能回忆不起《两个探险家》这部苏联电影,那么我也就不见得能把自己思索明白了。

她像电影里的少女娜嘉,娜嘉像谁呢? 娜嘉自然像电影里她的母亲。四十四岁的我,虽然早已不再主观臆想自己是一个少年,虽然早已不再做什么少年对少女的迷恋之梦,但少年时期迷恋的偶像,仍如同一张早先的底片留存在记忆中。我读大学时,曾在上海五角场买过一种"简易显像纸",是两张附着了什么化学粉剂的淡蓝色的纸。纸很便宜,才一元钱,可剪成八张四寸照片那么大的纸片儿。将纸和底片都浸湿了,将底片的正面儿贴在纸上,用两小块儿玻璃夹住,在强日光下晒二十分钟后,纸片儿上就会出现影像。虽然模糊,但你不妨安慰自己,将模糊认为是一种朦胧,一种特殊冲洗效果。当年完全是图便宜才买的,买了却一直没有实验过,也没舍得扔。每每整理旧物时,每每犹豫一阵,又塞入信封里保留着了。如今家里已经有了照相机。留影或冲洗放大已不是个问题,但不知究竟为什么,还舍不得扔,还珍惜地保留着。

我想我就好比自己很便宜地买来的那种"简易显像纸",而她恰如一张底片,一张很珍贵的底片,我们都在某种记忆的清水里浸湿了,我们被"缘"这双无形无状的手对贴在一起了,又被"缘"这双无形无状的大手夹在了两块生活的玻璃之间——一块意味着我的生活,一块意味着"大款"翟子卿的生活。"缘"这双无形无状的大手,又将我们置在情欲的强光之下经过曝晒,于是她的影像出现在我这张"简易显像纸"上了。她既是她自己,又是娜嘉的母亲,说到底又仿佛是娜嘉。在现实的生动炽烈的情天欲海之中,她是一个我初识又似曾相识的女人,正如她也觉得我似曾相识一样。在我的记忆里,在我被压抑了二十余年的渴望和幻想之中,在我仿佛古老了的"少年纪"的意识里,她又如我当年不被人知的暗恋的异性偶像。

于是我"少年纪"的古老情欲,好比"假死"的火山受到岩浆奔突的冲撞,猛烈地喷发而出,与一个成年男子的现实情欲(它始终在期待着意外的强烈冲击和嚣荡,仿佛已期待了一万年了)聚汇成了具有无比焚化性的岩浆流。

突然一只手拍在我肩上。

我吓了一大跳,猝然回过头,见是一个西服革履的陌生男子。

"这位先生,借个火儿。"

我对人称我"先生"很不以为然,也很不自在很不乐意,总觉得是被迫和人在演解放前的戏或电影电视剧。

我不大高兴地掏出打火机递给他。

"您吸吗?"他很客气很斯文地问。

我说我不吸。我说谢谢。

还我打火机时,他自言自语似的说:"真火啊!"

我完全是出于礼貌而反问:"您指什么?"

"边贸,改革,开放……"他说完,深吸一大口烟,缓缓吐出一条烟蛇。

我点点头,表示赞同他的话。

"您是从北京来的吧?"

"您怎么知道？"

"我有这方面的特异功能。"

他诡秘地朝我一笑。

"您……是一位有特异功能的大师？"

我不禁对他刮目相看起来，以为自己又有缘遇到了一位高人，看出了我有什么连自己都不知道的前世慧根，所以主动接近我，打算相机对我进行超度。

"您抬举了，我不是什么特异功能大师。不过，我有一种直觉，仿佛咱们之间不无缘分。"

他这么说，我倒愈加认定他肯定是一位高人无疑了。

我恳切地说："大师，您要真想度我，您就直言。我这人欠灵性，您不直言，我是不大容易顿悟的。倘若您把我点示透了，天涯海角，我跟您走就是了！"

我说的是真心话。

我对气功、特异功能、天外有天、地球人外有宇宙人、生命轮回、投胎转世、因果报应、劫劫往复等等之说，近年来，由不信而信而很信了。

再也没有什么繁衍于政治的信仰能成为我的信仰了。

我又是个没有信仰不大行的人。没有信仰，我总感到缺少人活着挺主要的什么，活得不大对劲儿似的。

而且我也不能像子卿，不，像翟子卿那么样，干脆便将金钱当作信仰。我丝毫也不怀疑金钱的魔力，甚至并不耻于公开承认，那乃是十分之巨大十分之伟大的魔力。但作为信仰，总觉得未免太使人辛劳了。还不如较普通的信仰，比如吃斋念佛来得容易。

他又笑了笑。

他用高深莫测的口吻说："你若认为我打算度你嘛，我也并不否认这一点。我是打算度你，而且我也能度你。一个机会就摆在你面前，就看你自己的本事如何，是否通天，是否情愿了。"

他不再对我"您您"相称,而改口称"你"了,使我觉得,他分明是在暗示我,要求我从心理上低阶位交谈。

我说:"还请多多指教,我洗耳恭听。"

"真心实意?"

"真心实意。"

"那么,你认识北京的一些高级官员不?"

"认识嘛,倒是认识几位的。不过,我乃一介书生,与他们都没什么亲密关系。"

"你能不能帮着动员国家,买那边点儿东西?"

我开始听出他这个人有点儿来路不正了。

"哪边啊?"

我不动声色,明知故问。

"江那边嘛!"

"什么东西?"

"米格。"

"米格? 米格是什么?"

"战斗机嘛! 米格39。苏联的军事航空实力,那至今也是举世公认的!"

"39? 不可能吧? 29吧?"

"这你知道的信息就太落后于时代了! 米格29那是哪个年代的水平? 那是二十多年前的事了! 如今人家已经发展到39啦!"

"还有什么?"

"导弹。"

"导……弹?"

我的嘴不由得张大了,并且一时竟合不拢。

"还有哪!"

"还……还……"

"还有核潜艇。"

"您……不是在开玩笑吧？"

"开玩笑？开什么玩笑？看——"

他从西服内衣兜取出了一个大信封，从信封里抽出了一页纸，展开给我看……

"俄罗斯一位海军副总司令亲笔签名的准卖许可证！看这大公章！我能搞到手，你也就应该相信我不是个等闲之辈了。这几样东西，只能倒给国家是不是？所以也只能在国家身上动脑筋啊！"

他一边说，一边十分宝贵地将那"批件"放进信封，揣入西服内兜，仿佛怕我抢他的。其实我只扫了一眼，并未看出那上边的签名和公章。何况是俄文，我再怎么看，也还是看不懂，辨不出个真伪的。

一个"倒"字，暴露出了他用装模作样的斯文和正人君子相一直紧夹着的大尾巴。"倒"批文的事，我是早就听说过的，但亲身面对这种小品般的事实，却还是头一回。而且是他妈的军火！

我暗想——你小子说的一点儿不错，是只能倒给国家，是只能在国家身上动脑筋。不是代表国家的人，谁要得起呀？就算是侥幸碰上了个有收藏军火爱好的亿万富翁，买下了又往哪儿放呢？

"北京有个牟老板牟其中，听说过没有？"

我说不但听说过，还认识，对我还挺好，还挺熟。

"他不就是由于从江那边倒过来两架 J86 才发的吗？他那不过是民航机。咱手里控制着的玩意儿可就更值钱了！倒成一样，那就是几亿元的一桩大买卖！按最低拿回扣，你算算能拿多少？"

我刚想说："人家牟其中是个神通广大的知名人物，你算老几？"话到嘴边却又咽回去了。

他也够神通广大的啊！

"怎么样？愿意合作不？愿意的话，我出活动经费，你回北京活动活动。操作成功了，分你几成！"

他还"操作"起来了！

我摇头。

我说我没那么大本领。

"事在人为嘛！咱们找个地方，边吃边谈怎么样？"

我说："不吃，也不再谈。"

他一怔。

我又说："你就不怕我举报你？"

他嘿嘿笑出了声。

他说："我早摸清你的底细了，你是北京来的作家，对不？"

"你怎么知道？"

我也不禁一怔。

"咱俩住一地儿，我查了你的登记。"他直言不讳，又说，"不犯法，我为什么要怕你举报呢？除了联合国，没人干涉这种买卖。你要有举报到联合国去的本领，那也一定有在北京活动的能力。"

我说："你就这么度我？"

他说："这么度你，你还不该感激我啊！我是把一个可能成为百万富翁的千载难逢的机会给了你老兄啊！"

我瞪了他片刻，冲口而出一句话是："滚你妈的！"

我转身便走。

回到旅店，我以其人之道还治其人之身，也查了他的登记。登记册上填写的是——霍丁丁，海南，大洋集团公司。

公司是否存在，姑且不论，那名字一看就知是假的。"丁丁"之类，很容易使人往国家最高级"公仆"们的子女身上去猜测。看来，把普遍中国人之心理摸透了，并善于利用这种心理的，未见得是中国目前的政治家、社会学家，而往往可能是他们……

下午我终于感到孤独寂寞了，就逛到市里去排遣无聊。

在一家较高档的餐厅啜着冷饮，听着音乐的时候，竟始料不及地遇上了翟子卿。

"你怎么也到这儿来了？"

一位摩登女郎挽着他。她衣着很高雅,化妆也适度,发式简约浪漫,姿色可人。看来翟子卿在猎获她们的时候,眼光一向是不俗的,也是不大肯在标准方面委屈自己,胡乱将就的。她瞧着我盈盈地笑。我觉得她十分眼熟,可一时又想不起究竟在哪儿见过她……

"不认识我啦？你这人真没情义！忘了那天我华哥宴请大家,我替你喝了那么多酒！"

经她一提,我才想起她是谁。

她并不将手从子卿臂弯处抽出,表情怡然,分明也不觉得有什么不好意思的。仿佛她本就是子卿的妻子,而且还是一位与丈夫形影不离的妻子。

子卿的表情也很怡然,分明也不觉得被一个不是妻子的女郎亲亲昵昵地挽倿着,恰恰又被我碰见了,就有什么尴尬的。

其实,内心里一时尴尬之极的反而是我。没见到他时,在我意识里,他由子卿而翟子卿,由童年和少年和青年时期同甘共苦的异姓兄弟,而被我推远到了仅仅是一个叫"华哥"的"大款"的情感边缘。一见到他,他就又在我意识里归位了。又由翟子卿而子卿了,又由一个叫"华哥"的"大款"而是当年手足相抵的异姓兄弟了。这使我的尴尬我的内疚我的罪过感混杂一起,全都一股脑儿压迫在心头。我已经"侵略"了他的妻子,哪里还有资格用评议的眼光看待他和别一个女人的关系！

我掩饰地回答她的话:"你发型变了,人也更加漂亮了,所以我才没能马上认出你来。"

她不无得意地侧脸瞧了子卿一眼,甜兮兮地说:"还不是我华哥有审美力,替我捯饬的自我形象。要我光凭自己那点儿感觉,哪儿能把自己捯饬成这么高雅的样儿啊！"

子卿皱了皱眉,批评道:"以后你再也不许用'捯饬'这个词。这个词是大杂院里通用的词,是胡同里通用的词,是没受过起码文明熏陶的底层老百姓常挂在嘴边上的俏言。在这种场合,谈到这一点,你要学会用文明人的词。比如'设计'这个词就很贴切,'调整'别人也能理解。起码也得说是'打扮'。再不,借用'包装''整合'这类新词也行,具有一定的幽默成分。记住,今后要从头脑里根本忘了'捯饬'这个词!"

子卿的样子相当严肃。

"瞧你嘛哥,又当着别人的面训我!……"

她扭动了一下身子,嘟起了猩红的小嘴儿,做起撒娇状来。

子卿掏出钱夹,信手拈出几张百元大钞,哄小孩儿似的往她手里一塞,轻轻朝旁推开她道:"先自己去逛逛,玩玩儿。让我们单独谈一会儿,啊?"

她不走。

她继续扭动着身子,嗲声儿嗲气儿地说:"不嘛,我就不一个人去逛嘛!一个人去逛好孤单噢……"

最后一句话,学出了十足的港味儿。

"听话,要不我可生气了!"

子卿又皱起了眉头。

"那……自己去逛就自己去逛呗……"

她嘴上这么说,可仍不走,而向子卿侧扬起脸……

子卿说:"你这像什么样子,这儿人多眼杂的!"

她佯装出任性的样子说:"我才不管,我才不管人多人少……"

于是子卿似乎面对一个打又不是的哄又不是的突然耍起性子来的娇生惯养的女儿,无可奈何地朝我苦笑一下,和她贴了贴脸。

她终于如愿以偿地笑了,将一只手举至当胸,手心向外,手背贴着胸口,对我和子卿晃了几晃。

"拜拜!"

"别往远处逛,一会儿到这儿来找我们!"

子卿冲她背影叮嘱着。然而她仿佛没听见,一阵风儿似的飘旋出去了……

我默观着他们之间的情形,心中暗想——不知子卿能从中体验到什么愉悦? 而那个我应该称"嫂子"的女人,肯定是不会这一套的。你要求任何一个三十六岁的女人做出这一套,都等于实际上是在亵玩一个女人的年龄本身所必定意味着的自然的尊严。难道子卿竟会格外喜欢一个年轻女子对他表演这一套矫揉造作的小节目? 而这好像也并不太符合子卿对女人的品味啊! 那姑娘也好生地令我困惑不解。记得半个月前,我第一次在宴席上见到她时,她还不是这样的啊! 她表现得还挺庄重的啊! 起码不像我现在亲眼目睹的这么撒娇作嗲啊! 从最低的层次讲,难道一个姑娘极欲讨一位"大款"欢心,除了这些男人们司空见惯的幼稚拙劣的招数,再就没什么别的新的方式方法了吗? 子卿啊子卿,怎么好端端一个姑娘遭遇了你的惠眷之后,咋就变成了这样的呢? 你能从服装、发式、化妆方面按照你的意愿把她"设计"或曰"包装"或曰"整合"得脱了些俗气,怎么在心性、情态、举止方面,又把她变得令人心乱眼烦了呢? 在这一种截然对立的仿佛是男人对女人的惠眷般的优待般的关系之中,你最能体验到的,恐怕依然更是金钱的魔力和权威吧?

"她姓什么来着? "

当子卿在我对面坐下,我低声问。

"你就叫她小嫘好了。"

"她是姓雷的吗? "

我恍惚记得她并不姓雷似的。

"一个女字旁加一个累字,不是雷电的雷。"

子卿看出我是误解了。

"可百家姓里并没这么个姓吧? "

"我也没说那就是她的姓。"

"可……好像她也不叫这么个名吧? "

"她是不叫这么个名。因为我不喜欢她原先的被许多人都叫来叫去的名,所以我就把她的名改成小嫘了。今后,别人也必定会随我喜欢的叫法,都叫她小嫘的。"

他说得十分自信,是一种矜持中有几分主宰意味儿的口吻。

我问那姑娘姓什么,而他回答我她叫小嫘。仿佛她原本是没有姓的,我问得多此一举似的。他告诉我他将她的名字改成小嫘了,仿佛我就不必知道她被他叫作小嫘以前叫什么了。仿佛她以前的、许许多多的人都叫过的名字,已经由他宣布永远地作废了,禁用了。好比法医宣布一个人死了一样具有权威性似的。

我不禁替那姑娘感到了很大的悲哀。我不禁很怜悯起她来。尽管她看去那么快活,那么春风得意。我想,我若将我替她感到的悲哀和对她的怜悯告诉了她,她一定也会矫揉造作地拍手嬉笑起来的吧?

我当然不会那么傻兮兮的。

"可是,那她在家里呢?"

子卿正欲吸烟,听了我的话,没立刻按着打火机,持着打火机的手举在眼前不动,以一种近乎傲慢的目光瞧着我。

我存心要往他那分外良好的自我感觉中撒点儿盐。

我说:"我的意思是——她的父母,她的兄弟姐妹,如果她有兄弟姐妹的话,是不是也高兴忘掉她以前叫什么名,而按照你喜欢的叫法叫她小嫘呢?"

他绷着脸说:"第一,她没有什么兄弟姐妹。第二,她爸爸妈妈都不过是普通工人,而且都是亏损单位的工人,都只能开百分之五十的工资。两个人的工资合起来每月还不到二百三十元,我替国家给他们每月补足了另一半工资。如果国家对他们这样做了,而只不过要求他们的女儿改改名字,改成国家认为更好的名字,他们也一定会为了表示对国家的感激,自觉自愿地忘掉他们女儿原先的名字的……"

他将"普通工人"四个字说出了很强调的意味儿。说完这番话,他才叼上烟。

他吞吐了一口烟后，又说："就像他们的女儿一生下来，他们就为她起名叫小嫘那样。"

我觉得此时此刻的他，一定是在想象着自己是一位上帝，起码是那个名字被他改为什么小嫘的普通工人一家的上帝。

我替小嫘的父母感到了更大的悲哀，也对每个月只能开百分之五十工资的普通工人们充满了极大的同情。那一种同情那一时刻弥漫在我整个心间。他们知道，抑或并不知道，他们的女儿不但改了名字，而且改了发式，改了心性情态，改了行为举止，整个儿接受一位"大款"的重新"设计"、重新"包装"、重新"整合"、重新"改造"呢！

恍惚间我仿佛听到从极遥远处传来隐约的悠悠的敲击声……

那是我小时候听惯了的赶泔水车的人敲击的木梆声……

也是子卿他听惯了的。

小时候我们都是穷人家的孩子，家境是连普通工人的家境都不如的。与他的家境相比，我的家境还算勉强接近普通工人的家境。

我一时觉得，人生的境遇，有时真好像一幅阴郁的壁毯，上面绣着混沌一片意义不明的图案，而你无论以怎样的目光去看，其象征都会接近你的任何一种自以为是。

我觉得，子卿他对女人的爱，仿佛是没有灵魂的爱。那没法儿说不是一种爱，仿佛也不可以被说成仅只是肉欲的。那是另一种我不太容易理解的爱，只不过仿佛没有灵魂而已。也许有点儿像瞎子爱大自然，像聋子爱音乐。他仿佛在情感方面早已经失明了，在灵魂方面已经聋了似的……

于是我望着他，竟也有几分替他感到悲哀起来，竟也有几分对他同情和怜悯起来。

"怎么，你认为，她叫小嫘不好吗？"

"没什么不好，只不过还是容易被人们理解为姓。一理解为姓，就会误以为是雷电的雷。"

"别人听了怎样我才不管,我喜欢这么叫她,听别人叫她小嫘我心里也快乐。"

"写出来尤其……女字旁加一个劳累的累字,而且是一个男人为一个女人起的名,别人会怎么想这个男人呢? 别人会不会想,女字旁的字在字典上是相当多的,为什么偏偏要选择一个和累字连在一起的字呢?"

我企图在他良好的自我感觉上撒把盐的意识,并不因内心里似乎也对他产生了几分同情和怜悯而彻底消失。

"没文化的人才会那么以为,查查字典你就会知道,从远古到如今,只有黄帝的妃才叫嫘。"

他嘴角微微一动,浮现一丝轻蔑的嘲笑。

我知道黄帝的妃叫嫘,不是叫嫘,而是叫嫘祖,还是养蚕的首创人。即使也可以叫嫘,大概也只有黄帝那么叫。除了黄帝,从远古到如今,切男女们肯定是没那么叫过的吧?

我装出谦虚的样子,也笑了笑,以一种有点儿惭愧的口吻说:"你已经使我增长了一条知识,我还查字典干吗呀?"

其实在我的口吻中,也不无嘲笑的意味儿。我自己都听出来了,想必他也是能听出来的。

他眯起眼睛注视了我片刻,忽然伸长手臂,隔着圆桌在我头上摩挲了一下,随后将烟盒推向我。

"你这家伙,怎么像打定了主意,一见面就要跟我抬杠似的?"

我摸过他的烟盒,弹出了一支烟。

他将打火机按着,注视着我,缓缓伸向我,却又不伸到我面前,只伸在我和他之间,就停止住了,臂肘支在桌上。仿佛他对别人的主动的友好表示,是只能做到那样一种程度,而且是做到了最大程度似的。

我并没将自己的头俯向他去凑火。我也注视着他,缓缓伸出只手,从他手中掠取过了打火机。

我深吸了一口烟,慢条斯理地说:"'抬杠'这个词,也属于生活在大杂院或胡同里的人的主流语汇之一……"

"别跟我斗气玩儿了!"

"'斗气'这个词还属于那些人的主流语汇之一。巴尔扎克说过,一位真正的贵族,至少需要三代的传统教养……"

"你没完了是不是? 好好好,我甘拜下风。现在告诉我,你到这地方干什么来了?"

他掐灭手中的烟蒂,接着又吸了一支烟,并做手势招来侍者,要了两杯扎啤。

我饮了一口啤酒,一阵冰凉沁入胃肠,顿时传遍全身,觉得胸中的一切积郁,包括一股无名暗火,似乎也都被那阵冰凉扑灭了。连同对子卿的态度,也随之由暧昧变得亲和了似的。

我说:"难道你忘了? 我们当年曾是黑河地区的知青啊! 这儿离连队不过一百多里。"

"想回当年的老连队去看看?"

"很想。"

"真的很想?"

"真的很想。"

"怀旧?"

"怀旧……你不怀旧?"

"不。"

"一点儿都不?"

"一点儿都不! 我赞同这样的口号——朝前看。我们将什么遗留给过去了? 反正我自己偶尔回顾,只觉得自己从人生的路上走来,背后只不过遗留下了些零星破碎的垃圾。不,不是遗留,而是扔弃。"

他眯起眼睛吸烟,陷入思索,自我否定地摇摇头,接着说:"也不是扔弃,扔弃是一个带有主动性的词,认为……认为是颠掉也许更准确些……好比一个被一连串的厄运穷追不舍的乞丐,慌不择路地踉踉跄跄地逃窜,沿途颠掉着东西,顾不得停一步捡起来,根本顾不得捡。哪怕在当年对自己是很必要很主要的东西……哪怕在今天看来也是极好的东西。逃窜到后来,终于有了个机会气喘吁吁地站定一会儿,把浑身上下一看,却发现自己几乎是赤身裸体的一个人了,什么都没有了,都颠掉了,只有一身冷汗热汗在淌着。由于一次次厄运造成的惊悸和紧张而产生的冷汗,和一次次由于希望造成的高烧而产生的热汗。连自尊心和羞耻感都颠掉了。几乎是赤身裸体的一个人,还谈得上什么自尊心和羞耻感? ……所以我不回顾,也不怀旧。我不喜欢从过去捡回点儿被时代的风尘弄得脏兮兮的什么情感或情结的碎片,像喜欢收藏完全没有任何意义的东西的所谓收藏家一样标号收藏,像老人手里转动的健身球一样把玩儿不休。健身球还有益于神经和血管的微循环,有益于健康。可怀旧不过是一种毛病,是大人们表现出的一种矫情。不仅无益于身心两方面的健康,而且简直就可以说是一种疾病,是身心两方面的疾病。我觉得自己身心两方面都渐渐健康起来了还没几年,我才不愿传染上怀旧的疾病呢! ”

他说时,他那双不经意地瞥哪个姑娘或哪个女人一下就会使她们的心房里骚动一阵情欲的眼睛,始终微微眯着,投注出极端自信而又思想极端偏激者那种坚定不移的目光。

其实我并不打算回到老连队去看看。

我虽然是个天生多愁善感的男人,怀旧情结却早已松散,早已淡薄。我不过那么说说而已,没想到竟引发了他的一大番话。我感到他时时有一种强烈的述说甚至是评说的欲望。他又时时在竭力压制自己这一种强烈的欲望。表面看来,他给人的印象可能是寡言少语,甚至可能是吝惜言语的。但这分明是种假相。所以和我在一起,也许只有和我在一起,他内心里那种述说和评说的强烈欲望,才得以从压制状态下被自我解放出来,如脱缰之马,如决堤之水,一开口就滔滔不绝,侃侃不休,呈现着近乎亢奋的冲动。

他觉得这个时代已肤浅得根本不配和他在任何一方面进行对话了吗?

或者反过来讲,他觉得他自己已深刻得使这个肤浅的时代在任何一方面都根本无法理解他了吗?

他当我是一个最典型的最乐于倾听的人吗?像某些对气功深信不疑的人最乐于倾听某位气功大师的带功报告一样?

不论是那一次和他在一起,还是前两次和他在一起,事实上我也总是处在倾听的被动的地位,也总是在竭力压制下自己想要述说抑或评说什么的冲动,半是自觉半是违心地扮演好一个耐心可嘉的倾听者的角色。为什么会是这样?为什么面对着他的时候,我总要尽量调整自己的情绪,半是自觉半是主动地去迎合他的情绪?为什么我和他之间的关系,又他妈的会变得现在这样?变得现在这样不自然?小时候我们之间的关系可并非如此!小时候我滔滔不绝喋喋不休侃侃而谈的时候并不少!抢白他,挖苦他,取笑他,讥讽他,甚至以大人教训孩子的口吻教训他的时候更不少!从儿童到少年到青年,当年的他多么像现在这样面对着他的我?当年的我又多么像现在这样面对着我的他?是谁的手将我们之间的关系扭转魔方似的轻轻扭转了一下,于是改变了我们的关系呢?

我默默地思想着,我默默地向自己发问,我似乎意识到,我不仅对他有种割不断的亲情,我不仅对他暗怀嫉妒,这一种嫉妒已派生出了暗怀着的憎恶,而且还派生出了另一种东西,那就是——暗怀着的,企图取悦于他,进而奉迎于他,巴结于他的卑下念头……

为什么想像别人那样,像一切企图取悦于他,进而奉迎于他巴结于他的人一样,最终觊觎的是他这位"大款"的金钱?

我不会向他借钱的,更不至于某一天向他伸手乞索……

那究竟又是为什么？

嫉妒派生出憎恶是那么合乎逻辑,而憎恶派生出巴结的念头不是太有些荒唐了吗？憎恶的心理和巴结的念头怎么能在我的潜意识里同时并存？像一个马帮客憎恶一个大盗而又同时希望巴结上他似的。

"你睁大眼睛看看周围,竟有那么多的人患上了怀旧的疾病,并且好像没药可治了! 还在传染着更多的人。不过这很好。这倒使我,和我这样的另外一些人,有充分的理由和根据对我自己,对我们这种人的前途无比乐观。在那么多的人回顾并且怀旧的时候,我们这种人像澳洲的大袋鼠一样,一跃一丈多地往前奔蹿。我们从前面的路途上捡起东西往腹袋里装。我们专捡对人最有用的东西,男的专捡对男人最有用的东西,女的专捡对女人最有用的东西。对于我们认为没用的东西,我们根本不屑一顾。哪怕那东西硌了我们的蹄爪,我们也只不过将它踢到一边去。或者双蹄并用,将它用力蹬到我们的后边去。让那些一味儿总在回顾总在怀旧的人们,弯腰低头如获至宝地去捡被我们蹬到后边去的东西吧! 让他们去收藏让他们去保留让他们去珍惜去把玩儿吧! 我们却要不停地向前蹿,蹿,不停地捡,捡。必要的时候,我们也可以去捡看来似乎对女人最有用的东西,女人也可以去捡看来似乎对男人最有用的东西。我们还可以暂时忘掉自己的性别,为了更加迅猛更加一往无前地蹿跃。更必要的时候,我们互相争夺也不在乎。在争夺中彼此负伤习以为常。二十一世纪注定了将是属于我们这类人的! 不是都承认在文明和物质两方面,中国与西方发达国家至少相差半个世纪吗？ 那么在我们和普遍的中国人之间,在享受文明和占有物质两方面,不久也将至少拉开半个世纪的间距! 等到那些患了怀旧疾病的人猛省过来,他们已经根本无法追赶上我们了。在享受文明和占有物质两个方面,他们将只能对我们望洋兴叹隔岸观景了。那时他们才会觉得,他们走回头路频频捡起的,尽是些零星破碎的东西,或者干脆说尽是些破烂儿。其中最好的,也不过可能是些在阳光下闪耀异彩,被误当成珠宝捡起来的彩色碎玻璃罢了,而他们猛省过来也晚了。看向国外,今天的大富豪和终生操劳忙碌的平民和穷光蛋,几十年前的他们自己,或上个世纪里的他们的父辈或祖父辈,肯定正是因为按照不同的方向蹿跃或走去,肯定正是因为各自捡起的东西价值悬殊太大,才导致今天的他们,以及将来的他们的后代,在现实生活之中享受文明和占有物质的不平等。这不平等一旦形成,永难再变为平等。有句话说得极对——所谓人生,在紧要处只不过几步。谁说的?艾青?"

我答:"不,好像不是艾青,是孙犁吧?"

他说:"算了,千万别往文学方面扯,我对那方面的话题最反感。不管谁说的,还是本着毛主席他老人家的教导——'只要你说得对,我们就照你的办。'"

在他说话时,我将杯中酒隔会儿一口隔会儿一口饮光了。被他凝视着,像小学生一样倾听着,我觉得有些屈辱。不知他意识到没有,他的一番番长篇大论,对我也仿佛具有侵略性和蹂躏性。但我始终默默地显出极有耐心又获益匪浅的样子倾听着。唯一的小动作,也就是隔会儿饮一口啤酒而已。我举杯无声地缓饮时,他则不说下去。目光从我脸上下移,盯在我咽喉那儿。我咽喉一动,他才确信我饮到口中的酒是咽下去了,才又开始接着说……

我招来侍者,为我们两人各要了一份儿冰淇淋。

耳边的轻音乐不知何时不响了。环视四周,一对对情侣皆将座位移在一起,上身互相依偎着,懒洋洋地享受着下午三点多钟最和煦的阳光。阳光透过尺幅巨大的珐琅玻璃照射进来,不但被加深成了茶色的,而且连性质也改变了似的,仿佛被改变为一片片透明的、胶状的、又能悬凝在空中的什么东西。它投射在一对对情侣们身上,他们耳鬓厮磨地、心旷神怡地、半睁眼半闭眼地享受着它。仿佛这一种享受,也是花了大价钱的,属于他们在这里所消费的酒类、饮料类、果点和菜肴的一部分似的。仿佛还因为各自能花得起大价钱心安理得而又荣耀非常似的。几位侍者小姐翘立各处,目光从这一对情侣身上默默扫视向那一对情侣身上。一对对情侣的彼此的手,在侍者小姐的默默扫视之下,探入对方的衣下,互相抚摩着。好像他们半睁眼半闭眼,就是完全可以在这样的场合享受着这样的室内阳光并获得到了充分的互相狎昵的特权似的,侍者小姐们也仿佛早已司空见惯了。那会儿一片安静,阳光温爱,氛围也温爱。我觉得这儿不太像是吃饭的地方,像是专门提供给男女们做爱前进行预备阶段的片刻游艺的地方。好比游泳池前的一块草坪,是为了脱得只剩下泳装的男女在下水前活动开筋骨一样。

那些非情侣而又同桌的男女,却仍在唧唧咕咕,声音都很低。因为他们是分散的,而且大抵都躲在没有阳光照晒的角落,所以放眼望去,都不太引人注意。他们的唧唧咕咕和窃窃私语,也就并不对情侣们构成什么干扰,更没有破坏安静。他们有人在用计算机诡诡秘秘地计算着,或喜形于色、神采飞扬,或面布阴云、郁郁寡欢。偶尔,这一隅那一隅,响起几声 BP 机或手提话机的忙音。

对金钱流通的操作和对异性肌肤的温爱,那一时刻水乳交融,氤氲成一片绵绵脉脉的景象。我此前还真没想到过,对金钱流通的操作,也有如此体现情调的一方面。

侍者小姐将冰淇淋轻悄悄地摆在我和子卿面前后,手背掩口打了一个无声的哈欠。我抬头瞧了她一眼,见她那双眼睛也半睁半闭的,仿佛在竭力克制着倦怠,否则就要身不由己地倾倒在哪一个男人怀里酣然睡去似的。

我向子卿请示:"能允许我也说几句什么话吗?"

他正在搅动冰淇淋,听了我的话,不好意思地笑了,忙道:"你说你说! 一见了你,我就总有说不完的话。对别人,没这么多可说的。你小子怎么竟会使我这样啊?"

好像他的滔滔不绝,完全是由于受了我的心理暗示或倾听愿望的诱惑似的。

我也笑了笑。

我说："子卿，你能告诉我，对于一个男人，比如你自己吧，最需要的是些什么呢？"

"一切漂亮的东西！"他不假思考，开口就答。

"一切？"

"当然，不过漂亮的东西也有主次之分。"

"那你就告诉我主要的。"

"就我自己而言——一座漂亮的花园别墅，一辆漂亮的高级轿车，一些可以被称得上是漂亮的女人。"

"一些？一些又是多少？"

"因人而异，我想我对她们的需要是多多益善。我想，即使我活到七十多岁的时候，我相信我是能活到那种年纪的，我也还是会格外需要她们。漂亮的女人，她们是些很特殊很特别的东西。怎么说你才能明白呢？打个比方吧，比如这个，这个小东西，多么可爱的小东西啊！"

他用亮晶晶的小勺，剜起了乳白色的冰淇淋上面的那一颗樱桃。冰淇淋上面只有一颗樱桃。我那份儿和他那份儿一样，也只有一颗。它非常新鲜，非常饱满，非常红艳，红得像血，像一颗上等的红宝石。它的三分之一淹没在冰淇淋融化的乳白色的稠浆中。

"一个成功的男人应该拥有的东西，就好比这一份儿冰淇淋。上好的冰淇淋，是由奶、蛋、蜂蜜调成的。但是倘若一份儿上好的冰淇淋，并没有这样的一颗可爱的小樱桃，或草莓，或一瓣橘子，一片儿橄榄什么的加以点缀，那冰淇淋本身又有什么可诱人的呢？解渴它莫如凉开水，充饥它莫如一块糕点、一个面包，甚至一个馒头一个窝头。就外观而言，冰淇淋是很寻常的。它太难以固定成某种有趣儿的形状，是不？它也太难以染成鲜艳的色彩，是不？而点缀了一颗可爱的小樱桃，或一颗水灵灵的草莓，效果就大不相同了。在国外，还要插一支鲜花呢！比如一朵玫瑰或一朵郁金香什么的。难道冰淇淋是应该佐着鲜花吃的吗？当然不是的。难道少了一颗樱桃或一颗草莓,一份儿上好的冰淇淋的成分和口感就真的有损了吗?当然也不是的。一朵鲜花也罢,一颗樱桃一颗草莓一片儿橄榄什么的也罢,只不过使吃份儿冰淇淋这件较普通的事,变得接近一种较高级的受用了。你不信,你再要一份儿,端到外面去,赏给一个讨饭的或一个正在卖苦力的人,他们才不在乎有没有一朵鲜花、有没有一颗樱桃、有没有一颗草莓哪,他们三口两口就会吃得精光。有一朵鲜花并不就对他们多有了一种意义,还莫如多一勺冰淇淋。有一颗樱桃一颗草莓,可能会被他们囫囵地就吞下去了,也可能会被他立刻吐出来,以为是什么会噎住他的东西。本来是较高级的受用,也就不过变成了极寻常的一次饥渴的补充而已。但是在这里,如果用一架摄影机挨着桌子拍摄下来,你将不难发现,这里的人们,尤其男人们,受用冰淇淋的情形是那么有意味儿。他们中有的人,往往用小勺子将这颗樱桃,这可爱的小东西在冰淇淋中摆弄过来摆弄过去的;往往还用冰淇淋将它埋住,一小勺一小勺地抿着冰淇淋,这可爱的小东西渐渐地又显露出来了,他就再用冰淇淋将它埋住。直至将冰淇淋吃光了,这可爱的小东西仍在盘子里。那时他才用牙签插起它,往往还会转动着牙签,欣赏它一会儿。这可爱的小东西裹了一层乳白色的或奶黄色的或咖啡色的冰淇淋的甜丝丝的浆,透着几分它本身的红艳,难道不是怪值得欣赏的吗?直至他将它送入自己口中,轻轻一咬,舌尖上的每一个敏感的小肉刺儿,都哑觉到了它的汁水的酸甜,才等于受用一份儿冰淇淋的全过程,完整地结束了。而另外某些男人,却可能一开始,第一勺就将这颗樱桃,这可爱的小东西剜起。他们像我一样,或者我像他们一样,首先就着眼于受用的最妙处,或者用如今的公文语言说,首先就着眼于受用的最佳'环节',然后通盘从从容容地解决。"

他张开他的嘴,将小勺伸入到口中,慢慢合拢,上下嘴唇抿住,再将小勺缓缓抽出,并竖举着让我看……

我第一次发现了他那张詹姆斯·史都华式的英俊面孔的缺点。他的嘴张开时竟能张得那么大！以至于当那亮晶晶的精钢小勺送入他嘴里，使人感到它显得未免太小巧了。我甚至清楚地看到了他的咽门，也就是俗话所说人的小舌头。那尖尖的软软的小东西，受到他口腔肌肉的拉扯，向后紧贴在他咽喉的上方。而小勺上那颗小小的樱桃，既没有挡住它使我看不见，更没有挡住他的咽喉。于他的食道的咽口而言，那颗小小的樱桃也是太小了！他仿佛一次可以吞下去几十颗似的！

那情形使我联想到了从《动物世界》中看到的，一条头只有鸡蛋那么大的蛇，如何完整地活吞下一只肥鸡的真实镜头……

我觉得那一时刻他变得很丑陋。

"记住，我希望你能记住我对你说的每一番话。对别人我不屑于说，对你例外，对你我有义务，也可以说有一种莫名其妙的责任感。"

钢勺在他手中一倒——我以为会掉在桌上，然而并没有。当它倒至像他的一根金属的假指一样指向我的程度，他用手指捏住了它的柄端……

我对他那种诲人不倦的口吻厌恶到了无法容忍的程度，然而我虚伪地笑着，竭力地容忍着。

"女人能使，而且应该使男人对金钱具有更深刻的认识。能使，而且应该使男人赚取金钱的过程，变成作诗一样会令自己感动的过程。你扼腕叹息或踌躇志满地想着自己在金钱方面的一次得失，就好比一位诗人在吟诵自己最得意非常的诗句，或因'语不惊人死不休'之难以达到而悲哀。这时，只有女人能分享你的得意，只有女人能安慰你的悲哀，只有女人才能使一个男人赚钱的过程变成作诗·样的过程。豪华一餐不能这样，旅游不能这样，桑拿浴不能这样，在卡拉 OK 高歌一曲或宣泄地吼叫一通也不能这样，而女人能这样。我这样说，并不意味着我是在告诉你——男人是为女人而赚大钱的。恰恰相反，越是一个有本领赚大钱的男人，越不是为了女人，也根本不是为了他的妻子和儿女。就中国的消费水准，普遍的妻子和儿女们，其实并不天天督促一个百万富翁继续为赚钱而苦心经营。那么他为什么还要乐此不疲呢？因为不少男人的潜意识里都有想成为上帝的野心。目前的中国为他们铺平了实现这一种原始野心的沙场。男人、金钱、女人，这三者的关系，在我看来是这样的——男人像斗牛士，金钱像一头牛，而女人是斗牛士必不可少的斗篷。漂亮的斗篷，使斗牛的场面显得欢娱而华丽，血腥刺激而又潇洒倜傥。斗牛士的斗篷，也许便是他的妻子替他们织绣的。但一个和金钱这头牛斗来斗去的男人，无论他曾经是一个怎样的男人，他需要的女人，却几乎都不可能再是他的妻子。不管他的妻子曾经是一个多么令他满意的女人，他所需要的实际上是根本不关心他的胜负的女人。他若胜了，她分享他的果实；他若败下阵来，她无牵无挂地对他说一声'拜拜'。是的，也许他实际上所需要的，正是这样的女人。"

"你的意思是，那样，他同时也就不必对她有任何牵挂啦？"

"正是这个意思。一名败下阵来的斗牛士，难道还必得对他的斗篷具有什么责任感吗？你一定从报上读到过这样的事——炒股或炒房地产的男人破产了，一文不名了，于是他自杀，于是他的妻子痛不欲生，仿佛被丈夫坑害了似的。这多可悲，既是妻子的可悲，更是丈夫的可悲。死了还好像太对不起谁似的。但那个女人如果不是他妻子呢？如果仅仅是他的一件斗篷式的女人呢？他还犯得着自杀吗？自杀者，说到底，不是因他的失败而死，往往是因为没法向他的妻子作一个交代而死的。妻子还使他不能在金钱斗牛场上置胜负于度外，一往无前。好比一名斗牛士的妻子坐在看台上，或者尽管没有坐在看台上，但斗牛士总感到她的目光不知正从什么地方远远地望着自己，总感到她的心正为自己祈祷或者正幽怨地诅咒着自己，他能精神抖擞地对付那头和他一样一往无前的红了眼睛的公牛吗？"

他又吸烟。

我也吸烟。

他看了看手表。

我也看了看手表。

他说:"真快,怎么不知不觉四点多了。"

我说:"是啊,都四点十五了。"

他向餐厅门口望去。

我也向餐厅门口望去。

小嫘还没回来。

他嘟哝:"这孩子!"

从他的话我听出,他对小嫘还是很有温爱之情的。

他瞧着我问:"你下午没什么事儿吧?"

我说:"没什么事儿。"

他说:"没事儿你就再陪我等会儿。"

又问:"你就真的不想知道点儿什么吗?"

我反问:"什么啊?"

"比如我和小嫘的关系。"

"你刚才关于斗牛士、金钱这头牛,以及斗牛士的斗篷的话,已经等于向我宣布得明明白白了嘛!"

"也不想知道我到此地干什么来了?"

"斗牛呗。"

"你真的仅仅是为怀旧才到这儿来?"

"那你认为我还能为什么来?"

"既然你说的是实话,我也要把我来的目的如实告诉你。"

我立刻打断他的话:"你别告诉我,我一点儿也不想知道。"

他宽厚长者般笑笑,慢条斯理地说:"我想告诉你的时候,你不想知道也不行。我是来接十辆车,从江那边过来的,原地就可以全部处理掉。保守点儿预算,每辆也能赚两万多。"

我问:"你为什么非要告诉我?"

他说:"这样公平,这样我心里不别扭。否则,你不知道我究竟来干

247

什么,我也不知道你究竟来干什么。在咱俩之间,彼此猜测闪烁其词,不好吧?"

我不再说什么,只不停地吸烟。

"你住哪儿?"

"市郊一家小旅馆,个体户开的。"

"小旅馆?多小?"

"有十来个房间吧?"

"为什么住那么个地方?"

"图清静,住那儿,我能一人一个房间。"

"别住那儿了,晚上之前搬过来,和我们住一个宾馆吧。是这地方最高级的宾馆了。"

"不,你得给我这点儿个人自由。"

"别说得那么令人同情!我住高级的地方,你住小旅馆,而且是个体户开的,咱俩根本没碰上,我没问起,你也没说起,倒也就罢了;但咱俩碰上了,我问了,你也说了,你还坚持住那儿,让我心里怎么想?除非你故意要使我心里感到别扭。"

我笑了笑。

我说:"好吧,我听你的。"

他说:"光搬过来不行,咱们可有言在先,房费我付。你不能剥夺我为你花点儿钱的愉悦。"

我说:"你付就你付。"

"我保证你也能一人住一个房间。"

"不那么容易吧?那儿都住满了啊!"

"有钱,什么事儿都容易。"

"何必呢?我住在你那个房间就行。"

"那可不行!那我带小嬷来干什么?"

他的话说得极其庄重。

我倒很不好意思起来,讷讷地说:"是啊是啊,那你怎么安排我,我就怎么住。"

他又笑了,目光充满了手足般的亲情。

我说:"子卿,你记不记得,这个月份里,也就是前几天吧,对你有一个挺重要的日子,你记不记得?"

他想了想,反问:"是我生日?你把我生日记错了吧?"

我摇头道:"不是你生日,我根本没记过你生日……"

"可我始终记着你的生日。九月二十二日。记错了我一头撞死在这儿!"

他瞪着我愤慨地说,装出伤心的怪样子。

我说:"我虽然不记得你的生日,可二十年来多次寻访过你的下落,不谈这些。你再想想!"

他又想了想,想得很认真。最终还是不得不承认,实在是想不起来……

我说:"三天前,是大娘生日。"

他一愣。

"你……怎么知道?"

我本想说"嫂子告诉我的",可回答的却是:"她告诉我的。"

意识不由我左右,它在变成为语言的瞬间过程中急转了个弯,使我回答之后的表情肯定有些暧昧。

"谁?"

"还能有谁?你爱人……"

子卿的眼睛渐渐眯了起来,带着研究的意味凝视我。分明地,"你爱人"这一种我对他的妻子的说法,使他暗觉讶然。

"你怎么……这么说?"

"那我该……怎么说?"

"难道,她不应该被你视为嫂子吗?……"

他的口吻是质问的,带有谴责的意味儿。

我一时很有些失悔。为什么要和他谈起他母亲的生日呢? 又为什么进而要谈到那个我应该叫"嫂子"的女人呢?

我觉得我脸上有些发烧。

我掩饰着自己的暧昧心理,迎住他的目光,也凝视着他说:"你为什么不主动告诉我?"

我本想说"我已经有嫂子了",可说出的却是:"你已经结婚了?"

"你怎么了?"

"我怎么了?"

"她给你的印象不好?"

他这样问,其实是等于暗示我,他确信我们——我和他的"爱人"已经接触过。

"谁?"

"干吗要明知故问?"

"不,她给我的印象……很好……"

我这样说,其实是等于承认了,我的确是在明知故问。

"那你又为什么不把刚才那半句话说完?"

"哪半句话?"

"你又在明知故问。"

他摇了摇头,显出不满的样子。

我觉得我的脸无疑是更红了。

我完全可以陪他胡扯些别的,也完全可以什么都不说,继续扮演好一个极有耐性的乐于倾听者的角色,可我却自己将话题扯到了我最不该和他谈,即使他主动谈,我也应装出丝毫不感兴趣的女人身上!

我恨不得扇自己两耳光。

"你本想问我,我为什么不告诉你,你已经有了嫂子,是不?"

"是……"

"为什么话说一半儿又改了？"

"……"

"那究竟什么原因，使你不愿称她嫂子？"

"你审问我啊？"

"你认为是审问也不妨，我的妻子，而你似乎不愿称她是嫂子，你叫我心里怎么想？翟子卿的妻子不配你称嫂子吗？"

"子卿，瞧你说的。你也知道，我没有叫过嫂子，就不那么习惯。"

"我还以为，你企图通过这一点让我明白，你内心里对我是轻蔑的哪！"

"哪里哪里，这才叫欲加之罪，何患无辞。是嫂子在电话里告诉我，那一天是大娘生日的，希望我去你家和她一块儿陪大娘过生日。"

"你没去？"

"我去了。"

当时我的一只手放在桌上。当时子卿的一只手，就贴着桌面缓缓伸过来，放在我的手上，压住着我的手。

他目光中流露出真真实实的感激。

我说："大娘那天过得很高兴。"

他说："你去了，能不高兴嘛！"

我说："嫂子那天……也过得很高兴。"

他说："你看，叫嫂子对你并不需要实习。现在我来坦坦白白地回答你问我的话——我不主动告诉你，你已经有嫂子了，那是因为，她像我命中的一道符。我忌讳提到她，想到她。不管对谁都是如此。"

"你觉得……她不好？"

"不，她没什么不好。"

"那你说她是一道符？"

"可她，常使我动摇我活着的目的性。人活着，总得有个目的性，对吧？"

"对。"

"我曾经有过种种活着的目的性,一次次地都丢了。不是我情愿丢的,是……从我身上颠掉了。我终于是又寻找到了一种活着的目的性,我牢牢地抓住了它,再也不会撒手了,永远都不会撒手了。其实,什么都可以成为人活着的目的性,什么目的性都是一样的。一旦成为了目的性,本质上对人就没有任何区别了。在成为了人活着的目的性这一点上,对人的意义完全是一样的了。自从我又寻找到了一种活着的目的性,先前曾有过的种种目的性,反而很值得怀疑了。反而庆幸,从我身上颠掉了,未必是什么人生的遗憾,未必对我不是好事。我不能容忍别人再动摇我活着的目的性。谁对我具有这样的不良影响,谁就不可能再是我的亲爱者。谁如果超出了我的容忍程度,我就会憎恨谁。我憎恨一切企图再一次改变我的人。我早已经是一个被改变多次的人了。我想,一个人的一生,也许最多只能被改变三次。超过了三次,原先那个人其实已经等于消亡了,不存在了。活着的不过是另一个同姓同名同性别的人而已。好比一块表或一辆车,被大拆了三次的话,再高级也不高级了。而人是最精密的东西。最精密的东西,尤其经不得改变三次以上。你要记住,今后你不可动摇我活着的目的性。不管你有意的还是无意的,结果对我反正都一样,差不多等于想谋杀我。一个人寻找到一种活着的目的性并不容易,每一种新的目的性都像一条狗,而你想准备做它主人,你首先得试探它,让它熟悉你的气味儿,让它不再像对陌生人一样对你龇牙咧嘴,让它接受你对它的驯服,最终让它成为你的一部分。而你也有一个适应它的过程。你得渐渐培养起对它的信任感,你得克服你对它的种种心理障碍,最终你得使自己确信——你的狗是世界上品种最优良的狗。你还得渐渐培养起对别人的狗的鄙视和轻蔑,视它们为一些混合了低劣血统的杂交狗,一些貌似高贵的吃屎狗。你以为要做到这一点那么容易吗?你以为一个人,尤其一个男人,和他活着的目的性溶解为一体,达到一种'合二为一'的程度,是一桩简单的事吗?动摇这样一个人活着的目的性,难道还不等于企图毁灭他谋杀他吗？"

　　我目不转睛地注视着他,恭听着他的每一句话。是的,是恭听,而非仅仅倾听。我竟在不知不觉中,渐渐地由一个有耐性的倾听者转变为一个不无几分虔诚的恭听者了。怎么会那样？我自己也说不清道不明。反正我觉得子卿他当时极具魅力。他一谈到金钱,谈到女人所呈现出的那种又理性又亢奋的状态,那种源自内心的热忱和激情,那种富于想象力和逻辑周严的思维,那种自信的程度和对自己的见解得意欣赏的程度,使他那张英俊的脸容光焕发,使他那双眼睛充满了睿智,眸子晶亮。是的,这使他当时极具魅力。一个有七分酒量的诗人在醉到了四分的时候,也就是在半醉未醉比未醉稍微醉过一点儿的时候,开始高声朗诵他最为得意的某一篇或某几篇诗章的情形,或者一位诗坛领袖宣读他的诗将永垂不朽彪炳史册的光辉导言的情形,大概就像他当时那么一种样子。我不知如今他通常是怎样和别人进行交谈的,也根本无法知道别人是否真的喜欢和他交谈,是否能够习惯他那一种令人并不愉快的交谈方式。尤其无法知道他是怎样和女人们进行交谈的,和女人们交谈些什么。也谈金钱和女人吗？她们就真的喜欢和他交谈吗？她们就能够习惯他那一种交谈方式吗？并且竟会感到愉快吗？而我,是宁愿做一个有耐性的倾听者,甚至宁愿做一个不无虔诚的恭听者,也不愿与他交谈的。

　　我的意思是,当他和你进行交谈的时候,当他和你一问一答,无论你问他答,还是他问你答的时候,不管你是一个像我一样和他有特殊亲情关系的人,还是一个和他泛泛而交的人,你内心里可能都不免会对他产生某种反感。你肯定不会喜欢和他交谈,当然更不会觉得他有什么魅力。因为他在问你话时,他总那么眈眈地凝视着你,他的问话似乎总是在内心里暗暗排列组合过许多遍,一经出口,往往是使你不禁一怔的句式。太具有试探性,太具有迂回性,还太具有袭击性。听似漫不经心,听似诙谐调侃的口吻,但往往一下子就把你推到了一种干脆避而不答顾左右而言其他,简直就等于你太缺少起码礼貌的地步。即使是你预感到他要问你的话,一经他凝视着你仿佛平平静静地问出口,你还是会不禁一怔。暗想他何以要那样问?一句话本是可以有几种不同问法的,他究竟为什么偏偏要选择最试探最迂回而又明明最具有袭击性的问法?于是你暗暗想好了的回答,不期然地被他问乱了。于是你不免吞吞吐吐,不免张口结舌。于是你一时陷入窘况,显得不知所措起来。

而那时他脸上又总是会浮现出一丝或笑或不笑的得意。

他的目光仿佛在默默提示你——瞧,我问得够直率吧?我一贯如此。希望你也像我一样直率地回答我,你直率不直率是骗不了我的。

那时连他的直率连他的坦诚都是令人反感,令人讨厌,甚至令人恼火透顶的。

对你问他的话,他又仿佛回答得那么不假思索,又那么应对自如和从容不迫。但分明地,他回答你的话,也似乎是在内心里暗暗排列组合过许多遍的。并且使你觉得,在回答着你的时候,他早已非常自信地预感到你接下来,不仅仅是接下来的第二句,而是第三句、第四句将问什么,而他的回答早已胸有成竹了。

那时他脸上也会浮现出一丝或笑或不笑的得意。

他的目光仿佛在提示你——瞧,我回答得多坦白。我有资格如此坦白。如今有这种资格又能做到我这么坦白的男人并不很多。

那时连他的坦白都是令人反感,令人讨厌,甚至令人恼火透顶的。

只有当他说完一大番话又接着说一大番话的时候,他整个人才显出异特的男人的魅力。无论他娓娓道来抑或滔滔不绝,循循善诱抑或谆谆教导,也无论你是我或不是我,你肯定会压制下自己想诉说的欲念和冲动,你肯定会自行调整截断他的话向他插问的意识,你甚至希望你变成哑巴,由他独自演说,而你只是默默地倾听,甘愿由倾听而进入恭听的佳境。

在我听来,他说的那些一大番又接着一大番话,虽然有我不得不暗自赞同的道理,虽然有从生活中可以一抓一大把的现实根据,但总体上并非是我的头脑所能全盘接受的。此前我虽然也听别的男人们聚在一起谈论过金钱和女人——这样的男人们如今正一代一代地多起来——虽然自己也和别的男人们聚在一起谈论过金钱和女人，但都不如他谈得那么好听，那么动听，又邪性又坦白地好听而且动听。所以我不知不觉地就很想听，很爱听，听了觉得茅塞顿开似的新颖。正如人们所知道的那样，我是一个一以贯之地常以一副虚伪的准正人君子面目出现在人前的人。如今你从中国人中，又能挑选出几个不虚伪的男人呢？我的种种人生经验和人生体会告诉我，男人不虚伪那是根本不可能的，越来越不可能了。那只能是某些男人们自己虚妄延伸的光荣与梦想了。大多数男人早已连那种光荣都不觉得光荣，连那种梦想都不梦想了。男人天生是虚伪的东西，起码是比一切女人虚伪得多的东西。男人若不虚伪早已根本无法生存了。男人将越来越靠虚伪一代代活下去，并且越来越习惯于自己的虚伪，男人连从娼妓那儿都能侥幸得到一份儿真情实感的回报。而女人是休想最终不被她最宠爱的男妓所欺骗所算计的。这应该被人类，尤其被男人们自己清醒地认识到是一条法则。太极图上的那两条太极鱼，不仅意味着正负阴阳，而且当然也意味着真伪之分之合。意味着伪的那一条，也就是意味着男人的那一条。这是毋庸置疑的。

虚伪的男人，尤其是和我一样，貌似准正人君子的虚伪的男人聚在一起谈论金钱和女人，大抵是男人的一些虚伪之至的自言自语。既不好听，更不动听。没有邪性，但也同样缺少真实。没有污言秽语，但也没有激情。远不如某些非正人君子的男人在一起谈论时坦白又真实。但他们的坦白与真实又每每是用　层层极猥亵肮脏的语言所"包装"的。

因而，在我的家里，我一般是禁止来客谈论女人的。在别的地方，当别的男人们谈论，我一般是掉头走开的。听一些虚伪的语言是对时间的最大的浪费，而听一些污言秽语又不符合我的心理卫生习惯。

真的，我接触过结识过的男人中，子卿在这一点是与众不同的。不同不仅仅在于他能既坦率又不依赖诉诸污言秽语，尤其在于他谈论的往往更是他自己,而非闪开在一旁,仿佛自己置身于世俗之外,俨然一位什么哲人什么智者似的专评说别的男人。即使在他侃侃而谈娓娓评说别的男人的时候,那也是为了更坦率地谈论他自己,希望别的男人更清楚更明白地认识,他这一个男人对金钱和女人所持的观念。起码是寄那种希望于我。

我觉得他似乎很怕我不清楚不明白他早已经完全彻底地变了,早已经不再是从前那个我所熟悉的子卿了。

就好比二十年后相逢的两个大学时期的密友,其中一个正处在事业上升的黄金阶段,而另一个却已过早地丧失了人生的冲刺力和奋斗的心劲儿,靠着先前曾博取到的一点儿声名的支离破碎若有若无的"利息"消沉度日——那么前者必定将本能帮助后者重新认识他自己。

我觉得在我们二十年后又不期然地续上了的关系中,子卿是把他自己不容怀疑地摆在前者的位置上的,是把我不容怀疑地摆在后者的位置上的。

和他在一起,我自己有时也难免意气消沉地把自己摆在后者的位置上,而暗怀嫉妒地将他摆在自己根本无法与之攀比的前者的位置上。

他又何尝不是一个大学毕业的男人呢?

只不过我们毕业于不同的大学罢了。

我的大学其实并没教给我多少在今天这个时代仍被普遍的人们认为是有用的知识,也没传授给我什么可在今天这个时代争做强者的本领,甚至连在今天这个时代必须具备的起码的自我保护的技巧都不曾点悟于我……

而他的大学教给他的,条条款款都是在今天这个时代被普遍的人们奉为至高原则加以严格恪守的最有实用价值的知识,传授给他的招招式式都是可在今天这个时代如鱼得水如虎添翼如龙行空争做强者的本领。甚至不乏怎样利用别人的弱点,怎样突破别人的心理屏障,怎样心安理得地损人利己的技巧。也许在损人利己之后,不但心安理得,还轻蔑着别人的愚蠢,欣赏着自己的高明吧?

看来他的大学真是比我的大学厉害得多的大学。是的,我当然不会承认他的大学是比我的大学文明得多知识储备雄厚得多的大学,但不得不承认,不能不承认,的的确确是比我的大学厉害得多的大学。这所大学正在培养一大批又一大批比以往任何时代都厉害得多的中国人。

身为一个男人,我在他面前唯一感到不弱于斯的乃是——几天前我和他的妻子鱼水交欢过一次,而她对我说过憎恨他的话。

但就连这一点,就连在我初步接受了他那套对金钱和女人,尤其是对女人的逻辑之后,并用他那套逻辑解释我自己的行径,却还是找不到完全可以心安理得的感觉。

但就连这一点,归根到底也实际上不能构成对他这位"大款"的暗中侵害。

因为他那么坦率地告诉我——她对于他不过是一道"符"罢了,不过是他这位金钱斗牛场上的潇洒斗牛士的一件披风而已。

按他的比喻,还莫如点缀在一份儿冰淇淋之上的一颗小小的樱桃。

然而他那一大番又一大番关于金钱关于女人的话是多么好听多么动听啊!又邪性又好听又动听。

也许世界上的许多事情,以及许多事情之间的相互关系,表象看似错综复杂,其本质都像他所言所比喻的那么简单,其本质都是既粗鄙又邪性的;也许正是某些既粗鄙又邪性的东西,才最具有原生态的美感,侃侃而谈娓娓道来,才使人感到那么好听那么动听;也许普遍的人们,尤其是普遍的男人们,潜意识里都有着趋向于粗鄙和邪性的欲念——像我似的……

反正,他当时使我感到,他与周围那些男人们(他们中想必也有不少"大款"式的人物吧?)并不一样。不错,他无疑是他们的同类,选择了赚钱这一种最终的活法。为了赚钱而存在于世,为了占有、高消费甚至挥霍金钱而生动异常。他们是用欲望去爱钱,而他却同时是在用思想去紧紧地拥抱住金钱,连同拥抱住用欲望去爱钱的某些女人们。

思想真是可怕的东西。

思想之于男人,真是比诗之于女人尤其可怕的东西。

你用欲望去爱某物你也许还可以同时去爱别的什么,你也许还可以同时去信仰别的什么。比如基督徒受色情的煽动去爱一个他不得爱的女人,未必就会影响他同时爱上帝,未必就会导致他对上帝的信仰的动摇。

而当一个人用思想紧紧拥抱某物时,思想则就会成为将他和某物牢牢焊在一起的焊条,使他只能永远亲密无间地面对某物,根本不可能再扭转过身去了。

一个有思想的所谓"拜金主义"者,有时也是会显示出拜金思想的魅力的吗?

我不知道……

然而我觉得子卿之对于我当时正是那样……

粗鄙和邪性借助思想的魅力也会变得多迷人哦!

"说啊! 再说啊!"

我虔诚地怂恿他,我已完全处于一种洗耳恭听的"低阶位"受功态。

我觉得我仿佛被他催眠了……

"再说? 再说什么啊?"

"再说金钱,再说女人……"

"你呀! 你这不可救药的书呆子!"他又隔着圆桌伸过手来,在我头上摩挲了一下,"我没法儿在几个小时里就使你从我这儿获得一份合格的毕业证书。别说毕业证书了,连结业证书都不可能。哪儿有那么轻而易举的事! 不过你记住,你要学会用思想用宗教般的热忱和虔诚去崇拜金钱,那么你的'天眼'就开了,你将会真真实实地看到,这世界上一切不幸者的不幸,都是由于缺乏这种崇拜造成的。难道崇拜金钱竟比崇拜别的什么还虚伪还虚幻还可笑吗? 你也要学会用思想去爱女人。我指的不是什么'精神恋情',那才可笑呢!我是告诉你——恰恰当你能用思想去爱女人的时候,你明白你原本就是有至少一百条理由去占有她们的。你抛弃她们也有同样多的理由。你可以五体投地匍匐在金钱面前,但你永远不要匍匐在任何一个女人面前。不管她多么可爱,她也不过是你用金钱就足以操纵的小东西。这样你才能变你爱她们而为她们供你所爱。"

接着他给我讲了他"征服"第一个婚外女性的经过——她是一位当初很"走红"的歌星。他说那一天他是拎着考克箱去会她的。在她的房间里,他将一万元放在她面前。她嘴一撇,不屑一顾。他说他知道,一万元也不过就等于她两场演出费。他一句话不说,又将一万元放在她面前。她扫了一眼,还是不动声色。他再把一万元放在她面前时,她瞥了他的考克箱一眼。于是他又取出一万元。他望着她,每隔一分多钟取出一万元。一共开了十二次考克箱,取出了十二万元钱,在床头柜上码了两层。他说他当时只带去了十二万。他说考克箱已空了,但他故意使她觉得,内中还可取出十二万元似的。他说在他取出第十万元时,她已开始从床头柜上将钱往皮包里收了。他说后两万是他直接投入在她的皮包里的。他说在这之后,她坐到了他腿上,捧着他的脸,开始吻他。他说当他穿好衣服,准备离开时,始终没说一句话。他强调说他一声未吭地就达到了目的。倒是她对他说——其实她不是由于钱的诱惑,而是由于他本人的帅劲儿才乐于献身给他的。他说她当然是在撒谎。他说他很轻蔑地看了她一眼,转身就走。

"十二万对我不算什么。"他吸着一支烟,也抛给我一支,"当时我拥有的比现在还多四十几万。炒股票亏了一次。十二万当时不过是我半年多的利息。我不过是要为自己求证一次,钱到底有多大魔力……如果你是我,也拎着十二万,你将会怎样?"

我想了想,回答他:"也许我会跪在她面前,将考克箱打开,双手举过头顶,一次性地乞求她收受……"

"我觉得你也会那样子的。"他笑笑,"那么有两种可能,一种可能是,你把她给吓住了。之后她装出受侮辱的样子,将你赶出了房间。过后她其实会很后悔,觉得冲着十二万还是值得将她自己奉献给你一次的。于是她恨你方式方法的愚蠢,恨你不理解她的心理,不明白女人在这种时候是需要有一定的时间差的,以使她能自然而然地进入另一角色。她再在某种场合见了你,会将头一昂,似乎对你不屑一顾,其实心里还在后悔那一次机会的丧失,除非她是一位大富婆。另一种可能是,她将你的钱连同那考克箱一把拎了过去。接着当你面脱下她的衣服,仰躺在床上,以一种无所谓的目光看着你。或者根本不屑于看你一眼似的,闭着她的眼睛,脸上浮现出淡微的怜悯和鄙夷。仿佛她将她自己奉献给你一次,与十二万毫无关系,仅仅是由于怜悯而对你的恩赐似的。就像那歌星对我说是由于我帅才甘愿为我失贞。这时候女人显得极为可惜。结果是,你似乎达到了目的,可你在心理上一败涂地。金钱原本足以帮你将女人逼在尴尬境地,最终使她们连尴尬和羞耻都忘掉了,变成为臣服于你的,你肉体方面和灵魂方面以及精神方面的可爱的俘虏,可你却主动放弃了这种完全有利于你的强大的优势,反而使自己处在了乞儿般的地位。于是你每次再见到她时,她都会摆出一副仿佛真的恩赐过你什么似的面孔,而你仿佛真的接受过她的什么恩赐似的。于是在你和她之间,一个基本事实就这么荒唐这么滑稽可笑地被掩盖了——那便是金钱起了决定性作用的事实。于是你——一个男人,一个愚蠢透顶的、不会用思想去认识金钱、不会用思想去爱女人的男人,对金钱犯下了一次严重的错误,对女人也犯下了一次严重的错误。"

接着,他扳着手指,向我历数了几位如今正大红大紫的女歌星女影视明星的名字。他以一种绝对权威的口吻,极其肯定地说,她们无一例外地,都是可以用金钱去征服的。而她们最后的归宿,无论她们自己作怎样的似乎纯情的,意在讨好公众的声明,无论她们最终嫁给了怎样的男人,归根到底,都必然将是按照自估的价码嫁给了金钱无疑。男人的品貌,男人的才华,男人的声名,男人的地位,都只不过是她们在斤两上找平她们自己和金钱的关系的附属条件罢了。在那么多那么多中国人还在为起码的物质生活水平忧愁的时候,一个只不过在一两部电影中演了一两次主要是让外国人看了开心的被性虐待角色的妞儿,做一次广告就敢开口索价百万之巨。在这么一个时代,在这么一个连女人对金钱的欲望都开始发疯开始贪得无厌的时代,你还能用心去把她们当女人爱吗?

他这么质问我。

"所以,我教你要学会用思想去爱她们。"

他又一次这么教导我。

"你说历史是什么?"

我答不上来历史究竟是什么。

我像一个智商极低的儿童在一位渊博的智者面前一样懵里懵懂。我自卑地讪笑着……

我想——他从他那所大学获得到的,应该是相当于博士甚至博士后的什么证书吧? 如果它也颁发证书的话……

而我从我的大学获得到的,不过是毕业证书,连学士证书都算不上。因为它后来是被否认的,也就是被叫作"工农兵学员"的那一类……

"历史的全部内容,无非是男人、女人、权力和金钱。权力对金钱的掠夺和支配性,金钱对权力的贿买和腐蚀性,男人通过权力和金钱使女人成为奴婢和高等宠物,女人通过色相争取由低等奴婢上升为高等宠物,从宫廷,从国府,到市井,到芸芸众生,无非这么几种力量演绎着历史。不过献身科学的男人和女人例外。我对他们永远保持敬意。除了他们,一切女人,一切男人,无一例外在以上几种场中扮演角色。"

我不禁睁大了一直注视着他的眼睛,惊讶于这世界上还有他宣布永远保持敬意的男人和女人。

"但对于那些今天推出一种所谓'营养液'或什么保健饮料,明天推出一种所谓'美容面奶'或什么'丰乳'药品,大肆做广告的男女并不例外。他们不是什么科学工作者。他们和我一样,本质上是金钱斗牛场上的斗牛士。对你们这类人,也就是你们自称为文化人、艺术界人士的一类男女,尤其不例外。六十五岁以上有些可取的,六十五岁以下的好东西不多。虚伪、文过饰非、假模酸样、贪财、好色、犬儒者、无气节可言者居多。"

我诺诺连声,说是的是的。说我自己正是那样的,所以我常常很瞧不起自己,也对自己跻身于的所谓"文化艺术界"厌恶透了。

"在香港,你们这种人,从六七十年代起,你们这种人的电话号码,就是和跑马厅、赛狗场、酒吧、下三烂娱乐地方的大小老板们的电话号码归在同一栏的。"

他说时,用夹在指间的烟频频点着我。

他方才谈论女人时,如同美食家谈论风味儿小吃。而现在谈论到我这种人,则如同专做满汉全席的高等厨师谈论腐乳和酱菜疙瘩什么的了。

忽然他按灭了烟,伸过一只手,紧紧抓住了我的一只手……

"难道你还不明白,我一见到你谈了又谈究竟为了什么?"

我懵里懵懂地反问:"为……了什么?"

"扔掉你那支笔!它使你自己变得越来越虚伪,越来越不真实,越来越没出息,越来越不可救药了!扔掉它没什么可后悔的!别再用你那支笔写些骗人感情以其昏昏使人昏昏的东西了!跟我联手!从今天起!我太需要你!我太需要一个充分信得过的,可以和我同舟共济的'同志'了!我已为填平我们之间的观念沟壑费多少口舌了?我最后问你一次,愿意做我的'同志',还是坚决不?"

他用的手劲儿那么大,把我的手都攥疼了。

"同志?"

我又讪讪一笑。

"我用的是带引号的！难道你以为我要找的仅仅是位合伙赚钱的先生吗？……"

看他那样子，分明是生起气来了。

我低声说："我知道你用的是带引号的'同志'……"

我心里直觉得好笑。不因为别的，仅仅因为"同志"二字。尽管我极反感别人称我"先生"。

"你觉得好笑吗？"

"不不，一点儿不……让我再考虑考虑……"

我强忍住笑，竭力装得郑重。

他猛地将我的手一甩，同时收回了他自己的手。

"你这个混蛋！"

他真的恼怒了，骂了我一句。

而这时，小嫘回到了我们身旁。

"华哥呀，你瞧这好看吗？"

她往他身上一靠，抻着项上一条用五颜六色的珠子串成的项链让他瞧。

"哪儿买的？"他站了起来，瞪着她，"地摊上买的，是不？"

"是……"

她怯怯地承认。

"多少钱？"

"才七十多元……人家不是图便宜嘛！"

"地摊上买的东西，你也往自己脖子上挂？你还好意思让我看！……"

他抓住项链，用力一扯，疼得她"哎哟"一声，跟跄地从他身旁跌撞过去，险些扑倒。项链断了，五颜六色的珠子噼里啪啦地掉在地上，滚向四面八方……

她眼中顿时盈满泪水，但是怯怯地，抿着双唇，不敢有任何抗议的表示。

他看也不看她,缓缓将脸转向我,像瞪着她一样瞪着我,冷冷地问:"你,还转到我们这边儿来住吗?"

我看得出,他完全是由于未从我这儿得到令他高兴的回答,而迁怒于她。

我说:"咱们不是讲好了吗? 我当然要转过来住啦!"

其实我已很不情愿转到他住的那家此地最高级的宾馆去住了,但怕更加惹他恼火,怕他更加迁怒于小媒而小媒更加受什么委屈,只好说根本是违心的话……

他又缓缓将脸转向小媒:"你,陪他去结账,陪他过咱们这边儿来。"

说罢,他大步朝外就走。

一些男女的目光投注到我和小媒身上。

我说:"小媒,你千万别介意! 刚才我俩有几句话谈得不太投机,他的火是冲我发的。"

她两眼噙着泪笑了。

她说:"我哪儿能对我华哥介意呢。他有火发在我身上,比闷在他自己心里好,他能发在我身上,那证明他不把我当外人啊!"

她的话说得挺令人感动的。

然而我一点儿也没受感动。

我完全没料到她竟会那么说,她说的显然是真心话。唯其是真心话,我才一点儿也没受感动。

我暗自思忖子卿教诲我的那些关于金钱和女人的话,开始承认——他的话至少在某些时候对于某些女人是正确的。正确得接近真理……

第六章

我转过去住后,天已经黑了。登记台上摆着"客满"的告示牌,我却顺利地住上了单间。登记的小青年对我和小嫘十分客气。我明白,他的关照,以及客气的背后,究竟是什么在起作用……

我不能不又一次暗自承认——金钱的魔力真是强大无比!从俄罗斯海军副司令亲笔批准出卖"米格39"的批件,到"客满"的情况之下可以住进单间,它都在向人们证明它的魔力。

人啊,人啊,在今天这个特殊的时代,我们不做五体投地的"拜金主义"者,又能做别的什么"主义"者呢? 还能做别的什么"主义"者呢?

不知未来的史学家们,将把这个时代定义为什么时代? 如果我有这种荣幸,我希望能将这个时代定义为"翟子卿时代"或者"华哥时代"。

尽管他在真正的"大款"们面前不过是个根本不起眼儿的"小款",甚至不过是一位"微小"的款爷——像西方某些经济发达的大国把某些"微不足道的非洲小国"叫作"微的非"国家一样。

但他——翟子卿对金钱对女人的思想,难道还不代表着这个世界对金钱对女人的宣言吗? 它在本质上也同样是卑俗的粗鄙的邪性的。然而它所奏出的种种时代流行曲却同样是好听的动听的,同样又卑俗又粗鄙又邪性又好听又动听。是谁他妈的把这看似崭新的时代与世纪末的情形直接剪辑在了一起？之间被硬性剪掉了的时代又该是什么样的呢？我们体验时代自然的循序渐进的权利分明遭到了粗暴的强奸。

仰躺在软床上，我感到自己不但像一个被通缉的人，而且像一个被缉拿住了的人。为了不彻底得罪子卿，我将在他隔壁住多久呢？等他"倒"完了汽车，赚足了钱，由小嫘挽着，对我说一声"走"，我必须立刻收拾东西随他返回哈尔滨吗？

那么我此行岂不等于充当了他的跟班吗？

我为什么要怕得罪他呢？究竟为什么呢？

他那些又坦率又邪性又好听又动听的话，当他不是和我面对面地娓娓道来侃侃而谈的时候，当我不是和他面对面地倾听甚至是恭听的时候，当我独自回想并且咀嚼的时候，似乎就光剩下了邪性。越是细细咀嚼越是感到邪性无比。

我觉得子卿他仿佛参与了这个时代的某种合谋似的。它也许非常需要形形色色的他这样的合谋者，通过形形色色的他们最终实现它确立金钱神圣为唯一信仰的目的。子卿是它又自觉又优秀的"金钱宗教"的虔诚信徒和充满热忱充满激情的"传教士"。而他因此获得到他那份儿"红利"和他所喜欢的那些个女人。而他也想使我变成他那样的信徒和他那样的"传教士"。

也许，我们若不能是"同志"，今天便注定了将如陌路人？

也许，这还是他所不愿的。

在床头那儿，在贴了壁纸的墙上，横七竖八写着几句下流的污言秽语。我细看时，断定并非一个人的笔记。显然，第一个人写下第一句离开后，其后住进来的人中，有几位是很乐于"锦上添花"，续其"精华"的。

有的字迹很拙劣，有的字迹很漂亮。不同文化水平的那些个人，在这一点上找到了那么共同的语言。

当我拉开床头柜的抽屉，往里放些小东西时，发现抽屉的底板上，画了一幅比墙上那些污言秽语更下流的"图画",而且是用不同颜色的彩色笔画的。男性坚挺而又比例巨大的生殖器的龟头,被画成了人脸,添上了鼻子、眼睛和嘴。那嘴双唇努起,去吻两片被涂得猩红的女人的唇。侧头再看,又不是唇,而是……

我缓缓推上了抽屉,并没把我那些小东西放进去。所谓小东西,实则是我写作时用的笔,我随时记录下某些杂感的小本儿,还有电动刮须刀、小梳子、胃药……

我怕我每用它们便得再看到那"图画"一次。我怕我今后用它们时会联想到那"图画"感到恶心。我尤其怕我服下胃药反而会反胃……

到处涌动着对金钱的掠夺欲、瓜分欲和占有欲……

到处涌动着男人对女人的色欲、情欲和性侵略欲……

到处涌动着女人对男性金钱大量占有者的亲偎欲、献身欲和自我推销欲、拍卖欲……

从公共厕所到卖淫场所到豪华场所,形形色色的男女都在为着大致相同的目的生动地活跃着……

到处的空气中都涌动着大致相同的成分……

而我是形形色色的男女中的一个——嫌恶他们而又嫉妒他们,轻蔑他们而又在他们面前时时自我轻蔑,一心想变成他们又心有不甘,感到根本没法儿变成他们又有些沮丧,甚至觉得窝囊……

晚饭是小嫘陪我吃的。

我转过来住下之后子卿并未露面,我也没主动到他的房间去过。

我问小嫘子卿他是不是出去了。

她说他没出去,说他在房间里。

我问那他为什么不下楼来吃饭呢。

她说他不想吃。

"他还显得不高兴似的?"

"还显得不高兴似的,你们在一起都谈了些什么?"

她一边问我,一边细心地剥着一只肥美的大虾。

这女孩儿食欲很强,已经接连吃掉三只一拃多长的大虾了。看来她很爱吃虾,看来她平素是不太能经常吃到那么肥美的大虾的。每吃掉一只,还要轮番吮吮每一支剥虾的手指,还要咂嘴儿。我想若子卿也在座,肯定会不拿好眼色瞪她的,甚至会语气咄咄地训斥她。以她的身高而言,她的体态已经有点儿发胖了。可是我估计她并没有节食的打算,也没有将来可能需要减肥的顾虑。

"你还没回答我的话呢!"

她又开始剥第四只大虾……

我说其实我和子卿也没谈什么正经话题,不过互相闲聊来着。

不愿被这女孩子继续问什么,我就反问她:"小嫘,你见了爱吃的这么贪吃,不怕将来太胖了?"

她说:"不怕,华哥喜欢我多少再胖点儿,说我如果多少再胖一点点,就像一个人了。"

"什么人?"

"当年你们下乡时,爱过他的一个女知青,姓挺怪的。"

"姓鲍?"

"对!对!他总跟我谈她。今天说我如果多少再胖一点点就像她了,明天又说我如果多少再瘦一点点才像她。后天又叫我穿一身打了补丁的旧'兵团服',还逼着我扎两只短辫儿!反正,他喜欢我变成什么样儿,我就随着他的喜欢变成什么样儿呗!他说我应该再胖点儿,我就当着他面儿多吃多喝。他说我应该再瘦点儿,我就对他宣布,从哪天哪天开始节食。大哥,你当年也认识那姓鲍的吧?"

我说:"认识……"

我心中顿感一阵悲怆——为子卿、为小嫘、为鲍卫红,也为我自己……

"大哥,那姓鲍的,究竟是比我胖点儿还是比我瘦点儿啊?我觉得其实我华哥他自己也记不清了……"

我说:"我也记不清了……"

"她肯定没我白吧?"

"不,她比你白……"

"我不信,包公的后人,白能白到哪去!"

"她不是包公的后人。"

"姓包还不是包公的后人?"

"姓的不是同一个姓。"

"那你的意思,是她长得比我好了?"

"这我……说不大准……"

"算了,不提她啦!"小嫘撇了撇嘴,"反正,为了我华哥高兴,我得找到就是当年的她那份儿感觉。"

"你找到了?"

"还没哪!慢慢找呗!为了讨我华哥喜欢,我比一般的女孩子累着呢!哪有那么容易的!"

我想告诉她——其实她根本不像鲍卫红,也永远找不到像她的那份儿感觉。

然而我却问了一句很蠢的话:"你就不替自己的将来想想?"

"我又不傻,干吗不替自己的将来想想?"

"那……你怎么想的呢?我问你这些没什么吧?"

"没什么,那有什么!将来嘛,将来最好是华哥娶了我。"

"你……"

"问啊!"

"算了,不问也罢……"

"还也罢呢!你们这种人,干吗说起话来总用文词儿?我知道你想问什么。我华哥和他老婆早晚得离了。我华哥不喜欢她那样的女人。"

"为什么?"

"他自己没跟你聊过？他老婆那种女人,总打算影响他。我华哥顶反感打算影响他的女人了。他认为只能由他来影响女人们,使女人们更明白做一个什么样的女人。"

"如果他最终不和你结婚呢？"

"不结就不结呗！经华哥的教导,我早想通了,也想明白了。我这种女孩子,天生就应该是为他那种男人来到这世上的。我相信他会对得起我,将来肯定给我一笔钱。"

"可那时,谁还……"

"谁还要我？嘻！那时就该我来挑选男人了！女孩子有了一大笔钱,还怕挑不着一个愿意和她结婚的男人？那这'改革'不是白搞了嘛！那这时代不是白进步白文明了嘛！女孩子要是没钱再加不怎么漂亮,可就惨了。新婚夜里,如果新郎是个事儿妈,还要见血,还要相信你的处女膜是完整的,起了疑心还要盘问你究竟是不是处女！女孩子有一大笔钱可就不一样了。不怎么漂亮也漂亮了,不是处女也是处女了。什么是处女膜呀？钱就是处女膜！"

第四只大虾,她终于没吃光。将剩下的一截扔在桌上,打了个很响的嗝儿……

我说:"喝口饮料,喝口饮料压压就好了。"

她拿起杯子,一口气儿喝光了一杯椰子汁。

"有句话你这文人肯定也知道,说是'天下熙熙,皆为利来;天下攘攘,皆为利往'。如今我们女人也开始熙熙,开始攘攘了,也皆为利来,皆为利往了。大哥,过去我可单纯了。别人怎么说,我就怎么信。你们作家说你们是为崇高的文学而写作的,我信过。可现在怎么样？你们暴露出本来面目了吧？动不动一开口就是几十万、上百万。贪不贪？很贪吧？更不要说那些歌星、影星什么的了！以前我崇拜过她们中好些人呢。她们在电视里呱呱地说,为了电影艺术怎么怎么,为了音乐艺术怎么怎么,其实都是骗人的,都是为了钱。这世上的一切事情,差不多都是为了钱才进行的。这世上的一切男人女人,差不多都是为了钱才活着的。那么男人和女人,对钱就都是贪心的了。将来准会一个比一个变得更贪、更黑、更不要脸！女人一旦贪起钱来,那就比男人更贪。一旦不要脸,那就比男人更不要脸。事实早已经明摆着了,我华哥早已把这世道研究得透透的了,那就男人、女人,男女之间,男人之间,女人之间,谁也甭笑话谁了！"

那一杯椰子汁并未止住她的嗝。这女孩儿说时不停地伸长脖子,从喉间发出比方才更响的嗝声。

我赶紧表白:"小嫘,我可没笑话你啊！我自己是怎样一个人,我心里最清楚。我有自知之明,我没资格笑话任何人！"

她说:"你心里最清楚就好。"

分明,我的表白已不起作用了。她误以为我轻蔑她,而我实际上一点儿也不曾轻蔑她,起码当时是那样。我只不过杞人忧天,才问了她些多余的话,不料竟至于惹得她不高兴了……我暗暗叫苦不迭……

我们简直可以说不欢而散……

回到房间,我越想越别扭,打算到她和子卿的房间进一步解释,又觉得那未免太认真,也太有失身份。毕竟,她不过是子卿临时喜爱的一个女孩儿,而非子卿本人。

我悻悻地踱到阳台上去吸烟。

天已完全黑了。我靠在阳台一角,可以透过窗子望到子卿房间里去。他——当然也是他们的房间里开着灯,并且敞着一扇窗子,并且未拉上窗帘。大半个房间里的情形在我的视线所能及的范围以内……

子卿仰躺在一张床上,而小嫘坐在另一张床上脱丝袜。她将两条腿上的丝袜脱下来后,甩在他身上。他就抻着丝袜玩儿,抻得很长很长……

她扑向他,要抢夺……

而他将一条丝袜绕在了她脖子上……

他说:"我勒死你……"

她便乖乖伏在他身上,闭了双眼,呢喃地说:"勒死我吧,只要我华哥高兴……"

他说:"逗你小女孩儿玩儿呢,我哪儿舍得呀!"

她睁开双眼,亲了他一下,愤愤地说:"我不高兴他住在我们旁边嘛!"

"他怎么了? 挑逗你了?"

"那倒没有!"

"我想他也不会的嘛!"

"可他好像挺瞧不起我的!"

"那就让他瞧不起嘛! 别谈他。这会儿不是谈他的时候……"

"可他还笑话我胖!"

她离开他,站在床边,非常迅速地一下就脱光了衣物,赤裸裸地将自己的身体展示给他看……

"我胖吗? 要是真胖,那也是为你胖的! 人家为你,连胖瘦都不在乎了,可你还总训斥人家……"

他望着她,以一种评判的口吻说:"具体针对你这样的女孩儿而言,像现在这样,也就是比先前略胖一点点,是最佳体态,也是最招人喜欢的了! 你关门没有?"

"没……"

"胡闹! 那你……"

他欠起了身。

她马上一笑:"关了,我能不关门就这样儿吗? ……"

"敢戏弄我? 我可要惩罚你了……"

"随你怎么惩罚……"

她诱惑地笑望着他……

"我强奸你……"

"强奸吧! 我还没尝过被强奸的滋味哪……"

她嘻嘻地笑出了声儿。

而他,将她的一条丝袜套在了头上……

"你不怕我这样子?"

"不怕……"

"你竟敢不怕我!"

他一跃而起,抱住她,而她顺势就倒在了两张床之间。最初她的一只手还搭在床上,随即那只手也滑下去了。

我趁机赶紧回到我的房间。刚才我靠着阳台一角时,一动也不敢动。唯恐一动,被他或她无意间从那扇敞开的窗上瞥见我的影子。

我不禁佩服子卿的周密。他选住在这一幢对面没有楼房的宾馆,而且选住在最高一层,想必不是没经过思考的吧?……

我不禁地又想——男人真是不同得千差万别的动物,不同得匪夷所思。

他为什么要寻找类乎强奸一个女孩子的体验呢?那真的会给他带来特殊的快感吗?抑或只不过是他那套用思想去爱女人的逻辑中派生出来的一种意识要求?

于是我想到了她——那个我该称"嫂子"的女人。

女人也是不同得多么千差万别啊!她为什么偏偏希望用她所主张的活法去影响他呢?天晓得她究竟主张一种什么活法!我和她根本没交谈过这一点。如果她的头脑里也装进小嫘的那些思想,或者更准确地说,也像小嫘一样全盘接受子卿的教诲,那么她不是就会觉得很幸福了吗?而在我的隔壁房间,也就不会上演一场假作真来真亦假的色情小品了吧?即使同样上演,做子卿配角的,也不一定是小嫘而很可能就是她自己了吧?

忽然有人敲我房间的门。

我开了门,见是一位陌生的小伙子,三十多岁,衣着体面,一副很干练的样子。

273

"您找谁？"

我以为他敲错了门。

"北京来的？"

"对。"

"作家？"

"对。"

"姓梁？"

"不错。"

"那么我没敲错门。"

"可我不认识您。"

"我们这不就认识了吗？能允许我进入房间谈吗？"

我只好请他进入房间，心中充满疑惑。

他坐下后，双手挺恭敬地呈送给我一张名片，上面印的是××公司总经理助理。

我说："在我的记忆里，我好像与贵公司从无什么来往。"

他一笑，不慌不忙地说："是这样。不过，我们总经理早已仰慕您的大名，想请您写一篇关于他的报告文学。字数不一定多，三四千字就行，能在省一级的什么报上发一下就行……"

"对不起，"我打断了他的话，"可我，见都没见过你们总经理，对他，对贵公司都一无所知，怎么写呢？"

他将考克箱担在双膝上，按启一道缝，取出一份打印材料，又用双手恭敬地呈送给我。

"您这样的大手笔，几千字，只要看看这份材料，还不是一个晚上一挥而就的嘛！"

我一目十行地扫了几页，还给他，正色道："恕难从命。我正在赶写一部长篇……"

他又一笑，仍不慌不忙地说："你们作家时间宝贵，这我们总经理估计到了,现在是一个时间就等于金钱的时代。所以,我们总经理让我给您带了点儿润笔费。"

他第二次将考克箱担在双膝上,按启一道缝,一道勉强可以伸入一只手的缝。

他的手从那道缝挤入考克箱,取出了一沓钱,轻轻放在茶几上。

"您看,三千元,少不少?相当于每千字一千元左右。"

我没理睬。

暗想区区三千元就企图打动我的心吗?那不过就是一集电视剧的最低价。

"请您把钱收起来。这不是钱的问题。"

我态度极其严肃极其庄重地说。我想向他证明,同时也向我自己证明——不受金钱驱使的作家还是有的,起码我自己就是一位。

他并没有收起茶几上的钱。他的手又从那道缝塞入到考克箱里,又取出了一沓钱放在茶几上。

"我们总经理交代,为了劳驾您的大手笔,我们可以不惜重金,再加三千,您看行吗?"

我真的感到被侮辱与被损害了!

"我要求您把钱收起来,并请您出去!"

又有一沓钱放在茶几上,看去比前两沓合起来还要厚些。

我望望钱,望望他,一时不免盯着他有些发怔。

三千字……

区区三千字……

那些钱是一万二,还是一万五呢?

我下意识地扭头朝房门看了一眼。

他低声说:"我随手将门插上了。"

他掏出烟盒,吸起烟来。

我尽量不去望那些钱。

我说："请多海涵,我的态度有点儿……其实作家为企业家什么的,包括为贵公司的总经理树碑立传,也是'改革'时代赋予作家的神圣使命。"

他说："您能这么想太好了。您吸烟吗?"

我说："吸的,来一支吧。"

于是我接过了一支烟。第一口就呛得我咳嗽起来。不是他的烟太冲,是我自己心里未免激动。几千字一万多元。我此前从未想到我的字那么值钱!那等于一个字四五元钱啊!比拍电报贵多了!以后我不见得再能遇到被如此厚爱的机会!

当我止住咳嗽,发现茶几上又多了一沓钱。我猜那些钱已足有两万,只多不少。

我说："刚才我也没太详细看这份材料。让我再细看看,什么事儿都好商量。"

我又装模作样翻看起材料来。

而他将一条腿架在另一条腿上,静默地吸着烟,期待着……

片刻,我拍着那份材料说："不看不知道,认真一看,事迹很感动人嘛!对这样的人,一位作家不用笔讴歌颂扬,那还讴歌什么人呢?那还颂扬什么人呢?"

他掐灭烟,问:"那,咱们就这么定了?"

我说："没问题,明天晚上你来取稿!"

他站起来后,我说:"要不要给您打个收条?"

他摇头道:"这不必的,完全不必……"

连收条都免了!

谁说作家养活不了自己呢?

我将他送出门时,愣了——门外站着子卿和小嫘。

那位"总经理助理"将考克箱呈送给了子卿。

子卿问:"你们谈得怎么样?"

他回答:"不辱使命。"又说,"没我的事儿,我就走了!"

子卿在他肩上感谢地拍了一下,点点头。

于是他转身便走……

于是子卿对我大鼓其掌……

于是小嫘睥睨着我诡秘地笑,那笑样颇有几分瞧不起的意味儿……

而那位"总经理助理"走出几步,站住了,回头对我说:"梁作家,请千万别恼恨我。其实我挺尊敬您的,没想到以这种方式见到了您……"指指子卿,接着说,"这场小玩笑,您的朋友会向您解释的……"

"你走吧你走吧。"

子卿朝他挥手,看样子已经开始有些厌烦他了。

两位楼层的服务员小姐,从不远处的接待柜台那儿,以猜测的目光望向我们。

尽管我尚被蒙在鼓里,不甚明白真相,但已经意识到自己是被耍弄了。

我退入房间,坐在沙发上,吸着一支烟,专待子卿如何向我解释。被耍弄的羞耻感,使我内心里愤怒到了极点。我夹烟的手微微颤抖不止……

子卿和小嫘也先后进入到房间里。子卿关了门,往床上一坐,笑望着我。他坐在床上是唯一能坐在我对面的地方。小嫘却走向另一只沙发,她刚欲往沙发上坐,瞥了我一眼,没敢坐,又离开沙发那儿,站到窗前去了。大概我脸上的表情使她有点儿不安。

我瞪着子卿,用恶狠狠的语调说:"你解释!"

他说:"你口气这么凶干吗?其实也没什么好解释的。那小伙子不是告诉你了吗,不过是一场小玩笑。然而我却希望你不要仅当成一场小玩笑,也不要生我的气。你非生气不可的话,也只应该生你自己的气。这场小玩笑再次证明这样一条真理——天下熙熙,皆为利来;天下攘攘,皆为利往。金钱的作用的的确确是万能的。如果它不能收买一个人,

277

往往是由于这个人已经占有了使他感到满足的金钱,或者数目太小,或者犯了方式方法上的错误。当然,因顾惜自己的声名、地位、权力等而似乎不为金钱所动的人,今天还是有的。但已经太少太少了,也许和国宝熊猫的现存量相等。但你显然不是这种人,这场小玩笑就同时证明了这一点。你完全不必因此而感到失了什么面子,更不必因此而感到羞耻。人,倘能认清自己实际上是怎样一个人,总比自己欺骗自己,或在自己戴上的面具之后要好得多。那样活着太累。人在自己没有勇气撕破自己的面具时,就需要别人替他撕破。首先当然是应该需要朋友替他撕破。面具一经撕破,可能会使自己一时无地自容,也可能会使自己对自己感到吃惊。但以后就永远地从面具后解放了,该怎么活就怎么活了。这好比少女失贞,以后就不在乎了,反而活得没了枷锁,活得更是女人了。从这个意义上讲,使少女失贞的那个男人,其实正是使她意识到她乃女儿之身的男人。不管他是狡猾地勾引她,还是粗暴地强奸她。少女们的所谓贞洁,其实不过是上帝给女人戴上的最初的假面。而男人的假面都是自己戴上的,男人的假面是男人的所谓贞洁。好比男人将一种不同于少女的处女膜遮在脸上,粘在脸上,这细想想多么可笑。"

我夹烟的手更加颤抖不止……

听着他当小嫘的面对我如此这般地"解释",我确实觉得无地自容。

小嫘却在他说时频频点头。她目光里满含情愫满含崇敬地注视着他,像一个决心终生侍奉上帝的姑娘,注视着一位脑后有光环的神父似的。仿佛那光环别人看不到,只有她自己能看到。仿佛他若非是上帝本人的化身,她则一定是上帝亲遣的特使。仿佛子卿他不是在说给我听,而是在说给她听,我倒成了一个沾光旁听的人似的。

我侧脸瞧着她那种虔诚之至洗耳恭听的样子,内心里更加愤怒了。分明地,她整个人处在一种海绵状态,子卿他说的每一句话,都被她唯恐遗漏地吸收了,并在她的心里,在她的头脑里,在她的血液里,甚至在她的一切脏器和肌肤里,迅速地转化为某种宝贵的生命源……

而我——我仿佛是很权威的外科教授给学生上解剖课时的一具尸身……

子卿也吸着了一支烟。

他将烟叼在嘴上，双手一撬考克箱的暗销，箱盖啪地张开。他倾立着它给我看——内中已空空如也。

他接着说："正像我估计的那样，才两万元，就完全把你摆平了。采取的是最低劣的方式……"

我联想到他对我讲的——他"征服"一名三流女歌星，还用了十二万之巨！

"我知道你心里此刻在想什么。你觉得委屈，更加觉得羞耻是不是？认为即使试探你，起码也应该用十二万是不是？对你完全不必用那么多。你看，事实如此。那么你自己又为什么不再僵持一个回合呢？缺乏自信心是不是？不过在这一点上我倒并不嘲笑你。见好就收也难能可贵。男人的才华体现在许多方面。十六世纪至十八世纪，西方人评价小说家往往过分热情喜欢夸大其词，太喜欢滥用'伟大'两个字了。历史就是历史。某些历史一旦过去意味着永远消失。现在小说家的才华，大约该在九等以下。而女人这类东西，其中的上品、精品、名品，从来都是这世界上仅次于金钱的东西。从价值连城到值一辆'奔驰'或'凯迪拉克'或'皇冠''夏利''大发'什么的不等。所以你不能用九等以下的东西去同仅次于金钱的东西相攀比，这之间根本没有可比性。十二万对一名女歌星不过是物美价廉，两万对你却是高。"

"那小子是哪儿的？"

"那'总经理助理'？我也不太清楚。没细问。我在歌厅碰到的。小伙子歌儿唱得不错。我给了他五百元钱，请他参与这场小游戏，并扮演重要角色。没想到他十分爽快，没讨价还价就一口应承了。他的角色演得还可以是不？那两万元你也别还我了。一万元你自己留着花，另一万元你回北京替我捎给大娘。你花我一万元钱还不是应该的嘛！我也早该孝敬孝敬大娘了。你替我陪我母亲过生日,我孝敬大娘一万元钱,对你,对我,都应该是心甘情愿的,对不?"

我本想在对我最有利,而他目光从我身上转移开的时机,扑过去揪住他衣领,狠狠扇他几耳光。但听了他的话,我立刻打消了当着小嫘的面扇他几耳光的念头。不完全因为他的话中对我对我老母亲表达的那份儿诚意,还因为那两万元钱,甚至主要是因为那两万元钱的作用。

他凝视着我,指着小嫘质问我:"你为什么要瞧不起她呢?难道她还不算一个好姑娘吗?她仁义,她善良,她对我情感专一,百依百顺像一个乖女孩儿。冲着你和我这层关系,你也不应该瞧不起她啊!你瞧不起她我心里就不感到被朋友伤害了吗?我心里就不感到恼火了吗?"

我嗫嗫嚅嚅地分辩:"我并没有瞧不起她啊!我怎么会瞧不起她呢?我也和你一样,认为她算,不是算,根本上就是一个好姑娘!"

"可你吃晚饭时问她那些话,表面虽然像是关心她,其结果不等于挑拨嘛!我知道你不会有那么卑鄙的动机,知道完全是她的误解,所以我也根本不作别的方面的主观猜测。但即使是误解,你也应该向她道歉。她年纪比你小得多嘛!你是老大哥嘛!再说,以后几天里,我会很忙,吃啦玩啦,没时间也没精力陪你,得小嫘陪你。她要是内心里一直揣着对你的误解,我夹在你们之间,看在眼里也不好,是不?"

我说:"那是,那是……"

又站起来,瞧着小嫘说:"你把我想到什么地步去了?我和你华哥那是什么关系?总之算我不好,我向你道歉,行了吗?"

她笑了。

她说:"我华哥当咱俩面把话讲开了,我心里就不误解你了,也不疙疙瘩瘩的了。"

于是我们三人又闲聊了一阵,高高兴兴地一块到歌厅消磨晚上的时光去了。

我长了记性,以后的两天内,除了些闲扯淡的玩笑话,再也不对小嫘说什么正经话问什么正经话了。

第三天吃过晚饭后,小嫘陪子卿办买车卖车方面的事去了,我一个人躺在床上看江那边的电视节目。

有人敲了几下门,不待我说请,已悄悄进来了——是总服务台的一个小伙子。就是我转过来住登记时,对我和小嫘非常客气的那小伙子。

他问:"隔壁翟先生不在?"

我说:"不在,办事去了。"

又问:"那,小嫘呢?"

我说:"小嫘也不在,和他一块儿去了。"

他叫小嫘叫得很亲近,想必她和他已经混得稳熟了,甚至可能很"哥们儿"了。看来,子卿之所以喜欢小嫘,未见得就没有"公关"利益的考虑。在许多"公关"环节,尤其在子卿接触的层面,恰恰是她那种模样讨人喜欢,性格活活泼泼,允许开口就开口,不允许开口就一言不发,但也不留心听什么,小猫儿偎人小鸟儿依人的女孩儿最适合吧?而且她最大的优点乃是招之即来挥之即去,全没半点儿正宗"公关小姐"的矜持。

小伙子犹犹豫豫,想走不走的样子。吞吞吐吐,有话想说不说的样子。

我说:"这几天我上上下下、进进出出,一日三餐总是小嫘她陪着,你常见着的吧?"

他说:"对,对,常见着的。"

我说:"我和他们是朋友,尤其和翟先生,是关系非同一般的朋友。"

他说:"这,我也知道。您转过来住之前,翟先生就亲口告诉我了。否则,我也不会把住客调来调去,硬是为您挤出一个单间。"

我说:"那你还顾虑什么?有什么非当面告诉他们的事,告诉我,也就等于当面告诉他们了。"

"他们……估计什么时候能回来?"

"那可不一定了。往早了估计,也得十一点左右吧!"

他又犹豫一阵,终于开口说:"是这样的……今天夜里,大约一点钟左右,公安局'缉黄'组要采取袭击动作,各大小宾馆旅店,凡能住人的地方,都要筛一遍。您也知道,翟先生和小嫘,他们不是那种正式的……关系……因为我说是我亲戚,作了口头证明,也就半清不白地让他们住一起了……我告诉您这件事儿,无论他们回来多晚,您都得转告他们。最好让小嫘单住一夜,您和翟先生合住一夜。反正一夜,混过去就万事大吉了……翟先生对人很大方,又很仗义,我愿长久交往他这样的朋友,所以才来通报。实际上我这样做是拆公安局的台啊!"

他匆匆说完就走,在门口转身又千叮万嘱地说:"您可一定一定别忘了啊!"

我说:"放心,这么重要的情况,我想忘也忘不了哇!"

子卿和小嫘没归来太晚。十点刚过,就双双回到他们的房间了。我听隔壁房间有了动静,就过去了……

子卿满面悦色,看来他的事情进行得顺利。他斜卧在床,已闲怡地欣赏许多照片,并将我扯到床边,和他一块儿欣赏。

有他单独照的,有小嫘单独照的,但更多是他和她的合影……

小嫘的衣物胡乱抛在沙发上。她在冲澡。

子卿说:"你选一张吧,留作纪念。"

我就选了一张他的单人照。

他问:"为什么不选我和小嫘在一起的?"

我说:"你只让我选一张,我当然要选你的单人照了。"

他说:"那就允许你再选一张。"

我就又选了一张他和小嫘的合影。

"没人来找过我吧?"

"没有。"

"明天我有一上午空儿,咱俩也应该在一起照几张。"

"好。"

"你看这张照片,小嫘像谁?"

我沉吟了一下,顺着他的意愿说:"像鲍卫红。"

他不禁地瞪着我。

我又说:"太像了。真的!"

他依然瞪着我,双手抱向脑后,缓缓往床上躺下了身子。

他问:"你……还没把她忘了?"

我说:"偶尔想到罢了。"

他说:"我却经常想到。"

"你不是嘲笑怀旧情结嘛!"我转身坐到了沙发上,内心里很快感地望着他。我希望有某种可以称作"情结"的东西也纠缠住他,像鬼魂附体似的,使他于得意之时变得忧郁变得沮丧,最好是变得颓唐之极……

"跟怀旧无关。不过是时常产生的,弥补损失的念头罢了。凡是我看中的女孩子,都有几分像当年的她。起码我自己觉得那样。我一旦看中了她们,我就要求自己必须得到她们,至少得到一个时期。她们如果假模假样,似乎不愿,我就用钱摆平她们。过程几乎千篇一律,简单快捷,又公式化又概念化。你有钱,你才会产生弥补你人生损失的念头。穷光蛋决不会产生这样的念头。你有钱,你才有资格弥补你人生的损失。你有钱,你才有资格这么认为——你的人生不应该留下损失留下遗憾。钱是一种'创可贴',人的一切创口,其实都可以用钱严密地贴住。"

"可是,她们毕竟只不过像当年的她。"

"那又怎么样?十个像她的女孩子,还抵不上一个她本人吗?在像与不像之间,你人生的创口,仿佛都可以变成供你把玩的东西。有钱你才有资格把玩你的创口。把玩时那种感觉才接近一种特殊的享受。你没钱你配吗?微微有点儿疼,但疼得很舒服。说来你也许不信,我还真的找到过她。"

"她如今怎么样?"

我眼前立刻浮现出了她当年的样子——窈窕,丰满,清丽而又英姿飒爽。

"不怎么样。早退役了。在一家小医院里当护士长。又老又憔悴,还邋里邋遢的,絮絮叨叨的。跟我诉苦,说工作没意思,丈夫收入低,孩子进不起重点学校。"

"你……"

"问。"

"你没有……"

"问。"

我竭力咽了一口气,决定不问。

"我知道你想问什么。我干吗不? 我当年明明是爱她的。当年我们之间的事,主要是我的损失,不是她的损失。我必须弥补我人生的损失。她一边脱衣服一边还絮絮叨叨的,希望我看在她当年对我的情分上,替她的孩子交三千元转学费。而我,只能闭着眼睛和她……和她进行那种'操作'。她已经变得又老又憔悴,邋邋遢遢的,连化妆品都舍不得买。我闭着眼睛想象她仍是当年的她,我们在小河边,在一片洁白的雪地上……过后我给了她五千元。"

"多少?"

"五千。她孩子的转学费三千就足够了。我给了五千。她如果不是变得又老又憔悴,邋邋遢遢的,还絮絮叨叨的话,我也许会不止给她五千,但她太扫我兴了。她使我弥补我人生损失的愿望变得滑稽可笑,所以我那一天心里其实是有点儿厌恶她的。她给我打过两次电话,还想和我幽会,我婉言推托了。那以后我又回忆起她几次。但每次回忆起,我都想象当年的她就是现在的她这种样子。于是再也不觉得当年我们之间的事,对我是什么遗憾是什么损失了。用思想爱女人,在今天尤其体现着男人活法的智慧。在今天,缺少这种现实主义的智慧,那个男人就太不可救药了。"

我觉得,室内的温度,仿佛一下子低到了零下四十度似的。如酷暑之际中寒,从心里往外感到冷。

这时小嫘裸着身子就从浴室出来了,见我在,急转身逃入浴室,并在浴室大叫:"华哥,你好坏!"

子卿明知故问:"我又怎么冒犯你啦?"

"有别人在,你咋不告诉人家嘛!你坏你坏你坏!"

她在浴室里撒着娇。

子卿笑了:"你突然就溜出来了,这能怪我吗?"

我说:"我困了,你们也早点儿休息吧!"说完便往外走。

子卿说:"别忘了明天上午咱们照相,你抽空儿刮刮胡子!穿得体面点儿!"又大声说,"你也别急着出来了,给我搓搓背,行不?"

后一句话自然是说给小嫘听的。我还没离开房间,他已开始脱衣服了。

在一阵急促的敲门声后,是几秒钟的沉寂,接着是一阵粗暴而严厉的呵斥:

"住口!要解释到了另外的地方再解释!"

"少跟他们啰唆!把他们拖下床!"

"你他妈的披上衣服!想腐蚀公安干警啊?!"

"都铐上!走!快走!"

男人们粗暴严厉的呵斥声中,夹杂着小嫘的哀哀哭泣和惊骇尖叫。

这正是我静静地躺在床上,于似睡非睡状态中期待着从隔壁听到的。

尽管没听到翟子卿的什么声音,但我完全能想象得到他当时的狼狈情状。

我硬撑着困盹坚持到两点多,一时似乎获得到了最完美的补偿,那一种快感像葡萄糖缓缓注入血液里似的舒畅。我曾因脑供血不足打过点滴。人有时也会由于非病理原因而产生脑供血不足现象吧？那么当然也同样需要心理"点滴"啰？它究竟能维持多久的舒畅呢？

于是我服了两片安眠药。

接着我睡得很香很香，一直睡到第二天上午十点半。

我第一次在没有小嫘相陪的情况下去餐厅用餐。经过一楼大厅时，我发现那个预先通风报信的小伙子一直在总服务台后望着我——我一望他，他立刻将后背转向我。

虽然这一次只好由我自己买单了，但我胃口大开，吃得挺多。

两天后，我求助于当地新闻界，将翟子卿和小嫘保释了出来。他们对我的名字当然并不陌生，再加上我是当地老知青这一层似乎与当地人有着特殊亲情的关系，事情办得较顺利。

不过子卿交了五千元罚金。

他和小嫘都没有脸面再回到那宾馆去住了。

他要等着提取的那十来辆车是提取不成了，因属于走私行为而充公了。尽管这是他和另外几个人合作的一笔生意，但他单方面的损失想来也够惨重的了。也许他从未遭到过如此惨重的挫折吧？

他那种仿佛一蹶不振的样子和小嫘那种心有余悸的样子，又使我心中顿生恻隐。

但我并不后悔。

轮到我为他们安排一个更理想些的住处了。我将他们介绍到了我住过的那家私人小旅店里。小嫘住进了一个三人的房间，另外两个人是往返于黑河哈尔滨之间"跑单帮"的女商。子卿住进了我曾住过的那个单间，我离开后它一直空着。因为对于住客它的价格作为单间是太划不来的，而且也未免太小、太憋闷。

"其实，你内心是轻蔑我的，对不？"

傍晚,在黑龙江畔,子卿这么问我。我们坐在江堤中段的石阶上,都吸着烟。他问时,并不一如既往地凝视着我,而是凝视着江水。

我沉默许久,诚实地回答了一个字:"对。"

他低声说:"我也轻蔑你。"

我说:"我清楚。"

"你还嫉妒我,对不?"

"对。"

"我也嫉妒你。"

"我清楚。"

"我们好像……不再可能是小时候那样的朋友了吧?"

我又沉默许久,诚实地回答:"不再可能……"

"为什么?"

"不知道。"

"你努力过吗?"

"努力过。"

"我也努力过。"

"我清楚,其实都何必呢?"

"是啊……其实都何必呢!"

"可我们之间……究竟怎么了?"

"不知道。"

"我也不知道。"

沉默。

很久很久地,我们都沉默着。

江水滔滔,从我们眼前流过,流过……

对岸的布拉维戈申斯克显得很静谧,灯光也并不比二十几年前辉煌。几艘巨大的货轮,抛锚在对岸江中。货轮上的吊车,执拗地向这边伸出着它的钢铁手臂,仿佛在求索什么,也仿佛在讨还什么,还仿佛像一只朝恋人伸出的手臂永恒地僵住着。

"你为什么不告诉我呢?"

"我不是说了嘛,我也不知道。"

"我指的是两天前夜里的事。"

"……"

"那你为什么又把我保释了出来呢?"

"……"

人在诚实的时候,话语往往是很节约的,有时甚至是很吝啬的。有时诚实的杀伤力强大过虚伪的。我灵魂颤悸着,自己首先就被它那种我能想象得到的杀伤力骇住了,不敢也不忍心再多给予他一点点。

"做都那样做了,解释一下反而更难吗?"

"子卿,这你就未免太冤枉我了。不错,宾馆总服务台那小伙子是嘱咐过我,你们回来,我到你们房间去,就是想转告你们的,可……"

"可什么? 我听着呐。"

"可……可你让我陪你欣赏照片,小嫘她又那样一次,你还像是要急着进浴室让她陪你冲澡,我能不识趣儿赶快离开吗? 被你们一分心,我明明想着的事儿,一转身也就忘得一干二净……能怨我吗?"

说完,我的心情顿时轻松下来了。我为自己解释得合情合理而满意。忽然我觉得人若为自己的卑鄙进行辩护,其实理由是不难捏造的。而且种种的理由往往似乎预先就埋伏在事情或事件四周了。

"你非要这么解释,当然也能解释得通。我并不想谴责你。因为这样的事我早已经历得多了,早已不能很严重地伤害我了。不过是婚外同居,这在今天算什么丢人的事? 连绯闻都算不上。涉及绯闻也得有资格,起码也得是你这样的人。二十几万元更算不了什么。到年底还有三个多月的时间,足够我再寻找再策划一次赚钱的机会。成功了,也许二十几万元又赚回来了。而且,你我之不同,恰恰在于——我这种人,是要经常和公安局、法院、税务部门、'打假办公室'、'反腐倡廉'机构周旋的。

没有我们,国家养着他们干什么?人们并不会因此而轻蔑我们。只要我们依然是'大款',哪怕我们进过一百次公安局,我们依然是当代英雄。只要人们依然承认金钱的权威,就将依然对我们保持应有的敬意。而金钱的权威,在这个时代,注定了会一天比一天更加强大。所以人们对我们的敬意,也将一天天有增无减。直至最后形成习惯看法,认为我们就该是如此这般的一些人,一个阶层。认为我们婚外同居是理所当然的,认为我们像换衣服似的换情人也是理所当然。高档商品是由于我们这类人的存在才产销两旺的。某些女孩子某些女人,也是由于我们这类人的存在才得以选择她们最情愿最如鱼得水的活法。而你们这种人,具体说来就是你吧,你没有资格像我这样,你没有我们的经济基础。时代和社会也不发给你们特许证。新闻媒介要求你们能充当良好的公民形象。因为你们首先已将自己束之高阁。仿佛你们当然要代表社会良好道德,社会良好风气似的。仿佛你们当然是些有责任对社会施加良好影响的人似的。其实你们和我们没有根本的区别,对金钱,对女人的最本质的意识,和我们完全是一致的。不过因为你们没有我们这样的本领,或者根本丧失了我们这样的本领,所以你们只配当什么作家。你们对我们的轻蔑首先是由于对我们的嫉妒而产生的。承认自己是寻常人比虚妄幻想自己是特殊的人有时要困难得多。也要承受别一种痛苦。你们不愿承认自己是寻常人。因为这么一来,你们连最后的一点儿良好感觉也没有了。于是你们只有轻蔑。你们是些太敏感的东西,你们并不如你们自己所想象的那么能经得起社会方方面面的刺激,你们将一天比一天感到失落,于是你们只有不停地挥舞轻蔑。看起来轻蔑像是你们的矛,实际上它不过是你们的盾。看起来你们像是在出击,实际上你们不过是在防守。你们一天比一天感到陷入轻蔑的重重包围之中。最不能容忍的便是我们对你们的轻蔑。于是你们以轻蔑反击轻蔑。但是我想告诉你——在这一点上,在你们和我们之间,起码是,在你我之间,存在着相当大的误会。我们这种人,具体说就是我吧,并不像你想象的那么轻蔑你。我哪里顾得上轻蔑你呢？我又哪里能分出心来轻蔑你呢？我谁都不轻蔑。轻蔑是阿 Q 精神的常规武器，是精神胜利法之一种，是滑稽可笑的。归根到底，我要求你向我解释，是想判断一下你解释的水平。敢卑鄙，就要预备好辩护词。我给你的辩护词打及格。第一次能及格，成绩也就不错了。再说你的行径也谈不上卑鄙。嫉妒派生出轻蔑，轻蔑派生出憎恶，憎恶激发借刀杀人的冲动。这是那么地符合规律。符合规律的事情乃是自然的事情，否则倒不自然了。人对自然的事情应该表现出必要的起码的心理承受能力。平静承受是一种风度。再说你的行径，也曾是我以前的行径。"

江水滔滔……

它的上游是黑暗的一片，将两岸的大地用同调的黑暗连在了一起。村庄里稀疏的灯光，分不清是在我们这一边，还是在他们那一边。它的下游也是黑暗的一片，连稀疏的灯光也望不到。只有我们眼前的一段江面，被布拉维戈申斯克的和黑河市的灯光照耀着，波粼烁烁。仿佛从一片黑暗之中喷涌而出，泻入另一片黑暗之中去了。

我被他的话"催眠"着。

我被他的话定住着。

我想捂上耳朵，可是我的双手不受大脑的支配。

我想喊叫着喝止他的话，可是我干张了几次嘴却喊叫不出声音。

我想起身离去，却像被江堤的石阶粘住了。

我还能做到的，不过是在他说时，偶尔能稍微侧转一下头望向他。

不知从何时起，他半边的脸颊上有一行闪亮的东西在缓缓流淌。

"你没有忘记过你曾是一个穷家小子吧？"

"……"

"我问你呢。"

"对。"

"我也没忘。"

"我是平民。"

"平民?"

我又稍微侧转一下头望向他。他半边的嘴巴朝上翘着,分明是在冷笑。于是那一行闪亮的东西流淌至嘴角那儿受阻,折了一个小弯。

我很奇怪于别人的眼泪一般都是从眼尾涌出的,怎么他的眼泪是从前眼角涌出的?

这时我觉得有什么小东西也从我脸上滴落了下来,滴在我手背上。

这时我才发现我的烟早湿了,早灭了。

而他的烟也湿了,也灭了。

我不明白为什么我们互相嫉妒互相轻蔑互相伤害互相报复而又……那么地互相怜悯。

"平民?你居然还要冒充平民,你怎么不说你是贫民?而我翟子卿,却只记得,小时候曾那么痛恨地诅咒过贫民的生活。小时候对我来说,你家的生活就是平民的生活了。平民的生活就是值得羡慕的幸福生活了。现在你已经不属于平民了。"

"可我的情感还……"

"别打断我,也别跟我扯什么情感。我读过你写的某些东西。你以为你写过某些似乎同情平民的东西,就足以证明自己是平民的代言者了?其实你只不过是在写你较为熟悉的生活而已。就像早市上,炸年糕的不摊煎饼,不过是因为专有人排着队买他的年糕吃。如果没人吃年糕了,你不去摊煎饼才怪呢!"

"你这是歪曲!"

"耐心听我说下去,你不过是一个仰仗着吃年糕的平民活着的人而已。在平民和中国的新生的大款之间,其实你更向往成为后者。成不了,你就站在平民的阶级前沿,冲着后者哇哇怪叫,泼过去你的轻蔑、嫉妒和憎恨。但是,如果某一天,平民需要用战斗的方式解决社会分配不公时,你会为他们冲锋陷阵、赴汤蹈火吗?你不会的!所以,我要告诉你,仅仅有轻蔑和嫉妒是不够的！也是痛苦的！还要有野心！否则，你将会再度成为平民的！甚至可能沦为贫民！一个再度成为平民的人就将永远是平民了！而贫民们要想彻底改变他们的命运，至少需要三代的挣扎！将来的社会，乃是一个只能给平民留下百分之一还不到的机遇的社会！贫民则只能任由他们去盲目挣扎！没有人会再告诉你这些了！我也开始对你厌烦了！我不是你的家长，也不是你的教父，更不愿充当你的导师！穷人，还是富人，轻蔑、嫉妒，还是张扬起自己的野心，学会参与瓜分，甚至参与掠夺的真正本领，你自己考虑吧！时代不会给你很充分的时间的！这也就是为什么某些歌星影星，动辄开口几万、十几万、上百万的原因！那些男女异常敏感，才不在乎被认为过分贪婪哪！他们明白，他们正处在一个紧迫的时代！他们已变得没工夫轻蔑也没工夫嫉妒！常规的贪婪已显得滞后了，超常规的贪婪已显得来不及了！我不再强求你成为我的'同志'，我们不在一个思想层次上，你还没资格成为我的'同志'。你先向那些娱乐圈里的明星们虚心学习吧！"

他的语调不再那么娓娓道来了，不再是"三娘教子"式的了。真的，他的的确确地是表现出了对我的厌烦。他似乎在暗示我——我们之间以往的一切关系，一切剪不断理还乱的情感，今后都将不存在了。

我沉默着，屈辱地沉默着。他的话像鞭子，已抽得我遍体鳞伤。然而我只有沉默着。既不在沉默中爆发，也不在沉默中忏悔……

终于，我冷冷地说："后会有期！"

站起来时却发现，他不知何时已离去了。

江水滔滔……

第七章

第二天,我告别了黑河。

我打算通过邮局将他大方地给予我的两万元寄还给他,但是在填汇单时,却不知他哈尔滨家中的详细地址。他曾给我那一张名片,也不知被我丢到哪儿去了。我想去他住的那家小旅店当面送给他,又觉得理应接受他昨晚对我的暗示——我们最好是不再见面了。

于是我将那两万元带回了哈尔滨。当然,我的确认为非还他不可的话,亲自送到他家里去,亲自交给他老母亲也就是了。

我问自己——我何必那么认真?

竟觉得没有什么非常充分非常特殊的理由能说服自己。

关键是——我曾打算还给他,这就够了。实际上并未还给他的种种理由,或者直言种种借口,其实早就埋伏在这件事周围了。有理由,有借口,便有某一天替自己进行解释和辩护的根据。

那么打算还和究竟没还给他,其实都是一样的吧。

我很乐意地就接受了自己对自己的这另一种说服。

我用三千多元为他的妻子买了一件看去极华贵的银狐大衣,准备作为我此行带回给她的礼物。我想她一定会非常喜欢。尽管眼下是秋季,离冬季还有三四个月。

我想这世界上始终有一个极大的谎言存在着——它虚伪地向世人证明——一个男人自结婚那一天起忠实地似乎"专一"地爱着他的妻子，或者反过来，一个女人自结婚那一天起忠实地似乎"专一"地爱着她的丈夫，以及一对男女由一对恋人而一对夫妻而一对夫妇而一对老伴相互忠实不二彼此情爱"专一"这样荒诞不经的事情是完全可信的。

但这的确是人类最应该感到羞臊的谎言，是人类一切胡说八道中最典型的胡说八道，也是代代相袭一个世纪又一个世纪谬论流传得最长久的谎言和胡说八道。

男女情爱的所谓"专一"，像天文学家对我们讲解宇宙是"无限"的一样根本经不起细想和推敲，也根本超出了最睿智的头脑的最广大的逻辑范围。

什么是"无限"？怎么可能"无限"？

什么是"专一"？怎么可能"专一"？

"无限"乃是我们用来安慰我们认识的局限性而创造的一个词。在一切国家一切民族的词典上它被注解为"形容词"。

"专一"乃是我们用来安慰我们灵魂的无奈性而创造的一个词。在古今中外的一切语汇中也同样被注解为"形容词"。

而一切"形容词"又都具有模糊性，包含有两方面的意思——根本不是那样，但人可以不妨或姑且认为像是那样。

人面根本不是桃花，但我们不妨或姑且认为人面像桃花。我们制造了一个美的假想，隐掉了一个客观事实。其实这和指鹿为马没什么区别。

每一个正常的男人或每一个正常的女人，如果他或她在智商和体魄两方面的确是正常的，那么他或她的一生至少爱过三次。连只爱过两次都是不可信的。只爱过两次也意味着他或她在婚前或婚后定有过一次爱心萌动情欲燃烧的时候。而对于普遍年龄长度的生命，一次就相当于某一个打火机按一万次才有一次不起火苗。多么高级的打火机也没有一个经常吸烟的人按到一万次之多居然还没弄丢它。打火机只要有一次不起火苗就意味着必定开始有第二次第三次第四次第十几次。

一个男人或一个女人只要承认有过一次婚外恋情,那么就足可以推论他或她必定有不愿承认的第二次第三次第四次第十几次。

许多男人一生都暗恋过非是妻子的另外一些女人,通常情况下她们一无所知。

许多女人一生都暗恋过非是丈夫的另外一些男人,通常情况下他们更一无所知。

女人的暗恋较之男人的暗恋天生最持久也天生最隐秘。通常情况下,她们只不过将她们的暗恋情结在她们的心灵里磨孕成一颗珠子,存入她们的记忆。

许多男人和许多女人可能都被暗恋过而自己浑然不觉。这些暗恋的情愫或情结大量地流失在人类的情感史之外。

从人民领袖到国家首脑到其他一切著名人物,婚外恋情一旦被公之于众,往往都会引起轩然大波并且备受指责,但是又往往仅过了十几年,甚至更短的时间,在他们仍活着根本无需等到他们死了的日子里,则就会由"绯闻"变成"轶闻""轶事""韵事",进而使他们或她们仿佛变得分外可亲分外可爱了。

玛丽莲·梦露如果不是爱过那么多男人,这个世界决不会似乎要永远记住她,美国人也不会一代又一代地念叨她。

美国人已忘掉了他们的多少届总统了啊!

南希是里根的第三位夫人,谁知这美国佬儿在三次婚姻之间又穿插过多少次不被人知的风流韵事?

丘吉尔倘没有婚外恋至少对于传记文学作家及全世界的传记文学读者、传记电影迷是多么令人遗憾多么糟糕的事啊!

"对于美丽的女郎们我经常产生的是强暴她们的念头……"另一位美国总统卡特因为对采访他的女记者当面说了这句著名的惊世骇俗的

大实话,又为他争取了多少支持他连任的选民啊!传记文学家用调查数据向读者显示——后来支持他连任的选民起初并不打算支持他,认为他太庄重了。后来终于支持他连任,是因为"总统在对女人方面表现出的惊人的诚实"感动了他们。

一部分美国人非常希望一个"最诚实的男人"连任他们的总统。与此一点相比,庄重是他们不屑于谈论的。一切男人都本能地会在必要的时候装出庄重的样子,但是本能地说实话的男人并不多,尤其在对女人方面。

秋雨霏霏。

我又住进了同一家宾馆。将自己在房间里囚禁了一下午,吸着烟,用五百格的大稿纸一行行写出了上面那些文字,写满了六页整整三千字。开始我只不过想在日记里记下一点儿杂感,后来一想何不写成一篇文章寄往哪家报刊换一笔小稿费呢?我给它定题为"关于爱的絮语"。

离开哈尔滨时下雨,回到哈尔滨后仍下雨。也不知在这段日子里,哈尔滨的天气究竟晴朗过没有?

然而我喜欢它用雨天迎接我。

从窗口望出去,霏霏的秋雨将街树肥大的叶子洗濯得绿生生的。雨天使我的心境更加多愁善感。在多愁善感的心境下我思想那个我该称作"嫂子"的好看的女人,我觉得我对她的情欲渴望也似乎多了几分忧郁又优美的情调。

放下笔,我进一步明白了什么叫"文过饰非",并且进一步明白了所谓文人如我者的虚伪,乃是一种多么不可医治的职业病,同时不免抱怨也没有部门给我们发点儿"保健津贴"。

我还见不见她,这个问题在火车上一直困扰着我,使我一路上不吃不喝,光一支接一支不停地吸烟。

我仍住在原先那一层楼。楼层的服务员小姐告诉我,我走后有人来找过我。

"男人,女人?"

我当时问得迫不及待。

"女人。"

"怎样一个女人?"

"三十多岁吧。不好说。她那种好看的女人,让人没法儿判断准年龄。"

我想那一定就是她了。

"她不止来找过您一次呢,找了三四次,也打电话询问过您回来没有,我们说回来也不见得仍住我们这儿啊!昨天还来找过您。我们见她心里挺急的样子,让她把电话号码留下,说您如果仍住我们这儿,我们一准通知她。她起初想留下,可犹豫了一阵,不知为什么没留。"

我说:"她是我嫂子,我……亲嫂子。也许……我哥哥有什么事儿急着要和我商议。"

我不知自己为什么要那么多余地进行解释。

过后我很后悔。觉得当时对方那种狡黠的笑,分明意味着我的解释等于"此地无银三百两"。

但是写完了"关于爱的絮语",我决定我当然还是要再见到她,主动去找她。并且,当然还是要和她鸳梦重温。

因为埋伏在我和她之间那种事四周的理由,一经我自己用笔写在稿纸上,似乎更是充足的理由了,似乎更符合人性的逻辑了,似乎更不值得自我困扰了,甚至,似乎天经地义了起来。

那一篇"关于爱的絮语",实际上完成了我对我自己的"思想工作"过程。我既扮演着一个循循善诱的、诲人不倦的、谈古论今的"思想工作者"的角色,又扮演着一个极度虚心地接受思想启蒙者的角色,同时还扮演着一个一往情深的情人和道学叛逆者的角色。我似乎找到了一种崭新的足以支持我心安理得的感觉。这一种崭新的感觉差不多彻底消弭了我内心深处的罪过意识。

人类的全部文化其实可大体地分为两类——一类教导我们不应该怎样怎样,而另一类怂恿我们去怎样怎样。我们不怎样怎样的时候,有一类现成的理由支持我们;我们去怎样怎样的时候,也有另一类现成的理由支持我们。我们正是存活在两类文化的夹页之间,一个时期里非常本分地不怎样怎样,另一个时期里非常向往地去怎样怎样。问题仅只剩下我们不怎样或去怎样,是否将预先埋伏在一件事情或一个事件周围的理由调动起来了,并对自己进行了成功的说服。

我对自己说,马克思最好的友人之一,也就是马克思家里的常客海涅,不是也暗恋过马克思夫人燕妮的吗?

我对自己说,有文化读过许多书知道许多世事真是幸运啊!

我对自己说,"用思想去爱一个女人"有什么难的呢? 我不是正学会了按照一个男人"谆谆教导"于我的爱法去爱他的妻子吗? 他大概怎么也不会料到我"学而实习之"的对象却是他的妻子吧?

我想到她时已经不去想翟子卿了——不能不想到也只不过仅仅把他想成"一个男人"而已。

在黑河,在黑龙江堤的石阶上,我说了那句话"后会有期",即意味着今后他是他,而我是我了。尽管他不曾听到。他不再是我的一半,更不是另一个我了。童年时期和少年青年时期的亲情,我今后只当它是早先的梦罢了。

那一天晚上我拎着银狐大衣去看她。我没提前给她打电话,想给她一份意外的惊喜。

然而她不在她"自己的家"。我想我不能守在门外等她,也不能站在楼洞口等她。我不愿被她的邻居们看见。我站在马路对面,希望她的身影在路上时就能被我发现,却枉然地期待了一个多小时。

也许她到他母亲那边去了,很可能的。尽管他家里雇着小保姆,但以她对婆婆的孝心,大概每天晚上不去陪老人家一两个钟点,肯定是睡不安宁的吧?

这么一想,我就不由自主地往那"一个男人"翟子卿家走去。走至半路,犹豫起来。见了老人家,我可说些什么呢?还拎着装狐皮大衣的塑料袋儿。她如果问我给谁买的,当着老人家的面可叫我怎么回答呢?我又怎么能和她一块儿从老人家那里离开呢?即使我背着老人家的目光偷偷向她暗示,即使她领悟了我的暗示,与我一前一后从老人家那里离开,在我们离开后,难保老人家不会敏感到什么。如果老人家敏感到了什么,那老人家又该何感想呢?心里又该是一种什么滋味儿呢?我可以丝毫也不觉得对不起那"一个男人"翟子卿,却无论如何也不忍公然地伤害老人家的心。何况,她究竟肯不肯与我一块儿离开或先后离开,我并无绝对的把握。倘她并不肯,对我的任何暗示都佯装不解,我岂不非常尴尬了吗?

于是我又返身往回走,心想还是在她"自己的家"马路对面期待她的好。

结果我又枉然地焦躁地期待了一个多小时。

期待使我想要见到她的欲念格外迫切格外强烈起来。

于是我再次往"一个男人"翟子卿家走去。他家的窗子已经黑了。我看看手表,才九点多。也许她是住下了。我绕到楼的背面去,他家朝西的两扇窗子也黑了。倘她果真住下了,是断不会睡得这么早的,朝西的两扇窗子应该是亮着的才对。那么她是没住下。并且,分明地,不在他家里。

会不会在我往来之际,她已从他的家里,或从别的什么地方,别的哪一条路回到她"自己的家"了呢?

我不见到她简直是心有不甘!

于是我第二次返身往回走。但她"自己的家"的窗子仍黑着。她会不会已然回到家里,并且睡下了呢?

我又看看手表,十点多了。在哈尔滨这座城市,无论春夏还是秋冬,十点多以后仍不在自己家的人是极少的,仍不在自己家的女人则更其少了,除非她是夜班工人或昼伏夜出的那类特殊女人。

于是我像个幽灵似的闪入楼洞,脚步轻轻地蹬上三楼。在她"自己的家"门外,五分钟内我敲了数次门。由轻而重,最后简直就是在擂门了。除非她服了超常量的安眠药,否则她是不会听不到的。而我又确信她肯定已然是在家里。

没敲开她"自己的家"的门,倒把对面人家的门敲开了。

"你找谁?"

一个半秃顶的男人探出头上下打量着我,冷冷地问。

我一时竟忘了她叫吴妍,竟没能说出她的名字。

"问你话哪,哑巴啊?"

我吭吭哧哧地说:"我……我找我……吴姐……"

"吴姐? 你倒说叫什么名字啊!"

那男人不走出来,显然是因为上身没穿衣服。

"这……我……我……—时想不起来了……"

"吴妍?"

"对对,吴妍。"

我讪讪地笑。

"你姐?"

"对对,我姐。"

"亲的? ……"

"对……不……不是亲的……但和亲的一样……"

我语无伦次。

"那你还叫不出她名字?"

"我……她……人不是常有这种情况吗? 你一问,一时地就把我问蒙了。"

我又讪讪地笑。

"好吧,就算她是你姐吧!你那么敲门,聋子在家也能听见了。"

"是啊是啊!"

"你是啊什么你!那就证明她不在家。"

"可我……从外地来,刚下火车。"

"她已经两天没回家了,她在不在家,我们是清楚的。她若在家,总会过来看一会儿电视新闻。她家没电视。"

那男人的话提醒了我。是的,那一天晚上我就注意到了——她"自己的家"里是没电视。

"那……她能去哪儿呢?……"

"兴许去她亲戚家了吧!不过她亲戚家在哪儿,这楼里可就没人知道了。"

我说:"谢谢……"

那男人却早已将头缩回去,我说的"谢谢"两个字,被关在了防盗门外。

我沮丧地回到宾馆,几乎一夜不曾入睡。

她已两天未归。如果说其中一天可能是住在老人家那儿了,那么这一天她究竟住在哪儿了呢?难道除了她"自己的家"之外,她还有另外一个更隐秘的住处吗?

在另外一个更隐秘的住处,在这一个夜里,会不会有另一个不是她的丈夫也不是我的男人陪伴她呢?

爱欲饥渴而又被爱闲置起来的女人,仅靠一个男人的一次情感和生理方面的临时周济显然是不够的。她可以找到许多理由说服自己的,也可以找到许多种解释的。比如解释为和别一个男人的别一次"缘"。

甚至她也可以认为我既没有必须明了的知情权,她自己也没有必须向我解释的义务。

是的,我当然没有任何知情权。

我是谁?

凭什么我有询问的资格？

凭什么她必须向我解释？

种种猜疑像一只只手，抓了一把把盐，揉搓我的心。

我觉得我自己被她严重地伤害了似的。

像如今的许多男女一样，在不知不觉的日子里，我早已不会真正去爱别人去体恤别人同情别人了。我早已变得只会爱自己只会体恤自己同情自己了。即使在我觉得我是爱别人是体恤别人同情别人的时候，实际上也是掺和了极多杂质极大私欲的。我早已不会去真正理解别人。我早已变得只会细致地理解自己了，早已变得猜疑别人就像狗猜疑一切陌生人都是贼一样了。这样的狗也许会被视为一条好狗，这样的一个人，一个男人，也是好人也是好男人吗？这时代不知怎么就易如反掌地把我变成了一头怪物，变成了本质上最虚伪最丑陋的动物。

我为自己的嬗变感到羞耻和悲哀，但是却照样对她进行着种种猜疑，并自怜地将自己想象成一个被表面温良内心淫荡的女人所要弄的男人……

翟子卿他将自己的妻子闲置着，也许还有其他难以启齿的原因吧？不仅仅由于她总是企图以自己的活法影响他的活法吧？

第二天我早早地就离开了宾馆，去翟子卿家那幢楼下守候。我希望不见她从楼内出来去上班，以证实我昨夜对她的猜疑是对的，也希望忽见她从楼内出来，以消除我心里对她的种种猜疑，至少希望能消除一半。

我从七点钟守候到九点钟，楼内不再有匆匆上班的男人和女人出来了。

我偶然间一抬头，发现对面楼的一个四层阳台上，正有一个男孩儿举着望远镜望我。我朝他一看，他立刻逃进房间去了。

接着一个男人的身影闪在窗帘后，接替了那男孩儿用望远镜观察我。究竟是男孩儿的父亲抑或是男孩儿的兄长呢？

显然，那男孩儿已用望远镜望了我许久许久。大概一个衣冠楚楚的中年男人长时间地守候在一个楼口这件事,引起了他极大的好奇心和极丰富的想象力吧?

他把我想象成什么人了呢? 守株待兔的便衣吗?

那男人也会作如是之想吗?

我冲阳台做了个威吓的鬼脸……

于是那男人的身影消失了,并且窗帘也被拉上了。

忽而我觉得自己相当可笑,简直可笑极了!

不就是一种"缘"吗? 为此我值得吗? 当成一次情爱游戏岂不更好吗? 岂不更理智更明智吗? 这时代的许多事情,许多重大的和庄严的事情早已都公开地游戏化了,何况一见钟情之下激发起的一种情爱? 普遍的情爱早已一片片地死灭,像被冒牌儿的农药一片片毒死的禾苗。她不是说过的吗? ——每一次"缘"都仅只是"那一次"。"那一次"已经过去,下一次需要下一次"缘"撮合,我徒劳地孜孜以求,真是枉费心机。

然而一个男人对一个女人的迷恋是没道理可讲的。

情欲的渴望在不能满足的时候,是根本无法转移到别的方面也根本无法转化成别的什么的。这世界上只有一种事决然不能变成另一种事而化解,那便是渴望之际的情欲。这种时候它只能起一种变化,那便是无限地膨胀。

我一边觉得自己可笑一边登上了楼梯。

"您找谁?"

给我开门的是一个十七八岁的女孩儿。一张典型的湘女的脸,天生地有几分山村俏女的妩媚,一种自然野性和都市文明相互浸染的妩媚。

我无所顾忌地说出了我的名字,并猜到了她是翟子卿为他老母亲所雇的小保姆。

"是……您啊……"

她闪身将我让进了门内。

"你知道我?"

"当然知道。"

"你怎么会知道?"

"他家人常谈到您,老太太还总说您是她儿子似的哪!"

"老人家怎么不在?"

"老太太住院了,忽然得脑血管梗塞,半个身子就动不了啦。俺和俺婶这几天轮换着到医院去陪。俺叔也不知道哪去了! 你知道俺叔哪去了吗?"

"不……我不知道……你叫什么?"

"就叫我小芹吧。他家人都这么叫我。俺们穷地方来的农村人,能起啥好名字? 还不就是叫芹啦,芳啦,芬啦什么的! 你说俺叔这人也忒不对。不管哪儿去了,家里有两部电话,往家里打次电话总不至于分他心吧? 可就是连电话也不打。不是我咒人,你说老太太要是得的什么暴病,哪天嘎嘣死了,他在外地还不知道。"

"他对你好吗?"

"对俺嘛,凭良心说,对俺倒是怪好的……"

"对你好就行了。记住,你刚才这种话以后千万不可当着他的面说。在他面前说话,你要有分寸。"

"俺不怕得罪他,俺也得罪不了他,他喜欢俺。倒是他说了俺不爱听的话,俺敢拧他的脸。"

这女孩儿得意忘形起来。

我不禁盯着她"噢"了一声。

她意识到自己失口了,在我的盯视之下脸色一时绯红。

她掩饰地又说:"您关照俺的是好心话,俺会记住的。俺刚才的话,其实是……没影儿的话,跟您贫贫嘴罢了。"

我问:"那个,那个,她今天能回来不?"

她说:"俺婶吧? 能! 她白天在这儿休息。让我晚上在医院陪老太太她不放心,怕我照料不周,所以总是她晚上陪。俺一会儿就该去替换她了,您不跟俺一块儿去吗?"

我摇摇头。

"不去探望探望老太太? 住院的人,尤其是上了年纪的老人们,都盼着有人探望探望。要不就会觉得没个人惦念着自己了似的。"

小芹显然是在动员我。

我说:"我昨天晚上刚下火车,很疲倦。改天我一定去探望老人家。"

"那,要不要我捎句什么问安的话儿?"

"话儿么,当然是要你捎的,不过不是捎给老人家。对老人家,我明明回到本市了,不去探望,光捎句话不太好是不是? 你就告诉……告诉……那个……"

"俺婶?"

"对。告诉她我回来了就行。让她今天务必往宾馆给我打一次电话。"

"她知道宾馆电话?"

"知道。"

"那……也不好当着老太太的面儿告诉吧?"

"对对。不是怕别的,我只不过……就是怕老人家挑我的理嘛!"

"俺明白!"

她脸上的绯红渐渐退去了。

而我觉得我自己的脸倒一阵阵发热着……

我走时塞给她五十元钱。

她不肯接。我说是给她"打的"去医院的车费,她才接了。原本的不肯接,其实也不是真心。一旦接了之后,立刻高兴起来。喋喋地快嘴快舌地说,在那个家里,她是主得一小半儿"内务"事儿的,老太太信赖儿媳妇,而当儿子的其实更信赖她。

博得人的好感并使人高兴起来,在如今已经变得太简单太容易了。只不过不同的人们的笑脸,价码不一样罢了。

电话刚一响,我便立即翻身下床,扑过去一把抓起了听筒。

"喂!"

"是你吗?"

一个"喂"字,就使她听出了我的声音,我激动得全身有些发抖。

我说:"是我!你在哪儿?"

"在家里。"

"哪个家?"

"老人家这边儿的家。"

"为什么不回你自己的家?"

"我累极了,懒得再多走一段路了。"

"我去好吗?"

"……"

"我现在就去,行不?"

"……"

"你不愿再见到我了?"

"……"

"你说话呀!"

"……"

我听到话筒那端隐隐传来她的低泣声……

"你为什么哭啊!喂,喂!……"

她将电话挂断了。

我握着话筒,一时只有发呆。

接连吸了两支烟,我仍下不了决心——应该立刻去她身边,还是不应该去惹她烦我。

电话又响了。

第一响还未中断,我已抓起了听筒。

"你怎么还没离开?"

"我……我不知道,你是不是愿意让我去。"

"这还用问吗?"

"可你……你把我哭糊涂了。"

"一听出是你的声音,我情不自禁地就……"

她的声音又哽咽了,没能把话说完。

"你等我!"

放下电话,几分钟后我就冲出了宾馆,冲到了马路上。

我及时地拦住了一辆出租车。

下了车,我塞给司机钱,不待他反找我,拔腿就往楼口跑。

从黑河回哈尔滨的火车票钱,讨好小芹塞给她的钱,我自己几次"打的"的钱,以及在宾馆吃饭所用的钱,买烟所用的钱,都是翟子卿给我的那两万元钱。我自己带的钱已所剩无几。自从他给了我那两万元钱,我就再没动用过一文自己带的钱。尽管他给我的钱也等于是我自己的钱了,但两笔钱好像花起来感觉不一样似的。花他给我的钱,仿佛有种不花白不花的心理在促使着我。我生平第一次随身拥有那么一大笔现款。两万元使我觉得自己仿佛也是一位"大款"似的,使我觉得自己仿佛也平添了几分风度几分潇洒似的。

不待我敲门,门已开了。然而她开门时完全隐在门后,我进了门才看见她。她双手背着,靠着门,就那么将门轻轻地,几乎无声地靠上了。我听到门锁在她身后吧嗒一响,明白她是拧上了第二道保险。

她穿着一件宽松的黑色的绸质蝙蝠衫,下身穿的仍是我初次见到她时那条蛋青色的裙子,赤足趿着拖鞋,长发也如我初次见到她时那样披散着。

她目不转睛地凝视着,看得出她的确很倦怠。

我说:"终于又见着你了!"

她不开口,仍凝视着我。

"因为我前几天离开时没告诉你,生气了?"

她终于淡淡地微笑了一下，摇摇头。

我反倒拘谨起来。站在她对面，被她凝视着。径直便往屋里走不符合我的性格。毕竟不是我的家，而是她的家。毕竟她是主人而我不是。尽管她自己倒不见得视那里为家，尽管她另外有一处她"自己的家"。也不敢轻易上前亲近她。因为她那种静静的凝视，仿佛对我体现着某种拒斥性。并且，尤使我感到拘谨的，是我一时再也找不到什么话问她，再也不知该对她说什么好。

我侧转身，后退了一步，贴墙而立。我也凝视着她，我也将两只手剪在背后。我贴墙而立乃是由于本能。人在拘谨不知所措时，总是企图将自己重叠到某一个平面上去，仿佛只有那样才能自己将自己置于一个"摆稳"的地位似的。我凝视她乃是由于情欲。以目光进行的亲爱是无举动的举动，是最不受心理障碍限制的亲爱行为。我将双手剪到背后，乃是由于我如果不那样，它们便早已热烈地伸向她去，捧住了她的脸，或将她紧紧搂抱在怀里了。

我们彼此凝视着。她的目光沉静又镇定。除了沉静和镇定，再没有别的任何语言成分。她那双会说话的眼睛那一时刻恰恰什么都不对我说，起码我觉得是那样。我的目光炽热又迷乱，和我一时拘谨不知所措的心理状态恰恰相反。连我自己都觉得眼睛和眼窝被自己的目光燃烧得好烫。我并不会说话的男人的眼睛，在对她有始无终地诉说着强烈的浓情爱欲。她靠门而立，我贴墙而立。我们各自都将自己置于一个"摆稳"的地位。在我是由于本能，由于拘谨，由于一时的不知所措。在她也许是由于分离造成的对我的生疏感。女人主动从内心里纺出情丝的时候，往往是不容被猝然中断的。一旦被中断，需要给她们足够的时间打一个结吧？

我想，我应该给她足够的时间。否则，我对她的爱欲不但非常自私，简直就具有强暴的本质了。毕竟，我属于这样一类男人——他们可能在想象之中早已强暴过了何止一百个女人，倘若对一个未曾表示出情愿的女人,还是不忍哪怕稍微冒犯于她。一个你迷恋的女人毕竟不是一支你花钱买到了手的雪糕。

她经受不住我的目光对她的灼烤了,因为她低下了头。同时她的一只手,将蝙蝠衫的阔领口朝上扯了一下——那时我的目光正盯视在她胸脯和项下之间。由于她的背靠在门上,蝙蝠衫的后襟被抵住了,前襟就向下松垂着了,结果她的一部分胸脯呈露在我眼前,乳房之间的优美的胸壕看去是那样深。在黑色的绸质的衬托下,她的胸肤显得格外白皙。

我不禁将头抵在墙上,缓缓地闭了我的双眼。

我觉得我自己呼出的气息也是炽热的。

我想,如果我迷恋的这一个女人她需要一万年的时间才足够,那么就让我贴墙而立,双手剪在背后,闭着眼睛等待一万年吧!

我认为我也只能如此。

但愿我不会被欲火焚身化作一堆尸灰。

倏忽间我悟到了——迷恋一个女人和爱一个女人也许是不完全一致的。区别也不仅仅在爱欲的程度方面。女人有时候有些情况下希望被男人们迷恋,有时候有些情况下更需要男人爱她吧?当一个男人对一个女人的迷恋熊熊燃烧起的情火渐熄,剩下的东西,不,燃烧后的结晶,才是爱吧?

我想我已燃烧过自己一次了,也将她同时燃烧过一次,并被她所燃烧过一次了。

我想在我和她相互间的那一次熊熊的猛烈的燃烧之后,在我心里理应多多少少剩下些不同于迷恋的东西啊!哪怕只不过是一点点,也是我今天见到她后最该给予她的啊!她有权从我这儿获得一点点不同于一个男人对一个女人之迷恋的结晶啊!

不知过了多久,大约总有十来分钟吧,我脸上感觉到了一股轻柔的气息。我睁开眼睛,首先看到的是她的眼睛。依然是凝视的目光,沉静而镇定。她微微扬起着下颏,温润的嘴唇正吻向我的嘴唇。她的一条手臂弯曲着,小臂完全贴在墙上,撑持着她前倾的身体。而另一条手臂举起着,手就停止在我脸旁,分明地欲抚摸我的脸。

我想她的手臂真是长啊。不是所有的女人都能那样子靠近一个男人,而身体竟与那个男人保持着间距。她那吻向我的嘴唇呈现着一种独特的状态,明明在吻向我,却又仿佛在准备接受一次深吻似的。也许一切女人在主动吻一切男人的时候,嘴唇都必定是那样子的吧?从亚当和夏娃开始,女人的心理总是在期待着被吻,所以她们吻男人的时候,才呈现着那么一种独特的状态吗?

她那两排向上翻着的睫毛,又帷幕似的徐徐地降下了。她那只手也随即从我脸旁垂落了。但是她的身体依然前倾着,另一条手臂也依然撑持着,轻柔的气息一阵阵呼扑在我脸上。

我的嘴唇被吸引地向她的嘴唇吻去。

却并没吻在她唇上——猛地我搂抱住了她,将头埋在她高高隆起的两乳之间。我的脸一经偎贴住她有些凉沁沁的肌肤,我心便如一颗飘悠的种子终于归入了土壤。

我听到她长长地叹了口气。

我庆幸她没让我等到一万年那么久。

几分钟内我一动不动,她也不动。后来她牵着我的手,引我进入了一个房间。我想那一定是他的房间——那个叫翟子卿的男人的房间。那张看去价格很贵的宽大的床不仅是他的,还曾是她的。他和她共有的。那分明是作为卧室的房间。那张床……

我在门口站住了。我摇头。

她理解了我。又牵着我的手,将我引往到对面的房间——老人家的房间。

我不随她进去,仍摇头。

她再次理解了我。她牵着我的手,也摇了摇头,那意思是——你真的很在乎吗?

我说:"我不能……心里别扭。"

她凝视了我片刻,继续牵着我手,引我进入客厅旁的一个小房间。那显然是小芹的房间。然而单人床上的床单和枕套,都是绣花的,并且几乎是崭新的。在床的对面,贴墙的一列矮柜上,摆着许多种化妆品小瓶,居然还有一台二十寸的进口彩电。于是我联想起了小芹对我说的某些话。那小保姆对自己在这个家里的特殊地位所持的良好感觉,是有极充分的根据的。

她将一把椅子搬到床边,拍拍椅背说:"你坐这儿好吗?"

她终于开口说话了,尽管是一句暗示我稳重下来的话,但总比她默默无语地凝视着我,仿佛变成了哑巴而对我施加的心理压迫要小些。

我服从地端坐在椅子上。

而她甩了拖鞋,蜷着双腿,枕着被子面向我躺下了。躺下之前将枕头递给我说:"你抱着……"

我服从地接过枕头抱着。抱着枕头我才明白了她的用意——分明是用它约束我的双手。

她说:"我好疲倦。"

我说:"我看得出来。"

"光陪我说说话儿行吗?"

"行。"

"脑血栓如果治得及时,不会留下后遗症吧?"

"不会。"

"我真怕老人家哪一天突然瘫痪了。"

"别那么想。这世界上的许多事情,越往坏处去想,越有可能朝坏的方面发展。而尽量往好处去想,却有可能事遂人愿,朝好的方面转化。"

"是这样吗?"

"是的。一个叫墨菲的外国人总结的一条生活现象定律,被许多科学家社会心理学家认同了,后来就以他的名字命名了这条定律。"

"有什么根据呢?"

她显出很认真的样子,仿佛一个准备很认真地和大人讨论十万个为什么的小女孩儿。那种瞪着双眼半信半疑的认真表情,使这三十五岁的好看的女人顿时变得极可爱。

"不知道。有些生活现象是无所谓根据的,信则灵。"

"那……我应该信。"

"对,你应该信。"

"老人家明白我完全是因为她才不跟她的儿子彻底分手的。老人家心里什么都明白。老人家是把她的最后年月依赖在我身上了。她自己病了,自己先就急乱了心情。今天哭了,怕治不好,拖累了我……当时我也哭了。难过极了。替老人家难过,也替自己难过……"

"大娘是位好老人家……"

"如果你……觉得我对你冷淡了,多理解我一点儿,行吗?"

"行。"

"我这会儿心情仍好不起来。"

"我能理解……"

"你刚才,就是站在门口那儿,心里怎么想?"

"没怎么想。"

"不愿坦白交代?"

"我觉得……我觉得,好像一条活鱼,被人用塑料袋儿装着,从市场上拎回家,放入了水盆里。正庆幸着,却发现那盆是漏的……水,似乎转眼就要漏光了……那条鱼会怎么想?"

"还莫如就干死在鱼市上。"

"那便是我当时的想法。"

"也是我当时的想法。第二天早晨我陪着老人家吃过早饭,急匆匆地就往我自己的家赶。我以为你不会那么早就离开,肯定正期待着我出现在你面前。当时我心里那么渴望,渴望极了! 我想整整一个白天的时间都将是我们的,多好啊!开门时我激动得钥匙都插不准锁孔。我想我要亲自为你做早饭,守在你身旁看你吃得很香。多少年来我企盼着这样的一个日子。可是我冲进屋里你却不在。"

"我没睡好,所以早早地就回宾馆去了。"

"当时我也这么想。我几次抓起电话,几次忍了又忍,刚抓起就放下。我对自己说——让他补一上午觉吧。损失了一个上午,我们还有整整一个下午。可下午我往宾馆打电话,你却走了。哪怕留下一句话让服务员转告我呢!可你没有。我还傻乎乎地跑到宾馆去,几乎问遍每一位楼层服务员和总台服务员你是否留下一封什么信。当然也是白问。我并不认为自己有权知道你去何方了。那完全是你的自由。但是……但是有过那么一个夜晚,忽然你第二天就消失了,把我内心里的一切欢乐感受都席卷了去。我真是想不明白了。不明白你究竟是一个怎样的男人了。觉得我似乎早已从你的小说里认识了的那个你,和实际上的你,竟是两个那么不同的男人。而我自己实际上又等于是一个什么样的女人了呢?……我一路往回走一路流泪不止,招引得行人纷纷看我。"

她凝视着我,平平静静地说着。泪水就在她说着的过程中,从眼角滴落下来,滴落在被子上,一滴滴地滴湿了被面。

我垂下了头。

我低声说:"我是一个心理丑陋的男人。"

她苦笑了一下。

她说:"你倒不必这么严厉地批评自己。我清楚你肯定是由于一些想法才那样的。你愿意坦白地告诉我你那些想法吗?就像你坦白地告诉我,刚才你站在门口时的内心想法一样。"

我说:"愿意。"

她就默默地期待着。

我说:"只不过因为那些诗……你写的吗?"

"我写的。"

她眼中顿时充盈满了诧异和困惑。

"也因为那个工艺品相框……因为那里的那个女人,还因为挂历上的那个女人。"

她不再侧卧着了。她起身靠被坐着,曲收了双腿,用裙子罩住它们,手臂揽着它们,将下颏抵在膝上,好生奇怪好生不解地望着我。

于是我坦白地告诉她,那一个夜晚,在她离开之后,那些诗,那工艺品相框里的女人,那挂历上的女人,当时引起我的种种胡思乱想。

当时,我那些胡思乱想,似乎都有足以促使我那样思想的种种根据,而且似乎很理性,很深刻。可一旦面对着她,一旦被她那样子望着,我却说不清道不明了,却逻辑混乱,前言不搭后语了。连自己都觉得,当时的理性彻底变成了可笑性,当时的深刻彻底变成了荒唐,当时种种的自以为是的根据,彻底变成了杯弓蛇影般的庸人自扰。

我说时将枕头很紧地搂抱在胸前,如同枕头是一本"释疑大全"什么的。我觉得自己两手心出了满把汗。

"明白了?"

"不明白。"

"我……我说不明白了。"

"我看也是。"

"那,就让我们都糊涂着吧。也许,一件糊涂着的错事,比一件很明白的错事好些。"

"我同意。"

她凝视着我的眼睛渐渐眯了起来,目光变得极温柔了,温柔中织着缕缕怜悯。

"你都把我……审问出汗来了。"

我伸出两只手给她看。

她用她的双手拉住了我的双手……

"别认为我是在审问你……你呀……一个男人爱一个女人时,是不需要有那么多思想的。就是任由心性地去爱,岂不更好吗?最伟大的思想家和一个他爱的女人在床上所做的事,与一切男人和女人在床上所做的事没什么两样。所说的话录下音来,肯定也是一些最最古老的枕边话。"

我笑了。

她也笑了。

"何况你成不了思想家。真正的思想家是孤独寂寞的,还是精神痛苦的。他们只愿和上帝对话,却又不相信上帝的存在。他们仿佛觉得没有一个世人能理解他们或抚慰他们,而他们也从不去理解任何一个世人或去抚慰任何一个世人。"

我说:"这是一个'bó'论。"

她问:"什么论?"

我说:"'bó'啊。一个竖心儿,加上蓬勃的勃的左半边儿。"

并在她手心上写"悖"字。

"这个字念'bó'吗?"

"对。'bó'论——相背离的思想关系……"

"不念'bó',念'bèi'。"

"念'bèi'?"

"是念'bèi'。小芹这儿准有字典。在抽屉里,你查查看……"

我拉开抽屉,找到字典,查看起来……

"念什么?"

"是念'bèi'。"

我脸红了。不知从哪时起,这个"悖"字在我的头脑中竟以"bó"字储存着了……

"记住了?"

"记住了。"

"还是作家呢!"

"是啊,还是作家呢!"

我又笑了,笑得相当窘。

"你们,当代的男人们,其实很难寻找出一个真正甘于孤独寂寞的,也根本寻找不出一个为人类的终极生命意义而痛苦的,都在装出痛苦的样子。这在我们有些女人看来极其可笑。当然,在另外一些女人看来,也许极其可敬。但他们正是为了博取那样一些女人的愚昧的钦敬才装给她们看的。对人类来说,每隔千年,出一个真正的思想家就足够人类承受的了,是不? 可现在呢,几乎到处都是男性思想家,还有一茬又一茬竭力冒充的女哲人,这叫人类怎么能承受得了呢? 像爆苞米花一样,你随时都可能听到嘭嘭新思想爆发出世的动静。把我们当代人的日子搅得更心烦了。你要记住,如果你不再伪装一个有思想的人,如果你能从当代芜杂乱七八糟的思想推销贩子的叫卖声中,归纳出三五条亘古不变的基本内容,你才有可能成为一个较好的小说家啊!"

听着她的话,我渐渐懂了。这个好看的女人的丈夫,那个叫翟子卿的男人,究竟为什么将她视为他的一道"咒符"了。是一种什么样的"缘",最初使她这样的一个女人,和他那样的一个男人结合的呢? 一个思想狂般的男人和一个鄙薄思想若此的女人,又怎么可能长相亲爱地生活在一起呢?

"可……还有人教诲我,连爱一个女人,都要用思想去爱。"

"他?"

我点了点头。

"我猜,在他面前,你常常感到自己是一个毫无思想的人似的,是吗?"

"是……"

我又垂下了头。

"那么就听我的劝告,甘心情愿做一个毫无思想的人吧。千万不要学做他那种有思想的人,好吗?"

"好。"

她的话,仿佛对我也有一种不可抗拒的催眠性。然而与那个叫翟子卿的男人的话相反,她的话丝毫也不使我感到邪性,只使我感到从来未有过的如释重负。两种话都是那么好听又那么动听。相比而言我更喜欢听她的"教诲"。

于是我向她倾诉,站在黑龙江边,望着对面的布拉维戈申斯克,我怎样回忆起了小时候看过的一部苏联影片《两个探险家》。我童年时怎样暗恋着影片中那个叫娜嘉的异国少女,怎样由对那个异国少女的幻爱而想到了她,以及怎样因对她的无端的种种胡思乱想而憎恶自己。

倾诉一经开始,便自行中止不了。

于是我告诉她,我怎样碰到了那个叫翟子卿的男人。他怎样和那个叫小嫘的姑娘出双入对,同宿同飞。我怎样完全出于好心却惹恼了小嫘。翟子卿又怎样花五百元钱雇了一个本不相识的小伙子演戏骗我,以及他多么大方地给了我两万元钱,以及我怎样隐瞒了"情报",使他和小嫘被公安局网了进去。我又怎样伪装两肋插刀的朋友,亲自出面四处周旋,将他和小嫘保释了出来。我们在黑龙江边进行了一场怎样的对话,为什么很可能将成为我们的最后一次长谈,也许还是最后一次在一起。

对我而言,那无异于一次"呕吐"。不,岂止是"呕吐",简直就是一次猛烈的"喷吐"!我早就有一种"恶心"的感觉了。究竟始于哪一天我已记不大清楚。也许,从我第一次对别人由嫉妒而痛苦,由憎恨而产生暗算的念头,由幸灾乐祸而体验到分外的快感那一天就开始了。最初不过像一般性胃病患者或肝炎患者的征兆一样,轻微地涌动一阵,渐渐地就会平息无恙。当然不是胃里,而是灵魂里。当然也没有吃过药。尽管各种新药广告层出不穷,花样翻新,但医治灵魂恶心之症的药我却不知到哪里去买。后来恶心的程度一天天加重了。常常想呕却呕不成,呕不成则愈发恶心得难受。我明白我的灵魂它是从生活里吸收了太多太多肮脏的东西了。它们在我的灵魂里乱搅成黏黏糊糊的一团,发酵、生菌和沤烂着。以至于只要我一张开嘴,口中就会呼出腐臭和腥浊的气味。无论使用哪一种据广告宣传足以保持口腔卫生的牙膏都毫无意义。一天刷十次牙,也还是不能消除那一种虽然从口中一股股呼出,但却是散发自灵魂里的腥臭气味。有一个时期我曾打算常年都戴口罩,以避免继续从生活里吸收入肮脏的东西,同时避免从自己口中呼出的腥臭气味进一步污染四周的空气。但一年四季戴口罩未免使自己显得滑稽,结果那打算也就只不过是打算而已。后来朋友交给我一套自抑恶心的方法,他说我这一种顽疾,似乎应该称作"心理洁癖综合症"。说心理方面的病,自然要从心理方面进行医治,而且最好是进行心理自疗。他说生活空气里的肮脏和霉菌成分实在已经很多很多了,除了吸氧的病人,一般人是吸不到什么干净空气的。说多了我那点儿微不足道的污染并不至于显得更肮脏,少了我那点儿微不足道的污染也并不至于变得干净些。说灵魂这东西,好比鬼神,信其有则有,信其无则无,最好是信其无。子虚乌有的东西,何必论美好和肮脏之分呢?说具体如我而言,既然是一个诚信其有之人,那么干脆想象自己的灵魂美好如花园,如绝无瑕疵的一块纯玉,如透明而又磨成镜片可以养目的水晶。说只要我自己真的能够想象自己是那么一个人,便会觉得自己完全地无可争议地就是那么一个。说我的"灵魂恶心症"就可以自痊自愈了。

我接受了他的友善建议,那么样地尝试着自我想象过,自疗过。一个时期内曾挺见效。可后来还是不行,旧病照样复发。"灵魂恶心症"折磨得我想死舍不得命,想活又着实感觉自己活得肮脏又讨厌。不必从别人的目光中读出讨厌的意思,自己先就对自己讨厌极了。我常想我自己已然如此不可救药了,那么也就肮脏讨厌地苟活下去吧。但在家里,面对妻儿,羞愧而又不安。我想从我灵魂里散发出来的有害气息,肯定也会污染自家的室内空气啊!肯定也会被妻儿吸入体内啊!妻子也就由她自认倒霉吧,谁叫她做了我的妻呢?可儿子尚年幼啊。无论在家里还是在家外,他本是有权呼吸到清新的、干净的、卫生的空气的。他本是有希望成为一个与我不同的、灵魂相对美好的人的,而不是像我一样,得完全靠自我想象成为那样一个人。

许久以来,我曾一次次祈祷,但愿遇见一个灵魂比我美好的人。那么,如果他能怜悯一个灵魂已经肮脏得够呛的男人的苦楚的话,并且能替我按摩通着人的灵魂的某些经络和穴位的话(希望是有的),那么我将在他面前彻底呕吐出我灵魂里的一切肮脏。我常想,具体如我者,只有经常进行"灵魂呕吐",它可能才会也有较美好较干净的时候,我才不至于总处在"恶心"的状态,才不至于总感到自己肮脏又讨厌。

我没有遇见过一个我一次次祈祷巴望遇见的人。

可能比我灵魂美好且卫生的人我是遇见过的,但他们或她们往往并不怜悯一个灵魂肮脏的男人,而且根本不清楚人身上究竟有没有通着灵魂的经络和穴位。

某些人也曾摆出灵魂比我美好比我卫生的模样,也曾很灵魂优越地作出怜悯我的表示,但我的灵魂虽然肮脏,目光却并不愚钝。我发现了他们的灵魂并不美好并不卫生的真相之后,也就咬紧我的牙关,屏住我的呼吸,强忍住恶心,压下呕吐的强烈冲动了。

我猜中了他们是企图兜住我从灵魂里呕吐出的秽物去四处展示,以图一时的快感甚或去卖钱。

这个时代派生出了许多新的行业,有专门收购人从灵魂里呕吐出的东西的地方和一些人。在那些人的那些地方,人的灵魂里呕吐出的鲜血、本欲、隐秘的情愫和对自己罪过的忏悔,是与秽物搅和在一起,一股脑儿"加工"了再卖高价的⋯⋯

自从我的灵魂变得肮脏龌龊以后,我的目光反而变得更加犀利了似的。

于是我明白了这世上的一个道理——灵魂真正美好并且卫生的人,无论男人还是女人,其目光反而该是单纯的,其眸子里必定时常闪过惊诧⋯⋯

而目光犀利的人,仿佛看你一眼就能把你看透起码看得半透的人,你则就不必对他的灵魂抱什么好感了。当然他也可能根本就没有灵魂,有的只是在这个生活空气污浊的社会和时代冷静地活着的经验和狡猾。

目光单纯的男人和女人是越来越少了。

我不但经常为我灵魂的恶心倍感难受,还为我目光之越来越犀利倍感羞耻。

我对她倾诉到后来失声痛哭,咽泣难过,灵魂里喷吐未尽的肮脏随着眼泪汩汩淌出。

我想我那时是将那一个叫翟子卿的男人的豪华之家当成教堂了。我想我那时是将那一个我由情欲迷恋之进而想以心性去爱之的好看的女人当成一位神父了。

男人连哭都希望面对着一个好看的女人。

男人面对一个不好看的女人大概想哭都哭不出来,哭出来了也必定哭不痛快——除非她是他的母亲。

而她若好看,不是他的母亲也似是他的母亲了。尤其在他宣泄而哭之时——哪怕她的年龄实际上可以做他的女儿。

不好看的女人是造物犯下的最不可原谅也最无法挽回的错误。

细细一想,这世界的某些法则真是冷酷得令人恐怖。

起初她只是瞪大双眼望着我,像一个听大人讲鬼故事的小女孩儿,脸上呈现出几分肃悚的神色默默倾听。

起初我还尽量以笑谈掺半的方式来讲诉,讲到自己可笑之处先自便笑,并说几句调侃和自以为睿智的诙谐幽默的话。讲到那个叫翟子卿的男人,可笑之处我也不笑,为的是引她发笑。

然而我笑时,她不笑。我不笑,她更不笑。

但是讲着讲着,我自己先就笑不起来了。我倏忽间明白,无论是我自己还是那个叫翟子卿的男人,无论我们各自不相干的独立行为还是我们彼此心照不宣的对应行为,其实都没有任何可笑性。我自以为睿智的诙谐幽默的那些话,其实并不能使讲着的我和听着的她觉得轻松。

我正是明白了这一点之后才绝望地哭了起来。

"哦,你们这些男人。"

"哦,你们这两个小时候最好的朋友啊。"

她不时发出这样的诧叹。

我以为,一个男人抑制不住地从灵魂里"喷吐"出的种种肮脏,定会引起她这样一个温良的女人的极大厌恶,甚至定会使她骇然,把她吓住的……

但她既不厌恶,也不骇然,分明地更没被吓住。连她脸上起初那几分肃悚神色都渐逝了。一种对我,似乎也是对一切男人的大的悲悯凝聚在她脸上了。她的诧叹之语,既包含着对我的可怜,也包含着对我小时候最好的朋友的可怜。

"他真是那么说的?"

"真是。一道符……这是他的原话。"

"哦,我的上帝……那也就难怪他冷淡我嫌弃我了……你不应该那么报复他。"

"可我已经那么报复他了。"

"你们这两个男人啊,你为什么要把你们的关系搞成那样啊! ……你买的银狐大衣在哪儿?"

"在宾馆里,我出来时太急,忘了带来。"

"哪一天你带来吧!"

"我……我今后还能……再来吗?"

"能。当然能。你为什么要这样问呢?"

她说着伸直双腿平躺了下去,并从我怀中抽去了枕头。

"不要想象自己是一个邪恶的人。"

她柔声说,同时握住了我的一只手。

于是我跪在床前,将头侧枕在她胸上,用乞求抚爱的目光望着她……

"其实你不可能成为一个邪恶的男人,他也不可能成为。邪恶的男人和女人都是具有天生因素的。后天的因素只能使男人和女人堕落,但不会使人变得邪恶。你们先天都曾是两个好孩子,两个穷孩子中的好孩子,对不?"

"对。"

"你讲的,倒使我有些理解他了。你总怕自己堕落了,是吗?"

"是。"

"看来,他和你一样,也是深怕这一点的,好比一个人怕陷入到泥沼里去。所以呢,他本能地从生活中抓取两样东西往脚下垫,一手抓的是金钱,一手抓的是女人。这是他仅仅能抓取到的两样东西,也是社会和这个时代仅剩给他的两样东西。只有金钱他认为只能垫住他的一只脚,而没有金钱他便会失去他需要的那些女人们,没有金钱连他那张英俊的脸都不值得别人多看一眼。虽然英俊却没有金钱也没有技长,而且还不肯将自己降低成为简单的劳动力的男人,在以后的中国也许只能做男妓了。我以前也常感到,他对将来是惶恐极了。现在我终于明白了他为什么那样惶恐。可怜的男人,可怜的大男孩儿啊!"

她流泪了。这是她在我面前谈到他时,第一次流下悲悯的眼泪。

我问:"你为他流泪?"

一阵醋意漫上我心头。

她说:"是的。"并问,"你不解了?"

我说:"不,我懂你的心情。"

"那泥沼是有吸力的。我不是男人,我想,对于男人,那也许是一种非常巨大的吸力……所以他只有拼命地抓取金钱,轮番地与一个又一个女人厮混。然而那泥沼其实是没底的。金钱和女人,不能使他的双脚感到被垫实了。他越觉得自己还在往那泥沼下沉,就越需要更多的金钱和更多的女人安慰他……你也有过这种恐慌吗?"

"有……越来越有。"

"我安慰了你吗？"

她抚摩着我的头。

我说："是的。"

我说："可我也想……用心爱你……回报你。"

我的眼泪又不禁涌出，流在她白皙的胸项之间。

她笑了。笑得很淡，淡而苦涩。

"不必强求自己。真的。不必非说用心，也不必非学用什么思想。像一个不粗野的农民爱他爱的女人就够好的了。牛郎也是农民，他是多可爱的一个农民。一切男人和牛郎比起来，不是都显得俗不可耐了吗？"

"是的，我俗不可耐。"

"别这么鄙视自己。我不过是打个比方。全人类都正在往那个巨大的泥沼里沉陷下去。我们人类的堕落真是大趋势啊。再说什么又叫作堕落也说不清，是不？"

"是的，说不清。"

"也许，按今天的看法，我们人类彻底地堕落了，倒可能意味着明天本性彻底地复归了？"

"可能……"

"所以呢，不要用罪过感压迫自己，不要自鄙地把自己想象得灵魂多么丑陋多么肮脏而折磨自己，不要用忏悔意识惩罚自己。学会宽恕别人，也学会宽恕自己。在一切罪过、一切丑陋、一切真正的肮脏之事中，一个男人爱恋一个女人，一个女人爱恋一个男人，只要不产生憎恨，引发仇杀，是最值得宽恕的。再说，你和我，又去请谁来宽恕呢？没有人会理睬我们的忏悔。"

"是的，除了他，没有人。"

"冬天到了，我会穿你给我买的那件银狐大衣的。"

"可……那是用他的钱。"

"可他却没用他的钱给我买……这还是有点儿不同的。"

　　"有点儿"三个字刺疼了我的自尊心。我想她是从我脸上看出来了，因为她随即亲昵地笑了。她那只始终在我头上抚摩的手，温存地滑下来，轻柔地抚摩我脸了，并说："我用词不当。不是有点儿不同，是很不相同，是大不相同……是根本不相同，行了吧？"

　　我说："我下半年一定要再写出一本书。我要把剩下的钱还给他……还要补上欠他的钱。"

　　她说："作家嘛，应该不断有新书问世。你写一部长篇，比如三十万字，一般能得到多少稿酬呢？"

　　"扣除了税，一万多元。"

　　"那你再写一本书是还不完他的钱的。"

　　"那我就再写两年。"

　　"真是个有志气的大男孩儿。"她又笑了，"两万元对他不算什么。他每年的利息就有十几万。何况他赚钱的本事和手段比你高明。有时他为了赚一笔大钱，对某个需要收买的人行贿也不止用两万。我的意思是，书，是应该写的。钱，却未必一定归还。他在外面的世界赚钱，我在家里替他孝敬老母亲。就算我也是他雇的一个保姆，那他还欠我很多工钱呢！你等于替我讨回了一部分工钱吧！"

　　"……"

　　"我相信他给你两万元钱，本意还是真诚的。尽管和他策划的那一场恶作剧连在了一起，伤害了你，可你不能因此就否认了他的真诚。毕竟，你是他在这个世界上最不愿存心伤害的人。他对你老母亲也像你对他老母亲一样有感情。"

　　"我……我是不是不应该……报复他？"

　　"不应该。"

　　"可我……当时也认为，是在替你报复他。"

　　"所以我也并不想太谴责你。就在这间屋子里，就在这一张床上，有天我撞见了他和小芹这孩子乱作一团，而当时老人家在自己的房间里安睡着……我能发作吗？我能闹起来吗？我一声不吭地退了出去，悄悄地走了……他受一次惩罚就受一次惩罚吧。再说小芹那孩子，本质上也是一个好孩子，对老人家不错，也从没因为自己和他有了那种事，就有恃无恐地向他要这要那。许多东西是他主动给她买的，也有我主动给她买的。她家里很穷。家人期待于她的，是她每次回去能带回更多些的东西，更多些的钱。我想，也许她的家人并不太在乎，她回去时究竟还是不是一个女儿身。女儿身并不见得使她的家人多么替她庆幸，女儿身也并不能确保她嫁给一个好丈夫，从此在穷乡僻壤过上幸福生活。穷人的原始股是他们的讨男人喜爱的女儿们——这句话是萧伯纳说的。卖淫是穷人的女儿们的'传统工业'。过去限制她们这种自由，现在还给了她们这种自由。不但是还给了她们自由，甚至还意味着调动了她们的自愿。"

"现在，卖淫被认为是'无烟工业'。"

"那么，她们就该被认为是新时代的'慰安妇'了。"

"南方叫'黄色娘子军'。"

"设身处地替小芹那孩子想想，在我们这个有形无实的家庭里，'慰安'于因为赚钱而常常感到精疲力竭的男主人，还是要比直接加入什么'黄色娘子军'的行列强些。以前我嫌恶过小芹这孩子，后来我不嫌恶她了，倒是很同情她了。我并不稀罕什么银狐大衣，但那是你为我买的，我还是要穿一阵的。之后我就送给小芹吧，好不？"

"好。"

"她肯定会再把它卖了。"

"那就由她吧。"

"你不再小心眼儿地想一些事情，我就高兴了。"

她坐了起来，捧住我脸，吻我。

"我想……"

她轻轻抓住我一只手，导它探入她的衣衫下，并探入她的乳罩下，用她的另一只手隔着衣衫按住。

"可是……"

欲火顿时在我胸膛里燃烧起来。

"只说想不想……"

"想……因为想,才来的。"

"这就对了。男人在这样的时候,如果对女人都不说实话,对这个世界就没有诚实可言了。"

她又亲昵地笑了。她那白皙的脸庞,也被情爱燃烧得绯红绯红。她的眼睛那时明亮明亮的,两颗眸子里闪烁着钻石一样的熠熠光彩。我的手感觉到了她的心在心房里怦怦激跳,仿佛还感觉到了她的心血正往她那只丰满的乳房里流注,使它充盈得更加富有弹性了。

她赤脚下床,牵着我的手,引我离开小芹的房间,引我进入她和他的卧室……

"可是……"

她用另一只手捂住我嘴。

她说:"把窗帘拉上。"

我把窗帘拉上了。

我回转身时,她已仰躺在床上。她的衣衫和裙子已在地上。

她凝视着我,目光炽热又亲爱。

她用一种格外平静的语调说:"这是一个空间,将我们同外面的世界隔绝起来。这是一张双人床,比小芹那张单人床宽大,做爱需要足够躺下两个人的面积。此刻的时光完全属于我们……为什么不这样想?这样想不是更好吗?"

她说着,渐渐地就笑了。平静的语调中,也渐渐地掺了几分调侃的意味。

"把电话插头拔了吧。我可不愿在分不开身时,听到电话铃响。"

我就把电话插头拔了。

再回转身时,她已裸在床上了。

我望着她,觉得外边并没有一个所谓"世界"。尽管它是真有的,但对我已没了意义。我觉得那时世界就是这一个空间,这一张床,这一个脸儿好看身儿优美温情又善良的女人。

加上我自己。

"牛郎,到织女的身边来爱她。"

她抿着嘴唇,亦庄亦谐,欲笑还羞的一副模样,向我伸出修长的优美的手臂。

她伏在我身上,一根纤细的手指,从我眉间顺着鼻梁往下一次次划着。

她嬉戏地笑问:"男人,现在,你打算用思想爱我呢,还是打算用心爱我呢?"

我紧紧地搂抱住她。

我迷迷幻幻地说:"我不明白。"

她喁喁哝哝地问:"不明白什么?"

"世界上已经有了你这样的女人,还造出美丽、美好、美妙、美感、美轮美奂这些词干什么呢?我要是当了一个国家的国王,就要传下一道圣旨,严禁再使用那些词,一概用女人这两个字的派生词代替。"

"抱住我的竟是一个为此妄想当国王的男人,你好可爱!"她吻了我一下,佯装认真地问,"那么国王陛下,美丽的风景该怎么形容?"

"美女般的风景。"

"美丽的花儿呢?"

"女孩儿般的花儿,少女般的花儿,少妇般的花儿。"

"建筑呢?"

"建筑只许用男性化中性化的词形容,不许用和美有关的词形容。与女人的美相比,建筑的美算什么!"

她就咯咯笑出了声儿。

而我一翻身,将她压在身下。

男人对于成熟女人的情爱和性爱的饥渴感,强大于男人在当前这个时代的一切方面的饥渴感的总和。与那些在热恋中如胶似漆的少男少女青年男女间的情爱和性爱风景相比,其迷幻程度往往有过之而无不及。因为这个时代对于它的许许多多恐恐慌慌又心瘁力竭的男人,已再没有任何慰安的能力、手段、策略和计谋了。因为太年轻的女人恣肆于玩乐沉湎于享受,并早已学习和实践着专攻心计地从社会中攫取了。女人对男人的最最古老的悲悯天性,早已在她们内心里死灭了,而且不可能从她们下一代的女人身上复活。女人从传统的被爱怜的角色,一步跨越了反过来爱怜男人的角色转换阶段,直接变成了一批又一批仅仅利用男人或仅仅需要男人的女人。这世界上已仅仅剩下了一丁点儿对男人的悲悯,在少而又少的一些成熟的女人的内心里残存着,在她们中更稀少的好看又温良的女人的内心里残存着,在他们觉得自己最最需要爱怜和悲悯的这个时代残存着。

对于他们,这是它最后一次撒向世间的一小把幸运。这幸运一大半随风飘荡,不知落在了人间什么地方。由于没有直接落在男人和女人的"缘"中,而失去了幸运的意义。

今天,尤其今天,男人不可能得到比女人的爱怜和悲悯更可贵也更幸运的东西了。金钱将会更加奴役他们。赚取的过程是它对他们驱使奴役的过程。挥霍的过程其实也是,挥霍将他们正常消费的那点儿愉快和乐趣都剥夺了。功名也将更加奴役他们。一切贪婪都将更加奴役他们。壮阳药的红红火火的研制、开发、推销和生产,证明阳痿的男人越来越多了。归根结底,阳痿源于贪婪,贪婪源于对时代的惊悸和恐慌。

如果一个男人幸运地获得了一个女人对他的爱怜和悲悯,不管他是不是一个相信上帝的男人,他都会从内心里说出——上帝啊,一万分地感激。

我当时就是在内心里那么说的。

爱的过程,好比男人和女人共同升起一炉火。在它燃烧得最熊最旺之际,他们跃入其中将自己充作干柴。当炉火渐熄,他们发现自己并没变成一截黑炭。恰恰相反,他们彼此觉得双方是更可爱了。一个赤裸的男人和一个赤裸的女人相拥相抱、亲昵依偎的情形,其实是和一对儿双胞胎婴孩那么在一起的情形同样美好的。他们内心里都会觉得仿佛又刚刚出生了一次似的,都会觉得他们真是一对儿双胞胎婴孩儿似的。连他们的灵魂,在那一时刻也仿佛净化过了似的。爱的过程中,等于灵魂洗了一次澡。刚刚从爱河中洗浴而出的男人和女人,那会儿对这个世界也是充满了深深的感激和浓浓的爱意的。

她看看手表,柔声说:"一个小时后我要到医院去,现在我想睡会儿。在我身边。别动。陪我……行吗?"

我说:"行。"

于是我安安静静地侧躺在她身旁,尽量不动。瞧着她,欣赏着她。我以为,只有在这样的时候,男人对女人的欣赏,才有点儿可信。

我想吸烟,但拿起又放下了,怕呛着她。

一个小时后我叫醒了她。

她穿好衣服,偎在我胸前,低声说:"如果我并不是从心里真的孝敬老人家,我们即使是在我'自己的家'里,老人家也还是可怜的……对不?"

我说:"对。"

"而即使我们在这里,实际上也并不等于对老人家是伤害。如果你总难免觉得……罪过……我对老人家的孝敬替我俩全部抵偿了……对不?"

"对。"

"你沉思什么?"

"我……在想你呢!"

她凝视了我片刻,抓起我一只手,仅仅抓着指尖,使我手心朝上,默默从裙兜里掏出一把钥匙,放在我手心,并曲合了我的手指。

于是我攥着它了。

"我自己那个家的。"

我说:"我更愿和你在你那个家。"

一星期后,老人家出院了。

老人家出院前,我去探视过一次。老人家出院那天,是我和她共同去接的。老人家出院后,我和她,还有小芹姑娘,在她那个似家非家的富有之家里,为老人家摆了家宴,表示庆贺和祝福。那一天她放上"卡拉"磁带,唱了几支歌,我也唱了几支歌,小芹唱得最多,有些歌是我和她都没听过的,是小芹她家乡的山野民歌。

接着我们三人陪老人家打了几圈麻将——我和她各自输给了小芹几十元钱,存心输的。老人家也输给了小芹几十元钱,分明也是存心输的。

小芹赢得眉开眼笑。

天黑后,小芹对老人家说:"奶奶,这几天就让俺婶儿睡她自己那边儿吧。她这几天够操心上火的了,得让俺婶儿歇息几天。我在这边儿一个人侍奉您几天。我保证侍奉得您高高兴兴周周到到的,行不?"

小芹说时,狡黠地偷瞧我,也偷瞧她。

我心里当时真不知该感激那小保姆,还是该告诫自己提防她。

而老人家爽快地说:"行啊!怎么不行!"

老人家一手拉着小芹的手,一手拉着她的手,由衷幸福地说:"子卿这小子,也不知哪儿去了。有一个孝顺女儿似的儿媳妇,有一个懂事孙女似的小芹丫头,还有你……"

老人家望着我继续说:"一个二十多年后又见着了的干儿子,有你们几个尽量体贴我,哄我高兴,我这可是哪辈子修下的一份儿福气呢!"

老人家落泪了。

她和小芹也泪汪汪的了。

她说:"妈,您老是好老人嘛。好老人当然应该受到好对待嘛。"

又过了一个星期,我不得不离开哈尔滨了。

她没送我。

头一天晚上,在她"自己的家"里,她以另一种方式为我送别了。

她在电话里说:"要像爱我一样爱她,能记住吗?"

"谁?"

"该打!还能有谁?"

我顿时明白了。

我说:"能。"

她说:"你发誓。"

我就发了一个誓。

"离开我,就要学会忘了我,也能记住吗?"

"也能记住。"

"好好儿地做一个牛郎那样的丈夫,啊?"

"嗯。"

"这才对。"

我握着听筒,还想听她说什么,她却已挂线了。

直到那一天,翟子卿仍没回哈尔滨。不知还在黑河,抑或到别的地方去了。不知还带着小嫘,抑或遣走了她,身边又有了别的女人陪伴。总之,我想,他是决不会孤身在某处的。他向社会攫获的野心比我强烈,因而恐慌也比我巨大。这·点是我对他的更深一层的认识。翟子卿这一个男人身边已经无时无刻不能没有女人,没有女人他内心里的恐慌就将把他压扁变形。而他身边的任何一个女人,都不可能真正地"慰安"他。因为她们既不爱怜他更不悲悯他,只不过利用他和像他需要她们一样简单地需要他。

我想,比较而言,也许倒是小芹这女孩儿,算她们中对他最有真情实意的了。尽管那真情实意的主要内容,不过是一个从穷乡僻壤来大城市的小保姆对男主人的抬举和青睐的一份儿感恩戴德。我走那一天,已觉得她本质上不失为一个好女孩儿了。

第八章

今年乍暖还寒时节，我又回到哈尔滨。

七八个月的时间里，我再没见过翟子卿，自然也没见过她。

但总共收到过她三封信。第一封信里说——翟子卿他变了，似乎开始打算做好丈夫和好儿子了。在家里整整待了一个多月，哪儿也没去。也不访友，也不会客。终日侍奉于老母亲左右。

"子卿他对我说，以前太有负于我了。请求我宽恕他。还引用流行歌曲里的话对我说——'外面的世界很精彩，外面的世界很无奈。'我想，我理应宽恕他。一个妻子不能拒绝一个丈夫的忏悔。一个家庭的裂痕如果还能弥合，总比索性拆散的好。我发现我内心还是希望弥合的。我相信我们这个家的裂痕也能弥合，还有我们的感情。我原以为我对他和他对我，已经彻底丧失感情了。看来我对自己的认识是错了，对他的认识也未免太极端了。但愿你能为我们祈祷和祝福。我们的家为什么不可以再成为一个幸福的家呢？我们有确保幸福的经济基础，还有重归于好的感情基础。我也将为你的家庭幸福祈祷和祝福。对你我来说，有些事情，就保留在记忆中吧。人世间的某些事情，本不过是某种'缘'。而'缘'之所以是'缘'，那是因为它没有更充分的理由可讲。所以'缘'一旦面对现实,总是要屈从后者的。"

第一封信写得很长。横格信纸,工整秀丽的一行行小字,竟写了七页还多。

我没有回信。我们分别时她有言在先,只她给我写信,而我不得主动给她写信,也不必回信。这"条约"尽管对我欠公平,但我当时答应了。

其实我很想给她回封信,也动过几次笔。动笔前似有千言万语,而真面对信纸,却不知该写些什么了。写了撕,撕了写,最终还是作罢了。

我对自己说——就让我成为一个信守诺言的男人吧。对她那样的女人,信守诺言也许是最大的尊重和别一种爱法吧。

她的信告诉我,他们分明地又住在同一个家里了,分明地每天夜晚又同床共枕了。

即使他们不重归于好,我和她的关系也是没发展前途的。希望一个女人永远做自己的所谓"情妇"吗? 我首先就会替那个女人不能容忍自己。这世上再也没有比女人做男人的"情妇"对女人更尴尬的事了。而且我也是一个在各方面都根本不具备起码条件拥有一个"情妇"的男人。站在她的角度替她想一想,我也只能为他们祈祷为他们祝福。

那时我已从故宫买回了一尊铜的观音像。接连几天,每晚睡前我燃起香来,恭恭敬敬地站在观音像前,双手合十,心中虔虔诚诚地为她祈祷和祝福。既是为她,也就没法儿不一块儿为翟子卿祈祷和祝福了。

妻见了奇怪,问我怎么信起观音来了。

我反问:"那你叫我还有什么别的可信的呢? "

妻又问:"你为谁祈祷? "

我回答:"为一切我爱的人。"

"包括我吗? "

"怎么会不包括你呢? "

妻笑了。

我望着她的笑脸,发誓从此再不背叛妻子的感情(事实上,我也并非是背叛了她的感情），无论再被怎样一个女人所诱惑……

观世音开经偈中言——若有女人，设欲求男，礼拜供奉观世音菩萨，便生福德智慧之男。设欲求女，便生端正有相之女，宿之德本，众人爱敬。

于是我还常祈祷观音，保佑他们生一个将来如她一样好看一样性情的女儿，或将来如他一样英俊一样天资聪颖的儿子。

两个月后收到了她的第二封信，一封短信。与第一封信相比，尤其要短。潦潦草草的，只写了一页半。信中只说翟子卿又到南方赚钱去了。说他强调那是一次大机会，一次今后很难再有的机会。说他强调他期待那样一次机会，已经期待了几年了。好比一心获得金牌的国际级运动员，早就期待着奥林匹克一样非去不可，决不能坐失良机。她阻止不了他。他老母亲也阻止不了他。小芹壮着胆子帮着说了几句阻止的话，还被他斥骂了一顿。

看得出她写信时心情是糟透了。

我将那封短信反反复复读了几遍，几乎能背下来。我想这一封信，我必须不顾诺言及时复信。但铺开稿纸，顿觉比第一封信更难回复。

究竟该说些什么呢？

怎么复信都言不由衷，也都欠妥。

于是我又接连几天晚上在观音像前为她祈祷，同时也不能不为翟子卿祈祷。祈祷他马到成功，发一笔大财，尽快回到她和他老母亲身边。

年初我收到了她的第三封信，比第二封信还短。信中只说翟子卿南方之行受骗上当，被坑了五十多万。还说——其实她早已怀孕了，按日期推算，不是翟子卿的，是—— 我的。

他似乎也明白不是他的，似乎也明白会是谁的。所以他坚决让她堕胎，而她坚决不。

她在信中说反正堕胎已来不及了，那么她就好好儿怀着孩子，平平安安地将孩子生下来。说她早想要一个亲生的孩子。男孩儿女孩儿她都会喜欢，都会爱的。说老人家也猜到了孩子是谁的，但老人家也坚决反对她堕胎。说幸亏有小芹,不但侍奉老人家,还担负起了照顾她关怀她的义务。说孩子生下来后,她和翟子卿也就该干脆彻底地分道扬镳了。并保证,今后决不会因为孩子给我添任何麻烦。说她觉得,做一个只有孩子没有丈夫的女人,未见得不也是一种挺好的活法。

我揣着那封信,独自到家附近的公园里,在石凳上呆坐了两个多小时。两个多小时内吸光了一整盒烟。

那一天是星期天。

许多年轻父母带着他们的孩子在公园里玩儿。草地上处处可见男孩儿女孩儿奔过来跑过去的活泼身影。孩子们快乐的笑声此起彼伏。

后来我按着打火机,将那封信烧成了灰烬。

一阵轻风掠过,黑蝴蝶似的一团纸灰,在我脚旁盘旋了几圈,依依不舍地随风而去。

我望着它被吹散得无影无踪,只想永远地在那石凳上坐下去,坐到老,死在那儿……

后来儿子出现在我面前,说家里来了一位编辑。

"爸,你一个人吸了这么多烟?"

儿子愕然地瞪大了眼睛。

我说:"回家后别告诉你妈。"

儿子讪讪地又问:"爸,你心里烦是不是?"

我老老实实地承认:"是的。爸爸心里从没这么烦过。"

"因为……想写,又写不下去?"

"不,比那还糟。"

我牵着儿子的手,更准确地说,是小学五年级的儿子牵着我的手,像牵着一位双目失明的爸爸一样,将我领回了家。

我默默对自己说,如果我不再见她一面,我还算个男人吗?至于翟子卿作何感想,以及将会怎样对待我,随他的便吧。我才不在乎!我什么都不在乎了!一个女人腹中怀着我的孩子已经再有几个月就该生下来了,我必须赶到她身边去!

然而不久我的老母亲病了。

在哈尔滨我依旧住那一家宾馆,依旧住那一层。仿佛,我与那一家宾馆那一楼层,也结下了某种"缘"似的。只不过这一次住东侧,而前两次住西侧。楼层服务员姑娘们一个都没换。她们对我早已熟悉,我对她们也不陌生。她们有她们的另一种"非缘"的解释,说那一层楼是专为招待外省市来哈尔滨的领导干部的,所以一般情况之下不安排"闲杂"住客。我是作家,与"闲杂"似乎有着点儿区别,属于破例安排。其实,更真的"一般情况",乃因那是最高一层,许多人不情愿住。在她们心目中,也许恰恰相反,我可能正该归在"闲杂"的中国人一类。

她们接近时瞧我的目光,或远距离望我的样子,使我觉得,似乎和先前有所不同了。仿佛是在瞧着或望着一个被抛给了社会舆论热点的人,好奇心似乎还掺杂着同情。

我想我并没什么很值得她们同情的。

然而心里不免形成了疑问。

住下后我问她们中的一个——哈尔滨可有什么新闻?

她说:"这年头还能有什么事儿算得上新闻啊!"

我说:"也对也对。"

她问我:"此次回哈尔滨处理什么问题?"

我说:"一个写小说的人哪儿有那么多问题需要处理啊!"

她笑笑,笑得意味深长。

我也笑笑,笑得并不自然。

闲闷无事地挨熬过了白天,终于挨熬到了晚上,于是我在房间里拨通了她"自己的家"里的电话——不料接电话的是另一个男人。声音很粗,口吻烦躁地问我找谁。

我犹豫片刻,说出了她的名字。

"打错啦!"

对方啪地挂断。

我想怎么会错呢?如果她的电话号码变了,肯定会在信中告诉我。

于是又拨。

"同志,是吴妍家吗?"

"不是!"

"不可能不是啊,明明……"

"你打错了就是打错了,啰唆什么!讨厌!"

对方恶声恶气,我先自放下了电话。

我发了半天呆,鼓足勇气,又往翟子卿家拨电话。话筒里却有另一个女人的声音礼貌地告诉我:"对不起,这一个号码已经取消。对不起,这一个……"

我不愿再迷茫地发半天呆,披上衣服,决定马上就去她家。

敲了几分钟门,室内毫无动静。

我想我记错了街道?记错了楼?记错了门洞或楼层?

于是满腹狐疑地退出到楼外。

街就是那一条街,楼也就是那一幢楼,三单元四层二号,明明并没错。

于是我再次入楼,再次敲门。

从楼底层上来一个十二三岁的女孩儿,一手拿着晚报,一手拎着装牛奶瓶的小小塑料提篮儿。她经由我身旁迈上楼去,在楼梯间放慢了步子,站住了,扭回头自高而下地望着我,低声说:"他家没人了。"

我一时没明白她这句话的准确含意,懵懵懂懂地问:"他家搬走了?"

女孩儿摇摇头。

"他家奶奶死了……他家阿姨也死了……"

"……"

"他家已归别人住了。别人正重新装修,说是要冲邪气。"

"女孩儿,别胡说,这不可能的。"

"我没胡说,是真的。我爸妈还不许我乱讲呢,怕后搬来的人家听了犯忌。要不是冲着他家奶奶和阿姨活着时对我好,我才不告诉你呢。"

我正欲接着问什么,女孩儿已转身噔噔奔上楼去了。

我并没在那扇别人的家门前怅然。我根本不相信那女孩儿的话。两件事连在一起想——电话"错了"和"奶奶阿姨死了",我心中的疑团反而似乎释开了。我认为这必是翟子卿的谋略。他必是预料到了某一天我会突然而至,他已不愿再见到我。排除我和她的关系,在黑河,在黑龙江堤的台阶上,我们最后一次长谈时他已表示不愿再见到我了。那么在我和他之间,又揉进了我和她的暧昧,他更加不愿再见到我丝毫也不奇怪。说不定那女孩儿,那恶声恶气接电话的男人,这幢楼里的许多人,以及宾馆里那几位瞧我或望我时目光异样的服务员小姐,都统统被他用钱收买了,成了他的"帮办"。但以这样的谋略打算再次从我的寻访中永远消失,也未免太"翟子卿化"了,而且简直是一个自渎式的谋略。

我想我既然来了,不见到她我是决不会轻易离开这座家乡城市的。没有什么人的什么方式能阻止我再见到她一面,至少再见到她一面。

第二天我便开始了在这座城市里的寻访。

我当然只能从熟悉他的那些人开始。我也就认识几位熟悉他的人,他们都曾给过我他们的名片。

"你知道,钱,对翟子卿意味着什么吗?"

在一位现代社会心理学博士的家里,他一本正经地问我。

我回答:"他说过,金钱本身即生活。"

他又问:"典型的拜金主义者的逻辑,是不是?"

我说:"是。"

"很粗鄙的逻辑,是不是?"

我沉默。既然翟子卿已不再是我的朋友,我也就不便回答了。坦率在这种情况下总是会有攻讦之嫌的。我不愿被一位社会心理学博士从心理方面看轻我。

他笑了。

他呷了一口茶之后说:"但凡够得上是一种主义,总是多多少少与信仰联系着的,你还有信仰吗?"

我想了想,回答:"有。"

"什么?"

我又想了想,回答:"民主与科学。"

他又笑了。又呷了一口茶。

"好。不愧是作家。还有勇气回答这个现代人最尴尬的问题。回答得也很体面,不俗。但是,很体面很古典的回答,不一定就是虔诚的回答。我们现代人越顾及体面,反而与我们存在于斯的社会真实相距越远。我们越装出古典的样子,我们反而变得越虚伪了。请允许我斗胆再问一句——你回答之前,你在犹豫,你在暗想,你在心里掂量你的话。我们这不是在进行面试啊。如果信仰是一位口语表达能力良好的人经过犹豫、暗想和掂量才能回答的,那么对这个人而言,他们回答的并非他的信仰。只不过是他选择的一种答案。信仰是那种根本不必犹豫不必暗想更不必在心里掂量就能脱口而出立即回答的东西。它所代表的虔诚也正体现在这一点上。当然,必要的时候,还体现在为之奋斗,为之捐躯。作家,你时刻准备着吗?"

"这……"

我一时语塞,不禁大窘。

我不愿一进门就直掷给对方一连串问题,三分钟内获得答案转身就走。目的性如此之强的造访,谁是主人谁都会反感的。我一心想迂回地接近我的目的,在对方不知不觉中获得到我急于获得的答案。所以,我也就只好任由博士向我证明他不愧是一位博士。

一位社会心理学博士,在当今的中国社会中,常使你觉得像一头瘾人的怪物。因为"它"往往最使自认为有文化的人感到心理别扭,所以往往也最被自认为有文化的人讨厌。这么一些人讨论人的心理现实的时候,也正是彼此都要掩饰起在心理现实面前的虚伪和尴尬的时候。他已持矛在手,我只得举盾。我所要逃避的,正是虚伪和尴尬。孰料我还是粘在虚伪和尴尬织成的网上。

"别不好意思。承认事实本身应当是一件坦然的事情,而不应当是一件不好意思的事情。真的,这没什么不好意思的。我也是一个没了信仰的人。彼此彼此。尽管我的职业经常使我不得不面对信仰问题,但那不过是工作,而非热忱,好比木匠经常接触钉子。从马路上随便拉十个中国人来问,大概有五个人发愣,三个人坦率告诉你让信仰他妈的见鬼去!一个人说谎。最后一个人,将会像你一样,需要经过犹豫、暗想和掂量才能作出似乎体面似乎古典的回答。其实,没有信仰也并不可耻。我以学者的身份访问过德国的慕尼黑,一座非常美丽清洁的古城。一个德国,一个日本,曾是这地球上最善于创造现代的种种主义的人。过去了'纳粹主义'和'武士道精神',他们对种种主义也就是对信仰的创造性终于疲软了。慕尼黑最大的啤酒店里,常有几百人在一起喝啤酒。有一天我也在那里喝啤酒。我突发奇想,打算问一百个人,他们信仰什么?我那么做了。一半左右的人信仰上帝,多数是中老年人。而另一半年轻和较年轻的人,几乎全都坦承他们并无什么信仰。问我人为什么非要有一种信仰?为什么非要追求一种信仰?竟问得我答不上来。"

我也呷了一口茶,尽量耐着性子听。

"翟子卿这个人很值得研究。许多人没信仰不觉得缺少什么。许多人丧失了信仰也不觉得丧失了什么。正如我在慕尼黑问过的那些德国人,没有了信仰或丧失了信仰,并不影响他们快快乐乐地喝啤酒,无忧无虑地生活。还有许多人,已因为丧失了信仰摆脱了信仰,才更加活得精精神神潇潇洒洒有滋有味儿。但对另一种人就不行,他们仿佛没有信仰就活不了,起码是活得营养不良似的。没有信仰,他们就会从现实中抓住什么替代物,想象成是信仰。大猩猩丢了崽子就会发怒,就会痛苦嚎叫。但饲养员扔给它一个布娃娃,它往往就会爱那布娃娃,想象那是自己的崽子。翟子卿便是这么一个人。可是如今你叫他信仰什么?上帝或耶稣?或像你刚才回答的——民主与科学?都是很具体的信仰,但都很抽象。好比你必须扔给丢了崽子的大猩猩一个实在之物。并且,在现实中,真正虔诚的种种主义的信徒已很少,比信气功的人少多了。翟子卿是这样一种人,第一他得信仰什么;第二,他得看到,他所信仰的,乃有着亿万和他一样的信仰者;第三,在这个前提之下,他要求自己是最虔诚的一个。你说,在中国,在目前,他除了牢牢抓住钱这种一切实在之物中最实在的替代物,究竟还能抓住什么别的东西?……据说他童年少年和青年时期,是不是常有迷津于某种目标的心理倾向?"

"你……怎么知道?"

我回忆起了他当年的作家梦和大学梦。

"我是干什么的嘛!这用不着和他深谈。"

对方十分得意起来。

我终于按捺不住,矜持地问:"我此次回来,去过他家,可……他家搬了。"

"噢?搬了?搬哪儿去了?"

"我也正想问你呢。"

"是啊是啊。你也正想问我呢。我已经很久没见过他了。你上次走后,我们好像又见了一面。让我回忆回忆……对,是又见过一面。过年前后,他来拜年。当时我还挺纳闷儿,他这个人,怎么给我拜起年来了?这茶,就是他带给我的。茶是上等名茶,不过是红茶。我不太习惯喝红茶,家里也没人喜欢喝。反正不是自己花钱买的,将就着喝吧。"

我忍不住打断他的话:"还听人说,他老母亲死了……他妻子也死了。"

"噢？"

"我以为，能从你这儿了解到些什么……"

"我倒没听人说过。我没工夫总想到他……死了？都死了？这……简直太……太他妈的绝妙啦！"

博士站了起来。在不宽敞的客厅里来回踱步，显出又兴奋又踌躇志满的样子，说："我正在写一篇关于中国新生资产阶级的论文，独辟蹊径，打算将心理学和东方神秘主义，比方宿命论、因果论什么的结合起来……你等一下，我马上就可以打电话证实。"

于是他抓起电话就拨……

"阮桑吗？我是青平啊！喂，听着，我希望你能证实一下——翟子卿的老母亲和妻子，是不是都死了？嗯，嗯，嗯！嗯！这确切与否对我很重要，以后再告诉你。"

放下电话，他显得更加兴奋，脸上兴奋得红光焕发。他搓着双手对我说："没错儿，是都死了。可怎么死的，阮桑也不清楚。大家都活得很忙碌啊！这样，我给你写个条子，你去找他当面问，也许他能告诉你些更详细的情况。你见过他的。"

于是他找到笔，就站在写字台前，唰唰唰极快地写好了交给我。

"中国太伟大了！中国确实很伟大。神秘主义、宿命论、因果论、报应论，都未必是邪说。一与哲学、心理学、历史学相结合，这世界就有可能被解释清楚了——对于我那篇论文，翟子卿这个人现在的心理状况怎样，是非常重要非常关键的。幸亏他还没死，还留下了研究线索。你一打听到他的卜落，及时用电话通知我行不？……你说话呀！哎，老兄，你怎么了？你没事儿吧？"

"行……我没事儿。"

"那你脸色怎么变得这么苍白？"

"一时心动过速……老毛病了。"

我硬撑着从沙发上站起来。我的心率并不过速。相反，它仿佛停止跳动了。

"哎,你带走几盒茶叶吧? 他当时给了我不少呢! 我今年一年也喝不完。"

"不,谢谢。我……也不太习惯喝红茶。"

我没能从他家走出多远,两腿就发软无力了。我缓缓坐在马路沿上,觉得自己仿佛不是在家乡城市里,而在一场朦朦胧胧凶兆四伏的梦里。北方的最后一场雪最初一场雨混合着悄悄地就下了起来。如同一整套千疮百孔的破棉絮罩降下来,天地间阴冷憋闷而且湿嗒嗒的。一辆车从我身旁疾驶而过,将湿嗒嗒的雨雪的混合物溅了我一身一脸。仿佛压死了一个冷血的活物,脑浆和冷血溅向了我似的。那一团梦魇好像具有强大的吸卷力,要把我吸卷到更阴冷更憋闷也更黑暗的地方去。而我僵坐在那儿乃是能避免的唯一方法。

叫阮桑的是翟子卿宴请过的那位记者。他约我在一家歌厅会面。

"我最后一次见他就在这里。那一次他高明地赚了十几万,甩出一万请朋友们玩玩,高兴一番。他自己也借机会轻松轻松。其实我和他又算是什么朋友呢! 这个红火的时代,称得上是朋友的人们之间,反而没空儿也没情绪聚聚了。常往一块儿聚的,说穿了,都是彼此需要常利用利用的关系,也可以叫作'互相帮助'吧。今天,'我为人人,人人为我'这句话,有了另一层注解。不过我还是挺感激他的。通过他,我才深入到了他那个圈子里。他上次宴请时你见到的几位,其实都没资格成为他那个圈子里的人,都是他那个圈子的边缘人罢了。他那个圈子,是他真正的精神王国,是我们这座城市,也是我们中国当前社会一个特殊阶层中的一个特殊的圈子……"

记者的口吻,似乎比博士的口吻更权威,但有一点却是相同的——谈论到翟子卿,都像医学院的教授谈论动物或人的某一脏器。他们并不轻蔑他。我丝毫也没感到他们流露着对他的轻蔑。他们既不乏谈论他的兴致又对他完全没有对一个熟悉之人的任何感情,还仿佛都希望有人倾听他们谈论他。似乎谈论他是他们对这时代这社会能进行的一次准备最充分最自信也最得意的答辩⋯⋯

"都是些所谓'款爷'。当然其中也没什么真正说得上是'大款'的人物。他在他们中是最财大气粗的了。其余的各有五六十万、四五十万、三四十万不等。他在他们中并非最年长的,有几位比他还要大几岁。由于他钱最多,他们一律称他为'大哥',在他面前表现得毕恭毕敬。无论什么事,哪怕打算离婚打算养妾打算贿赂哪个有权者打算勾搭哪个女人,似乎都愿听听翟子卿的看法。他这位'大哥',被公认是他们中最有头脑最有思想最不感情用事也不意气用事的人。事实上也的确如此。翟子卿这小子的头脑绝不比你我差,也许还是一个在天赋和智商两方面比你我都高得多的人,对时代对社会的认识能力和思想深度,显然高过你我的水平。从一个几乎一无所有的返城知青,混成一个曾拥有过二百来万的人物,那会是一个笨蛋吗?只要他说出了他的看法,他们都会予以高度的重视。但他们决不在怎么赚钱方面请教他,他也决不在这方面义务提供经验。这是他们中的一条规律。在他们之中,一个人可以告诉你别人如何诱奸了他老婆或他老婆如何委身于别人这种难以启齿的事,但决不会向你透漏他如何赚了一大笔钱的过程。"

这时有人蹓上歌台唱歌。我赶紧朝歌台扭过头去,唯恐对方发现我脸红了。唱歌的是个时髦女郎。她在一吟三叹地轻唱《小芳》。

时髦女郎也唱《小芳》,而且唱得情感那么投入,使男人,至少使我这一个男人听了,觉得恍如活在一个性别倒错的时代似的。

《小芳》使我想到了她⋯⋯

我的心在暗泣⋯⋯

"翟子卿还是他们中某些人的孩子的干爸。总之一句话,我觉得他在他那个精神王国里,简直就是一位国王,起码也可以说是他们全体的一位教父。他这位教父,站立在用他的钱垒成的"圣坛"上,我想他内心里肯定是很累的。他肯定会时常感到,他站的是不稳的。每知道他圈子里的哪一个人又赚到了一大笔钱,我想他内心里必会惴惴不安,产生严重的危机感。唯恐他们中哪一个人某天突然宣布,拥有的钱已经远远超过他了。那样,他在他们中的教父地位,就只有让给别人了。在那一个圈子里,谁应该更有地位,谁应该更受尊敬,不看别的方面,就看你是不是钱最多的一个。你不是,你就不配,没什么可商量的。在别的圈子里,在别的人们中,他并不能真正获得他已然获得的尊敬。他没资格充当什么教父式的人物。光凭有钱是不行的。比如你或我,可能暗暗羡慕过他,可能嫉妒他,嫉妒得要命,可何曾尊敬过他呢?尽管他是你早年的挚友,你因为他有钱而更尊敬过他吗?"

我沉默。这是我唯一的选择。

我必须倾听他谈论翟子卿。如果我不尽量充当一个使他发生好感的基本听众,我怕他未必真肯告诉我翟子卿在哪里。那么我也就无法知道老人家和她究竟是死是活。只有翟子卿亲口证实,我才会最后相信。

"他在心理上,在精神上,只能依赖于他那一个小小的圈子。其实咱们这号人,在这一点上和他是一样的。也是心理上精神上只能依赖于这个'坛'那个'界'的,还不都是些小小的,社会阶层构成的圈子吗?举个不恰当而又很恰当的例子——好比黑社会的圈子吧。当然啰,在咱们中国,更准确地说,在咱们主体中国也就是大陆,目前还没形成什么具有组织规模的,内部结构比较成熟的黑社会。那干脆说是流氓团伙吧。谁被剃过头,也就是坐过牢的次数多,谁的团伙地位就越高,就越受尊敬,就越有资格目空一切颐指气使。当一个社会只剩下了一种价值观念取向——金钱的时候,那就跟在流氓团伙里只崇尚暴力及典型的暴徒道理是一样的。"

歌台上,时髦女郎不知何时已经下去,正在唱着的是一个大腹便便的痴肥男子。五音不全,节拍不准,唱得别提多糟,像一头生了重病的河马在呻吟。

妹妹你坐船头，

哥哥在岸上走……

阮桑无法谈下去，我也无法听下去，我们都皱眉望向歌台。我望向歌台皱着的眉皱得更紧了，他望向歌台皱着的眉却顿然舒展……

痴肥男子唱完后，竟获一片掌声。还有两名少女奔上台，向他献花，一左一右当众吻他。如今的某些少女看去太像少妇，如今的某些大姑娘却打扮得天真烂漫的少女似的。她们究竟是少女，是少妇，还是所谓"大姑娘"，其实我也不能判断得很准确，不过认为她们是少女罢了。

痴肥男子捧着两束鲜花，在歌台上骄矜地说："感谢诸位鼓励，再露一手！"

于是他又唱起来。不再是河马的"病中吟"，而是狮子的"发情吼"了。

五谷子那个田苗子，

数上高粱高。

一十三省的女儿哟，

数上蓝花花好……

我以手势招来侍者小姐。她不得不朝我弯下腰，我冲着她耳朵大声说："小姐，能不能请那胖子小声点儿？"

她摇摇头，也冲我耳朵大声说："不行的，人家那位先生预付了钱。"

阮桑向我探过身，同样大声说："何必呢，他总有唱完的时候。"

侍者小姐用更大的声音对我说："两位要图安静，可以每人再加一百元，请到楼上的小单间，是封闭的，那就不受干扰了。"

我则急忙摆手。

痴肥男子终于唱完，可是却并不愿从台上下去，四面向为他捧场的男人们抱拳致意,向为他喝彩的女人们从肉嘟嘟的两片肥唇上刮下些吻乱抛乱撒。

记者阮桑说:"我认识那胖子。翟子卿圈子里的一个。原先被认为最没赚钱本事的一个。可也正是最没本事的他,设下圈套,坑了最有头脑最有本事的翟子卿三十多万,使翟子卿在那个圈子里当不成大哥了,给了翟子卿一次终生难忘的惨痛教训。这就叫'大意失荆州'嘛!如今他反倒取而代之了。为他捧场的,也都是他们那一个圈子里的人和他们豢养的一些女人。也应了翟子卿那句话,只要你钱多,你唱歌不好听也好听了。典型的一个'坑友族',当他们在圈子以外赚钱难上加难的时候,他们就会开始互相坑骗……"

"你能告诉我翟子卿他现在何处吗?"

"我怎么知道他现在何处呢!我也好长时间没见到他了。没闲工夫总追踪他这种人的行迹!"

"可,余博士对我说,你肯定知道。"

"这家伙!你别听他胡说,我真的不知道。我的通讯录上,只记下我某一时期感兴趣的人的电话和住址。一旦不感兴趣,就干脆画掉了。我早已经对翟子卿不感兴趣了。"

"那,关于他,不……我的意思是,关于他的家,你还能告诉我一些什么不?"

"家?只剩他一个活人了,还有什么家可言?我能告诉你的只有一点——他老娘千真万确是死了,他妻子千真万确也是死了。我们报社的一位记者,曾打算追踪报道,可我们主编大人说,新闻报道不要总围绕着些大款们的生活炒来炒去的。我当时只听了一耳朵,根本没兴趣问问都是怎么死的。如今,人连好奇心都疲软了……哎,你为我写篇文章吧?"

"写什么?"

"现成的素材,翟子卿啊!你不是最有写他的内容吗?我还替一家刊物任着特邀编辑哪,长短由你,我给你开高稿酬,每千字一百元,如何？"

他一边说，一边频频望向歌台，仿佛怕错过了什么美妙的发现。

那痴肥男子终于也从歌台上望见了他，照例朝他抛送了一个飞吻。

他立即受宠若惊地站起，大鼓其掌。

对方在台上招了招手，他便离开我，笑嘻嘻地鼓着掌朝对方走去。

"诸位，现在，我向大家介绍我的一位记者朋友，一位鼎鼎有名的记者朋友。"

对方在台上亲切地搂着他的肩——看他那笑样，一时很有些飘飘然似的。

我起身匆匆离开了那张小圆桌，并没忘向侍者小姐交了足够我们两人该付的钱。

我不知究竟为什么我要走到松花江桥上去。

一个男人从我身旁擦肩而过，步态和背影，非常像翟子卿。

我朝那背影呆呆地望着，终于高叫起来："翟子卿！翟子卿你站住！"

那背影急匆匆地只顾大步往前走。

我断定那是他无疑。

人在松花江桥上是不可以追跑而过的。违反了必被守卫在桥头的卫士扣住无疑。否则我一定会追跑起来的……

我眼睁睁地见那背影通过桥头，折下路基，于荒草中抄近路消失在一片杂树林。

我也从荒草中穿过，抄近路赶到那片杂树林。终于我又发现了那熟悉的背影，刚欲开口叫，从一株树后闪出一个女人，迎向了那男人。我更加断定那是翟子卿无疑。只有翟子卿才那样子拥抱一个女人，那样子亲吻一个女人——仿佛要把一个女人整个儿塞入到自己胸腔里去，仿佛要通过一个女人的口，将她的五脏六腑都吸吃了。

我冲过去吼道："翟子卿，你这头畜生！你还我爱的女人！你还我儿子！"

他们顿时吃惊地分开。他们僵立了许久，才先后心怀骇悸地缓缓朝我转过身。

却是一个陌生的男人和一个陌生的女人。

那男人恼火透顶地瞪着我。分明，我见他两只手渐渐攥成了拳……

"对不起，我认错人了。"

我嗫嚅着，后退着。

那女人倒还宽厚，柔声劝止着男人："别跟他认真，他又不是存心的。"又对我说，"还不走哇？快走呀！"

她刚一说罢，又迫不及待地投入了那男人的怀抱。

我仓皇而去。

"金钱就是旺盛的性欲，就是充沛的情爱，就是生活本身！就是最实在的实在之物！就是最美丽的女人的脸庞和笑靥！就是最生动的男人的灵魂！点钞票的手是在表演多么优雅的手指舞，用乘法计算拥有的钱数是多么快乐！"

我忆起了，翟子卿曾带我来过这一片树林。他的声音，仿佛从东西南北四面八方不同的方向传来，仿佛是一首莎士比亚古典风格的、独白式的戏剧诗，听来那么具有欣赏的美感。

我一边仓皇而去，一边朝四面八方旋转着身子。这儿那儿，一棵棵大杨树和小杨树上的眼睛，这样子或那样子瞪着我。

除了小嫘，所有那几个当初曾给我留下过名片的男人，我都一一找到了他们，还经由他们找到过另外一些认识翟子卿的人。

却没有一个人能向我提供出他的准确下落，也没有一个人能告诉我他的老母亲和他的妻子究竟是怎么死的。他们有的和他过从多一些，被认为或自认为关系亲密一些；有的和他过从少一些，被认为或自认为没什么感情可言；有的只不过仅和他有过一次来往，谈到他像谈到另一个国家赛狗场上奇怪失踪的狗。对于他的家庭的不幸，我觉得他们中有些人是耳闻过一些情况的,但是由于各自不同的心理障碍,知道也不愿讲给我听吧。其中不排除某些人是出于善良,怕我听了加重悲伤。另外一些人基于怎样的原因,我则猜测不到也不想费心猜测。当然,有的人无可奉告,乃是因为的确不关心,甚至的确不想也不愿知道,因而也就的确不清楚。正如他们中一个人说的——谁下落不明就下落不明,谁怎么死就怎么死,与我何干?有那关心的工夫,还不如逛逛股票交易所呢。即使不玩股,感受感受那现场氛围也不失为一种收获嘛!

当然,也有人表示出了对民间新闻的好奇、兴趣、震惊和继续传播茶余饭后谈资的浓厚兴趣。那乃是因为他们一无所知,闻所未闻。他们反而向我问东问西。

只有一个人我对他心怀感激。他是某重点中学的一级教师,教化学的。一位看去严肃得近于刻板的中年人。

"谁让你来找我问的?"

我说好几个人都让我来找他问。

"你上当了。他们是在愚弄你,也是企图使我难堪一次。"他注视着我,脸上毫无表情地说,"因为我从来没见过翟子卿这个人。"

我看出他说的是实话。

我讷讷地说:"无端打扰您,真对不起了。五天来我竟一无所获——这是一座浪费人感情的城市。"

"好吧,那就让我告诉你句明白话吧——我爱过她。我爱过那个翟子卿的妻子。不过已是三年前的事了。同在一座城市里,一个有妇之夫与一个有夫之妇的暗恋,是没法儿成为长久的秘密的。在一段时期内,我们陷入风风雨雨的议论之中,彼此发誓不再相见。其实我们之间的关系并没发展到一些人议论的那么深,只不过幽会了几次。我想,那几个人,也许正因为这一原因,才怂恿你来找我问的,但我并不因此而在你面前感到可耻。你肯定也见过她的吧?"

我说:"见过。"

"难道她不是那种男人一见之下就会钟情,就会倾心迷恋,就会深深爱上的女人吗?"

"是……"我低声回答,怕他没听清,又说,"她是那样的一个女人。"

同时我心里对那几个怂恿我来找他问的男人充满了憎恶。在一个女人死了之后,还要以她的死触疼曾爱过她的一个男人心口的伤疤,证明了某些男人本质上是多么冷酷的丑陋动物。

"你这样说,我很感动。"

他注视着我的目光变得亲近了些,脸上有了一种忧戚的表情。

他掏出了烟。

"吸吗?"

"不,这几天总在吸。"

于是他又将烟盒揣入兜里。

"你不吸,我也不想吸了。"

由他口中,我才知道,当年她曾是南开大学中文系的才女,后来又是北京师范大学历史系的硕士研究生。导师一心希望她继续攻读博士,而她却不知为什么,忽而对文学和历史厌倦了,于是诀别校园生活,回到哈尔滨在某妇女刊物当记者。后来对记者职业也厌倦了,于是退而当编辑。再后来连对编辑业务都厌倦了,干脆当起但凡有个学历的人都不屑于的"通联"来。

"你了解她多少?"

我说很少。

"你知道她父亲是谁吗?"

我说不知道。

于是他说出了她父亲的名字。

那名字使我肃然起敬——是一位早已辞世的文化人物的名字。

"你知道她祖父是谁吗?"

我摇头。

他说出了又一个名字，使我不但肃然起敬而且……简直有点儿不敢相信自己的耳朵。

他问我有何感想？

我呆呆愣了半天，才嘟哝出四个字——"真想不到"。

"这是一个古老的书香门第的最后一个女儿，一个文化世家的最后一个传人。从明至清，至民国，至解放初年，她的前几代人，在文化和历史的书页中，留下了一行行足迹。文化曾带给她的家族种种荣耀，也曾带给她的家族种种厄运。在不同的历史年代，带给她的家族不同的荣耀和不同的厄运。荣耀和厄运都记载在不同版本的历史典籍中，成了一种强加给她似乎她必须有义务继承的遗产。而她根本不需要这太巨大的一宗遗产，也不愿再对它肩负起继承的义务。这大概就是她最终厌倦了历史厌倦了文学及至文化的主要原因。她与翟子卿的结合，未尝不是出于一种叛逆的激情。尽管她并没对我这么说过，只不过是我个人的推想，但我认为我的推想是有一定道理的。像她这样的女人，不可能仅仅因为一个男人的英俊和一个男人的钱财而做他的妻子。她当初和他结婚，大概以为是逃避文化和历史的双重压迫的最彻底最简捷的途径。她和她的家族连在一起，本身就意味着是中国文化的一部分，是中国历史的一部分。否则根本没法解释，她为什么要和一个只有'文革'前的初中学历的，只崇尚现实中的赤裸裸的金钱法则，而鄙薄历史到了令人不能容忍的地步的男人结婚。我不知道这究竟是不是她所犯的一个大错误。我想如果我是她，大概我也会产生叛逆之心的。然而她为她的叛逆付出了太大的代价，因为她对现实中的赤裸裸的金钱法则，是比对文化对历史更厌倦的。她的灵魂已经早就被中国的文化传统预购了……我每想到她，就有种不祥的感觉……"

"厌倦了文化，厌倦了历史，也厌倦了现实中赤裸裸的金钱法则，一个这样的女人，如果干脆是农妇还好，可她又不是农妇，那么她在今天可怎么活呢？"

"她……死了。"

"……"

"还有翟子卿的老母亲……"

"……"

"其实,我到处询问翟子卿的下落不是真实目的……我的真实目的……是想知道……她究竟怎么死的……五天来问了那么多人,却……到现在也不知道。"

"死了?"

"起初我也不相信,但这一点,已是一个事实。"

当时,我们站在操场的篮球架下。一名体育教师正带领一个班的学生围绕操场跑步。

他瞪大眼睛盯着我,盯着我,忽然往地上一蹲,身子蜷缩一团,双手抱头,发出了一个男人竭力抑制而又实难抑制的哭声,哭得那么难过又那么悲怆。从我们背后跑过的男女学生纷纷回望。

那名体育老师也望向我们——他犹豫了一下,朝我们大步奔来,还跟来了几名身体强壮的男学生。

我想,我是该离开他,离开这所中学了。

我说:"我也爱过她。"

说罢转身就走。

也许,我只不过希望自己能够坦白又真诚地告诉他那一点,而实际上并未说出口。

回到宾馆,我首先在总台预订了三天后返回北京的车票。一进入房间,就开始收拾东西。收拾好东西,就坐下吸烟。

我不打算继续寻找翟子卿的下落了。她死了,他的老母亲死了,我未出世的孩子也死了。那么,我和他的一切关系就真的被彻底扯断了。亲情也罢,芥蒂也罢,怨隙和彼此的轻蔑彼此的嫉妒彼此的嫌恶也罢,似乎一下子全都没了什么意义,也将从此根本没了耿耿于怀的理由。

我迷恋她,进而要求自己用心去爱她,按照她的愿望,想象自己是爱织女的牛郎一样去爱她,却又对她了解得那么少,那么少,那么少!少得接近一无所知,尤其在她活着的时候。

我还自以为是一个多情的善于理解女人体恤女人心的男人。

那位化学教师,却对她了解得真多,真多,真多啊!然而他和她却又没能实际上以爱相予过。是因为他们之间缺少一种"缘"吗?

他为此遗憾过吗?

她呢?

在他和我之间,那"缘"对他又显得多么不公道!

谁能用金钱复制出一个值得男人迷恋值得男人像爱织女的牛郎一样去爱的女人?谁?

如果这是完全可以实现的,我要像翟子卿那样去赚钱,包括不惜卖自己的血、自己的眼睛、自己的肾……卖一切自己身上能卖又有人肯买的一切。

忽然我也哭了。像那位化学教师一样难过一样悲怆一样地双手抱着头……哭了。

第二天早晨,我正刷牙,听到有人轻轻敲门。

我咬着牙刷打开门一看——竟是小芹!

我立刻让入她,关上了门。漱了漱口,不待她坐下,劈头便问:"你怎么知道我住这儿?"

她说:"我总觉得你会再回来的,所以我总向一些人打听你。"

"小芹,你都知道些什么?快讲给我听!"

"狗……"

"狗?……坐下说!"

她坐下了。

她告诉我,一九九三年是翟子卿损失最惨重的一年。他在黑河被罚了一大笔款,后来被他那圈子里的人坑骗了三十多万。年初炒美元赔了十几万,年终玩股票又赔了二十多万。总之在一九九三年他损失了近百万。他的整体金钱基础遭到了前所未有的动摇。而他圈子里的人,一个个在一九九三年却都照样赚了不少钱。他成了他们中钱最少的一个。他们在对他说一些安慰的话时,他十分清楚他们骨子里其实是幸灾乐祸的。

"不是俺叔疑心,事实就是那么回事儿。他们中的许多人我都认得,常到俺叔家来嘛!他们那些人,俺叔要是赚了一大笔钱,他们就会围着俺叔,向俺叔说些恭喜发财的话。其实背转过身去,准像烈酒烧心似的嫉妒。俺叔要是赔了一大笔钱,他们也会围着俺叔,说些'留得青山在,不怕没柴烧'的话,其实心里暗暗高兴透了。那些日子俺叔瘦了,吃不下睡不着,整日长吁短叹,愁眉不展。你知道俺叔是个经得住事的人。俺佩服他,主要也就佩服这一点。可是俺看出来,俺叔有点儿经不住了。有天他低声低气地对俺说,'小芹呀,钱不好赚了啊!'俺当时直想替他哭。后来他听说山东那边儿有一个全国最大的狗市。他就去了。干那营生虽然有点儿让人瞧不起,可也能赚大钱。贵的狗,一条值几万呢!大狗生小狗的,不是一本万利嘛。他花一万四千多元,买回了两条大狼狗。俺叔说一条是纯德国种,一条是纯日本种,叫什么'黑背''狼青'的。俺叔就给它们都起了乖名,叫'贝贝'和'青青'。"

小芹穿的虽然并不破旧,甚至可以说还算体面,却够脏的了。一眼看去就知道许多天没换洗了。头发有些蓬乱,脸儿失去了昔日的光彩,眼睛也不像以前那么明亮那么水灵了。

"俺叔可宠那两条狗了!整日里'贝贝''青青'地呼来唤去的,还腾空阳台给它们当窝。'贝贝'爱吃半生不熟的猪肝,'青青'爱吃不肥不瘦的牛肉。奶奶就看不惯,总嘟哝着骂是'孽种',也不知骂俺叔还是骂狗,还常举拐杖喝吼狗。两条大狗哪儿怕奶奶呢。奶奶一喝吼,它们就龇牙。俺叔就跟奶奶吵,奶奶就生气,就掉泪。俺婶怕那两条大狗,住到自己那边房子去了。俺婶那时肚子都大了。俺就整天两边跑,照料俺婶和俺奶奶。俺叔一门心思只照料两条大狗,天冷了,又腾出一间屋让狗们舒舒服服地住。两条大狗,小马驹子似的,呼哧呼哧这屋跑到那屋,那屋跑到这屋。大年初一夜里,'贝贝'生崽了。俺叔守着,顾不上干别的事儿。外边别人家放的爆竹,噼里啪啦地那个响!俺给奶奶煮了一包方便面吃了,又赶紧往俺婶那边儿去。后来小狗崽断奶了,长大了些,俺叔就一次全卖了。总共四只,赚了多少俺也没问。反正俺叔那些日子又高兴了些,不长吁短叹也不愁眉不展的了。可两条大狗,一下子没了四只崽儿,变得好凶,对谁都想下口咬。一个来月前,俺叔又去山东买狗,说不买大的了,要买几只小的,养着也省心些。奶奶不让俺叔去,俺婶也不让俺叔去,俺也劝俺叔别去了。俺叔谁的话也不听,还是去了。"

小芹双手掩面,说不下去,呜呜哭。

我说:"别哭别哭……"除了这么说,不知还说什么。

我倒了一杯水给她。她双手抖抖的,竟没接住。杯子掉在地上,水全泼在她膝上。那是早晨服务员刚送来的开水,她穿着一条单裤,我想一定是把她烫伤了,慌忙间抓过枕巾,替她挽起裤腿,直挽到膝盖以上——果然双膝都烫红了。

我也只有一边用枕巾吸着她裤子上的水渍,一边问:"小芹,疼吗?"

她仿佛并不觉得被烫了,只呜呜咽咽地接着说:"那天,婶体恤俺,把她自己住处的钥匙给了俺,让俺……去休息一天,睡一大觉。她替俺在这边儿……陪着奶奶……奶奶也体恤俺,也让俺去……俺就……去了……俺那阵子太辛苦了,一睡下……就没……就没按时……醒……第二天早晨,才回……这边……刚……刚一开门……两条大狗就呼地扑上来……满狗脸……都是……血……吓得俺把门一关,就……就瘫软……了……"

她不但双手在剧烈地抖,整个身子也抖了起来。一时间她的眼睛瞪得很大,似乎眸子也大了。从两颗眸子的深处,投射出巨大的恐怖的余悸。她瑟瑟地越抖越不能自制了,分明地就要从沙发上一头栽倒在地……

她那种样子使我觉得可怜极了。我不禁地紧紧搂抱住她,一只手不停地轻轻地拍着她的肩、她的背,同时像抚慰一个受了极度惊吓的孩子似的,反反复复地只管说:"别怕,别怕,别怕。"

"俺对不起奶奶,对不起……俺婶呀……她们是……活活地被狗……咬……死……死……了……"

我听得毛骨悚然而又欲哭无泪。

小芹她则在我怀里晕厥过去了。

我将她抱至床上,赶快去请来了宾馆医务室的医生。几分钟后我的房间里挤满了人,每个人都用疑问的目光把我拷问了一阵。

人们纷纷离去后小芹才渐渐苏醒。

小芹流着泪告诉我,据分析过现场的公安人员讲,她当时显然在另一个房间。如果她闭门不出,是不会死的。她肯定是为了保护老人家才从那个房间里冲出来的,而一个身怀有孕的女人,除了再搭上两条人命,根本不可能有别的一种结果。

另一条人命是她腹中的胎儿。

那也是我的孩子,一个未出世就遭到了惨运的孩子。

那原本极安全地活在母亲腹中,不焦不躁地期待着降生的小生命,被两条大狗从母腹中咬拽出来,吃得只剩下了一只刚成形的小手……

我一边听,一边以头撞墙,然而哭不出声,流不出泪,觉得被一种毛骨悚然的恐怖像一层层茧衣似的缠紧着裹紧着。

小芹她翻下床,双膝跪地,抱住我一条腿,哀哀地乞求:"叔叔,反正他家已经没人了,只他自己在疯人院里了。您是他唯一亲近的一个人,您若能做主,让俺服侍他,俺保证他比在疯人院里享福。您可以代他和俺立字据!几十万元押在疯人院,还莫如成全了俺小芹!甘愿为他当一辈子牛马……俺决不悔……决不嫌他疯!一半儿归你也行!您今后再回来,抬举俺的话……俺服侍您也心甘情愿啊! 俺家穷……很穷很穷……那样俺家也脱贫了,日子有指望了! 叔叔呀,求您发发慈悲了! 俺小芹给您磕头了。"

她咚咚地磕头。

那天晚上,我让小芹住在了我的房间。半夜三更,我像一个野鬼孤魂似的,满城市到处盲目地走着,转悠着。

我真想从胸腔里发出嚎叫——鬼一样的,狼一样的。

第二天上午,我只身前往精神病院去探视翟子卿。我不知自己为什么还要去探视他。像发生在一切人身上的一切说不清的事一样,说不清。仿佛觉得有一条无形的绳索拴在我身上,另一端攥在他手里,他一段一段地朝他最后的人生码头那儿拽我,使我没法儿不去。

我见到的已不复再是那个英俊的、帅气的、自信的、曾被他周围的一些男女媚称为"华哥"的翟子卿。

他穿着白底蓝条纹的病员服,裤子肥大,而上衣短小。被剃了光头,头茬这儿长那儿短的,显然是被马马虎虎剃过的。

他神情呆痴,目光迟滞,流淌着鼻涕和涎水。

护士说那是用药造成的。

我说:"子卿,我来看你。"

他睒视我良久,脸上毫无反应,呆痴之状依然。

护士从旁问:"翟子卿,你不认识他吗?"

他摇头,旋即狂笑,继而人唱不止,反复一句——"却总是笑我一无所有……"

一边唱,一边朝我伸手。

我问护士:"他要什么?"

护士说:"烟。"

我立刻从兜里掏出烟,他刚要夺去,护士却横身在我和他之间,郑重地对我说:"这可不行,医院有严格的规定,不许探视者随便给患者烟吸。"

我歉疚地望着他,只好将烟又揣了起来。

护士对他说:"既然你不认识来探视你的人,那就回病房吧!"

一个至今仍有五六十万的人,竟想吸一支烟都吸不上了。

一阵大的悲哀如盐碱沸水煮着我的心。

护士将他推入病房后对我说:"你是第一个来探视他的。"

我说:"也许还是唯一的一个。"

护士说:"他是这儿的重病号,时常发作。一旦发作起来,几个人都治不服他。所以,也不敢给你太长的探视时间。"

我说:"明白。"

护士送我离开时又说:"放心,物价再怎么上涨,他的钱也够他舒舒服服地住半辈子精神病院了。我们将他当特殊患者优待,享受局以上干部待遇,生活方面决不会委屈了他的。"

我说:"我放心。"

我觉得,他尽管疯了,但似乎还是认得我的。因我见他被护士推入病房那一刻,眼中分明有泪在噙着。

我说,我也许还是唯一的一个探视他的人。这话是说得未免太武断了。因为在精神病院大门外,我碰到了小嫘。

"是你?"

她还是一位时髦女郎的样子,怀里抱着一个小月孩儿。

我说:"他不会认识你了,他连我都不认识了……"

她说:"我是让他看看他儿子,不管他认不认识我,这也是他儿子。我给他生的。按照中华人民共和国宪法,起码该享有部分继承权的。"

我苦笑道:"小嫘,别胡搅了——这怎么可能是他的儿子呢? 如果是,在黑河你就该是个明显的孕妇了,可你当时并不是。"

她一言不发地瞪了我片刻,一字一句地说:"你别编瞎话,我和你什么时候在黑河见过来着？"

这时一辆私人汽车里钻出两个男人，从两侧一步步向我走来。

我左右看看他们，又看着小媵说："是我记忆不佳，记错了。"

不待他们接近我，我一转身拔脚便走。

归途路过霓虹桥，我下了出租车——小时候，我们曾一块儿在桥坡下等着有"拉小套"的机会，为了挣两角多钱买一本由屠格涅夫的《木木》改编的小人书，还给那开小人书铺的老人。

那自称有相面学问的老人，曾对翟子卿的人生作出过分良好、当年令我暗存嫉心的预言。

一列火车从桥下驶过，喷出一阵湿淋淋的浓雾——雾气中，童年时期的、少年时期的、青年时期的翟子卿，朝我女孩儿般羞涩地友爱地笑着，他默默注视着我，仿佛有许许多多人生的憧憬、向往、理想和目标，正打算从容不迫地对我倾诉。

雾气散尽，他的幻影倏然而逝——雾气只在我脸上留下了一层湿淋淋的水珠儿。

我想擦拭，又懒得擦拭。

一个汉子神神秘秘地凑向我，低声兜售："要虎鞭吗？绝对真货，比啥都壮阳。"

托了一层层人情关系，经了一系列繁琐手续，离开哈尔滨前，我从有关部门讨回了一些业已封存的东西。有她的衣物，那份去年的挂历，那个镶在镜框里的工艺品裸女，那册手工装订的诗集，那件银狐大衣。还有老人家活着时经常把玩的两颗核桃，两颗互相磨砺得油亮油亮的核桃。银狐大衣费了不少口舌和周折，最后我不得不写了字据，说是我给我妻子买的，去年寄放在翟家的。

我将她的衣物和银狐大衣全给了小芹。交代她银狐大衣是完全可以卖的。另外我借了一万五千元现金给她。我想，这也就算是变相地归还了翟子卿的钱吧。

至于小芹她回家乡还是继续留在城市里另谋出路,我则觉得自己操不了那么多心了。

我带着几件纪念物回到北京。

妻看了那镜框里的工艺品裸女说:"真美! 你买的?"

我说:"是,买的。"

妻看了那挂历说:"可惜去年的,这不会也是买的吧?"

我说:"朋友家挂过的。我喜欢,朋友就替我保留到了今年。"

妻说:"我也喜欢! 挺值得保存的。这一页最棒!"

于是,那个单膝跪地,一手持盾,一手紧握短剑,裸体披着锈迹斑斑的铠甲,冷漠而镇定地准备做殊死搏杀的女人,从此就固定在我家的一面墙壁上了,仿佛一位冷艳的驱邪镇魔的守护神。

唯有那册诗集我未让妻发现,悄悄藏匿在我的为数不多的几件纪念物之中了。

两颗核桃我送给了母亲。

母亲问:"你大娘身体还好?"

我说:"好,很硬朗。"

母亲又问:"子卿媳妇,也是个好女人吧?"

我说:"对。人好,长得也好。"

母亲在手中把玩着两颗核桃,沉思半晌,语调缓缓地说:"人命这才有点儿公平。"

我病倒了,一病就是三个多月。三个多月内,几乎没出过家门。

一天早晨我睁开眼睛,望着那挂历惊愕得屏息敛气——它竟一片空白!

我缓缓移动目光,再望向那工艺品相框,竟也是一片空白!

妻对我的样子极其吃惊,连连问我怎么了怎么了?

我指那挂历,继而指那相框。

妻扭头看看,更加奇怪地问,都是你带回来的呀,有什么不对劲儿的啊?

我蹦下床,翻出那诗集——它页页空白,一个字都没有!

然而妻拿过去,却能念出上面的诗。

当天我彻底失语了,说不出话。

妻陪我去医院,而医生认为我根本没什么病。

在我眼里,那挂历,那相框,那本诗集——至今仍是空白的……

我渐渐地恢复了说话的能力。但在说出的人话中,总夹杂着一串串怪诞的叽里呱啦。

于是有一位友人将一位气功大师请到了我家,大师断定我那种怪诞的叽里呱啦乃是“宇宙语”。

从此我觉得有什么附体了……

图书在版编目（CIP）数据

泯灭 / 梁晓声著 . — 青岛 : 青岛出版社 , 2014.12
（梁晓声文集 . 长篇小说 ; 2）
ISBN 978-7-5552-1319-2

Ⅰ . ①泯… Ⅱ . ①梁… Ⅲ . ①长篇小说—中国—当代
Ⅳ . ① I247.5

中国版本图书馆 CIP 数据核字（2014）第 283738 号

责任编辑　　常　红
特约编辑　　代　敏